GW01246980

Boileau-Narcejac

Manigances

Denoël

Pierre Boileau et Thomas Narcejac sont nés à deux années d'intervalle, le premier à Paris, le second à Rochefort. L'un collectionne les journaux illustrés qui ont enchanté son enfance, l'autre est spécialiste de la pêche à la graine. A eux deux, ils ont écrit une œuvre qui fait date dans l'histoire du roman policier et qui, de Clouzot à Hitchcock, a souvent inspiré les cinéastes : *Les diaboliques, Les louves, Sueurs froides, Les visages de l'ombre, Meurtre en 45 tours, Les magiciennes, Maléfices, Maldonne...*

Ils ont reçu le prix de l'Humour noir en 1965 pour *... Et mon tout est un homme.* Ils sont aussi les auteurs de contes et de nouvelles, de téléfilms, de romans policiers pour la jeunesse et d'essais sur le genre policier.

Les dingues

PARANOÏA

Le professeur Lavarenne lut la fiche :
    Georges Malapert
    41 ans
    Décorateur
    12 bis, place Puvis de Chavannes
    Lyon

Il regarda l'homme : nerveux, agité, une buée de transpiration à la racine des cheveux, les yeux trop enfoncés, le bas du visage pointu... Un secondaire, fortement introverti... enfant difficile... tendance anxieuse...

— Je vous écoute, dit-il.

Malapert contempla ses mains.

— C'est tellement idiot, ce que j'ai à vous raconter, commença-t-il.

— Un malade n'est jamais idiot, rectifia doucement le psychiatre.

Malapert faillit protester. Il n'était pas malade. En un sens, c'était pire.

— Soit, murmura-t-il. Sachez donc que je suis marié... depuis sept ans... Ma femme est très jeune et je suis assez jaloux, je l'avoue... sans aucun motif, d'ailleurs, quoique...

— Enfin, vous avez des soupçons ?

— Justement. Je n'en sais rien. C'est même pour ça que je suis venu.

— Détendez-vous bien, dit Lavarenne. Laissez-vous aller... Parlez tranquillement. Je ne suis pas un juge... seulement un ami.

Malapert passa la main sur ses yeux, sans pouvoir débusquer la migraine qui battait au fond de ses orbites.

— J'ai beaucoup travaillé, ces temps derniers, dit-il. La Foire de Lyon vient de commencer et j'ai plusieurs stands. Pendant un mois, c'est à peine si j'ai vu Éliane. Pourtant, j'ai eu l'impression qu'elle n'était plus tout à ai la même... Elle paraissait plus gaie... Vous savez, l'excitation du champagne... C'était exactement ça! Bref, vendredi dernier, la veille de l'inauguration, je l'ai suivie... Attendez! Plus exactement, je crois bien que je l'ai suivie. Je revois encore mon bureau. Il était cinq heures. J'ai prévenu ma secrétaire que je m'absentais. Je me rappelle même que j'ai dit bonsoir à Germain, notre garçon de courses... Enfin, docteur, est-ce qu'on peut revoir, dans sa tête, des choses qui n'ont pas existé?

— Quelquefois, dit Lavarenne. Mais du calme!... Contentez-vous de raconter.

Malapert appuya la tête sur le fauteuil et ferma les paupières.

— Éliane a quitté la maison vers cinq heures et demie. Elle était très élégante, comme toujours. Elle marchait vite... Vous ne connaissez pas Lyon, docteur?... Alors, l'itinéraire qu'elle a suivi ne vous dirait rien. Finalement, elle s'est engagée dans ces passages que nous appelons des traboules. Ce sont des couloirs qui débouchent sur des cours, puis des cours qui ouvrent sur des ruelles, et de nouveaux couloirs, et encore des cours...

— Avez-vous rêvé, déjà, interrompit le psychiatre,

qu'on vous poursuivait le long de corridors sombres, tortueux ?

— Souvent, quand j'étais petit.

— Ah !

— Mais, cette fois, je ne rêvais pas... D'ailleurs, je n'étais pas poursuivi. Je poursuivais. Et je pourrais vous citer vingt détails précis ; par exemple, une cour avec un ascenseur extérieur, ou encore une autre cour où stationnait une voiture de déménagement qui portait une inscription jaune : *Richard Frères. Rail et Route*. Et puis, la dernière cour. Celle-là, je ne suis pas près de l'oublier, avec un vaste hôtel particulier, tout au fond... un petit perron... Éliane l'a gravi. Moi aussi, quelques minutes plus tard. La porte était juste fermée au loquet. Je suis entré. J'ai traversé une cuisine. J'avais peur. Brusquement, j'avais peur... parce qu'il n'y avait personne... J'aurais dû entendre du bruit... le personnel aurait dû être nombreux, dans une maison de cette importance... Eh bien, tout était désert... Portes closes, volets clos... Je marchais sur des tapis moelleux ; j'apercevais, au passage, des meubles de prix... Un vrai musée !... Et, pour me guider, le parfum d'Éliane... Un parfum, docteur, est-ce que ça peut s'inventer ?... C'est réel, un parfum !

Lavarenne sourit, mais ne répondit pas.

— Un vaste escalier me conduisit à l'entresol. Alors, pour la première fois, j'entendis quelque chose, un murmure très vague, qui provenait d'une pièce, à droite. Je m'approchai, en essayant d'écouter, mais j'étais gêné par une statuette de bronze, sur une console. Je la pris par le col et la posai sur le tapis. Mes yeux se trouvèrent à la hauteur de la serrure. Je regardai... Je vis l'angle d'un bureau, la moitié d'une bibliothèque ; et puis je vis Éliane... Oui... Elle était dans les bras d'un homme qui me tournait le dos. Il

était vêtu d'une robe de chambre noire ornée de
dragons...

— Des dragons ?... Vous êtes sûr ?

— Oui... des dragons... ou peut-être des chimères...
Je ne l'ai pas observé longtemps. J'étais hors de moi.
La porte était fermée à clef. J'empoignai la statue
comme une masse et je défonçai le panneau du premier
coup. Glissant la main par l'ouverture, je manœuvrai
la clef et j'entrai. L'homme cherchait à fuir par une
porte matelassée, près de la bibliothèque. Je me
précipitai. Éliane s'interposa. Je la pris à la gorge. Je
reçus un coup de poing. Le temps de faire face, j'en
reçus deux ou trois autres. J'avais devant moi un valet
de chambre en gilet rayé...

— Voyons ! Voyons ! dit le psychiatre en levant
l'index, qu'était devenu l'homme aux dragons ?

— Il avait disparu.

— Vous n'avez pas vu son visage ?

— Non.

— Il s'était transformé en valet de chambre ?

— Ma foi, c'est presque cela. Une seconde avant, il y
avait un homme en robe de chambre, et une seconde
après, il y avait un domestique qui me frappait. Je me
défendis. Je me rappelle le bruit. C'était terrible. Je
marchais sur du verre brisé... Je revois un des rideaux
de la fenêtre qui pendait... Une table gigogne en
morceaux... Je me battais comme un fou. Je lançai un
presse-papiers qui creva un tableau... C'était un portrait... une femme avec une ombrelle blanche... une
grande toile... Tout cela est parfaitement net dans ma
mémoire... jusqu'au moment où je tombai, assommé.

— Assommé ?

— Oui. J'ignore comment le valet de chambre me
frappa. Tout ce que je sais, c'est que je perdis brusquement connaissance.

— Très intéressant. Et ensuite ?

Malapert haussa les épaules et se redressa.

— Ensuite ?... C'est là que tout devient absurde, grotesque, délirant. Quand je revins à moi, j'étais chez moi, dans mon lit. J'avais la tête bandée. Une main me caressait le front. C'était celle d'Éliane. Et Éliane me dit : « Comment te sens-tu, mon chéri ? Tu nous as fait bien peur. » Je vous rapporte ses paroles, textuellement. Tout de suite, je me méfiai ; je l'observai de toute mon attention. Elle était naturelle, sincèrement inquiète, pleine de sollicitude et de tendresse.

« Je l'interrogeai.

« — Qu'est-ce qui m'est arrivé ?

« — Je voudrais bien le savoir, dit-elle. On t'a ramené de ton bureau, hier soir. Tu étais sans connaissance, et ton bureau était ravagé, comme si tu t'étais battu. Au bruit, ta secrétaire est accourue, avec Germain ; ils n'ont rencontré personne. Tu étais bien seul. En tombant, tu t'étais ouvert le cuir chevelu.

« — Et le médecin, qu'est-ce qu'il pense ?

« — Il pense que tu as trop travaillé, que tu devrais te reposer, t'en aller dans le Midi pendant quelques semaines.

— Quel est votre médecin ? demanda Lavarenne.

— Le docteur Ravel.

— Je vois, dit Lavarenne d'un ton neutre. Continuez.

— Naturellement, reprit Malapert, je n'étais pas convaincu. Dès que je fus en état de marcher, j'allai au magasin et j'interrogeai Raymonde. C'est ma secrétaire. Elle confirma les déclarations d'Éliane.

« — D'ailleurs, dit-elle, on a laissé votre bureau tel qu'on l'a trouvé.

« Et mon bureau était dans un triste état. Comme si on l'avait cambriolé. Le fauteuil renversé... les tiroirs à demi vides... un rideau arraché... des sous-verre piétinés... Vous devinez mon angoisse !

« — Enfin, ai-je fait remarquer à Raymonde, je vous

ai dit que je m'absentais ; vous ne l'avez pas oublié. Vous étiez là, devant votre machine à écrire.

« Raymonde était gênée. Elle n'osait plus parler. Enfin, elle se décida :

« — Non, monsieur. Je n'étais pas là.

« C'était trop fort. Je sonnai Germain.

« — Voyons, Germain... Oui ou non, est-ce que je vous ai dit bonsoir, vendredi, en quittant le bureau ?

« — Non, monsieur. Je ne vous ai pas vu partir.

« Alors ?... Alors, c'était donc moi qui ?... Pourtant, je doutais encore. Et, un soir, je me mis en route... Si j'avais fait je ne sais quel horrible cauchemar, jamais, n'est-ce pas, je ne retrouverais l'hôtel silencieux, le valet de chambre au gilet rayé... Vous êtes bien d'accord, docteur ? Cet hôtel n'existait pas, ne pouvait pas exister... Bon ! En tout cas, les traboules existaient bien, elles. Je les reconnaissais, l'une après l'autre, et il me semblait voir, devant moi, dans l'ombre, la silhouette d'Éliane. J'éprouvai un choc, en traversant la cour flanquée de son ascenseur. Mais je faillis m'arrêter quand je vis un grand camion bâché : *Richard Frères. Rail et Route.*

« Je l'ai touché. J'avais besoin de sentir sous mes doigts le métal glacé. Et puis ce fut la dernière cour, le petit perron. J'hésitai longtemps, comme une bête devant un piège. Mais je devais aller jusqu'au bout. Je devais faire la preuve, vous comprenez ? Je montai donc. La porte était, comme l'autre fois, fermée au loquet. J'entrai. Je traversai la cuisine. Et la peur, soudain, me tomba dessus. Je ne vois pas d'autre mot... Elle m'écrasait. Elle m'étouffait. Parce que le parfum d'Éliane était là, toujours vivant. Je le respirai... Il me guidait. Il me tirait au premier étage, à travers la maison morte. Cette fois, une veilleuse éclairait l'escalier, le tapis rouge, les tringles brillantes... J'avançai sur la pointe des pieds, comme un voleur. Moi, l'un des hommes les plus en vue de la ville. Et je grelottai. Car je savais, maintenant, que je n'avais pas rêvé... Je revis la statuette, sur son socle : une nymphe au bain. Le silence était devenu prodigieux. Je saisis la statue. J'étais décidé à tuer. Je me tournai vers la porte et alors...

Malapert se prit la tête entre les mains et gémit.

— Et alors ? murmura le psychiatre.

— La porte du bureau était intacte. Je suis décorateur. Je connais le bois, les vernis, les peintures... Cette porte n'avait jamais été défoncée... J'entrai dans la pièce... Le lustre était allumé, mais il n'y avait personne. Je regardai autour de moi... Les rideaux tombaient bien droit, devant la fenêtre. Ils étaient strictement de la même couleur. La table gigogne existait, elle aussi, intacte, portant un vase orné de roses. Sur le bureau, je voyais le presse-papiers. Et au mur, il y avait une grande toile, sans la moindre déchirure, représentant une femme tenant une ombrelle blanche. Je dus me retenir au bord de la table. Une riche odeur de cigare flottait ; peut-être, en flairant doucement, pouvait-on découvrir comme les traces d'un autre parfum. Mais c'était sûrement une illusion. Tout était illusion, hallucination... Et l'homme aussi, avec les dragons de la robe de chambre, n'était qu'une ombre surgie de la fièvre...

« Je repartis, complètement perdu. Je descendis le perron. La nuit était venue. La cour sentait le brouillard et je ne savais plus qui j'étais. Une voix, soudain, me fit sursauter.

« — Vous cherchez quelque chose, monsieur ?

« Je me retournai. C'était le valet au gilet rayé. Pourquoi pas ?... Lui aussi était bien réel, bien vivant, tout neuf, tout frais, avec des favoris peints à la main sur ses joues de poupée. Un homme ? Un jouet ? A quoi bon savoir ?

« — Je cherche à sortir de cette cour, criai-je.

« — Par ici, dit-il. Vous arrivez directement sur le quai.

« Je fis trois pas, revins.

« — A qui appartient cet hôtel ?

« — A notre ancien préfet, M. Maupoix.

« Je gagnai le quai en m'appuyant aux murs. Derrière moi, l'hôtel développait sa façade cossue et discrète. Un très léger coup de klaxon m'obligea à monter sur le trottoir. Une longue voiture noire stoppait devant la maison et le chauffeur, déjà, ouvrait la portière. Un vieil homme sortit de l'automobile. S'appuyant sur une canne, il se dirigea vers l'hôtel, à petits pas. La porte s'ouvrit devant lui. Il disparut. Je restai longtemps seul, appuyé au parapet, à regarder couler la Saône.

Malapert se tut et il y eut un long silence. Puis Lavarenne se leva. Il souriait, d'un air impérieux.

— Le cas est classique, dit-il. Faites-moi confiance.

Le préfet montait lentement l'escalier. Dans son bureau, le téléphone sonna.

— Encore, songea le vieil homme. Sapristi ! On ne m'y reprendra plus. Je veux bien rendre service, mais il y a des limites.

La sonnerie s'arrêta, et une voix dit :

— Tout de suite, monsieur le Président. Il arrive. Je viens de voir sa voiture.

Le valet de chambre au gilet rayé apparut sur le seuil du bureau.

— Monsieur... C'est le ministère de l'Intérieur... Ils ont déjà appelé deux fois, dans la journée.

— Merci, Jean, fit M. Maupoix, excédé.

Il s'assit, prit le téléphone.

— Allô... Mes respects, monsieur le Président... Oui,

oui... Rassurez-vous. Tout est parfaitement arrangé...

Son regard alla du rideau intact de la fenêtre au panneau intact de la porte, en passant par le portrait intact de la femme à l'ombrelle.

— Oh! Il a suffi de quelques artisans habiles et rapides. Nous en comptons encore dans notre bonne vieille ville!... Tout le monde a rivalisé de zèle, sans comprendre pourquoi j'étais si exigeant et surtout si pressé. De ce côté tout a été relativement facile... C'est du côté du magasin, qu'il y a eu du tirage... Raymonde, la secrétaire, Germain, le garçon de courses... Mais ils ont tous tellement d'affection pour leur brave homme de patron qu'ils ont fini par se laisser convaincre... Ils ont compris qu'ils lui évitaient le pire... que Malapert n'aurait jamais supporté un pareil choc.

M. Maupoix se penche légèrement en avant. Il s'efforce de conserver un ton neutre :

— Trop heureux de vous rendre service, monsieur le Président... Bien entendu, ma maison vous est toujours ouverte. Seulement, si vous voulez permettre à un vieil homme de vous donner un conseil... à l'avenir... croyez-moi... évitez les femmes mariées !

NÉVROSE

— Monsieur, c'est le dentiste du troisième qui veut vous parler.

— Un dimanche, grommela Lavarenne. A onze heures du matin. Il m'embête. Si tous les voisins étaient aussi... Bon. Faites-le entrer.

Maugrelles se confondit en excuses. Jamais il ne se serait permis de déranger le professeur... Mais il lui arrivait quelque chose d'extraordinaire et de tellement troublant que... bref, il fallait agir, tout de suite.

Il avait encore son missel à tranche dorée sous le bras ; sa paupière gauche battait sans arrêt.

— Remettez-vous, dit Lavarenne. Qu'est-ce qui ne va pas ?

— Vous connaissez ma femme ?

— Mais... oui...

Le psychiatre revoyait une personne longue, fade, qui, dans l'ascenseur, serrait toujours contre elle un basset mélancolique.

— La croyez-vous capable de voler ?

— Pardon ? Heu... Il m'est difficile, comme ça, de... Cependant, non, je dirais plutôt non.

— Et mes enfants ? Vous les connaissez aussi, naturellement. Raymond, vous savez, ce grand brun, avec des favoris comme on porte aujourd'hui.

— En effet.

— Et ma petite Françoise ?

— Le short et les grandes lunettes ?

— Oui. Eh bien, pensez-vous qu'ils puissent voler ?

Lavarenne observa pensivement Maugrelles.

— J'aimerais que vous m'exposiez calmement votre cas, dit-il.

— C'est très simple, reprit Maugrelles. Nous sommes sur le point de partir en vacances et, avant-hier, j'ai retiré dix mille francs de la banque : dix liasses. Une manie, si vous voulez. Je pourrais emporter mon chéquier, comme tout le monde. Je préfère l'argent liquide. J'ai enfermé les billets dans mon secrétaire. Hier soir, j'ai vérifié. Ils y étaient toujours. Et puis, tout à l'heure, en revenant de la messe, machinalement, j'ai donné un petit coup d'œil au passage. On m'a pris mille francs. J'ai compté les liasses, vous pensez ! Il y en a neuf. C'est clair : j'ai été volé.

— Je le regrette infiniment, dit Lavarenne, mais je crains que cette affaire ne soit pas de ma compétence.

Maugrelles s'agitait, malheureux, essuyait ses mains moites avec sa pochette.

— Mais si, vous allez comprendre... Car j'ai tout de suite fait le tour du problème... Hier, mon cabinet était fermé. Donc, pas de clients. D'autre part, ma bonne est depuis vendredi dans sa famille. Alors ? Concluez vous-même. C'est ma femme, ou ma fille ou mon fils. Il n'y a pas à sortir de là.

Sa voix trembla. Il s'accrocha au bord du bureau.

— Tout cela est absurde, croyez-moi. Ma femme, la pauvre Clémence, si elle savait que je la soupçonne ! C'est la meilleure des épouses, la meilleure des mères. D'ailleurs, elle a une jolie fortune personnelle. Me voler mille francs, elle ! C'est im-pen-sa-ble ! Et mes enfants ! Ils sont si gentils, tous les deux ! Raymond a vingt-deux

ans. Il pourrait sortir, vous savez ce que c'est... On a
des amis, on se laisse entraîner. Mais lui, pas du tout.
D'abord, je ne lui donne pas d'argent. C'est un prin-
cipe. Le dimanche, il fait du sport. Ce matin, il est allé
disputer un championnat de basket, je crois. Tout est
clair, de ce côté. Je ne parle même pas de ma petite
Françoise. C'est une enfant, malgré ses dix-sept ans.

Lavarenne se leva.

— Attendez! Attendez! dit Maugrelles. Je vous ai
apporté leurs photos.

— Leurs photos?

— Oui.

Le psychiatre se rassit lentement.

— Malgré tout, murmura-t-il, vous les soupçonnez
un peu, n'est-ce pas? Et vous aimez mieux me laisser le
soin de désigner le coupable? Vous croyez que je peux
vous dire : c'est votre fils ou c'est votre femme, rien
qu'en étudiant la forme de leur nez, de leur bouche.

Il repoussa les photos.

— Parlons de vous, monsieur Maugrelles... Personne
ne sait encore que vous avez découvert ce vol?

— Non.

— Et vous n'avez pas le courage de les interroger?...
Hmmm!... Vous arrive-t-il de revenir sur vos pas pour
vous assurer que le gaz est fermé ou l'électricité
éteinte?

— Cela m'arrive, oui.

— Et pourtant vous êtes bien sûr que cette précaution est inutile?

— Oui... Mais je ne vois pas le rapport.

— Ces billets, vous les avez comptés plusieurs fois?

— Oui.

— Avez-vous songé qu'on pourrait vous les voler?

— Oui. Dès que j'ai de l'argent en ma possession, je
pense au vol.

— Vous aimez vous procurer de petites émotions!

Et cela vous pousse, de temps en temps, à laisser l'électricité allumée ou le gaz ouvert. Bien entendu, vous accusez tous les vôtres d'étourderie, c'est bien cela ?

Maugrelles leva la main.

— Je vous donne ma parole qu'il me manque une liasse.

— Pourtant, vous vous êtes trompé... Oh ! Inconsciemment, sans doute, mais vous vous êtes trompé.

— Je vous jure que...

— Mais non... Vous vous êtes trompé. Le cas est bien connu... Vous avez fait exprès — à votre insu — de vous tromper.

— Écoutez, docteur. Il est facile de vérifier. Venez voir vous-même.

— Soit.

Lavarenne monta dans l'ascenseur à côté de Maugrelles, qui cachait mal sa mauvaise humeur. L'appartement du dentiste était cossu, douillet et révélait, au premier coup d'œil, les manies de son propriétaire.

— Entrez, dit Maugrelles. Vous ne verrez personne. Ma fille déjeune chez une amie ; mon fils, avec ses copains du basket, et ma femme est à la cuisine... Par ici... Voici mon secrétaire... Et voici l'argent... Comptez.

Lavarenne rangea les liasses les unes à côté des autres : une, deux, trois, quatre, cinq, six, sept, huit, neuf, dix...

— Comment dix ? s'écria Maugrelles.

— Eh oui, dix. C'est bien ce que je pensais, conclut le psychiatre.

Maugrelles, du bout des doigts, recomptait, incrédule. Il y avait dix liasses.

— Pourtant, s'écria Maugrelles, je ne suis pas fou, je vous prie de le croire. Il y avait neuf liasses. La tête sur le billot, je maintiendrais qu'il y avait neuf liasses.

— Alors, d'où viendrait la dixième ? objecta le psychiatre.

Écrasé, Maugrelles se tut. Il n'eut même pas la force
de reconduire son visiteur.

Revenu dans son cabinet, Lavarenne rédigea une
fiche :

Maugrelles, Charles. Marié. Deux enfants...

Il rêva un peu avant de consigner ses observations.
Puis il se mit à écrire. Après le déjeuner, il écouta
quelques disques, parcourut quelques revues et,
l'esprit dispos, s'assit devant sa machine pour taper la
dernière partie d'un rapport au Congrès international
des Aliénistes. Vers six heures, on frappa.

— Monsieur, c'est le dentiste qui voudrait être reçu.

— Encore !

Le psychiatre faillit se fâcher, mais ce gros homme
aux joues tombantes, aux yeux timides, l'intéres-
sait.

— Qu'il entre !

Et Maugrelles entra, décomposé, les lèvres blanches.

— Eh bien, eh bien, dit Lavarenne, vous avez tort de
vous frapper comme ça.

— Les liasses, balbutia Maugrelles.

— Je sais. Il y en avait neuf. Ensuite, nous en avons
trouvé dix.

— Oui, ce matin, dit Maugrelles. Mais maintenant,
il y en a onze.

— Comment ?

— C'est affreux, bégaya Maugrelles. Il y en a onze !

— Je vois, fit sévèrement Lavarenne. Vous les avez
recomptées et, pour vous punir, inconsciemment, vous
vous êtes encore trompé.

— Jamais de la vie, cria Maugrelles. J'ai même
recommencé trois fois, et trois fois j'ai trouvé onze
liasses. C'est pire que si l'on m'avait volé.

— Voyons, décontractez-vous. Là... Les bras bien

mous... La tête bien calée. Que s'est-il passé exactement ?

— Mais rien. J'ai déjeuné avec ma femme. Je ne lui ai parlé de rien pour ne pas l'effrayer. Ensuite, j'ai passé l'après-midi dans mon cabinet... Un travail de prothèse assez délicat... Mais, évidemment, je ruminais, tout seul. J'étais tellement sûr d'avoir compté neuf liasses. J'avais une envie terrible d'aller rouvrir mon secrétaire et de recompter encore une fois... C'est dur de s'entendre dire qu'on n'est peut-être pas tout à fait normal. Enfin, tant pis, j'ai cédé.. J'y suis allé... et il y a onze liasses.

Les yeux de Maugrelles s'embuèrent. Il baissa la voix, comme honteux.

— Réfléchissez, monsieur Maugrelles, dit Lavarenne. Vous vous rendez bien compte que personne n'a intérêt à venir ajouter une liasse à la pile, n'est-ce pas ? Alors ?... Il y a toujours dix liasses, logiquement, fatalement !

Maugrelles fit non de la tête. Lavarenne ouvrit la porte.

— Je vous accompagne.

L'appartement était toujours aussi paisible et accueillant. Dans une pièce voisine, on entendait une vague rumeur de foule.

— C'est la télévision, expliqua Maugrelles. Ma femme adore ça. Et je crois qu'aujourd'hui, c'est le tirage du sweepstake.

Il haussa les épaules, s'effaça devant le psychiatre. Celui-ci s'approcha du secrétaire, sortit les liasses de billets et les aligna, comme le matin.

— Un, deux, trois, quatre, cinq, six, sept, huit, neuf, dix.

Les yeux exorbités, Maugrelles regardait.

— Dix, dit Lavarenne. Vous êtes d'accord ?

Maugrelles fit un pas et s'effondra dans les bras du psychiatre.

Françoise trouva, le soir, sa mère derrière la porte.

— Chut! Ne fais pas de bruit. Ton père est un peu souffrant. Heureusement que le voisin du premier, tu sais, celui des maladies mentales, a bien voulu s'occuper de lui. Pour avoir un médecin, le dimanche!... Un homme charmant. Il m'a tout de suite rassurée.

Mᵐᵉ Maugrelles baissa la voix.

— C'est plutôt ton frère, qui m'inquiète... Entre ici... Ma pauvre petite, ce matin, Raymond a voulu m'emprunter de l'argent pour jouer aux courses. Et tu sais combien il exigeait ? Mille francs... Chut!... Un tuyau absolument sûr. Moi, je n'y connais rien, mais de toute façon j'aurais refusé, tu penses!... Il a bien changé, Raymond. Il dit que les autres ont tout l'argent qu'ils veulent... Sur le moment, je ne me suis pas méfiée. Et puis, dès qu'il a été parti, j'ai songé à l'argent dans le secrétaire... Eh bien, Raymond, pendant que son père était à l'église, avait emprunté mille francs... J'étais folle... Vite, j'ai préparé une liasse de billets pris sur mon argent personnel et je l'ai glissée dans le secrétaire. Ton père est revenu, et la journée s'est passée normalement. Il était un peu fatigué, mais sans plus. Moi, je guettais Raymond, tu peux croire. Il est rentré, un peu avant six heures, tout fier de son coup. Il avait gagné. Et tu sais ce qu'il m'a dit : « Pas besoin d'en faire un drame. Je viens de remettre les mille francs dans le secrétaire. » Voilà comment il est, maintenant! Alors, comme ton père s'absentait pour faire une course, j'ai récupéré ma liasse. Voilà !

— Ça boume! dit Françoise. Du moment que le paternel ne s'est aperçu de rien, c'est l'essentiel, pas ?

ANGOISSE

André Ameuil jeta sa serviette et son chapeau sur le canapé de l'antichambre. Claqué. Il était claqué. Par la faute de cet idiot de Fayolles, l'affaire du supermarché allait lui filer entre les doigts. Et si son groupe n'enlevait pas l'adjudication des nouveaux groupes scolaires !... Accablé, il entra dans le salon, se laissa tomber dans un fauteuil. Les journaux du soir l'attendaient sur une table basse. Mais il n'avait aucune envie de partager les angoisses du monde. Ses propres soucis lui suffisaient, et ils étaient de taille.

Il essaya de se relaxer, comme disait Claire, qui voulait lui enseigner le yoga. Mais il se moquait bien de sa ligne. Deux millions sur le tapis ! Et ce Fayolles qui faisait une poussée de scrupules ! Bon Dieu ! On n'inventerait donc pas une pénicilline contre les atermoiements, les doutes et les dérobades !

Il se calma un peu. Si tout marchait bien — et rien n'était perdu — il achèterait un Aubusson. Cela manquait. Le reste n'était pas mal. Rien que dans ce salon, il y avait pour près de trois cent mille francs de meubles, de toiles, de bibelots... Il vivait parmi les preuves de sa chance. Chaque objet était un clin d'œil de la Fortune. Il gagnerait encore cette bataille, voyons ! Il avait tort de céder au découragement.

Et soudain, il fronça les sourcils... Ah ! ça, est-ce qu'il rêvait ?... Il se leva, traversa lentement le salon, s'arrêta devant la vitrine, à gauche de la double porte qui ouvrait sur la salle à manger. Incroyable !... Il fit trois pas en arrière, pour mieux voir l'autre vitrine, celle de droite... C'était trop fort !

La porte d'entrée se referma.

— Claire... C'est toi, Claire ?

La jeune femme apparut, souple, soyeuse, parfumée.

— Excuse-moi, chéri. Je suis un peu en retard... Eh bien, qu'est-ce que tu as ?

— Viens un peu ici... Tu ne remarques rien ? Non ?... Ça ne te saute pas aux yeux ?... Les vitrines...

— Ah ? par exemple !

— Alors, ce n'est pas toi ?

— Non, ce n'est pas moi... Pourquoi aurais-tu voulu que...

— En tout cas, ce n'est pas moi non plus. Je rentre à l'instant et voilà ce que je découvre... Pourtant, j'ai interdit...

Ameuil appuya sur une sonnette.

— C'est sûrement Marguerite. Je vais la balancer, ça ne va pas faire un pli... On n'a pas idée !

— Allons, allons ! dit Claire. Pense un peu à moi, veux-tu ?... Et puis, dans le fond, ce n'est pas plus mal. L'effet est même plus joli.

— Peut-être, fit Ameuil. Mais ce n'est pas à la bonne d'en décider.

Il sonna encore une fois, longuement.

— Quelle gourde, cette fille !

— Laisse-lui le temps d'arriver, dit Claire. Je ne t'ai jamais vu comme ça, mon pauvre André. Il n'y a pas de quoi fouetter un chat.

— Et si elle avait cassé quelque chose, hein ? La verseuse, tu sais combien elle vaut, maintenant ? Et le vase japonais ?

— Oui... Bon... D'accord... Mais rien n'a été cassé.
Marguerite frappa.

— Madame a sonné ?

— Approchez, Marguerite, dit Ameuil, d'un ton raide. Regardez... Là... Les vitrines...

— Oui, monsieur.

— Eh bien ?

Marguerite réfléchissait intensément.

— Alors, Marguerite ? dit Claire.

— Ma foi, madame, je ne m'y connais guère, mais je trouve que c'est aussi bien qu'avant.

— Mais, bon sang, s'écria Ameuil, je ne vous demande pas votre avis. Je vous demande pourquoi vous avez fait ça.

— Je n'ai rien fait, protesta Marguerite.

— Comment !... Le bouddha et les statuettes étaient dans la vitrine de gauche et les porcelaines de Worcester dans celle de droite. Et maintenant, c'est le contraire !

— Je n'y ai pas touché, affirma solennellement Marguerite.

Claire intervint.

— Dites-nous la vérité. Vous comprenez, ces bibelots ont une très grande valeur. Ce sont des pièces irremplaçables... Personne ne doit ouvrir les vitrines.

— Je vous jure, madame...

Les sanglots étouffèrent Marguerite, tandis que Claire et son mari échangeaient un regard troublé.

— Quand j'ai pris mon café, à deux heures, dit Ameuil, tout était en place. J'en suis sûr. J'ai même admiré la jardinière bleue. C'est un placement extraordinaire !

— Je suis sortie en même temps que toi, dit Claire.

Ameuil se tourna vers Marguerite.

— Calmez-vous un peu. Où étiez-vous, cet après-midi ?

— Ici, monsieur. Après la vaisselle, j'ai lavé tout le temps, dans la salle de bains.

— Vous ne vous êtes pas absentée, même un instant ?

— Je n'ai pas bougé.

— Il n'est venu personne ?

— Non, monsieur... ah ! si, une petite sœur des pauvres, qui quêtait.

— Vous l'avez laissée entrer ?

— Non.

— Qu'est-ce que tu vas chercher ! fit Claire, excédée.

— C'est bon, dit Ameuil. Vous pouvez disposer.

— Elle a bien des défauts, murmura Claire, après le départ de Marguerite, mais elle n'est pas menteuse.

— Enfin, ces objets n'ont pas changé de vitrine tout seuls, non ? Alors ?

— Qu'est-ce que ça peut faire, dit Claire. Il n'y a qu'à les remettre en place, un point c'est tout.

— Non, surtout pas ! Ils sont bien comme ça... Ce qui m'embête, c'est de savoir qu'on entre ici comme dans un moulin.

— Mais personne n'est entré !

— Ah ! toi, tu es magnifique. Personne n'est entré. Le bouddha s'est promené d'une vitrine à l'autre et tu trouves cela normal ?

— Bon, il s'est promené... Viens dîner. Tu sais que les Lavarenne viennent à neuf heures faire un bridge.

Ils passèrent dans la salle à manger et Ameuil déplia lentement sa serviette.

— Quelqu'un est forcément venu, dit-il.

Marguerite apporta le potage et Claire servit son mari qui rêvait.

— Tu sais, dit-elle, ces trucs d'autrefois, c'est mystérieux.

— Quels trucs ?

— Eh bien, ce bouddha, par exemple... On raconte

des choses tellement bizarres sur ces statues d'Orient.

— Je vois très bien le bouddha en train de déménager les vitrines, opina Ameuil.

— Oh ! Et puis tu m'agaces, conclut Claire.

Au poisson, Ameuil rompit le silence :

— Qu'on soit entré, à la rigueur, je l'admets... Je ne
le comprends pas, mais je l'admets... Ce que je
n'admets pas, c'est qu'un inconnu s'amuse à changer
de place ces bibelots...

— Écoute, mon petit André...

— Non. Il n'y a pas de petit André. C'est grave, ce
que je dis. Te vois-tu, prenant le risque de t'introduire
chez quelqu'un pour le seul plaisir de mettre sur
le piano ce qui est sur la cheminée, et réciproquement ?

— Comment ça, réciproquement ?

— Ne te fatigue pas, soupira Ameuil. J'ai bien tort
de... Seulement, moi, je sens que c'est un signe. Peut-
être une menace. Demain, on viendra fouiller dans
mon bureau, dans mes papiers... Il n'y a pas de raison...

— Mais d'abord, reprit Claire, est-ce que tu es bien
sûr de ne pas te tromper ?

Ameuil posa sa fourchette et examina sa femme.

— Marguerite a constaté comme nous, remarqua-
t-il. C'est une preuve, ça !

— Ce n'est pas ce que je veux dire. Après ton café, tu
as sûrement dormi. Ne proteste pas. J'en suis certaine.
Tu digères mal et tu ne veux pas m'écouter.

— Et alors ?

— Alors... tu as changé toi-même de place les bibelots. Ça existe, le somnambulisme.

Ameuil repoussa sa chaise et se leva.

— Chéri, dit Claire, ne te fâche pas. J'essaye de
t'aider.

— Merci.

Il revint dans le salon, alluma une cigarette et, du

milieu de la pièce, observa les vitrines. Mais il ne voyait ni les jades ni les délicates porcelaines aux tons d'aquarelle. « On » savait qu'il avait acheté ces pièces — une vraie folie — après l'affaire des restaurants universitaires ; « on » savait qu'il allait traiter l'affaire des groupes scolaires. « On » avait trouvé ce moyen subtil de l'avertir. « On » cherchait à l'impressionner, à l'écœurer.

Il ferma les yeux et respira profondément. Non ! C'était ridicule !... Quoi ! Un homme de sa trempe !... Pourtant...

Il sortit de la vitrine le lourd bouddha qui, les paupières closes, souriait   ses pensées secrètes. Il avait l'impression de tenir un ennemi entre ses mains. Il sentait qu'il était peut-être au bout de sa chance...

Quand les Lavarenne arrivèrent, il prit à part le psychiatre, un vieil ami de lycée, et l'emmena dans son bureau.

— J'ai quelque chose à te confier... Dans ton métier, tu dois en voir, des farfelus...

— Ça, tu peux le dire ! Le mois dernier encore... Un pauvre type qui n'arrivait pas à compter correctement jusqu'à dix.

— Rassure-toi. Je n'en suis pas là. Mais je suis bien empoisonné.

Et il lui raconta l'incident des vitrines. Lavarenne, un verre de fine au poing, l'écoutait attentivement.

— La première idée qui vient à l'esprit, conclut Ameuil en se forçant à rire, c'est qu'il suffit de changer les serrures. Il y a longtemps, d'ailleurs, que j'aurais dû le faire. Avec mes collections, je n'ai même pas un verrou de sûreté.

— La question n'est pas là, dit Lavarenne. C'est ta réaction qui me semble curieuse. D'abord, ta manie de

ne jamais toucher à ces bibelots est fort suggestive...
On dirait que tu y attaches une importance supersti-
tieuse... Et puis ton anxiété en ce moment... car tu es en
pleine obsession, c'est visible... Tu dors bien ?

— Comme ça...

— Hmmm... Les affaires ?

— Difficiles ! Mais je n'ai pas à me plaindre.

— Passe donc me voir demain. Je procéderai à un
petit examen. Je ne voudrais pas t'inquiéter, mon
vieux, mais tu es un type à suivre.

— Enfin quoi... On a déplacé mes bibelots, c'est
évident.

— Tu sais... le sentiment de l'évidence..., fit Lavarenne avec une moue dégoûtée, c'est peut-être ce qui
est le plus difficile à guérir.

Les trois truands rapprochèrent leurs têtes au-dessus
des pastis.

— Les patrons sont toujours dehors, expliqua le plus
petit. La bonne est à l'autre bout de l'appartement, et
la serrure... faites-moi confiance... Ce serait tout de
même trop bête de se contenter des bibelots. Tout est
intéressant, là-dedans. Tout ! Seulement, il faut au
moins s'y mettre à trois... Quand j'ai vu tout ce que je
laissais derrière moi, je suis revenu sur mes pas, et j'ai
remis la vaisselle en place. Ni vu ni connu... Demain, à
quatre heures, ça vous irait ?

— T'es sûr que t'as pas laissé de traces ? dit le plus
grand.

— Puisque je te répète que j'ai tout remis en place.
Exactement comme avant. Tu parles si j'ai l'habitude !

PSYCHOSE

— Vous avez établi sa fiche ? demanda Lavarenne.

— Il s'appelle Marcel Gervaise, répondit l'assistante. Il prétend qu'il peint.

A travers la glace sans tain, le psychiatre observait Gervaise, qui, dans le salon d'attente, étudiait de près une toile du Douanier Rousseau. L'homme était petit, habillé avec une certaine recherche. Il ne faisait pas du tout penser à un peintre, mais plutôt à un professeur, même à un notaire de province.

— Quel âge ?

— Quarante-six ans.

— Marié ?

— Oui.

— Où habite-t-il ?

— Auteuil.

— Faites-le entrer.

Gervaise salua, très à l'aise, s'assit d'autorité. Il avait des yeux très bleus, au regard pointu et un peu fixe.

— Je suppose que je dois tout vous dire ! commença-t-il.

Le psychiatre sourit.

— Qui vous a envoyé chez moi ?

— Ma femme.

— Elle me connaît ?

— Non. Elle a cherché l'adresse d'un spécialiste, dans l'annuaire.

— Et la première lui a paru la bonne ?

— Oui.

— Curieux. Et vous avez obéi à votre femme ?

— J'ai voulu lui faire plaisir. Elle s'inquiétait tellement à mon sujet. Bien à tort, du reste !... Parce que ma femme, autant vous le dire tout de suite, me croit... fou.

Lavarenne balaya le mot, d'un geste négligent de la main.

— Ça n'existe pas, la folie ! Il n'y a que des manières plus ou moins personnelles de penser.

Gervaise se détendit.

— Tout à fait d'accord, murmura-t-il. J'ai l'impression qu'enfin quelqu'un va me comprendre.

Ses yeux parcoururent la pièce, s'arrêtèrent sur un Dufy, sur un buffet. Il soupira.

— Toute ma vie, j'ai été la victime d'une étrange fatalité. Mais d'abord, sachez que je suis un bon peintre, et même un très bon peintre. Avec un peu de chance, j'aurais pu avoir une de mes toiles suspendues là, parmi les vôtres. C'est tellement facile de peindre comme ça ! Il suffit d'ignorer le dessin. Passons !... Il y a quatre ans, le directeur d'une galerie où j'exposais mes œuvres me proposa d'exécuter des copies... Rien d'illicite, je m'empresse de le dire. Vous ne soupçonnez pas le nombre d'imbéciles qui sont heureux d'accrocher dans leur salon une reproduction de Vinci ou de Rembrandt...

— Peut-être pas des imbéciles quand même..., hasarda Lavarenne.

Il rencontra le brûlant regard bleu et, de la tête, fit signe qu'il attendait la suite. Gervaise haussa les épaules.

— Admettons qu'il soit normal de coller *La Joconde* au-dessus de sa cheminée, entre un carillon Westmins-

ter et un calendrier des postes. Moi, je veux bien. On
me fournit des cadres d'époques, également imités, et
hop, les chèques tombent, régulièrement. Tout le
monde est content. Si vous désirez une copie de Dufy,
de Buffet, de Picasso, je suis votre homme.

— Tout de même, dit le psychiatre, les différences
doivent sauter aux yeux.

— Les différences ? fit Gervaise, abasourdi. Quelles
différences ?

— Vous ne prétendez pas, quel que soit votre talent,
reproduire exactement l'original ?

Gervaise sourit tristement.

— Vous aussi ! dit-il. Soit. Je ne discuterai pas. Je
vous demande seulement d'écouter mon histoire.
Après tout, je ne suis pas fâché de la raconter... Et puis,
vous êtes lié par le secret professionnel. Donc, admettons que les critiques, les experts, les spécialistes de
tout poil soient infaillibles. Eh bien, moi, Marcel
Gervaise, je me suis offert le luxe de remplacer le
fameux *Vieillard lisant*, de Rembrandt, au Louvre, par
sa copie et on n'y a vu que du feu.

— Intéressant, dit Lavarenne.

— Vous ne me croyez pas, insista Gervaise. Et
pourtant, je vous assure que c'est tout simple. Vous
arrivez un matin d'hiver, au Louvre, ou ailleurs. Les
salles sont à peu près désertes. Vous êtes revêtu d'un
manteau un peu ample, qui vous sert à dissimuler la
copie d'un tableau de petites dimensions, soigneusement choisi et, en une minute, vous opérez la substitution...

— Mais les gardiens ?

— Ils vont, ils viennent. Ma femme m'accompa-
gnait, pour détourner leur attention ou pour me
prévenir, en toussant discrètement, d'un danger possible.

— Ah ! Parce que Mme Gervaise, elle aussi...

— Naturellement. Pas de bon cœur, soyons justes. Elle était sûre que je me ferais prendre et puis elle n'approuvait pas mes échanges. Mais je ne risquais rien, absolument rien. La preuve : quand j'ai dérobé *Le Duc de Richmond*, de Van Dyck, un groupe de touristes est arrivé, avec un conférencier, et le conférencier a commenté longuement ma copie, a fait admirer la couleur des cheveux, le drapé de la chemise... Il s'agit d'un critique bien connu, pourtant. Et ensuite, personne n'a jamais remarqué que la vue du *Colisée*, de Corot, *La Conception immaculée de la Vierge*, de Murillo, et tant d'autres, sont des imitations.

— Passionnant, dit Lavarenne. Vous avez enlevé beaucoup de tableaux ?

Gervaise s'absorba dans un calcul compliqué.

— Dix-sept, dit-il. Sans compter ceux que j'ai pris en province. Mais là, c'est d'une facilité dérisoire et les œuvres sont souvent médiocres. Je possède pour plus d'un milliard de peintures. Autrement dit, moi, Gervaise, je vaux plus d'un milliard ! Dame !

— C'est évident, fit le psychiatre. Et vous avez l'intention de les vendre ?

Gervaise sursauta.

— Les vendre ? Mais je ne suis pas un voleur, monsieur. Je ne suis qu'un expérimentateur. Il est désormais prouvé que toute la clique qui décide de la valeur d'une toile est faite de minus, d'ignorants, de bas spéculateurs et de crétins diplômés. C'est tout !

— Vous êtes dur, monsieur Gervaise. Qu'un vrai connaisseur — il y en a — examine attentivement l'une de ces copies et vous voilà démasqué.

Gervaise croisa les bras avec lassitude.

— J'attends justement qu'on me démasque, comme vous dites. Mais l'incompétence, la sottise de ces messieurs est sans limites. Ou plutôt la qualité de ma peinture est exceptionnelle. Car c'est l'un ou l'autre...

Vous voyez, docteur, vous aussi, je vous tiens. Avouez-le. C'est l'un ou l'autre. Je veux bien reconnaître que je n'ai pas de génie ; mais alors, qu'ils reconnaissent, eux, qu'ils sont des imbéciles.

— Extraordinaire ! dit Lavarenne. Voyons, monsieur Gervaise, est-ce que vous pourriez copier le petit Rousseau de mon salon d'attente ?

Gervaise fit la moue.

— Un Rousseau, c'est à la portée de tout le monde, dit-il. Je viendrai demain, si vous voulez.

L'assistante accompagna Gervaise, tandis que le médecin sautait sur son téléphone, formait en hâte un numéro.

— Allô... Voulez-vous me passer M. le Conservateur... Merci.

Et alors, d'un trait Lavarenne pria le conservateur d'examiner soigneusement *Le Vieillard lisant*, *Le Duc de Richmond* et *La Conception immaculée de la Vierge*... Non, non, il ne pouvait pas s'expliquer par téléphone. Il voulait savoir, d'abord, si ces toiles étaient des faux.

Le conservateur répondit sèchement qu'il allait faire le nécessaire, eu égard à la qualité de son interlocuteur, mais qu'il se portait garant de l'authenticité de ces tableaux.

Quelques heures plus tard, il appelait le psychiatre. Aucun doute ; les toiles en question n'étaient nullement des copies. Il venait de les étudier personnellement.

— Mais, insista Lavarenne, vous les avez soumises à un examen scientifique ?

Le conservateur devint nerveux.

— Je pratique l'expertise depuis trente ans, répliqua-t-il. J'ai la prétention de connaître mon métier.

Lavarenne s'excusa. Il croyait qu'on utilisait des procédés chimiques pour établir l'authenticité de certains tableaux. Le conservateur suggéra que la psychanalyse était une chose et que la critique d'art en était une autre. Lavarenne admit du bout des lèvres qu'il s'en remettait entièrement au jugement d'un connaisseur aussi éminent. Puis il attendit avec impatience le retour de Gervaise.

Celui-ci fut fidèle au rendez-vous. Il arriva muni de son matériel et se mit au travail. Bien vite, le médecin dut se convaincre que son étrange client était un virtuose. Le modèle représentait un moulin avec son déversoir. Gervaise s'activait, en grommelant : « De la carte postale ! de la décalcomanie !... Regardez-moi ces peupliers ! C'est foutu comme des chandelles ! »

Et, pendant ce temps, le tableau prenait vie, commençait à ressembler à l'autre d'une manière hallucinante.

— On appelle ça du feuillage, grognait Gervaise. Moi, je dis que c'est du chou-fleur !

Le psychiatre n'écoutait pas. Il doutait. Pour la première fois, il doutait de lui. Et quand Gervaise eut terminé la toile, Lavarenne fut confondu. La copie valait l'original. Gervaise emporta son tableau.

— Encore deux ou trois petites retouches, dit-il. Je vous le rapporterai. J'espère que vous êtes convaincu ?

Lavarenne réfléchit longtemps. Il devait se rendre à l'évidence. Oui, l'imitation valait l'original ! Et sans doute en était-il ainsi de toutes les copies de Gervaise. Mais, d'un autre côté, il était inadmissible que... Il ne ferma pas l'œil de la nuit.

Le lendemain, Lavarenne fit, discrètement, porter un billet à Mme Gervaise. Elle se présenta dans l'après-midi, profitant d'une absence de son mari. Elle rapportait le faux Douanier Rousseau. C'était une jolie blonde, aux traits fatigués, à la bouche flétrie.

— Ce que m'a raconté votre mari confond l'imagina-

tion, dit Lavarenne. A-t-il vraiment procédé à toutes
ces substitutions ?

— Oui, fit-elle, en baissant les yeux. Vous comprenez pourquoi je vous l'ai envoyé. La vie n'est plus
supportable.

— Mais comment est-il possible que personne n'ait
jamais constaté... ?

— Parce qu'il n'y a rien à constater.

— Pardon !

Elle entraîna Lavarenne dans le salon d'attente,
décrocha la toile du Douanier, la remplaça par la
copie.

— Je vais emporter l'original, reprit-elle doucement. Mon mari, qui ignore, bien entendu, ma visite, le
rapportera demain, croyant que c'est son imitation. Et
il profitera d'un instant où vous le laisserez seul pour le
mettre à la place de celui que je viens de suspendre. Et
il sera heureux. Il restera persuadé qu'il possède votre
Rousseau. Depuis des années, il collectionne ainsi ses
propres copies.

— Mais... vous ?

— Moi, comme il me tient au courant de tous ses
projets, je passe avant lui dans les musées. C'est moi
qui vole les vrais tableaux et les remplace par les faux.
Je rapporte les originaux à son atelier... et lui les
rapporte aux musées, où il refait l'échange. Vous
comprenez pourquoi personne ne s'est jamais aperçu
de rien !

La voix de Mme Gervaise se brisa.

— Il vit dans son rêve et méprise l'univers. La vérité
le tuerait. Mais moi, je suis à bout. Que peut-on faire,
docteur ?

Lavarenne considéra les deux toiles, la vraie et la
fausse ; et déjà il ne savait plus où était la vraie, où
était la fausse. Il se passa la main sur les yeux.

— Je vais vous adresser tous les deux à un confrère.

Puis, il sonna son assistante :

— Simone, vous décommanderez tous mes rendez-vous. J'ai terriblement besoin d'un peu de repos.

SCHIZOPHRÉNIE

Le professeur Lavarenne examina la jeune femme qui entrait dans son cabinet... plutôt jolie... entre vingt-cinq et trente... assez bien habillée, mais du prêt-à-porter... situation sociale indécise, probablement modeste... très intimidée, très contractée... ne venait pas pour elle-même, sinon elle aurait demandé à une parente, à une voisine, de l'accompagner, tout au moins jusqu'au salon d'attente.

— Asseyez-vous.

Le professeur prit un carton quadrillé. Sa cliente s'était assise de biais, genoux serrés, au bord du fauteuil, tout contre le bureau. « Elle évite déjà de me regarder, pensa Lavarenne. Elle a quelque chose de grave à confesser. »

— Madame ?

— Oui... Madame Juliette Maret.

— Votre adresse ?

— Docteur, c'est à cause de mon mari que... Il est fou !

Elle crispait ses mains gantées sur son sac et hochait la tête d'un air désespéré.

— Il est devenu fou... La vie n'est plus possible.

— Voyons, madame... Calmez-vous... Détendez-vous... Répondez à mes questions... Adresse ?

— 92, rue Cardinet.

— Profession ?

— Mon mari travaille dans une banque. Il n'a pas une grosse situation, mais nous pourrions vivre tranquillement si...

— Là, là... Remettez-vous... Quel âge a-t-il ?

— Trente-quatre ans.

— Et vous ?

— Vingt-huit ans. Nous sommes mariés depuis quatre ans. Nous n'avons pas d'enfant. Je sais à quoi vous pensez, docteur... Non, nous nous entendons très bien. Jamais un mot plus haut que l'autre. Je fais tout ce que je peux pour le rendre heureux. Il le mérite.

— Quand vous l'avez épousé, il vous paraissait... disons normal ?

— Parfaitement normal. Peut-être un peu renfermé, un peu sombre, quelquefois. Mais il faut vous dire, docteur, qu'il a eu des débuts difficiles. Ses parents sont morts dans un accident d'auto alors qu'il avait une quinzaine d'années. Il a dû se débrouiller tout seul. Il aurait voulu étudier. Il était très doué. Mais il a bien fallu qu'il gagne sa vie tout de suite.

— Personne ne pouvait l'aider ?

— Non. Il a bien un oncle, du côté de son père. Mais les deux frères étaient brouillés. Et puis Charles est très fier.

— S'il en avait eu les moyens, quelle profession aurait-il choisie ?

— L'enseignement. Il adore l'histoire. Il y a des hommes qui bricolent, chez eux, quand ils ont une minute. Lui, jamais. Il est incapable de planter un clou. Il lit. Il ne cesse pas de lire. Il sait tout. Il a failli gagner trente mille francs, à la radio... Vous savez, un jeu où on pose des questions... On lui a demandé...

— Peu importe. Ce que j'aimerais savoir c'est la raison qui l'a poussé à s'inscrire à ce concours.

— La raison ?... Mais...

— Est-ce pour gagner de l'argent, ou bien pour faire la preuve de son érudition ? Je simplifie, mais vous voyez ce que je veux dire.

— Peut-être bien les deux, docteur. Mais trente mille francs, c'est une grosse somme.

— Quand avez-vous remarqué les premiers signes inquiétants ?

— Il y a six mois à peu près... Ma foi, quelques jours après son échec à la radio.

— Ah ! Intéressant, cela. Continuez.

— Le matin, il parlait tout seul, en se rasant. J'ai écouté. Il s'adressait à quelqu'un mais je n'ai pas pu comprendre à qui...

— A son image, peut-être.

— Oh ! non. Il parlait comme s'il y avait eu quelqu'un dans la pièce. Il était en colère. Une autre fois, je l'ai surpris, enveloppé dans son peignoir de bain et agenouillé sur le carrelage. Il se frappait la poitrine. Puis il s'est relevé, il a tendu la main droite et il a dit : « J'en fais le serment. »

— Ce sont ses propres termes ?

— Oui. Vous pensez si j'étais inquiète.

— Et il a eu beaucoup d'autres... crises ?

— Mais tout le temps, docteur... Non, pas tous les jours, j'exagère. Mais une ou deux fois par semaine. Le matin, toujours le matin. Au moment où il fait sa toilette et où il se croit tout seul. Quelquefois, il s'enroule dans sa robe de chambre, sans passer les manches... ou bien dans une couverture, et il parle, il parle, on dirait qu'il prêche... Mais comme il parle très vite et très bas, je ne sais pas ce qu'il dit.

— Mais il ne parle que s'il est drapé dans quelque chose ?

— Oui.

— Curieux. Et après ces accès ?

— Il est tout à fait normal.

— A la banque ?

— On ne s'est jamais plaint de lui. Au contraire. Je le surveille, vous savez. Eh bien, il n'a ses crises que le matin, au lever.

— Elles durent combien de temps, à peu près ?

— Oh ! trois minutes, quatre minutes. Et elles s'achèvent toujours de la même manière. Charles brandit le premier objet qui lui tombe sous la main, avant-hier, c'était sa brosse à dents, et il en donne de grands coups dans le vide.

— Attendez que je note. C'est capital !... Et ensuite ?

— Ensuite, il est épuisé. Il boit un verre d'eau, et c'est fini.

— Avez-vous essayé d'intervenir, de l'appeler, de le secouer ?

— Non, jamais... J'ai trop peur.

— Qu'est-ce que vous craignez ?

— Peut-être qu'il me frapperait. Il a l'air terrible, à ces moments-là.

— Comment ça, terrible ?... Méchant ? Cruel ?

— Non. Je ne sais pas bien expliquer... Plutôt exalté. Il est fou, quoi !

Et Juliette Maret éclata en sanglots. Jamais le professeur n'avait entendu raconter histoire plus extraordinaire. Il laissa la jeune femme reprendre ses esprits.

— Voyons, madame, dit-il... Que puis-je pour vous ? Je suis sûr que vous m'avez rapporté exactement ce que vous avez observé. Mais les meilleurs témoignages ne valent pas l'examen direct.

— Venez à la maison... Je vous en prie, docteur... C'est le seul moyen. J'ai beaucoup réfléchi avant de me résoudre à cette démarche. Il faut que vous veniez. Il y a une chambre d'ami, chez nous, où Charles n'entre jamais. Elle communique avec la salle de bains par

une porte toujours fermée à clef et on peut voir, par
une imposte, tout ce qui se passe dans le cabinet de
toilette. Si vous vouliez, docteur, il me suffirait de vous
téléphoner, un matin... Nous habitons si près... Vous
pourriez voir et entendre tout à votre aise... Il faut faire
quelque chose, docteur. C'est trop affreux !

Sur la pointe des pieds, le professeur Lavarenne
suivit Juliette Maret qui le conduisait vers la chambre
d'ami. Elle avait disposé un escabeau sous l'imposte.
Lavarenne n'eut qu'à monter deux marches. Il était
furieux contre lui-même, mais la curiosité l'emportait
sur le ressentiment. Il attendit que Juliette eût refermé
doucement la porte. Alors il regarda.

Charles Maret était immobile, au milieu du cabinet
de toilette. Il était affublé d'une vieille robe de plage et
réfléchissait profondément. C'était un homme petit et
maigre, au teint verdâtre, au cheveu rare. Les mains
derrière le dos, il fixait un point entre le lavabo et le
porte-serviettes. Lavarenne avait oublié ses scrupules.
Il notait toutes sortes de détails révélateurs : les
oreilles, un peu décollées, le menton mou, le tic de la
lèvre, les yeux enfoncés et brillants... Maret soupira et
prononça quelques mots, rapidement. Lavarenne sursauta. Il n'était pas sûr d'avoir bien entendu... Henri
III... Maret avait bien dit : Henri III... Il avait ajouté
quelque chose qui s'était perdu. Le professeur retenait
son souffle.

— Je les sauverai, dit Maret. C'est la volonté de
Dieu !... Mais tout ce sang... tout ce sang !

Il joignit les mains, ferma les yeux. « Délire mysti-
que », pensa Lavarenne. Charles Maret regarda autour
de lui, saisit son faux col, puis remarqua la robe dont il
s'était revêtu et parut interdit. Il la retira, avec une
sorte de méfiance, la jeta dans un coin et s'habilla,

soucieux. Il humecta une main-éponge, se baigna le visage, et s'observa un instant, dans la glace. Enfin, il sortit. Lavarenne descendit avec précaution de son perchoir. Une dizaine de minutes plus tard, Juliette vint le délivrer.

— Alors ? s'écria-t-elle.

— Il est parti ? demanda Lavarenne.

— Oui. Il avait l'air plutôt gai.

— Étrange, dit le professeur. Sans aucun doute votre mari s'identifie à un personnage historique et, selon toute vraisemblance, à une femme. Mais laquelle ? A mon avis, cette femme doit changer à chaque crise. Si l'on pouvait reconnaître un de ces modèles, il serait facile, ensuite, d'analyser l'obsession dont souffre M. Maret.

— C'est grave ?

— Je l'ignore. Il y a, dans la conduite de votre mari, des particularités bizarres... Je ne peux pas entrer dans le détail, évidemment, mais c'est un cas très curieux... très curieux. Est-ce que je pourrai revenir ?

Charles Maret, cette fois, tenait la robe à bout de bras, comme un corps flasque et sans vie. Dans sa main droite, il tenait un couteau. Il leva les yeux vers le ciel et murmura :

— Il le faut, Seigneur. Il le faut... C'est un fourbe.

Il planta le couteau dans la robe et, d'un geste prompt, fendit le tissu jusqu'en bas. En quelques secondes, la robe, tailladée, fut réduite en lanières que Maret jeta en tas dans un coin.

— Et maintenant, je suis nu, dit-il. Je suis libre !

Il s'absorba dans une longue méditation, entrecoupée de brefs monologues. Puis il éclata d'un rire amer, « un rire de théâtre », songea Lavarenne.

— L'édit de Nantes, dif-il, c'en est trop... Non, le roi ne déclarera pas la guerre au pape... Jamais !

Soudain hors de lui, il se jeta sur une sortie de bain qui pendait au portemanteau et la frappa, par trois fois, de son couteau. Alors, délivré, il abandonna l'arme sur un guéridon et but un grand verre d'eau. Il enfila son veston et redevint un petit employé méticuleux. Il brossa ses ongles, tâta ses poches pour voir s'il avait bien sur lui son mouchoir, ses clefs, son portefeuille. Il remarqua, sur le carrelage, les morceaux de la robe et soupira : « Cette pauvre Juliette ! Ce qu'elle peut être désordonnée ! » Un dernier coup d'œil à la glace ; il s'en alla tranquillement.

Juliette accourut bientôt.

— Eh bien, chère madame, dit Lavarenne, je crois que je commence à comprendre. C'est la robe qui nous a induits en erreur. Nous étions persuadés qu'il s'agissait toujours d'une femme, n'est-ce pas. Mais pas nécessairement. Il arrive aussi que votre mari se prenne pour un moine. Aujourd'hui, par exemple, il a joué le rôle de Ravaillac. Il a tué Henri IV, après avoir symboliquement détruit son froc... vous trouverez votre robe taillée en pièces. La dernière fois également : il était Jacques Clément et il se préparait à assassiner Henri III.

— C'est affreux, gémit Juliette.

— Non, madame. C'est logique. Enfin, c'est logique pour lui. Voilà un homme qui a perdu sa mère de bonne heure et qui, aussitôt après, a eu le sentiment d'être méconnu, humilié, d'être privé de la place qui lui revenait. Il s'est jeté dans l'étude et la seule fois où il veut convaincre les autres qu'il est enfin quelqu'un — vous savez, le jeu radiophonique ? — il échoue au port. La névrose s'installe aussitôt, rien de plus classique. En s'identifiant à des personnages historiques qui ont porté une robe et qui ont eu, en quelque sorte, une vocation de justiciers, l'orphelin, l'employé de banque, prend sa revanche...

— C'est bien ce que je disais. Il est fou.

— Mais non... Nous le guérirons, croyez-moi. Seulement, il faut agir vite. Il serait dangereux de le laisser dans cet état... Je vais aviser.

Juliette reconduisit le professeur. Quand elle revint, Charles l'attendait, à l'entrée du salon.

— Alors ? demanda-t-il.

— Ça va ! Il marche à fond ! Tu as été merveilleux, mon chéri.

Mais le plus difficile restait à faire. L'oncle André était toujours vivant. Charles, depuis des semaines, ruminait son plan. Il avait lu des quantités d'ouvrages concernant la psychiatrie, et les troubles de la personnalité n'avaient plus de secrets pour lui. Abuser un psychiatre, c'était possible. Simuler des impulsions homicides, aucune difficulté. Autrement dit, si Charles était convaincu d'assassinat, c'était l'asile. Et l'on s'évade d'un asile, surtout quand on a toute sa raison. Mais Charles ne voulait pas se faire prendre. Ce qu'il essayait, laborieusement, de mettre au point, c'était un crime parfait. L' « opération Lavarenne », comme il disait dans ses rares moments d'abandon, constituait l'ultime précaution, celle qui lui éviterait l'échafaud. Il espérait bien qu'elle serait inutile et qu'il découvrirait un moyen élégant et sûr de faire passer l'oncle de vie à trépas sans être jamais soupçonné. Il suffisait, en somme, d'imaginer un crime qui eût les apparences d'un accident ou d'un suicide. Simple question de lecture, d'érudition. Charles cherchait, à travers la littérature criminelle. Les exemples ne manquaient pas. Des oncles à héritage discrètement pendus ou empoisonnés, il y en avait presque à chaque page.

Cependant, Charles hésitait encore. La noyade le tentait beaucoup. Il se rappelait d'extraordinaires histoires où la baignoire jouait un rôle assez exaltant. Et justement, l'oncle André aimait à s'attarder dans son bain. Charles mûrissait son projet. En vérité, le projet était même au point. Ce qui retenait Charles, au dernier moment, c'étaient les propos de cet absurde professeur. Identification avec la mère... frustration... besoin de compensation... Tout cela ne tenait pas debout, bien entendu, mais laissait comme une arrière-pensée...

Le hasard fit beaucoup mieux les choses. Charles reposa le téléphone, abasourdi.

— Qu'est-ce que c'est ? dit Juliette.

— L'oncle, balbutia Charles... L'oncle André... Il est mort... C'est la bonne qui me prévient. Elle l'a trouvé mort, en revenant des commissions.

— Quoi ?

— Oui... Un accident. Un vrai... Il a été pris d'un malaise, pendant qu'il lisait, dans son bain. Il a dû vouloir se lever, appeler... Il tenait son coupe-papier et il est tombé dessus. Il est mort sur le coup.

Les deux époux se regardèrent. La joie les étouffait.

— Nous sommes riches ! dit Juliette.

— C'est quand même bon, dit Charles, d'être innocents !

Le procureur écoutait le professeur.

— Le doute n'est pas possible, conclut Lavarenne. Cette fois, il est allé jusqu'au bout. Il ne peut s'agir d'un accident, je viens de vous démontrer pourquoi.

— Jacques Clément... Ravaillac..., dit rêveusement le procureur.

— Et maintenant, cet homme poignardé dans son bain, continua le professeur.

— Marat, évidemment, dit le procureur.

— Et Charlotte Corday, dit Lavarenne. L'obsession de la robe, toujours.

— Je vais donner des ordres.

— Si vous permettez, monsieur le Procureur, dans la mesure où ça dépend de vous, j'aimerais qu'il fût placé dans mon service. Il fera l'objet d'une surveillance étroite, vous pensez bien. Pas de danger qu'il nous échappe !... C'est un cas assez extraordinaire. Je serais heureux de le suivre.

Les durs

LE FUSIL À FLÈCHES

J'étais, à l'époque, jeune inspecteur. Je sortais de l'École de Police et je croyais, naïvement, qu'il suffisait d'appliquer les méthodes qu'on nous avait enseignées pour venir à bout de l'affaire la plus embrouillée. L'expérience des anciens, les Torrence, les Janvier, me semblai relever d'un empirisme désuet. Pour moi, l'investigation policière n'était qu'une branche de la recherche scientifique. Hors du laboratoire, point de salut !

Mon chef, le divisionnaire Merlin, qui avait bien connu Maigret, me disait souvent : « Méfie-toi, petit. (Il me tutoyait toujours, dans l'intimité.) La vérité n'est pas dans les graphiques, dans les statistiques, ni dans les manuels de psychanalyse... Si tu veux réussir, écoute d'abord parler les gens ! » Je souriais. Il disait aussi : « La vérité, ça se culotte, comme une pipe. » Propos de vieil homme ! Je retournais à mes bouquins, attendant l'affaire qui me permettrait de donner ma mesure. Elle vint. Ce fut l'affaire de Saint-Mandé. Pendan quelques jours, elle passionna l'opinion et puis on l'oublia. Moi, je ne l'ai jamais oubliée, car elle a joué, dans ma vie, un rôle décisif.

Rien de plus simple, en apparence. Le commissaire Merlin m'appela. Il y avait, dans son bureau, un grand garçon très brun, assez beau, qui portait sous l'œil gauche une ecchymose toute fraîche. Mais ce qui me surprit le plus, c'est qu'il venait visiblement de pleurer.

— Robert Milot, dit le commissaire.

Je faillis demander, à l'étourdie : « Qu'est-ce qu'il a fait ? » Heureusement, Merlin m'avait appris à tenir ma langue.

— Champion d'Europe des légers, continua-t-il. Vous n'étiez pas, hier soir, à *Wagram ?* Dommage ! Vous avez perdu quelque chose... Il a eu Mac Sirven au deuxième round. Nous pensions bien qu'il gagnerait. Mais pas si vite. Raconte-nous la suite, Robert.

— J'ai tout de suite voulu téléphoner à maman pour lui annoncer la bonne nouvelle, dit Milot. Elle est trop émotive pour suivre mes matches à la radio, alors...

Les larmes jaillirent de ses yeux comme s'il venait de recevoir un poing en plein visage. C'était presque gênant de voir ce grand garçon terrassé par un chagrin de gosse.

— Alors, dit doucement le commissaire, la ligne était occupée.

— C'est ce que je ne comprends pas, bredouilla Milot. Elle savait que j'allais l'appeler, comme je le fais chaque fois, après un combat.

— Oui, dit Merlin, mais tu oublies que ton match a duré quoi ?... Pas plus de six minutes, au lieu des trois quarts d'heure prévus. Si elle a eu envie de parler avec quelqu'un, elle pensait qu'elle avait tout le temps, non ?

— Vous ne la connaissez pas, dit Milot. Elle est bien trop inquiète... enfin, elle l'était...

Il s'assit lourdement, les poings sur les yeux.

— Donc, poursuivit le commissaire, la ligne était occupée. Je précise qu'il était dix heures. Dix minutes plus tard, Milot a rappelé. Cette fois, il a entendu la sonnerie, mais personne n'a répondu. Alors, il a sauté dans sa voiture et il a filé à Saint-Mandé. Il a trouvé sa mère... morte... Mais attendez ; c'est là qu'il y a quelque chose de bizarre : la pauvre femme était très malade depuis des années... Appelez ça angine de poitrine, peu importe. Elle devait prendre les plus grandes précautions. Donc, sa mort ne paraît poser par elle-même aucun problème. N'est-ce pas, Robert ? Tu t'attendais bien à ce qui est arrivé ?

Milot hésita un instant, avant de faire oui, de la tête.

— Seulement, elle était tombée dans le couloir, entre sa chambre et celle de son fils. Et elle tenait un fusil, un fusil à flèches ; vous savez, ces fusils d'enfant qui tirent des baguettes munies, à leur extrémité, d'une ventouse de caoutchouc.

— Pour moi, fit Milot, elle a voulu se défendre.

— Contre qui ? objecta le commissaire, puisque l'appartement était fermé à clef ?

— A-t-elle été frappée ? demandai-je.

— A première vue, non, dit Merlin. Nous n'avons pas encore les résultats de l'autopsie, mais le médecin n'a relevé aucun signe suspect. A son avis, Mme Milot a succombé à une crise cardiaque.

— Alors, s'écria Milot, violemment, pourquoi avait-elle été chercher ce fusil ?

— Voyons, Robert ! Réfléchis bien ! Ta mère était une femme de bon sens. Si elle avait eu besoin de se défendre, elle aurait pris un autre objet.

— Il y a des armes d'enfant, observai-je, qui ont exactement l'apparence d'armes véritables.

— Pas celle-là, répondit Merlin. C'était un petit jouet de quat'sous, n'est-ce pas, Robert ?

— Elle me l'avait donné, expliqua Milot, pour me décider à aller à l'école. Elle l'avait acheté dans un bazar... En ce temps-là, nous n'étions pas bien riches. Mon père venait de mourir ; et moi, l'école !... C'est fou

ce que j'ai pu jouer avec ce fusil ! Il y a des gamins qui
gardent un ours en peluche ou un cheval de bois. Moi,
c'est ce fusil qui représente tout...

— Quoi... tout ? murmura le commissaire.

— Je ne sais pas... peut-être le temps où on était
heureux, ma mère et moi.

— Et maintenant, vous n'êtes pas heureux ? demandai-je. Si je comprends bien, vous êtes en train de
faire une belle carrière.

— Ce n'est pas pareil. Oui, je suis heureux, en un
sens. Je gagne beaucoup d'argent. On parle de moi...
Mais...

Milot cherchait à préciser sa pensée. Le bonheur est
une idée difficile, et pas seulement pour un boxeur. Il
renonça.

— Vous irez là-bas, me dit Merlin. Vous reniflerez
un peu dans les coins. A mon avis, il n'y a rien à
trouver... Pourtant, on ne sait jamais. Et puis, j'ai bien
connu son père... Passons ! Voyez le commissaire qui a
fait les premières constatations...

Il faillit ajouter : « Écoutez parler les gens ! », mais
il sentit qu'il allait rabâcher et se contenta de me
tendre la main.

— Ah ! ajouta-t-il, l'adresse ?

— 36 *bis*, rue de l'Alouette, à Saint-Mandé, dit
Milot.

Je les laissai tous les deux et descendis, agacé et
déçu. Voilà tout ce qu'on me proposait, pour achever
mon apprentissage ! La vieille était morte de sa belle
mort, pardi ! et j'allais faire jaser bien inutilement !

Je me rendis à Saint-Mandé. La maison était assez
belle. Deux étages, garage, jardinet. Sans doute avait-
elle été achetée avec les premiers gains de Milot. Le
commissaire de police fut surpris de ma visite. Pour
lui, tout était parfaitement clair. Oui, il y avait bien
ce détail curieux du fusil à flèches, mais quand une

personne meurt brutalement, sa mort paraît toujours
insolite.

— Elle aurait aussi bien pu tenir une casserole ou un
fer à repasser, observa le commissaire, non sans raison.
Il se trouve que c'est une arme... enfin, une arme pour
rire. Des coïncidences, on en rencontre autant qu'on
veut !

Il m'apprit, incidemment, que Mme Milot n'était
point une vieille femme, comme je l'avais supposé. Elle
avait cinquante et un ans, mais paraissait nettement
plus âgée car elle avait beaucoup travaillé.

— Son fils a l'air de croire qu'elle a été tuée, dis-je.

— Absurde ! Vous pensez bien que j'ai mené sérieusement mon enquête. Qui habite la maison ? Elle
d'abord. Elle occupe le rez-de-chaussée. Ensuite, au
premier, les Nillesan. Ils sont dans le Midi, depuis une
quinzaine. Enfin, au second, une veuve, Mme Landry.
Elle a soixante-dix ans. Elle vient de faire une phlébite
et peut à peine bouger. La garde-malade qui la soigne
est formelle : Mme Landry dormait, quand elle est
partie, hier soir, vers neuf heures. Donc, vous le voyez,
la maison était pratiquement vide. Pour être franc, je
dois reconnaître que Mme Milot ne s'entendait pas du
tout avec sa locataire. Vous savez ce que c'est : deux
femmes seules, malades... Bref, elles essayaient de se
rendre la vie impossible. J'ai, sur ce point, le témoignage de la garde-malade et celui de la femme de
ménage qui venait, trois fois par semaine, chez
Mme Milot. Il paraît que cette dernière avait un caractère très difficile. Je crois surtout que la gloire nais-
sante de son fils lui avait un peu tourné la tête. Quelle
revanche, pour elle ! Il n'y avait que ce fils qui
comptait. C'est même ce qui a provoqué le divorce.

— Quel divorce ?

— Comment ! Vous ne savez pas ?... Mme Milot
s'était remariée, il y a trois ans, avec un certain Antoine

Gurde, ancien fonctionnaire, pensionné à cent pour cent à la suite d'une blessure de guerre. Il a un bras de moins. Bel homme, d'ailleurs. Mais ça n'allait pas du tout entre lui et Milot, pour des raisons que j'ignore. Toujours est-il qu'il est parti, l'année dernière, et que le divorce vient d'être prononcé.

— Supposez qu'il ait gardé une clef de l'appartement?

— C'est possible! Seulement, cela n'explique nullement comment il s'y serait pris pour tuer sa femme... Et puis, je vous précise tout de suite que Gurde assistait, hier soir, à une réunion de l'Amicale de son régiment, au *Café du Cycle*, à la porte Maillot. Vous pourrez vérifier, comme je l'ai fait moi-même. Dix témoins vous répéteront qu'il n'a pas bougé de neuf heures et demie à minuit. Et vous connaissez la distance de Maillot à Saint-Mandé...

— Et la locataire, cette dame Landry? Peut-on affirmer qu'elle n'est pas descendue?

Le commissaire poussa vers moi son paquet de Gauloises.

— Je pense qu'on le peut, car la garde venait de lui administrer un calmant puissant... J'ai oublié le nom du produit mais vous verrez l'ordonnance... Enfin, Mme Milot n'aurait certainement pas ouvert à sa locataire. N'oubliez pas non plus qu'on a trouvé la porte fermée à clef.

— Alors?

— Eh bien, il s'agit tout bonnement d'une mort naturelle, je vous le répète. Je ne comprends même pas qu'on fasse tant d'histoires. Il est vrai que Milot est maintenant célèbre.

Du plat de la main, il frappa sur une pile de journaux et haussa les épaules. Il ne me restait plus qu'à visiter l'appartement, mais j'étais déjà sûr que je n'y découvrirais rien d'intéressant. Milot vint m'y rejoindre parce qu'il tenait à me montrer son fusil. C'était, en effet, un petit fusil, à crosse grossièrement taillée. Le ressort en était cassé depuis longtemps. Milot le maniait avec une sorte de respect.

— Maman était là, dit-il. Juste entre la porte de sa chambre et la porte de la mienne. Elle était couchée sur le côté, comme ça...

Il s'allongea sur le parquet, le fusil serré contre lui, puis il se releva d'un bond souple.

— Pauvre maman !

Je faillis lui lâcher quelques mots désagréables. Je veux bien qu'on soit sentimental, mais je n'aime pas ces athlètes qui, après une épreuve où ils ont donné libre cours à toutes les passions les plus animales, font à la presse des déclarations édifiantes : « Je suis bien content pour mes amis, pour ma femme, pour ma mère... » Et j'avais l'impression que Milot posait un peu, dans son chagrin, qu'il admirait en lui le grand champion au cœur simple. C'était trop facile, le gamin de Paris, la mère qui se sacrifie, le garçon qui se bat « pour maman »... J'entrai dans sa chambre.

— Où était-il, ce fusil ?

— Là, sous les photos.

Une rangée de photos représentant Milot à six mois, à un an, à deux ans, jouant au ballon, au cerceau, déguisé en marin, en pompier, puis habillé en communiant... Milot encore, en garde derrière ses gants, sautant à la corde, boxant son ombre ; et enfin de nombreux instantanés pris pendant ses combats, à la lumière crue des projecteurs, l'arbitre, le bras levé, comptant l'adversaire écroulé.

— Trente-huit combats, dit Milot. Trente victoires. Six matches nuls. Deux défaites.

— Pas mal, dis-je poliment. Mme Milot n'assistait jamais à ces rencontres ?

— Jamais. Elle avait trop peur.

— Comment êtes-vous venu à la boxe ?

— Eh bien, c'est un peu par hasard. Quand j'étais petit, voyez... j'étais fluet, fragile. J'avais l'air d'une fille... Maman aurait tant voulu une fille ! Elle m'a élevé dans du coton. Et puis, vers quatorze ans, je me suis développé, brusquement. Alors c'est un ami de mon père qui m'a donné le goût du sport. J'ai livré quelques combats, pour m'amuser. Je n'y croyais pas.

— Quel était votre métier, à l'époque ?

Milot parut gêné. Il fit quelques pas, tête basse, chassant de la pointe du soulier d'invisibles poussières.

— Je ne faisais pas grand-chose, avoua-t-il.

— Vous laissiez votre mère...

— C'est plus compliqué que ça... A ce moment-là, Gurde commençait de venir à la maison.

— Et vous ne l'aimiez pas ?

Milot me regarda, surpris.

— Non, dit-il, je ne l'aimais pas. Je ne pouvais pas m'habituer à voir ce type entre maman et moi... Il ne cessait pas de me chercher. Il m'appelait Battling Machin, parce qu'il savait que cela me mettait en rogne.

— Il ne disait pas que vous n'étiez bon à rien ?

— Si, il le disait, mais pas devant moi, parce que je lui aurais mis mon poing dans la figure.

Milot donna un coup de pied dans la descente de lit.

— Et encore, murmura-t-il, j'ai tort. Si, il le disait devant moi... Il était mutilé... il avait un bras de moins... alors, il ne risquait rien, bien sûr.

Voilà que j'écoutais « parler les gens », comme le voulait le patron. Je souris.

— Oh ! il n'y a pas de quoi rigoler, grogna Milot.

— Ne vous fâchez pas. Je pensais à quelque chose qui n'a pas de rapport... Continuez !

— Qu'est-ce que vous voulez que je vous dise de plus ?... Je me suis mis à boxer sérieusement à cause de lui... Je lui dois mon gauche. Quand je le faisais exploser sur un menton, ou sur une joue, il me semblait que je cognais sur lui. « Attrape ! De la part de Battling Machin ! »

Je l'écoutais maintenant avec plaisir. Pour la première fois, il parlait juste.

— Et votre mère ?... Je suppose qu'elle souffrait de cette mésentente ?

— Évidemment... Mais qu'est-ce que je pouvais faire ?

— Est-ce qu'elle l'aimait ?

— Je crois... oui... Quand je n'étais pas là.

— Comment ça ?

— Devant moi, il n'osait pas, vous comprenez... Il était comme un visiteur... Et puis, il y a encore autre chose... Quand je vous dis que c'est compliqué... Moi, je m'y perds !

Il s'assit sur son lit, les mains entre les genoux.

— J'ai commencé à gagner beaucoup d'argent, reprit-il. Et ça ne lui plaisait pas.

— A qui ?

— A lui, forcément.

— Oui, je vois.

Mais ce que je voyais, je n'osais pas le lui dire. Je voyais une femme qui avait cessé d'aimer, pendant quelques années, un adolescent brutal et paresseux, si loin du petit garçon frêle et tendre qu'elle avait couvé. Mais l'adolescent était devenu un merveilleux gladiateur et elle avait été prise, cette fois, au cœur, au ventre. Ce champion, qui recevait sans doute un courrier de vedette, c'était son fils !

— On vous écrit beaucoup ?

Il rit avec fatuité, écarta les mains.

— Des tas de lettres comme ça !... Vous savez ce que c'est, les filles ! Elles sont toutes folles. Des fois, j'en lisais à maman. Je la taquinais un peu, quoi !

— Et ce divorce, comment s'est-il produit ?

— Je ne sais pas. C'est arrivé pendant que je préparais mon championnat de France. J'étais parti à la campagne, pendant deux mois... Quand je suis revenu, Gurde avait fait ses paquets.

— Mais votre mère, qu'est-ce qu'elle vous a dit ?

— Elle m'a dit que c'était un méchant homme et qu'elle l'avait mis à la porte.

— Et vous n'avez pas demandé d'explications ?

— Non. J'avais d'autres soucis. J'avais été blessé, au cours du combat, et je récupérais assez difficilement. Je peux bien vous le dire, j'encaisse mal. Dès que je dépasse six rounds, je souffre. Maman m'a soigné. Nous avons fait un voyage d'amoureux, en Espagne, il n'a plus jamais été question de Gurde entre nous.

— Je peux visiter ?

Il m'emmena partout. Je m'attardai dans la chambre de Mme Milot, toute simple. Les trophées gagnés par son fils, quand il était amateur, étaient exposés sur une table.

— Excusez-moi, dit Milot. J'aime mieux vous attendre dans le couloir.

Il ne m'accompagna pas davantage au salon, une petite pièce très intime, et qui sentait l'encaustique. J'avisai le téléphone. A défaut d'un rapport complet, peut-être le médecin légiste pourrait-il déjà me communiquer ses premières constatations. Je poussai la porte et appelai l'Institut médico-légal. Le docteur Suève venait de terminer sa tâche. Il situait le décès entre neuf heures et demie et dix heures et demie du soir, ce que nous savions déjà. Non, il n'avait relevé aucune trace de poison. Aucune trace suspecte, d'aucune nature. Je reposai l'appareil.

Je ne savais pas encore que j'avais compris le mystère. La solution s'était formée, tout seule, quelque part, dans une région obscure de mon esprit. Mes souvenirs d'école ne m'avaient pas servi. Simplement, j'avais, moi aussi, une mère que j'aimais. Par habitude professionnelle, j'examinai la serrure de la porte d'entrée.

— Il n'existe bien que deux clefs ?

— Oui. Maman avait l'une et moi l'autre... Et pourtant, il a bien fallu que quelqu'un vienne, qu'elle se sente menacée...

Je me tus soudain. La vérité venait de m'apparaître, aveuglante. Je l'étudiai à loisir, dans le taxi qui me ramenait à la P.J. Mon explication tenait.

— Toi, s'écria Merlin en me voyant, tu as découvert quelque chose.

— Mme Milot a bien été tuée.

— Quoi ?

Je lui racontai rapidement ma visite et présentai mes conclusions.

— Éliminons la voisine. Elle était sous l'effet d'un calmant et n'a pu bouger. N'importe comment, Mme Milot ne lui eût pas ouvert.

— Reste Gurde, dit le commissaire. Mais il a un alibi inattaquable, je te l'ai dit. A l'heure du crime, puisque d'après toi il y a crime, il était au *Café du Cycle*, à quinze kilomètres de Saint-Mandé.

— Alors, c'est de ce café que Gurde a téléphoné. Une idée atroce ! Il a téléphoné à son ex-femme, sans doute en modifiant sa voix, pour lui dire que son fils venait d'être très gravement touché ; peut-être même lui a-t-il dit qu'il était mort. C'était une vengeance affreuse et qui a, je veux le croire, dépassé l'intention de Gurde. La malheureuse mère, nous le savons, avait le cœur fragile. Elle a été prise d'une défaillance. Elle s'est traînée jusqu'à la chambre de son enfant... Ce petit pour qui elle a tant fait... il ne reviendra plus... Elle regarde les photos qui résument toute une vie... elle prend le petit fusil... le jouet préféré... et la syncope la terrasse... Elle a été tuée à distance aussi sûrement que par une balle... Tout s'explique... La ligne téléphonique occupée à dix heures, l'heure du combat ; puis, dix minutes plus tard, le téléphone que personne ne décroche plus... Reste à faire avouer Gurde.

— Je m'en charge, dit Merlin. Je n'ai plus que cela à t'apprendre. Le reste... Ça y est !... Tu as compris... Tu vois comme j'avais raison... La vérité, ça se culotte comme une pipe... et une pipe, il faut la fumer doucement... doucement...

LES TROIS SUSPECTS

On m'a souvent demandé comment je procède, quand j'essaye de tirer au clair une affaire très embrouillée. Ma foi, je n'en sais rien. Il y a des règles à observer, bien sûr, mais le travail, le vrai, s'accomplit tout seul. Comme le disait notre bon maître, celui que nous surnommions pour rire l' « enchanteur Merlin », une enquête, c'est comme un tableau abstrait. Si l'on a l'œil, du premier coup on voit s'il est à l'endroit ou à l'envers. Il avait mille fois raison, sauf sur un point : c'est que l'endroit n'apparaît jamais tout de suite, mais seulement à la longue, et à force de regarder et de se crever les yeux. Je me rappelle cette affaire des trois suspects. Elle était toute semblable à un tableau, en effet. Mais, pendant des jours et des jours, nous l'avons étudié, ce tableau, mes collaborateurs et moi, sans remarquer qu'il était à l'envers. Qu'on en juge, plutôt.

C'était un 10 août. Paris était vide et, si la concierge de l'immeuble, situé rue Lauriston, avait été moins méfiante, personne n'aurait remarqué que Raymond Laffaye avait disparu. Mais, comme il avait l'habitude de la prévenir, quand il s'absentait, elle s'étonna de ne pas l'avoir vu depuis deux jours et prévint le commissaire de police. Il y avait de la lumière dans l'appartement, mais personne ne répondait aux appels. Le commissaire requit un serrurier et entra sans difficulté, la porte n'étant pas fermée au verrou. Certains indices lui donnèrent immédiatement à penser qu'un drame s'était déroulé dans l'appartement et l'enquête me fut confiée.

Ces indices étaient nombreux et apparents, beaucoup trop pour mon goût. Dans le salon, il y avait des traces de lutte : fauteuil renversé, table repoussée, tapis déplacé, sans parler d'un vase en miettes ; dans la chambre, détail bizarre, le dessus-de-lit avait été emporté. Sur la table de la cuisine, je découvris une pelote de grosse ficelle, et enfin, dans le vestibule, caché par la porte qui l'avait repoussé le long du mur, un mouchoir, marqué R. L. et taché de sang. C'était clair : Raymond Laffaye avait été assailli dans le salon et abattu. L'agresseur avait roulé le corps dans le dessus-de-lit, l'avait soigneusement ficelé, descendu, puis avait dû le charger dans une automobile. Mais le mouchoir de Laffaye, que celui-ci portait sans doute en pochette, était tombé, à l'insu de l'assassin...

Tout cela me semblait un peu trop évident. Si Raymond Laffaye avait voulu qu'on crût à sa mort, il ne s'y serait pas pris autrement. Pour tout dire, je flairais la mise en scène. Le fauteuil, par exemple. Il fallait vraiment de la bonne volonté pour le renverser, j'en fis l'expérience. Il était bas, très lourd. Et puis, j'avais une certaine expérience de ces pièces où il y a eu bataille. Le vrai désordre a des caractéristiques particulières, difficiles à définir mais qui sautent aux yeux. Le laboratoire s'occuperait de la pochette, mais Laffaye était un vieux renard. Il avait sûrement pris soin de laisser sur le mouchoir des traces de son propre sang. Car Laffaye n'était pas un inconnu pour moi. J'avais eu affaire à lui, quelques années plus tôt, pour un vol commis dans ses bureaux. C'était une affaire sans importance, mais, à cette occasion, j'avais recueilli des témoignages, reçu des confidences, et j'avais acquis la conviction que le bonhomme serait à revoir.

Je mis donc en branle la machine policière et commençai, comme toujours, à interroger à droite et à gauche. La concierge ne m'apprit rien d'intéressant. Raymond Laffaye menait une vie assez régulière. Il se couchait tard, se levait tard, ne recevait généralement personne chez lui. Les locataires de l'immeuble étaient presque tous en vacances. Évidemment, si Laffaye avait été tué — hypothèse que je n'écartais pas *a priori* — son agresseur avait pu, sans courir de grands risques, porter le corps jusqu'à l'ascenseur, le descendre du troisième étage et le sortir de la maison. Mais l'homme devait être taillé en force, car Laffaye, je m'en souvenais parfaitement, était plus grand que moi et pesait au moins quatre-vingt-cinq kilos.

Convaincu que je faisais du roman, je résolus de manœuvrer comme si Raymond Laffaye avait voulu s'enfuir sans crainte d'être poursuivi. Et d'abord, comment marchait son affaire ?... Il dirigeait une petite entreprise de films publicitaires qui n'allait pas très fort. D'après sa secrétaire, Yvonne Hardouin, elle était même au bord de la faillite. Raymond Laffaye était un homme désordonné et sans scrupules, qui devait de l'argent à tout le monde. Elle-même n'avait pas été payée depuis deux mois et venait de recevoir son congé. Elle en avait les larmes aux yeux, en me racontant cela. Mais Henri Felgraud, l'associé de Laffaye, n'hésita pas, lui, à traiter le disparu de fripouille et d'escroc. Il avait connu Laffaye au lycée. C'était un bon camarade, pas très travailleur peut-être, mais débrouillard, actif et surtout doué d'un extraordinaire bagou. Quelquefois, il s'amusait à faire la quête, dans les maisons, sous un prétexte qu'il inventait et il était tellement persuasif, il paraissait si convaincu, qu'on lui donnait, sans hésiter.

— Dès ce moment-là, j'aurais dû me méfier, dit Felgraud. Mais, moi aussi, j'adorais faire des blagues. Ce n'était pas méchant. Quand je l'ai retrouvé, par hasard, il y a deux ans, il m'a eu tout de suite au charme. Il était plein de projets, et songeait à tourner des films pour la télévision. Il commença à aligner des chiffres et quand Raymond parlait chiffres, c'était un vrai récital. Je me suis laissé empaumer et j'ai mis quelques millions dans l'affaire. J'ai tout perdu, naturellement. Et par sa faute ! Car l'entreprise était saine. Mais il vivait toujours au-dessus de ses moyens. Il fallait qu'il se donne sans cesse la comédie du businessman ; il traversait la vie, le regard fixé sur son profil. Habillé à l'anglaise, fumant des cigares de cinéma, le pourboire facile, mais la caisse vide. Et toujours le dernier mot. Toujours le sourire aux lèvres. Fastueux. Inconscient. Il n'y a pas d'autre mot : inconscient. Il avait une façon de dire : « Vous, mon cher, vous êtes un commerçant », qui donnait envie de le frapper. Ça m'est, d'ailleurs, arrivé une fois, je l'avoue. Je l'ai giflé, tellement j'étais hors de moi. Croyez-vous qu'il s'est fâché ? Pas du tout. Il a fait le généreux, l'homme qui pardonne un mouvement d'humeur. Il s'est contenté d'observer qu'il était bien mal secondé. A tuer, je vous dis, à tuer !

— A votre avis ?

— Il a filé. Tout bonnement. Il devait à tout le monde. Parlez de lui à son frère, vous verrez !

Je me rendis chez Denis Laffaye, qui venait de rentrer de voyage, alerté par un appel lancé à la radio. Je trouvai un garçon exaspéré, qui se répandit aussitôt en propos violents. Pour lui, Raymond n'était pas seulement un margoulin, mais un voleur. Il m'expliqua que Laffaye avait emprunté des sommes considérables à leur père. Il s'était engagé à les restituer, au moment de la succession. Il avait rédigé des reçus...

— Je les ai là, dit Denis, et il a l'audace de prétendre que ce sont des faux et que c'est moi qui les ai fabriqués. Nous sommes en procès, et je ne suis même pas certain de gagner. Cette crapule a légèrement contrefait son écriture et sa signature, si bien que, maintenant, les experts n'osent se prononcer. Cela vous dépeint l'homme. Il n'a fait que des dupes, si vous voulez savoir. Et ses secrétaires ! Un scandale ! Il les gardait trois mois, le temps de bien s'amuser, et puis, hop ! Dehors ! A la suivante ! La petite Hardouin — vous l'avez vue ? — charmante, hein ? Eh bien, il vient de la vider. Après lui avoir promis monts et merveilles, comme d'habitude... Albert, le frère de la gosse, l'a menacé. Bah ! les menaces ! Tout glisse sur lui. Je ne suis pas méchant, mais je souhaite, vous entendez, je souhaite qu'il tombe, un beau jour, sur un bec.

— C'est peut-être déjà fait.

— Allons donc !... A l'heure actuelle, il est en Belgique ou en Suisse, avec tout l'argent qu'il a pu rafler et de faux papiers d'identité. Et je suis bien tranquille ! Dans un mois, il aura trouvé de nouveaux gogos. C'est un étonnant comédien, vous savez ! Non, croyez-moi, il a encore un bel avenir !...

— Il a tout de même quarante-huit ans.

— Mais c'est ce qui le rend irrésistible ! Il fait tellement sérieux ! Quand il parle, il semble peser tous ses mots. Vous avez toujours l'impression qu'il a envie de faire une indiscrétion en votre faveur, parce que vous lui êtes sympathique. Il baisse la voix, il hésite, il hausse les épaules, il sourit : « A vous, après tout, je peux bien le dire... » Ça y est ! Vous êtes dedans ! Moi, il y a des moments où je me demande s'il ne faudrait pas l'enfermer. Après tout, la mégalomanie, ça se soigne !

Je n'eus aucune peine à joindre Albert Hardouin, le

frère de la secrétaire renvoyée. Il avait une vingtaine
d'années, l'allure d'un sportif, un visage ouvert et
rieur. Mais, quand je prononçai le nom de Raymond
Laffaye, il se transforma.

— Celui-là, dit-il, qu'il ne me tombe jamais sous la
main !

Il me raconta la mésaventure de sa sœur. La pauvre
petite s'était éprise du patron. Il était si poli, si réservé,
avec quelque chose de paternel !... Il avait fait semblant de se confier à elle, lui avait fait part de ses
projets...

— Vous comprenez, c'est le type qui a besoin qu'on
l'écoute, qu'on l'admire. Une fois, au début, il m'a
invité à déjeuner. Je reconnais qu'il m'a eu. Il parlait
des plus grands acteurs sur un ton familier ; c'était
terriblement impressionnant. « Mon groupe vient
d'engager Belmondo... Bébel s'est fait un peu tirer
l'oreille, mais comme il voulait absolument faire quelque chose avec moi, il a fini par accepter... » J'étais là,
comme un idiot, à boire ses paroles. Tu parles !... Et
cette cruche d'Yvonne croyait qu'il allait l'épouser.
Aussi, quand il lui a dit qu'elle pouvait chercher autre
chose, quel drame ! C'est bien simple, elle en devient
folle, la pauvre gosse !

Cette fois, j'étais convaincu. Nous nous trouvions
bien en présence d'une fugue. Laffaye avait voulu
rompre définitivement avec un passé trop lourd.

Je me trompais. On repêcha son corps, le surlendemain, très loin en aval de Paris. Il était bel et bien
mort, et, qui plus est, il avait été tué d'un coup de
pistolet en plein cœur. Ses papiers d'identité avaient
disparu. Disparu également, le dessus-de-lit qui avait
dû servir au macabre transport. Peut-être le courant
l'avait-il emporté ? Mais il était plus vraisemblable
d'imaginer que c'était l'assassin lui-même qui l'avait
enlevé avant de pousser le cadavre dans la Seine. Son

calcul paraissait simple. Il pouvait espérer : ou qu'on ne retrouverait jamais le corps, ou qu'on le retrouverait trop tard pour pouvoir l'identifier, ou qu'on conclurait au suicide de Raymond Laffaye. Dans un cas comme dans l'autre, c'était l'impunité assurée. Il avait simplement négligé les indices, dans l'appartement de la rue Lauriston.

J'étais tellement sûr que Laffaye avait pris la fuite que je ne savais plus par quel bout reprendre l'affaire. J'attendis le rapport du médecin légiste : Laffaye avait été tué dans la nuit du 8 au 9, aux environs de minuit. En bonne logique, j'avais trois suspects : Henri Felgraud, l'associé ; Denis Laffaye et Albert Hardouin, le frère de la petite secrétaire. Tous les trois avaient un compte à régler avec le défunt ; tous les trois étaient assez robustes pour avoir transporté le corps de l'appartement à l'ascenseur, puis de l'ascenseur à une voiture. Certes, le risque était grand. Le criminel n'était-il pas à la merci de la moindre rencontre : un locataire ou un passant attardé, un chauffeur de taxi... Son comportement semblait écarter l'idée d'un crime prémédité. On imaginait plutôt la querelle imprévue et se terminant mal, le coupable talonné par la nécessité...

Je mis sur l'affaire tous les hommes disponibles et, naturellement, les premiers renseignements recueillis furent décourageants. Mes trois suspects avaient chacun un alibi.

Le jeune Hardouin était en vacances à Ancenis, près de Nantes, chez des amis. Ses vacances prenaient fin le 10 et on avait organisé une grande partie de pêche, le 9, pour clore les festivités. Tout le monde s'était séparé le 8 au soir, vers vingt et une heures, et tout le monde s'était retrouvé le lendemain matin à six heures. Toute la question était de savoir si Albert Hardouin avait eu le temps, à bord de sa Citroën, d'aller à Paris, de tuer

Laffaye et de revenir à Ancenis avant six heures. C'était un problème de certificat d'études : si une voiture peut faire cent kilomètres de moyenne, sachant que Paris est à une distance de quatre cents kilomètres... Hélas ! Je passais ma vie à pâlir sur de pareils problèmes, tous aussi simples et aussi absurdes. En théorie, bien sûr, c'était possible. La nuit, sur un trajet facile, Hardouin pouvait, avec une voiture en bon état, soutenir une moyenne de cent kilomètres. En admettant donc qu'il eût fait l'aller et le retour en huit heures, il lui serait exactement resté une heure pour... C'était possible, oui ; mais était-ce vraisemblable ?... Il faudrait interroger les amis de vacances, montrer la photo d'Hardouin dans les stations-service ouvertes la nuit, sur le parcours Nantes-Paris, car Hardouin avait bien été obligé de se ravitailler, si vraiment... Mais l'alibi me semblait solide.

Henri Felgraud, lui, habitait Versailles. Il affirmait n'avoir pas bougé de chez lui. Il avait regardé la télévision, avec sa femme, jusqu'à vingt-deux heures et s'était couché. Sa femme confirmait ses déclarations. Cela, c'était l'alibi irritant parce que le plus simple, le plus solide. Si l'on ne possède aucune raison précise de mettre en doute les affirmations d'un suspect, il n'y a qu'à s'incliner. Dire : « Vous mentez ! », cela revient à nier systématiquement le témoignage de tous les proches. Dans le cas présent, non seulement je devais me méfier de Mme Felgraud, mais aussi de la belle-mère de Felgraud, qui était infirme, dormait mal et entendait tous les bruits de la maison, sans parler de la petite bonne, qui couchait au-dessus du garage et n'avait rien entendu. Pouvais-je sérieusement penser qu'ils étaient tous les quatre complices ?

Quant à Denis Laffaye, il avait appris la disparition de son frère à Arcachon, où il faisait du camping. Comme chaque soir, il écoutait la radio et s'amusait notamment à prendre Inter-Service-Route, pour entendre les appels d'urgence adressés aux automobilistes perdus dans la nature. Quelle n'avait pas été sa surprise quand le speaker avait dit : « M. Denis Laffaye, qui voyage à bord d'une Peugeot 404 grise avec remorque et se trouve dans la région de Bordeaux est prié de rentrer d'urgence à Paris, son frère ayant disparu. »

Des trois, c'était lui qui disposait, du moins en apparence, de l'alibi le plus inattaquable. Mais c'était lui aussi qui haïssait le plus Raymond Laffaye, d'une de ces haines familiales qui ne désarment jamais.

J'épluchai donc leurs trois emplois du temps. J'examinai à fond la voiture d'Hardouin, une I.D. assez fatiguée mais encore vaillante. Je fis le tour des pompistes. Aucun ne reconnut Hardouin. Je fis la grosse voix pour impressionner la petite bonne des Felgraud. Elle pleura beaucoup mais maintint ses déclarations. J'expédiai un de mes hommes à Arcachon, pour enquêter au terrain de camping. En vain. A cette époque de l'année, le mouvement des voitures était intense. Denis aurait très bien pu, sans que personne s'en aperçût, partir le 7 ou le 8 au matin, tuer Laffaye à Paris, repartir dans la nuit et arriver à Arcachon dans la matinée du 9, c'est-à-dire plus de vingt-quatre heures avant l'appel radiodiffusé. Partout, je me heurtais à un mur. Et, pour comble de malchance, ce crime faisait du bruit. La presse du mois d'août n'a pas beaucoup de faits divers mystérieux à raconter, en général. Aussi la mort de Raymond Laffaye tenait-elle obstinément la une.

Chaque matin, au rapport, je n'en menais pas large. Pourtant, je me donnais de la peine. Jamais, je crois, je n'ai autant travaillé. Je n'avais rien, personnellement, contre mes trois suspects. Je les trouvais même plutôt sympathiques. Mais je ne voyais personne, en dehors d'eux, qui pût être inquiété. J'avais très vite élargi le cercle de mes recherches et repéré les principales relations du mort, noté leurs déplacements, précisé leurs griefs éventuels. Certes, Laffaye avait beaucoup d'ennemis dans la mesure où il devait de l'argent à beaucoup de monde. Mais un créancier n'est pas un assassin et même n'a nulle envie de le devenir. Parmi les jeunes femmes qui avaient été ses victimes, certaines se réjouissaient de sa mort, certes. Cependant, qui d'entre elles aurait eu la force de transporter ce corps de quatre-vingt-cinq kilos ?...

L'inspecteur Graux, qui me secondait, me soufflait :
— Elle a pu être aidée ?

Non. Si l'on commence à faire des suppositions pour éluder les difficultés d'une enquête, on est perdu. Je disposais de deux certitudes : d'une part, Raymond Laffaye avait été abattu par un adversaire décidé et costaud ; d'autre part, cet homme était l'un des trois. Cela je me le répétais tous les jours ; en me rasant, le matin ; en déjeunant d'un sandwich, dans mon bureau ; en étudiant les dossiers, l'après-midi ; en me couchant, le soir... C'était une obsession, que j'entretenais soigneusement parce que je savais qu'à force de rabâcher, je finirais par comprendre. Le salon, l'ascenseur, le hall, la porte, le trottoir, la voiture... ensuite, les berges de la Seine... En imagination, je recommençais le trajet des centaines de fois... Bien entendu, ai-je besoin de le rappeler, j'avais fait examiner à la loupe la Citroën d'Hardouin, la Peugeot de Denis Laffaye et le break de Felgraud. En pure perte ! Voyons ! Je suis l'assassin. Je viens de tuer Laffaye. Pourquoi me donner tant de peine pour un résultat aussi hypothétique ? Est-ce qu'il ne serait pas plus simple de laisser le corps sur place et de partir tranquillement ? Et si je suis vraiment un criminel méthodique, pourquoi est-ce que je ne remets pas tout en ordre avant de partir ?

Brusquement, je m'aperçus qu'au lieu de regarder la scène à l'endroit, depuis le début, je m'acharnais à la voir à l'envers. La vérité était si simple ! Comme toujours, elle crevait les yeux !

L'assassin n'était pas forcément parti du salon pour aboutir à la Seine. Au contraire, il était parti de la Seine pour aboutir au salon. Je m'explique. Parce qu'il me paraissait évident qu'un homme seul avait eu la force de transporter le corps, je m'étais entêté à ne voir comme suspects que Denis Laffaye, Albert Hardouin et Henri Felgraud. Mais supposons qu'une femme soit la coupable. Il faut conclure aussitôt que le crime n'a pas été commis dans l'appartement mais ailleurs. Où ? Sur la berge même de la Seine. Quel meilleur lieu de rendez-vous ? On veut rencontrer une dernière fois l'homme qu'on aime toujours, le supplier, le faire revenir sur sa décision ; on choisit l'endroit qui vit sans doute les premières promenades d'amoureux. Mais l'homme hausse les épaules. Il en a assez de ces pleurnicheries et de ces jérémiades. Alors perdant la tête, on tire et on tue... Et puis, dégrisée, on a peur... Comment se mettre à l'abri ?... En faisant du crime un crime *qu'une femme n'a pas pu commettre*. Il suffit de prendre au mort ses papiers d'identité. Qui sait ? Avec un peu de chance, le corps ne sera peut-être jamais reconnu. Puis on lui enlève ses clefs, son mouchoir taché de sang ; on pousse à l'eau le cadavre ; ça, ce n'est pas bien difficile. On n'a plus, ensuite, qu'à se rendre à l'appartement. (Sur ce point, du moins, j'avais vu juste dès le premier instant : il y avait bien eu mise en scène.) Ainsi, pour tout le monde, le crime aura été commis rue Lauriston, le corps empaqueté descendu, chargé dans une voiture. Bref, jamais on ne pensera à une femme.

J'arrêtai, le lendemain, Yvonne Hardouin. Elle avoua tout de suite. Elle était d'ailleurs sur le point de se dénoncer, vivant dans la crainte de voir un innocent payer à sa place... Pauvre petite Yvonne !... Heureusement que, chez nous, les crimes passionnels sont toujours jugés avec beaucoup d'indulgence !

LE PEIGNOIR BLEU

Le commissaire divisionnaire Merlin, celui qui m'a vraiment appris mon métier, me disait quelquefois : « Il n'y a pas d'affaires banales. Quand on comprend du premier coup, c'est qu'on ne comprend rien ! » Cette formule, dont je me moquais souvent, avec les inspecteurs de ma promotion, je devais en vérifier le bien-fondé au début de ma carrière. A l'époque, je me trouvais à Morlaix. (J'ai longtemps roulé ma bosse en province, avant de passer commissaire, à mon tour, de remplacer Merlin et de redire aux débutants, après lui : « Il n'y a pas d'affaires banales, etc. » Mais cela est une autre histoire.)

C'était un samedi, vers la fin d'août, quand déjà les estivants plient bagage et que se ferment définitivement les volets des villas. Une note, sur mon bureau, me priait de filer d'urgence à Locquirec où l'on venait de découvrir le corps d'un commerçant parisien, Christian Hourmon. Le malheureux avait été tué d'une balle de revolver.

Cela me faisait plaisir d'aller à Locquirec. Le crime excitait ma curiosité, bien sûr, mais j'adore Locquirec et j'espérais que l'enquête me laisserait quelques moments de liberté pour aller flâner sur la côte. J'étais alors un mordu de la photographie en couleurs et, dès que j'avais une minute, je battais la région, à la recherche d'une vieille église ou d'un calvaire. C'est pourquoi ce nom de Hourmon me rappelait quelque chose. J'avais acheté mon appareil à Paris et je me demandais si ce n'était pas précisément chez Hourmon. Bref, trois quarts d'heure plus tard, je descendais de voiture devant la mairie où m'attendait le maréchal des logis-chef Le Gallo, un des meilleurs pêcheurs de bars de l'endroit.

— Ça va, chef ?... La marée est bonne ?

— Si on avait le temps, me dit-il... Une marée de 110, pensez ! Mais avec ce qui nous arrive...

Il avait l'air très ému.

— Ce Hourmon, est-ce qu'il ne tient pas un grand magasin d'appareils d'optique, boulevard Saint-Germain ?

— C'est lui, dit Le Gallo. Vous le connaissez ?

— Vaguement... Où est-il ?

— On l'a déposé là, provisoirement.

Il m'emmena dans une sorte de buanderie où je trouvai un médecin et le maire. Poignées de main, échange de propos anodins, comme d'habitude. Le corps était allongé sur une table ; Christian Hourmon semblait dormir. Il était bien bâti, bronzé par plusieurs semaines de vacances ; beau visage énergique. Il n'était vêtu que d'un slip blanc et d'un peignoir dont le bleu me parut un peu agressif. Du sable était collé à ses mollets et à ses bras.

— Une balle en plein cœur, dit le médecin. Elle a d'abord traversé le peignoir.

Il me montra le trou minuscule, à l'emporte-pièce.

— Aucune trace de brûlure, continua-t-il. Le coup a été tiré à quelque distance. La mort a été instantanée.

— La balle n'est pas ressortie, je suppose ?

— Non.

— On a retrouvé l'arme ?

— Non.

— Personne n'a entendu la détonation ?

— Non.

— Où en est-on, exactement ?

Ce fut le maire qui me renseigna : un brave homme d'instituteur en retraite qui était bouleversé. L'alarme avait été donnée de bonne heure, vers sept heures et demie, par un pêcheur de crabes. Il avait découvert Christian Hourmon derrière un groupe de rochers. Le maire, qui connaissait bien Hourmon, était allé aussitôt prévenir, à la villa. Mme Hourmon dormait encore, mais Roger, le frère cadet de Christian, venait de se lever. Il s'était chargé d'apprendre le malheur à sa belle-sœur.

— C'était affreux, dit le maire. Déjà que la pauvre femme n'est pas trop bien portante !... Mais ne restez pas là. Venez dans mon bureau. Je vais faire apporter du café.

Le médecin s'excusa. J'accompagnai volontiers l'excellent M. Rousic qui sortit d'une armoire une bouteille de calvados et deux verres, tandis qu'une vieille femme en coiffe servait le café.

— Avez-vous des soupçons ? demandai-je par routine.

— Personne ne pouvait en vouloir à M. Hourmon, dit Rousic. Voilà dix ans qu'il passe ses vacances ici. Il est bien estimé.

— Quel âge a-t-il ? La quarantaine ?

— Quarante-deux ans.

— Des enfants ?

— Non. Je crois même que c'est pour ça qu'on ne voyait guère sa femme. Par ici, c'est plein de gosses... Elle aimait mieux rester chez elle. Ils habitent à *Héliopolis*, sur la pointe, une grande villa dont le jardin s'étend jusqu'à la côte. On descend directement sur la grève par un escalier privé. De très bonne heure, tous les matins, M. Hourmon allait se baigner. On le croisait, quelquefois, enveloppé dans son peignoir, quand il remontait chez lui. Le criminel n'a eu qu'à l'attendre derrière les rochers et à l'abattre par surprise.

— Parlez-moi de son frère.

— Roger ?... Ah ! là, c'est autre chose !

Le maire heurta son verre contre le mien et but une gorgée d'alcool.

— Fameux, hein ?... Je le reçois de Lisieux... Un de mes anciens élèves qui me gâte... Roger Hourmon, lui, a eu de sérieux ennuis. Il est architecte et s'est trouvé compromis dans une affaire de construction d'immeubles, à Toulon. Un notaire a déposé plainte, Maître Bénaldi... Mais Roger Hourmon a finalement fait la preuve de sa bonne foi et le notaire a été débouté... En tout cas, Roger Hourmon est maintenant ruiné. On dit qu'il a emprunté de l'argent à son frère... Moi, je vous répète ce que j'ai entendu... Ça ne me regarde pas.

Malgré tout, ses yeux brillaient.

— Lui, il est sûr qu'il n'a pas que des amis, ajouta-t-il. A la vôtre !

Je le quittai et m'engageai sur le chemin de la pointe, en achevant ma cigarette. La mer menait grand bruit, dans les rocs. Elle était très bleue, au large, sous une lumière indécise. Je rêvassais... Me renseigner sur Roger, d'abord... Ce serait facile... Vérifier aussi la situation de fortune du mort... Et puis, faire chercher l'arme... Peut-être avait-elle été jetée à la mer, mais, par chance, grâce à cette marée de 110, la mer se retirerait très loin... J'arrivai devant la villa, une grande maison en granit, avec les joints de ciment plus clairs. Belle demeure, un peu triste. Ce fut Roger Hourmon qui m'ouvrit. Je l'identifiai au premier coup d'œil, tellement il ressemblait à son frère. Même beau visage, même carrure, même cheveux courts, un peu roux au-dessus des oreilles. Mais Roger était un peu plus maigre. Il me fit entrer dans un salon qui ouvrait sur la baie. Il paraissait très maître de lui, malgré un tic qui, de temps en temps, lui tirait le coin de la bouche.

— J'ai déjà tout dit, murmura-t-il. Je ne comprends pas... Mon frère, hier soir, était aussi gai que d'habitude. Nous avons joué au ping-pong. Je vous assure que rien ne laissait prévoir...

Je le laissais aller. Il racontait leur existence à tous trois, leurs distractions, leurs promenades, cherchant vainement l'incident capable d'expliquer le drame.

— Nous étions comme les doigts de la main, conclut-il.

Je lui tendis mon paquet de cigarettes. Il en prit une, distraitement, chercha son briquet dans les poches de son pantalon.

— Excusez-moi, dit-il. Je m'aperçois que j'ai pris, ce matin, un pantalon à Christian. Vous savez, tout ce qui allait à l'un était à l'autre...

Je lui offris du feu.

— Comment Mme Hourmon a-t-elle réagi ? dis-je.

— Mal... Très mal... Elle a dû monter s'étendre...

— Pourrais-je la voir ?

— Si vous voulez... mais elle ne sait rien de plus que moi...

Il me conduisit au premier, ouvrit la porte de la chambre.

— Sandrine, dit-il, une visite... Elle ne durera pas longtemps... Mais il faut bien que nous aidions la police.

Elle était couchée, blême, les lèvres grises, les yeux fiévreux. Elle paraissait très jeune. Je m'attendais à voir une femme très jolie. Elle était plutôt laide. La bouche trop grande, le nez trop long. Je l'interrogeai surtout pour entendre sa voix. J'attache beaucoup

d'importance aux voix. Celle-ci était morne, tremblante.

— Comment est-elle, d'habitude ? demandai-je à
Roger, quand nous fûmes sortis. Est-ce qu'elle est
enjouée ? Est-ce qu'elle se maquille ? Est-ce qu'elle
danse ?

— Non... Elle n'est pas en très bonne santé, sans
qu'on sache pourquoi. Elle a vu quantité de médecins...
Les uns accusent le foie, d'autres les nerfs.

— Quel âge a-t-elle ?

— Trente et un ans. Mais on lui en donnerait dix-
huit. Elle a toujours eu cet air de fillette.

— Je peux visiter ?

— Je vous en prie.

Je parcourus le rez-de-chaussée, luxueusement meublé.

— Ils s'entendaient bien, tous les deux ?

— Parfaitement bien.

Nous descendîmes dans le jardin. Il y avait des
chaises longues, autour d'une table sur laquelle on
avait jeté des raquettes de ping-pong. Un peignoir de
bain traînait au pied d'un buisson. Roger alla le
ramasser.

— Pauvre Christian, dit-il. Il égarait tout. Voilà son
peignoir.

— Mais alors, l'autre, le bleu, celui qu'il portait ce
matin, à qui est-il ?

— A moi, évidemment. Il ne se donnait jamais la
peine de chercher. Il prenait ce qui lui tombait sous la
main.

Nous allâmes jusqu'à l'escalier menant à la grève.

— Qui s'occupe de la maison ?

— La Marie, dit-il, une vieille femme de Locquirec,
qui vient faire le ménage, la lessive, un peu de cuisine.

Roger Hourmon me désigna une haute masse de
rochers.

— C'est là, derrière ce bloc... Le matin, à l'heure où descendait Christian, il n'y a jamais personne.

— Est-ce que vous vous baignez, vous aussi ?

Oui mais beaucoup plus tard. Moi, la présence des gens ne me gêne pas.

Nous contournâmes la masse de rochers. Aucune trace n'était visible, sur le sol. Je tendis le bras.

— De la villa qu'on aperçoit, là-bas, peut-on voir l'endroit où nous sommes ?

Roger hésita.

— C'est la villa des Despard. Mais il n'y a aucune fenêtre de ce côté.

— Exact. Maintenant, je voudrais entendre Marie. Je m'excuse, mais il vaut mieux que vous n'assistiez pas à l'entretien. Elle n'oserait pas parler si vous étiez là.

Je l'attendis, auprès de la table de ping-pong. Je commençais à situer mes personnages, mais je me gardais bien de formuler la moindre hypothèse. Et pourtant, il y en avait une, qui essayait déjà de s'imposer à moi... La Marie apparut, s'essuyant les mains au coin de son tablier. A partir d'un certain âge, sur cette côte rude et battue des vents, hommes et femmes ont le même visage de vieux loups de mer, les joues en bois, profondément burinées, les sourcils buissonneux cachant les yeux gris. Je lui faisais un peu peur... Ma première question la surprit. Je lui demandai s'il y avait encore beaucoup de Parisiens, à Locquirec. Pour elle, tout étranger au pays était fatalement un Parisien.

— Encore assez, dit-elle... Ils ne sont point tous partis.

— En avez-vous vu, ces derniers temps, se promenant autour de la villa, comme s'ils l'observaient ?

— Des curieux ?

— Si vous voulez.

— Il n'en manque point. C'est la plus belle maison de la côte.

J'allais avoir du fil à retordre. Je l'interrogeai carrément sur Christian Hourmon. Fréquentait-il beaucoup de gens, à Locquirec ? Est-ce qu'il lui arrivait de sortir seul ? De rentrer tard ? Est-ce qu'il avait une petite amie ?

— Pas lui !

La réponse lui avait échappé. J'insistai aussitôt.

— Nous savons tout, dans la police... Toutes ces questions, c'est pour être sûr que vous dites bien la vérité... Voyons, comment s'appelle-t-elle ?

— C'est Mme Despard.

— D'accord, fis-je avec autorité.

— Il allait la voir, tous les matins... Il disait qu'il allait se baigner, mais...

— Cela durait depuis longtemps ?

— Depuis l'année dernière.

— Mme Hourmon était au courant ?

— Oh ! non. La pauvre dame ! Elle en serait morte !

Je la renvoyai et repris Roger en main. Tout d'abord, il voulut nier, puis menaça de chasser la vieille domestique. Enfin, il capitula. Oui, son frère avait eu une faiblesse.

— Il faut le comprendre, monsieur l'inspecteur... Sandrine est restée une petite fille. Nous l'aimons bien. Moi, je me mettrais au feu pour elle. Quand j'ai eu mes difficultés — vous êtes sûrement au courant — c'est elle qui m'a dépanné. Mon frère se faisait tirer l'oreille, mais elle, tout de suite, elle m'a avancé la somme dont j'avais besoin... C'est une merveilleuse amie.

— Mais peut-être pas exactement une vraie femme ?

— Toutes les femmes deviennent de vraies femmes, quand on le veut ! Mais Christian était toujours pressé toujours distrait...

— Et votre belle-sœur ne se doutait de rien ?

— Non. Elle adorait Christian, aveuglément... J'ai fait, de mon côté, tout pour qu'elle ignore. Christian m'avait promis qu'il allait rompre.

— Que savez-vous de M. Despard ?

Roger m'apprit que Despard dirigeait une chaîne de teintureries, à Paris. C'était une affaire considérable, qui l'absorbait complètement. A peine s'il venait à Locquirec en fin de semaine. Il descendait du train à Plouaret et prenait sa voiture au garage, en face de la gare. Il repartait le dimanche soir.

— Quel genre d'homme ?

— Cinquante ans, gros, assez vulgaire.

— Et elle ?

— Une lionne.

Je promis à Roger que je le tiendrais au courant et que je garderais secrète, jusqu'à nouvel ordre, la liaison de son frère, puis je me rendis chez les Despard. Leur villa, comme *Héliopolis*, avait directement accès à la grève, ce qui était bien commode pour Christian Hourmon. Je fus introduit par une jeune fille délurée qui m'annonça à Mme Despard. Roger n'avait pas menti. Elle était grande, blonde, très maquillée, avec quelque chose de hardi et d'un peu dur dans le regard. Elle avait les yeux très bombés, à l'orientale, et la bouche violente. Je l'aurais très bien vue en chanteuse réaliste. Hourmon n'avait pas dû peser lourd ! Elle était, naturellement, au courant du drame, mais restait maîtresse d'elle-même, avec un rien d'hostilité. Je lui dis que je savais tout. Elle ne parut nullement gênée, sentit que je m'en étonnais.

— C'était fini entre nous, dit-elle.

— Pourquoi ?

— Je ne suis pas un jouet, une petite amourette de vacances... Christian voulait nous garder toutes les deux, vous comprenez ?... Il n'avait plus le courage de choisir. Il a bien fallu que je choisisse pour lui.

— C'est ce matin que...

— Oui, que l'explication a eu lieu.

Elle avait beau prendre sur elle, sa voix trembla imperceptiblement. La séparation avait sans doute été beaucoup plus douloureuse qu'elle ne voulait l'admettre.

— Et votre mari ?

— Quoi, mon mari ?

Il y eut, sur son visage, comme une onde de haine.

— Il est arrivé tout à l'heure, avec une pile de dossiers, comme toujours. Il ne voit rien, lui ; il n'entend rien. Il fait des comptes.

— Christian Hourmon était-il homme à se tuer ?

Elle éclata d'un rire amer.

— Ils y pensent tous, dit-elle. Par amour-propre. Mais c'est une chose qu'ils préfèrent remettre au lendemain !

Et puis, dans ce cas, n'aurait-on pas retrouvé le revolver ? Je lui posai encore quelques questions. Dans sa fureur contenue, elle m'impressionnait. Je ne jugeai pas utile de déranger Despard. J'avais tout mon temps. La matinée s'avançait. Je pris congé et revins à la mairie, d'où je téléphonai au garage de Plouaret. Oui, M. Despard était arrivé par le train de six heures trente. Il s'était attardé au garage parce que l'allumage de sa voiture était défectueux. Il était reparti un peu après huit heures. Cela le mettait hors de cause. Je ne l'avais d'ailleurs jamais sérieusement soupçonné.

J'allai jusqu'au bureau de tabac, renouveler ma provision de Gauloises ; puis je revins sur la grève, du côté des rochers. J'apercevais des gendarmes qui fouillaient les flaques d'eau, soulevaient de longues chevelures d'algues. La mer découvrait des cailloux noirs, gras, qui luisaient, à perte de vue. Cette odeur de marée basse me trouble toujours. Je marchais lentement, sur le sable mouillé.

Un gendarme se releva et cria quelque chose. J'accourus. Il tenait le revolver. Je le pris avec précaution, mais il était couvert de sable, de vase. Pas question de retrouver des empreintes. Je retirai le chargeur et sursautai : deux balles avaient été tirées. Deux balles !... Pourquoi deux balles ?...

Non, ce ne fut pas le raisonnement qui me permit de trouver la solution. Maintenant, de sang-froid, bien sûr, je me dis que si quelqu'un avait voulu tuer Roger Hourmon, et non Christian, il se serait aperçu de sa méprise dès le premier coup de feu, et n'aurait pas récidivé. Donc, c'était bien Christian qui était visé. Mais qui pouvait bien en vouloir ainsi à Christian Hourmon ? Despard ? Il avait un alibi. Mme Despard ? Elle aurait tiré une fois. Pas deux... Donc... Mais, sur le moment, je ne procédais pas ainsi, par élimination. Je revoyais la frêle Sandrine, la mal-aimée, la jalouse, bien trop sensible pour ne pas sentir qu'il y a quelque chose, que son mari est trop préoccupé, trop distrait... Ces sorties du matin ne lui paraissent pas naturelles. Peut-être, un jour, l'a-t-elle suivi ? Elle se désespère. Pourquoi serait-elle toujours la victime ? Il arrive un moment où la révolte aveugle. Elle prend le revolver, dans quelque meuble où il doit dormir depuis des années. Elle va attendre Christian qui, ce matin-là, n'a pas même pensé à prendre son peignoir. Elle le tue et ensuite veut se dénoncer. Mais Roger l'en empêche. Il veut éviter le scandale. Il aime sa belle-sœur ; il lui doit beaucoup. Aussitôt, il imagine la parade : il tire une balle dans son propre peignoir, à la hauteur du cœur ; il va en revêtir le corps et il jette le revolver, oubliant que la mer va se retirer beaucoup plus loin qu'à l'ordinaire. Le plan était habile. Si l'on n'avait pas retrouvé l'arme, j'aurais certainement cru que Christian avait été abattu à la place de son frère, et je n'aurais plus eu aucune raison de suspecter Sandrine. On ne comprend rien, c'est vrai, quand on comprend du premier coup.

Sandrine a été acquittée. J'ai appris qu'elle avait épousé Roger. Mais n'y aura-t-il pas, toujours, entre eux, le souvenir du peignoir bleu ?

CRIME EN FORÊT

J'étais en poste au Mans, quand j'ai eu à débrouiller
cette obscure affaire. La Sarthe, c'est un peu comme la
Corse ; avec cette différence que l'argent y remplace le
point d'honneur. Mais on se heurte aux mêmes haines
de clans, aux mêmes vengeances mijotées pendant des
années, aux mêmes conspirations du silence, et parfois
à des superstitions encore plus anciennes, plus tenaces
et plus féroces. C'est pourquoi je ne débordais pas
d'optimisme en arrivant dans cette campagne perdue
où Émile Sourleux venait d'être tué. J'avais quitté Le
Mans depuis moins d'une heure et j'avais l'impression
d'être au fond d'un maquis. De grands bois de pins,
noirs, humides, des fougères, des chemins creux, des
mares, peu d'oiseaux, une nature hostile, renfermée et,
au milieu d'une clairière, insolite, la 2 CV renfermant
le corps. Les gendarmes n'avaient touché à rien, puisqu'ils savaient que j'allais immédiatement arriver, si
bien que je pris l'enquête à son tout premier début. Le
crime était évident : la charge de chevrotines avait
emporté le pare-brise et frappé Sourleux en pleine
poitrine. Il s'était effondré sur son volant, tué net. La
voiture avait fait une embardée puis avait stoppé en
travers du chemin, moteur calé.

— Le coup de fusil a été tiré à une dizaine de mètres,

dit le brigadier. Voyez, la gerbe a criblé tout le côté de la voiture.

Il me conduisit derrière un gros arbre et me montra une cartouche de carton rouge, que je ramassai.

— Celui qui a tiré se trouvait là, reprit-il. Je pense qu'il guettait Sourleux, car le sol a été piétiné, comme si l'on avait attendu longtemps.

En effet, il y avait des empreintes assez nettes, mais, en se superposant, elles s'étaient brouillées. L'homme devait porter des bottes de caoutchouc, aux semelles quadrillées. Tout cela ne nous menait pas très loin.

— Parlez-moi de Sourleux.

— Ils sont deux, dit le brigadier, Émile et Gaston. Celui-ci, c'est Émile, l'aîné.

— Qu'est-ce qu'il fait ?

— Il est marchand de biens et, par ici, ça veut dire beaucoup de choses. Il achète et il vend, bien sûr, mais aussi il ramasse des fermages, il touche les intérêts, bref, toute une cuisine...

— Riche ?

— On le prétend. Mais pas de signes extérieurs. Jamais, dans ce genre de métier, à cause du fisc.

— Et son frère ?

— Gaston possède un moulin, un peu plus loin. Il est bien à l'aise, lui aussi.

— Ils s'entendaient bien ?

— Les deux doigts de la main.

— Émile est marié ?

— Non. Il vivait comme un vieux sanglier. Mais Gaston, oui. Il a un grand fils au service.

— Vous l'avez prévenu ?

— C'est lui qui a trouvé son frère, tout à l'heure. Ils ont des intérêts communs ; c'est tout un micmac dans cette famille. Il vous expliquera ça mieux que moi. Toutes les fins de mois, il venait chez Émile, quand celui-ci rentrait de sa tournée. Ils faisaient leurs comptes, tous les deux.

— Pas en pleine forêt, tout de même !

— Non, bien sûr. Mais nous sommes à deux pas de la propriété d'Émile.

Le brigadier me prit par le bras et m'entraîna vers un chemin qui s'ouvrait un peu plus loin, entre les pins. Je découvris, au fond du chemin, une grille et les toits compliqués d'une sorte de vieille gentilhommière.

— C'est là, dit le brigadier. Émile a été abattu au moment où il ralentissait pour tourner.

— Si je comprends bien, on l'a volé ?

— Évidemment ! Je ne vois pas trace de sa sacoche. D'après Gaston, Émile mettait l'argent de ses clients dans une vieille sacoche. Près de quatre mille francs.

— Où est-il, Gaston ?

— Il est parti prévenir sa femme. Il ne va pas être long à revenir.

Un ronflement de moteur nous ramena à la clairière. C'était le médecin. Poignées de main, banalités habituelles. Tandis qu'il examinait le corps, j'essayai non pas tant de faire le point que de m'ajuster aux personnages, aux circonstances, aux lieux. Les crimes de ville, si j'ose dire, me conviennent mieux que ces crimes de plein vent dont les auteurs ont toute facilité pour disparaître. Un fusil, des plombs, une cartouche !... Dans ce pays où tout le monde chassait, j'en trouverais partout, des fusils, des plombs et des cartouches du même calibre ! Le brigadier devina ma perplexité et me chuchota.

— C'est sûrement Jules qui a fait le coup.

— Jules ?

— Oui, Marassin. On ne cesse pas d'avoir des ennuis à cause de lui. Il était garde-chasse chez le comte de Saint-André et puis, à la mort de sa femme, il s'est mis à boire. Le comte l'a congédié, forcément, et Marassin

est devenu une espèce de sauvage. Lui qui était
tellement service-service, il braconne, maintenant ; il
chaparde, à l'occasion, et, quand il a un verre dans le
nez, il est capable de tout. Il a déjà eu deux condam-
nations. Une pour coups et blessures ; l'autre, pour
vol. Je ne vois vraiment que lui qui...

— C'est loin, chez Marassin ?

— Non. Dix minutes avec votre voiture.

— Alors, allons-y !

Marassin était en train de vider un lapin, dans une
petite cour, près de la masure où il vivait. L'endroit
était d'ailleurs charmant ; beaucoup de fleurs, des
peupliers qui brillaient blanc, dans le soleil et, au
bout d'un sentier, la coulée sombre de la Sarthe, avec
le reflet renversé des vaches broutant le long des
rives. Marassin était vêtu de velours, avec quelque
chose d'un peu fou dans les yeux. Il ricana, en nous
voyant.

— Fais voir ton fusil, dit le brigadier.

A ce tutoiement, je mesurai la déchéance de
l'homme. Marassin, du menton, nous montra la chau-
mière. J'entrai, derrière le brigadier. Le fusil était
accroché près de la cheminée. Le brigadier en fit
basculer les canons, retira deux cartouches de carton
rouge, flaira l'arme.

— C'est bien ça, murmura-t-il. Le salopard !

Sans lâcher le fusil, il se précipita dans la cour.

— Où as-tu caché l'argent ?

L'autre, paisiblement, de la pointe du couteau,
détachait la peau du lapin.

— Je voudrais bien avoir de l'argent à cacher, fit-il.

— Vous savez qu'Émile Sourleux est mort ? dis-je.

— Ah ! Première nouvelle !

— Il a été tué d'un coup de fusil, il y a peut-être une
heure... Un fusil comme le vôtre... une cartouche
comme les vôtres...

Je lui montrai le tube de carton rouge que j'avais ramassé derrière l'arbre.

— Et ton fusil a servi il n'y a pas longtemps ! cria le brigadier.

— Avec quoi croyez-vous que j'ai tué ce lapin ? dit Marassin, toujours sur le même ton de tranquille insolence.

— Ne nous emballons pas, dis-je. Voyons, racontez-moi votre après-midi.

— Eh bien, je suis parti vers les trois heures. J'ai traversé la rivière, je suis monté jusqu'à la Croix-des-Bergers ; c'est là que j'ai tué mon lapin, et je suis revenu par les Quatre-Chemins.

— Tu avoues, s'écria le brigadier. C'est justement là que Sourleux a été abattu.

— J'aurais aimé voir ça, dit Marassin, sans se démonter.

— Vous étiez chaussé comment ? interrogeai-je.

— Vous n'êtes pas chasseur, fit-il avec mépris. J'avais mes bottes, bien sûr.

— Où sont-elles ?

— Dans la cuisine.

Elles y étaient. De vieilles bottes de caoutchouc, à semelles quadrillées.

— Il se moque de nous, fulminait le brigadier. Je l'embarque.

— Attendez !

Je furetai un instant dans la cuisine et dans la pièce qui servait de chambre.

— Vous perdez votre temps, reprit le brigadier. Il a pu cacher l'argent n'importe où. Peut-être hors de chez lui, au pied d'un arbre.

Il avait raison. Marassin était rusé et redoutable. S'il était coupable, il avait pris ses précautions.

Je laissai le brigadier agir à sa guise. Marassin n'opposa aucune résistance. Il affichait une indifférence dédaigneuse. Et moi, je me rappelais certains propos du commissaire Merlin, mon maître. « L'intérêt, disait-il souvent, qu'est-ce que ça signifie, l'intérêt ? Tout est intérêt. Il n'y a pas que l'argent qui compte. Il y a l'amour, il y a la haine, il y a la jalousie. Un crime profite de bien des manières ! »

Une grosse surprise nous attendait à la clairière. Durant notre absence, le médecin avait déplacé le corps, et trouvé la sacoche, qui avait glissé sous la banquette. Elle contenait trois mille six cent cinquante francs.

— C'est bien le compte, nous dit le frère de la victime, qui était revenu, entre-temps, sur les lieux.

Gaston Sourleux était petit, large d'épaules, engoncé dans une canadienne, et, malgré son allure athlétique, il avait une tête de vieux, ridée, maigre, un peu larmoyante. Il regardait Marassin avec une curiosité étonnée. Je me tournai vers le brigadier.

— Je crois que nous avons été un peu vite !...

Marassin ricana.

— Laissez, monsieur l'inspecteur ; je suis habitué. Dans le pays, je suis le coupable à tout faire, moi !

Je m'adressai à Gaston Sourleux.

— A quelle heure avez-vous découvert le cadavre de votre frère ?

— Un peu plus de six heures. J'avais entendu sonner l'église au moment où j'entrais dans le bois.

— Il ne devait pas y avoir longtemps que le crime avait été commis, intervint le médecin.

Marassin nous écoutait ; ses lèvres serrées semblaient réprimer un sourire. Il devait être ravi de notre déconfiture. Je pris le brigadier à part.

— Traitez-le en suspect, si vous voulez, mais laissez-le libre. De toute façon, il n'ira pas loin.

— Si ce n'est pas lui, alors, c'est Boursat, dit le brigadier, qui paraissait affreusement déçu.

— Qu'est-ce que c'est que celui-là ?

— Clément Boursat ? C'est le cousin germain des Sourleux.

Il était amusant, ce brigadier. Il connaissait le pays par cœur, était au courant de tous les secrets de famille, de tous les ragots. Il représentait, en somme, l'opinion publique d'un canton replié sur ses médisances et ses rancunes. Je n'avais qu'à écouter.

— Tout le monde vous dira que Boursat et les Sourleux étaient à couteaux tirés. Oh ! ça remonte loin. Leur grand-père était très riche. C'est Émile Sourleux qui s'occupait de lui. Il l'avait pris parce que la femme de Boursat ne voulait pas du vieux chez elle. Il paraît qu'il n'était pas toujours convenable. Et puis, quand le grand-père est mort, on s'est aperçu que l'héritage n'était pas tellement brillant. Boursat est resté persuadé que les deux frères avaient mis la main sur la plus grande partie de la fortune.

— Ça m'étonne ! Des terres, des valeurs !...

Le brigadier sourit.

— Vous ne les connaissez pas, les gens d'ici ! Le vieux était méfiant. Bien sûr, il avait des maisons, comme tout le monde. Mais tout son liquide était en or. Dans le coin, ils ont tous un bas de laine. Vous comprenez, la politique peut aller, venir. L'or ne se déprécie pas, lui. C'est facile à cacher ! C'est encore plus facile à dissimuler, pour des héritiers. Il y a eu un procès. Boursat l'a perdu, juste avant la guerre. Pendant l'Occupation, Boursat a essayé de faire arrêter les Sourleux. Ils ont été inquiétés tous les deux. Mais pas de preuves. Après, il y a eu un incendie mystérieux, chez Émile... Il a porté plainte. L'enquête n'a rien donné. Je passe sur tout le reste, sur les propos, les menaces. Boursat, qui a la tête chaude et qui lève bien un peu le coude, traite ses cousins de tous les noms. Les Sourleux disent que c'est un danger public.

— Qu'est-ce qu'il fait, ce Boursat ?

— Il a une scierie qui marche assez bien.

— Elle est loin ?

— Non. Rien n'est loin, dans la commune. Mettons six kilomètres, par les bois.

— Il chasse ?

— Bien entendu. Surtout que cette année, il y a du lapin. L'épidémie semble finie.

— Et vous croyez que... ?

— S'ils se sont trouvés face à face, il n'y aurait rien d'étonnant.

— Mais Boursat aurait-il été homme à guetter Sourleux, à attendre son retour ?

— Ça ! Allez donc savoir ce qui se passe dans le crâne des gens !...

Le jour commençait à tomber. J'avais un peu froid et j'étais las de tous ces commérages. Les Sourleux, les Boursat m'étaient aussi étrangers que des indigènes de la Patagonie. Un mauvais garçon, je sais par quel bout le prendre. Marassin, je le sentais assez bien. Et lui aussi devait me comprendre. Mais les autres, non, vraiment, ils ne m'intéressaient pas. J'abrégeai les formalités. J'avais hâte de rentrer. Et pourtant, les soirées au Mans !...

Le lendemain, je pris le chemin de la scierie. Boursat ne parut pas surpris de ma visite. J'eus même l'impression qu'il m'attendait, car il y avait des verres et une bouteille de calvados, sur un coin de son bureau. Il avait le type normand. C'était un grand gaillard, aux cheveux blonds, très fins, comme des cheveux de femme. L'œil bleu, sans profondeur. La peau recuite par le grand air. La voix ample. Quelque chose du hobereau et quelque chose du maquignon. Une poussière dorée flottait partout, comme celle du blé, les jours de battage, et les scies ronflaient, tellement stridentes qu'il fallait crier pour s'entendre. J'acceptai de trinquer. Boursat prit tout de suite l'offensive.

— Je ne sais pas ce qu'on vous a raconté sur moi, dit-il, mais je m'en doute. Eh bien, vous pourrez leur dire que je ne suis pour rien dans la mort d'Émile. Et je le regrette, parce qu'il était infect. Sa fortune, il l'a faite sur mon dos, parce que s'il n'avait pas eu ce qu'il m'a pris, pour s'établir, il claquerait encore du bec.

Je l'avais rêvé tel qu'il était. Aussi l'écoutais-je avec le plaisir d'un auteur qui rencontre exactement son personnage. Puis je demandai à voir son fusil. Évidemment, il utilisait les mêmes cartouches, les mêmes plombs que Marassin. Mais cela s'expliquait aisément, puisque tous les chasseurs de la commune s'attaquaient au même gibier, avaient le même fournisseur. De même pour les bottes.

— Où étiez-vous, hier après-midi, entre cinq et six ?

Il m'attendait là, car il avait un alibi. La veille, il était parti surveiller des coupes. Il avait son fusil. « Ça tient compagnie, un fusil. Même si on ne chasse pas, on fait comme si ! On regarde mieux autour de soi. La vie a plus de goût !... » Il avait rencontré des forestiers, et leur avait tenu compagnie un bout de temps. Il me donna leurs noms.

— Vous connaissez Marassin ?

— Naturellement. Une fripouille... S'il y en a un capable de tout, c'est bien lui !

L'idée venait de m'effleurer que, peut-être, Boursat et Marassin... Ne pouvait-on imaginer Boursat payant Marassin pour qu'il le débarrassât d'Émile Sourleux ? Mais je me rappelais Marassin. Jamais Boursat n'aurait commis l'imprudence, l'effroyable sottise de se mettre à la merci d'un homme comme Marassin. Non ! L'hypothèse ne valait rien. Mais alors, quelle hypothèse retenir ?

Je bavardai encore un moment avec Boursat. En le

quittant, j'allai interroger les bûcherons qui confirmè-
rent ses déclarations. Étaient-ils de mèche? Certes,
j'étais bien décidé à les faire surveiller, mais j'étais
déjà certain qu'ils étaient sincères. J'élargis alors le
cercle de mes recherches et, pendant des jours, je
passai en revue tous ceux qui auraient pu avoir un
motif de tuer Émile Sourleux. Je fus obligé de me
rendre à l'évidence. Marassin et Boursat restaient les
seuls suspects. Malheureusement...

Marassin n'avait pas d'alibi, mais il n'avait pas non
plus de mobile, puisqu'il n'avait pas volé. Boursat, lui,
avait un mobile : la vengeance, mais il avait aussi un
alibi. L'un aurait tué sans raison. L'autre avait une
raison, mais n'avait pas pu tuer. *A priori*, mon problème était insoluble.

« Quand un problème est bien posé, il est déjà
résolu », me disait autrefois le commissaire Merlin. Or,
j'étais sûr qu'il était bien posé. La solution, pourtant,
ne m'apparut que quelques jours plus tard.

Puisque *seul* Marassin avait pu tuer Émile Sourleux,
c'était donc bien lui l'assassin. Puisqu'il ne pouvait
avoir d'autre mobile que le vol, c'était donc qu'il avait
bien volé le contenu de la sacoche. Or, on avait
retrouvé l'argent dans la sacoche. C'était donc que
quelqu'un l'y avait remis. Qui ?... Le premier arrivé sur
les lieux du crime, évidemment : Gaston Sourleux.
Pourquoi ?... Parce qu'il avait compris, du premier
coup, qu'il tenait enfin l'occasion d'en finir avec son
vieil ennemi, Clément Boursat. En *effaçant le vol*, qu'il
avait immédiatement constaté, Gaston faisait, de l'assassinat de son frère, un crime de vengeance. Boursat
serait fatalement accusé et, pour le moins, discrédité
et obligé de quitter le pays. Aussi Gaston courut-il
chercher chez lui trois mille six cent cinquante francs,

pour les fourrer dans la sacoche. Trois mille six cent cinquante francs ! On mesure, à ce trait, la haine de Gaston ! Mais aussi sa rouerie ! Il connaissait bien Marassin, en qui il avait instantanément deviné le coupable. Il savait qu'il avait caché l'argent volé en lieu sûr. Il savait aussi — et le détail est joli — qu'il hériterait de son frère et qu'ainsi les trois mille six cent cinquante francs lui reviendraient, finalement !

Marassin n'avoua jamais. Le hasard seul nous remit en possession de l'argent volé. Il était caché dans une boîte métallique, elle-même enfermée dans un vivier immergé dans la Sarthe, parmi des tanches et des brochets.

Gaston fut poursuivi pour outrage à magistrat et machination criminelle. Il essaya de braver l'opinion. Un jour, on le trouva pendu.

L'ÉNIGME DU FUNICULAIRE

Cette affaire du funiculaire m'a valu bien des migraines. Si, une fois encore, j'avais écouté les avis de celui qui était, alors, devenu mon ami, le commissaire Merlin, j'aurais pu en venir à bout tout de suite. Mais non ! Je cédai à l'excitation de la poursuite au lieu de réfléchir. Il m'avait pourtant répété bien souvent : « L'imagination, mets-la à la porte ! Un criminel, c'est comme un prestidigitateur. Si tu regardes ses mains, tu es fichu. Ne perds jamais de vue ses yeux ! » Facile à dire !

Le crime fut commis dans le funiculaire de Montmartre, à huit heures et demie du matin, au début de mars. Je revois les lieux avec une netteté extraordinaire, sans doute parce qu'il faisait froid et que Paris était plongé dans un brouillard inhabituel. Je me rappelle que des nuées jaunâtres s'étiraient au flanc de la Butte, semblables à ces nuages qui s'accrochent aux pentes, certains matins d'automne, en Auvergne. De la minuscule gare inférieure, on ne distinguait que confusément celle du haut, et les rails semblaient flotter dans le vide. J'interrogeai l'unique employé, qui donne les billets et ferme la porte de la cabine. Il l'avait forcément remarquée, puisqu'elle avait attendu pendant quelques minutes.

— Il n'y a jamais grand monde jusqu'à dix ou onze heures, m'expliqua-t-il. Surtout pour monter. Quelques personnes qui viennent assister à la messe, au Sacré-Cœur, ou des touristes matinaux...

— Avait-elle l'air agité, ou effrayé?

— Elle paraissait avoir froid. Elle battait un peu la semelle et semblait surtout très pressée de partir.

— Et l'homme?

L'employé hésita.

— Il est arrivé juste au moment où j'allais fermer la porte. Je n'ai guère eu le temps de le regarder. Il portait un long imperméable noir et une casquette, ou peut-être un béret.

— Vous rappelez-vous les places qu'ils occupaient dans la cabine?

— Elle était assise à une extrémité; lui est resté debout.

— Combien de temps dure le voyage?

— Presque rien. Une minute.

Un crime commis en moins d'une minute, voilà qui n'était pas banal. J'empruntai l'escalier, car le funiculaire avait été mis provisoirement hors service. Tout en montant, je me remémorai les premiers éléments de l'enquête qui m'avaient déjà été communiqués. La victime s'appelait Jacqueline Delvrière; elle avait vingt-trois ans, habitait rue de Longchamp. Le commissaire de police l'avait trouvée à l'endroit même où elle était tombée, c'est-à-dire au fond de la cabine. Elle avait été étranglée avec son écharpe. Dans sa chute, son sac à main, un sac de crocodile de grand prix, s'était ouvert et avait répandu son contenu jusque sous la banquette: un porte-cartes, un bâton de rouge, un poudrier, un paquet de Chesterfield, un briquet et un minuscule mouchoir de soie. Pas d'argent, ce qui semblait établir qu'on avait tué Jacqueline Delvrière pour la voler, car cette jeune femme, très élégante —

elle portait un tailleur gris sortant de chez un grand couturier —, ne se promenait certainement pas dans Paris sans avoir même un billet de mille francs (on comptait en francs légers, à l'époque). Mais ce qui était absolument inattendu, c'était la découverte, dans la poche droite du tailleur gris, d'un petit pistolet automatique au chargeur garni. Mieux encore : il y avait une balle dans le canon et le cran d'arrêt était relevé.

C'est ce détail qui m'avait immédiatement excité. Puisque Jacqueline Delvrière était armée, elle aurait pu se défendre. Mais pourquoi cette jeune femme était-elle armée ? Elle craignait donc d'être attaquée ? Par qui ? Par le voyageur arrivé au dernier moment ? Pourtant, si elle l'avait connu, n'aurait-elle pas crié, essayé de sortir, alerté l'employé ? Je chassai résolument ces questions importunes, en arrivant au dernier palier.

Le temps était, là-haut, un peu plus clair. On devinait la masse blanche du Sacré-Cœur et il y avait du bleu, par échappées.

L'employé était beaucoup plus excité que son collègue d'en bas et j'eus du mal à l'apaiser.

— Voyons ! Voyons ! Est-ce que vous aperceviez la cabine montante ?

— Non. Elle est brusquement sortir du brouillard et s'est arrêtée presque aussitôt. Les vitres étaient couvertes de buée et de gouttes d'eau. On ne voyait rien à l'intérieur. J'ai ouvert et un bonhomme est sorti, auquel je n'ai, bien entendu, prêté aucune attention.

— Il était vêtu d'un imperméable noir, paraît-il ?

— Peut-être !... Vous savez, il passe tant de monde, ici, dans une journée !... J'ai cru qu'il était seul. J'ai jeté un coup d'œil dans la cabine ; c'est le règlement. Vous n'imaginez pas tous les objets oubliés qu'on récolte. Une fois, on a même trouvé un chimpanzé !... Bref, j'ai vu le corps.

— L'homme avait eu le temps de disparaître ?

— Rendez-vous compte. En deux enjambées, on est dehors. J'ai donc vu le corps et, tout de suite, j'ai compris qu'il y avait du vilain... Si cette femme s'était simplement trouvée mal, l'homme nous aurait avertis, non ? Il n'aurait pas filé. A tout hasard, j'ai demandé aux voyageurs qui attendaient sur le quai, pour descendre, s'il n'y avait pas parmi eux un médecin. Ils étaient sept : trois séminaristes, un soldat, une dame et deux messieurs. Justement, l'un des deux a levé la main. Il a dit : « Je ne suis pas médecin, mais je pourrai peut-être quand même donner les premiers soins. » Alors, je l'ai fait entrer et on a regardé. « J'ai bien peur qu'il ne soit trop tard », m'a encore dit le monsieur. Comme les autres se pressaient à la porte, je les ai priés de se reculer. Il a fallu se gendarmer ; c'est formidable. Ils voulaient tous voir. Un des séminaristes criait : « S'il y a quelqu'un en danger de mort, il a le droit d'avoir un prêtre ! » J'ai dû monter la garde. D'ailleurs, la malheureuse était bien morte. Alors, j'ai appelé « Police-Secours ».

Je posai encore quelques questions, par acquit de conscience ; quand je redescendis, je ne savais rien de plus que ce qui figurait déjà dans le premier rapport. Je l'avais dans ma poche ; j'y jetai un coup d'œil.

Jacqueline Delvrière était la fille d'un bijoutier du faubourg Saint-Honoré. Son mari, directeur des services commerciaux d'une grande firme automobile, était actuellement en Allemagne, où on essayait de le joindre. De ce côté, il n'y avait qu'à attendre. Je me rendis rue de Longchamp, au domicile des Delvrière. La bonne était d'origine espagnole et me comprit assez mal. Elle réussit, cependant, à me faire entendre que sa maîtresse sortait beaucoup, qu'il y avait toujours des invités et que le service était lourd. Oui, le ménage semblait uni... oui, Delvrière était souvent absent. . Je n'ai pas coutume d'accorder aux propos des gens de maison une grande importance. Ils m'aident surtout à situer mes personnages. Cette fois, je l'avoue, je n'y voyais pas clair. Pourquoi Jacqueline Delvrière était-elle au pied de la Butte à huit heures et demie du matin ? C'est l'heure où une femme du monde commence à se réveiller. La bonne m'apprit que sa maîtresse, la veille, s'était couchée tard. Il y avait trois amis à dîner, des familiers : M. et Mme Laîné et un autre monsieur, dont elle ignorait le nom, mais qui venait souvent. M. Laîné était docteur. Je notai ces détails parce qu'il ne faut rien négliger, mais j'avais l'impression qu'ils m'éloignaient de la piste de l'homme à l'imperméable. A moins que... Peut-être cet homme était-il un ami de Jacqueline Delvrière ? Peut-être avaient-ils rendez-vous ?... Mais le revolver ?... Et pourquoi un rendez-vous dans ce funiculaire dont le trajet est si bref qu'on n'a pas le temps de tenir une conservation ? Et puis, il y avait eu vol, à n'en pas douter.

La bonne me confirma ce point : oui, Madame avait toujours un peu d'argent sur elle, quelques milliers de francs. Et s'il s'agissait d'un vol simulé ? L'homme avait pu voler les billets pour donner le change, pour faire croire à un crime crapuleux. D'ailleurs, ce long imperméable noir, cette casquette, tout m'incitait à penser que l'inconnu s'était composé une silhouette. Plus je ruminais cette affaire et plus je sentais qu'il y avait un mystère, dans la vie de Jacqueline Delvrière. Je regagnai mon bureau et là, coup de théâtre. L'Identité judiciaire avait relevé des empreintes sur le poudrier et ces empreintes figuraient aux sommiers. Elles appartenaient à un certain André Bertoux, deux fois condamné pour vol et sorti récemment de prison.

Aussitôt, j'organisai les recherches et commençai à étudier le dossier de Bertoux. Un dossier relativement

léger. Un pauvre type, ce Bertoux ! L'histoire classique : parents sans autorité et toujours absents, le gosse
qui pousse au hasard, les mauvaises fréquentations et,
pour finir, deux petits cambriolages maladroits réa-
lisés pour un profit minime. Bref, le malandrin sans
envergure. Tout au moins jusque-là. Car il n'y avait pas
d'autre coupable possible. Mais avait-il voulu tuer ?
N'était-il pas plus plausible d'admettre qu'il avait
seulement voulu réduire sa victime à l'impuissance ?
Et puis, perdant son sang-froid, sentant que la cabine
allait bientôt s'arrêter, il avait serré, fort, trop fort...
Ensuite, il avait fouillé dans le sac, d'où ses empreintes... Une telle maladresse lui ressemblait. Je ne devais
pas être bien loin de la vérité. Mais comment expliquer
le revolver dans la poche du tailleur gris ?

Je rendis visite au docteur Laîné, l'un des trois
invités de la jeune femme.

— Est-ce que Mme Delvrière s'entendait bien avec
son mari ?

— Sûrement. Elle l'aidait même beaucoup, grâce à
sa parfaite connaissance de l'anglais. Avant son
mariage, elle préparait une licence.

— Avait-elle de la fortune personnelle ?

— Oui. Son père n'avait qu'elle et se montrait très
généreux.

— Vous avait-elle paru préoccupée ou inquiète, au
cours de la soirée ?... Je sais, ma question a de quoi
vous surprendre, mais j'ai mes raisons.

— Eh bien, franchement, il m'est impossible de vous
répondre... En société, Jacqueline était très gaie. Elle
adorait le mouvement, le bruit, et même l'agitation. Je
ne l'ai jamais soignée mais je crois qu'au fond c'était
une anxieuse, une impulsive.

— Oui, je vois. Merci !

En réalité, je ne voyais rien du tout. Faute de mieux,
je décidai d'aller interroger les voyageurs qui se

trouvaient sur la plate-forme supérieure du funiculaire. Je commençai par Philippe Louvel, celui qui était entré le premier dans la cabine. Qui sait ? Il pouvait avoir enregistré un détail, insignifiant en apparence, qui avait, ensuite, échappé aux enquêteurs.

Philippe Louvel était un beau garçon de vingt-cinq ans, au visage sympathique. C'est curieux, tous les hommes qui portent une fossette au menton me donnent la même impression de bonne humeur. Louvel était terriblement loquace, avec un léger accent qui trahissait son origine méridionale. Hélas ! Il me parla surtout de lui. Non ! Il n'était pas médecin. Il avait commencé ses études de médecine parce que telle était la volonté de son père, et son père tenait serrés les cordons de la bourse. Mais à la mort de ce dernier, il avait tout lâché...

— Mon père possédait une grande brasserie, que j'ai aussitôt liquidée. Je l'ai vu travailler presque nuit et jour, pour amasser. Si c'est ça, le commerce !... Notez que les études... Vous savez combien il me fallait d'années pour décrocher mes diplômes ?

J'eus bien du mal à le ramener à notre sujet. Mais, là encore, il trouva surtout moyen de me parler de lui.

— Je cherche quelque chose à Montmartre, un appartement un peu original avec un atelier... On m'avait signalé un grand studio, rue des Saules, aussi...

— D'accord ! D'accord !... Donc, le funiculaire s'arrête. Vous n'avez pas particulièrement remarqué l'homme qui descendait ?

— C'est à peine si je l'ai vu. Il est sorti très vite. Je me demande si je le reconnaîtrais...

— Quand vous êtes entré dans la cabine, rien ne vous a particulièrement frappé ?

— Je n'avais d'yeux que pour cette malheureuse femme. A son visage, j'ai tout de suite compris que la mort n'était pas naturelle. Et puis, j'ai découvert le foulard serré autour de son cou. J'ai constaté que le cœur ne battait plus...

Je refusai un whisky et poursuivis ma tournée. Les autres témoins ne me furent d'aucun secours.

Le lendemain, je reçus la visite de M. Delvrière, prévenu la veille au soir et rentré par avion. Il était effondré et me fit de la peine. J'avais juste deux ou trois questions à lui poser. Non, il ne pensait pas que sa femme ait pu emporter quelque objet de valeur ; il n'avait constaté chez lui la disparition d'aucun bijou. L'argent ? Il ignorait, bien entendu, quelle somme la malheureuse possédait au moment du crime. Une dizaine de milliers de francs au maximum. Quand elle avait à régler une dépense de quelque importance, Jacqueline Delvrière utilisait son chéquier. Ce qu'elle pouvait faire, à huit heures et demie, à Montmartre ? Il se perdait en suppositions. Ils n'avaient là-bas ni parents ni amis. Je ne lui parlai pas du revolver. Il aurait certainement été le premier à aborder ce détail, s'il l'avait connu. Je renouvelai mes condoléances et m'en allai rôder du côté du funiculaire.

Montre en main, je vérifiai la durée du trajet. C'était ahurissant. Il fallait vraiment avoir un sang-froid et une audace extraordinaires pour tenter et réussir un coup aussi risqué en un temps aussi limité. Bertoux avait sans doute bien changé, en prison. Certes, la brume lui avait beaucoup facilité la tâche, mais quand même... J'avais beau retourner le problème de mille manières, la conclusion s'imposait : c'était Bertoux le coupable. Poussé par le besoin, sans ressource, il n'avait rien prémédité (en effet, il avait une chance sur cent de se trouver seul avec une voyageuse !), il avait improvisé son agression. Mais le revolver ? Le revolver ?...

Il fut arrêté dans la soirée, à la sortie du métro, place Maubert. Je me sentais féroce et il avoua presque sans résistance. Mais il me sortit une histoire tellement invraisemblable que je faillis cogner. Il se moquait de moi, ma parole ! La voyageuse, à peine la cabine partie, était tombée, évanouie. Son sac s'était ouvert et il n'avait eu qu'à ramasser l'argent.

— Combien ?

— Deux cent cinquante mille francs.

— Tu mens !

Il donna l'adresse d'un hôtel borgne, rue de la Montagne-Sainte-Geneviève. On découvrit les liasses dans une chemise roulée, au fond d'une valise. Il y avait bien deux cent cinquante mille francs.

— Où les as-tu pris ?

— Dans son sac.

— Tu connaissais Mme Delvrière ?

— C'est la première fois que je la voyais.

— Qu'est-ce que tu allais faire, à huit heures et demie, à Montmartre ?

— Retrouver un copain qui m'avait donné rendez-vous.

— Où ça ?

— Place du Tertre.

— Le nom, l'adresse de ton copain ?

— Je ne sais pas. Je l'avais rencontré dans un café.

On se relaya pendant des heures. Il y avait de quoi devenir fou. Et toujours il en revenait au même point.

— Puisque je vous dis qu'elle est tombée. Elle était peut-être cardiaque, cette môme !

Or, le médecin qui avait pratiqué l'autopsie était formel : Jacqueline Delvrière était morte étranglée. Pourquoi Bertoux niait-il l'évidence ? Je téléphonai à la banque. On me répondit que, la veille du crime, Mme Delvrière avait retiré deux cent cinquante mille francs.

— Comment savais-tu qu'elle portait tant d'argent sur elle ?

— Mais je ne le savais pas !

Au petit jour, il n'était plus qu'une loque, mais il persistait à nier. Je le fis boucler et me pris la tête dans les mains. D'un côté, un repris de justice, récemment sorti de prison. De l'autre, une jeune bourgeoise élégante, avec un revolver et deux cent cinquante mille francs. Le rapport ? Où était le rapport ?... Et, brusquement, la petite réflexion de rien du tout, qui met la machine en marche.

Et si le rapport n'existait pas ! Si Bertoux ne mentait pas ! Si vraiment Jacqueline Delvrière était tombée évanouie ! S'il n'avait fait que fouiller dans son sac !... Admettons ! L'employé voit la femme étendue, donne l'alarme. Un voyageur entre dans la cabine, seul. Ensuite... Ensuite, on découvre Jacqueline morte, étranglée. C'est donc nécessairement ce voyageur qui... Sapristi ! Je n'avais pas pensé à cela. J'avais été victime d'un prestidigitateur. Il avait bien raison, le patron !

Dans la voiture qui me conduisait chez Philippe Louvel, je continuai à réfléchir. Les deux cent cinquante mille francs ! Le revolver ! Autrement dit, le choix entre deux solutions. J'évoquai l'image de ce beau garçon qui n'aimait pas le travail.

Louvel était encore au lit. D'abord, il le prit de haut. Mais un homme en pyjama se sent toujours en état d'infériorité quand il a affaire à un interlocuteur résolu. Il s'effondra. Ses aveux ne firent que confirmer mon hypothèse.

Jacqueline l'avait rencontré, avait subi son charme et commis une erreur qui aurait pu être sans conséquence si Louvel n'avait été un maître chanteur. Il avait conservé des lettres. Affolée, Jacqueline avait plusieurs fois cédé à ses demandes d'argent. Mais il avait continué d'exiger...

Pour la suite, les faits parlaient d'eux-mêmes.

Jacqueline s'etait procuré un revolver. Pour en finir : pourtant, elle n'était pas absolument sûre d'elle, puisqu'elle avait également emporté l'argent. Aurait-elle l'affreux courage ?... Elle monte dans la cabine. Dans une minute, elle va retrouver Louvel qui l'attend à la gare supérieure. Mais son angoisse est trop forte. Les nerfs flanchent ; elle s'évanouit.

— C'était elle ou moi, dit Louvel, pour se défendre. Lisez cela.

C'était un billet qui était tombé de son sac, et qu'il avait prudemment ramassé : *J'aime mieux le tuer et me tuer après. Pardon.*

Le plus fort, c'est que ce billet lui sauva la vie. Il ne fut condamné qu'à la réclusion perpétuelle.

FEU MONSIEUR LE COMTE

L'affaire éclata un jeudi matin. On était en mars et il pleuvait. Je sortais d'une mauvaise grippe qui m'avait laissé vide et flottant. Je n'avais qu'un désir : m'incruster dans mon bureau, expédier au ralenti les affaires courantes.

— Le patron te demande, me dit Ballard.

La tuile ! J'aurais dû me mettre en congé. Le divisionnaire — ce n'était plus Merlin, hélas ! — était soucieux. Il avait toujours l'air de ruminer des secrets d'État. Il oublia de me serrer la main.

— Le comte d'Estissac a été assassiné, dit-il. Les gendarmes sont sur place. On m'a raconté, au téléphone, une histoire assez embrouillée. Partez tout de suite. Et du doigté, mon petit, du doigté... Le comte était conseiller général... Ça va faire du bruit. Nous avions bien besoin de ça ! Allez-y sur la pointe des pieds.

Le château se trouvait à quelques kilomètres de Tiffauges, non loin des ruines, ensevelies sous le lierre et les orties, de la forteresse de Gilles de Rais. Le paysage, ce matin-là, était sinistre. Mon chauffeur, un Vendéen sorti tout droit d'une famille de chouans, semblait consterné.

— C'était quelqu'un, le comte. Pensez ! Son aïeul, le

marquis Blanc de Bougon d'Estissac, a combattu avec
Charette. Lui, il a commandé un maquis. Un costaud.
Plus très jeune, mais toujours à cheval. Un sacré
chasseur — il sourit et haussa les épaules — dans tous
les sens du mot, si vous voyez ce que je veux dire !

La grille était ouverte. Le château s'élevait, au bout
d'une allée de marronniers dépouillés par l'hiver.
Devant le perron stationnait une voiture de la gendarmerie, dont le vent balançait l'antenne. Je relevai le col
de mon pardessus et gravis les marches, après avoir
donné un rapide coup d'œil à la façade ; du Louis XIII
campagnard, avec une tourelle plus ancienne qui
avait, ma foi, beaucoup d'allure. L'eau suintait de
partout. J'éternuai et poussai précipitamment la
lourde porte. Je me trouvai dans un vestibule où se
tenait un gendarme qui s'excusa de s'être mis à l'abri.
Il m'indiqua le salon, où le brigadier interrogeait les
concierges, un couple assez jeune : lui, la quarantaine ;
elle, un peu moins. Le brigadier prenait des notes.

— Faites-moi un résumé très bref, dis-je. Après, vous
me montrerez le corps.

— Oh ! Ce sera vite fait. Voici Georges Moreste, qui
est le gardien. Il habite avec Mme Moreste dans le petit
pavillon que vous avez vu en entrant, à gauche de la
grille. Hier soir, ils regardaient tous les deux la
télévision quand le téléphone a sonné. Il y a une ligne
privée, entre le château et la conciergerie. Il était
vingt-trois heures trente.

Moreste approuvait, très maître de lui et apparem-
ment peu troublé par le drame. Il portait une veste de
chasse, un pantalon de cheval et des bottes de caoutchouc. Les cheveux courts, ramenés sur le front. Des
rides profondes. Les yeux près du nez, ce qui lui
donnait un air buté. Des épaules de bûcheron.

— Ensuite ?

— C'est Mlle d'Estissac qui appelait à l'aide.

— Elle a dit, intervint Mme Moreste : « Venez vite...
mon père est mort... Je crois qu'il a été assassiné. »
Alors, mon mari a pris son fusil et a couru au château.

— Mais la porte était fermée, reprit le brigadier. Ce
fut Angèle, la vieille bonne, qui l'ouvrit... D'ailleurs,
j'aime autant vous signaler ce détail tout de suite :
toutes les issues étaient fermées de l'intérieur ; n'est-ce
pas, Moreste ?... Mlle d'Estissac se tenait dans le bureau
de son père, en compagnie de Berthe, la cuisinière... Le
comte gisait devant la cheminée, mort.

— Attendez, dis-je. Procédons par ordre. Quelles
sont les personnes qui couchent au château ?

Mme Moreste fit un pas en avant.

— Il y a Mlle d'Estissac... je ne parle pas, bien
entendu, de son pauvre père... Et puis il y a Angèle et
Berthe, nos tantes. C'est tout.

— Vous êtes leur nièce ?

— Par alliance. C'est mon mari qui est leur neveu.
Nous sommes leur seule famille. Elles sont célibataires
toutes les deux. A la mort de Martial, le concierge
avant nous, elles ont demandé à M. le Comte de nous
engager.

Elle parlait avec assurance et c'était au brigadier
d'approuver à petits coups. Pas laide ; les mains défor-
mées par les gros travaux, mais une permanente et un
soupçon de rouge aux lèvres. La paysanne qui a honte
de sa condition.

— Et alors ? demandai-je. Que s'est-il passé ?

— Les femmes avaient peur, dit Moreste. Elles
pensaient que l'assassin se cachait dans le château...
Dame ! Puisque tout était fermé ! Portes et fenêtres !...
J'ai tout visité, soigneusement. Personne !

— On n'avait rien volé ?

— Si, justement, reprit le brigadier. Le comte possédait une très belle collection de montres anciennes.
Elle a disparu.

— Où était-elle ?

— Dans la bibliothèque, juste à côté du bureau où travaillait le comte. Le voleur a dû être surpris ; il y a eu lutte, sans doute. L'affaire serait banale, si on savait comment l'assassin s'est débrouillé pour sortir.

— Conduisez-moi auprès du corps.

Le brigadier poussa la porte à deux battants.

— Le médecin a diagnostiqué une fracture du crâne, peut-être due au coup que le comte a reçu au visage, peut-être due à la chute... Il faut attendre l'autopsie.

Le bureau était une vaste pièce qui prenait jour par deux fenêtres sur un parc noyé dans la brume. Le comte était tombé tout près de la cheminée ; une chaise renversée montrait qu'il y avait eu lutte. Le malheureux s'était défendu. Il gisait sur le ventre. Je lui soulevai doucement la tête et je vis la trace du coup, sur sa tempe et sur sa pommette gauches. Un peu de sang séché lui tachait l'oreille. Il était vêtu d'un veston d'intérieur dont un bouton avait sauté.

— Nous l'avons retrouvé sous la table de travail, murmura le brigadier.

— Où est Mlle d'Estissac ?

— Au premier, avec Angèle et Berthe.

— Voulez-vous la faire venir, je vous prie.

Je passai dans la bibliothèque pour examiner les vitrines. Elles occupaient le milieu de la pièce. Les vitres avaient été cassées. J'écrasais du verre. Il y en avait un peu partout, sur la moquette. Le voleur avait procédé avec une brutalité qui dénotait sa hâte. Il avait tout emporté. Ces vitrines éventrées donnaient à la pièce, majestueuse et froide, un air de désolation qui serrait le cœur. Je jetai un regard sur les rangées de volumes... des ouvrages d'histoire, de droit, les *Annales du Conseil général*... Il y avait aussi le silence, un silence de très vieille demeure, ami du bruit de la pluie et du vent. Je pensais à la jeune fille, seule, dans ce château entre un père taciturne et deux domestiques éperdues de respect. Je revins dans le salon où le brigadier entrait au même instant sur les pas de Mlle d'Estissac... Véronique, comme je l'appris plus tard. Et ce prénom désuet et charmant ne lui allait pas du tout. Elle était grande, comme son père, les cheveux tirés en arrière, le regard impérieux. Aucune trace de fard. Et déjà vêtue de noir, digne, impersonnelle comme une dame de compagnie.

Elle m'intimidait. Je bredouillai les condoléances de rigueur. La tête un peu penchée, elle m'écoutait ; j'avais l'impression de réciter une leçon mal sue.

— Merci, monsieur, dit-elle, et elle me fit asseoir.

Je l'interrogeai d'abord sur le comte et j'appris qu'il travaillait tous les soirs, de neuf heures à minuit, à un gros ouvrage sur les maquis de Vendée. Depuis la mort de la comtesse, survenue près de vingt ans auparavant, il vivait à l'ancienne, paysan le jour, parmi ses fermiers, érudit la nuit, parmi ses livres.

— Et vous ? demandai-je.

Elle comprit tout ce que sous-entendait ma question et son visage se ferma davantage.

— Le domaine est vaste, dit-elle, et les jours sont trop courts.

— Racontez-moi votre soirée.

— Mais... il n'y a rien à raconter. Je me suis couchée à dix heures ; je me suis réveillée vers onze heures et demie... J'avais entendu quelque chose... un bruit sourd... ou plutôt une vibration qui s'était propagée par les planchers et les murs... Je suis descendue. J'ai frappé à la porte du bureau. Au bout d'un moment, inquiète, je suis entrée... J'ai trouvé mon père...

Le chagrin lui noua la gorge. Elle reprit, après un instant.

— J'ai aussitôt appelé Angèle et Berthe. J'ai téléphoné à la conciergerie, puis à notre médecin. J'ai également prévenu la gendarmerie... Voilà...

— La collection est d'une grande valeur ?

— D'une très grande valeur. Il y avait des pièces inestimables, une montre en or offerte par Louis XV au maréchal d'Estissac, une montre qui avait appartenu à Chateaubriand...

— Mais tout cela devait être encombrant. En outre, ces pièces risquent d'être difficiles à négocier. Et enfin, pourquoi le voleur n'a-t-il pas attendu que tout le monde soit couché pour agir ?

— Les volets étaient fermés ; les rideaux tirés. On ne devait voir aucune lumière de l'extérieur. Sans doute nous croyait-il tous endormis.

— C'est une explication valable... Voulez-vous me montrer le rez-de-chaussée. J'aimerais voir moi-même ces portes.

Avant de la suivre, j'allai regarder encore une fois le corps. J'imaginais le comte debout. Un solide gaillard, malgré ses cheveux blancs. Comme le brigadier passait devant moi, je lui demandai à voix basse :

— Quel âge avait-il ?

— Soixante-six ans. Mais on lui en aurait donné à peine cinquante.

Je rejoignis Véronique d'Estissac et j'examinai une à une les serrures, de bonnes vieilles serrures d'autrefois, incrochetables, munies de clefs compliquées, comme celles des coffres de corsaires.

— Comment serait-il entré ? dit le brigadier.

— Et surtout, fis-je, comment aurait-il pu laisser derrière lui des portes fermées de l'intérieur ?

Dans la chambre du comte, Berthe et Angèle avaient arrêté la pendule et voilaient des glaces. Angèle était une de ces vieilles femmes de la campagne qui ressemblent vite à des hommes, mais Berthe était sensiblement plus jeune. Blonde, soignée, les yeux battus, elle était fragile et touchante. Toutes les deux, elles me saluèrent craintivement. Dans ce château en marge du temps, les hiérarchies étaient respectées aussi scrupuleusement qu'au grand siècle.

— Depuis combien d'années sont-elles à votre service ? demandai-je à Mlle d'Estissac, lorsque les deux sœurs eurent quitté la pièce.

— Depuis bientôt dix-sept ans. Elles sont entrées ici ensemble. Elles sont d'un dévouement total.

J'essayais, mais en vain, de trouver une explication. Il m'ennuyait beaucoup de passer pour un ⁓mbécile aux yeux de la jeune fille. Mais celle-ci ⁓ ⁓ ⁓ mon secours.

— Si vous permettez, dit-elle, je vais rester ici. Il y a encore beaucoup de choses à préparer.

— Je crois que voici le Parquet, dit le brigadier. J'entends une auto.

Ce n'était pas le Parquet, mais un garçon d'une trentaine d'années, d'allure sportive, qui nous attendait dans le vestibule.

— Jacques Volland, fit-il. Où est Véronique ?

Il paraissait très ému. Je le fis entrer dans un petit salon et j'entrepris de le confesser ; ce qui fut facile. Il ne demandait qu'à parler. Il était un familier du château. D'abord, en sa qualité d'architecte, il s'était occupé de restaurer l'aile sud, qui menaçait ruine. Ensuite, peu à peu, il était devenu un ami de la maison et même, depuis une quinzaine de jours, il était le fiancé de Véronique.

— Cette nouvelle a dû faire sensation dans le pays ? observai-je.

Il rougit fortement.

— Personne ne le sait encore, répliqua-t-il avec vivacité. Pas même les domestiques du château. Le père de Véronique craignait les commérages, la malveillance. Il n'aurait rendu la nouvelle officielle que le plus tard possible.

Je commençais à y voir plus clair, à situer mieux les personnages et plus particulièrement cette jeune fille secrète, passionnée, qui avait dû se jeter à la tête du seul homme qui vînt au château, pour s'évader, pour vivre enfin comme tout le monde.

— Qui vous a prévenu ?

— Véronique, dit Jacques Volland. Elle a téléphoné. Je suis bouleversé. Où est-elle ?

— Dans la chambre du comte... Ne vous éloignez pas. J'aurai sans doute quelques questions à vous poser.

Phrase toute faite, destinée à masquer mon embarras, car je pataugeais lamentablement. Je voulus interroger encore une fois les concierges mais ils étaient retournés dans leur pavillon. Je les y rejoignis. Le plus grand désordre régnait chez eux. Partout, des valises, des paquets, de la paille.

— Nous devions partir dimanche, m'expliqua Moreste. Mademoiselle ne vous l'a pas dit ?

Il me regardait avec méfiance, comme si je lui avais tendu un piège.

— Vous aviez reçu votre congé ? demandai-je.

— Pas du tout. C'est nous qui allons ailleurs.

— Nous ne nous entendions pas bien avec M. le Comte, intervint Mme Moreste. Il avait le caractère trop difficile. Tout ce qu'on faisait était mal fait. Il nous traitait comme il n'est plus possible ! Nous ne sommes plus dans l'ancien temps, monsieur l'inspecteur. Je ne sais pas comment les autres ont pu le supporter, mais nous, nous en avions assez ! Quand je pense à cette scène, quand nous lui avons dit que nous avions trouvé une autre place !... Il prenait des colères terribles, pour un oui pour un non. Il ne se connaissait plus. Le pauvre homme, il est mort, nous ne devrions pas dire du mal de lui — elle se signa — mais nous ne le regrettons pas.

L'arrivée des spécialistes de l'Identité judiciaire nous interrompit. Je retournai au château, puis errai un moment dans le parc. En beaucoup d'endroits, les murs étaient en fort mauvais état ; l'escalade ne devait présenter aucune difficulté. De ce côté, pas de mystère.

La matinée s'acheva en besognes de routine. Je rentrai tard, fatigué et surtout horriblement perplexe. Pas la plus petite lueur. Une note, sur mon bureau, m'informait que le grand patron ne reviendrait qu'en fin de journée et m'invitait à fournir d'urgence un premier rapport. Si les Moreste avaient eu sur le dos le comte d'Estissac, moi, j'avais le divisionnaire et ce n'était pas mieux. Un rapport, alors que j'ignorais encore les résultats de l'autopsie ! Heureusement, ils me parvinrent dans l'après-midi, mais ils étaient bien décevants. Le comte était mort d'une fracture du crâne provoquée par la chute. L'ecchymose était imputable à un coup de poing. Conclusion : le comte avait surpris son voleur, l'avait sans doute poursuivi, rattrapé dans son bureau. L'homme avait frappé, fort, puis s'était enfui... Mais comment était-il entré et comment avait-il refermé « de l'intérieur » ? Toujours j'en revenais au même point, comme un bourdon qui se cogne inlassablement à la même vitre. Qu'allais-je mettre dans mon rapport ?

Vers dix-huit heures, coup de téléphone de la gendarmerie. On venait d'arrêter un certain Marcelin Gouge, recherché depuis plusieurs semaines. Il était porteur d'une montre en or qui provenait de la collection du comte. Il prétendait l'avoir trouvée au pied du mur du parc d'Estissac. Mais le plus curieux, c'était que ce Gouge, déjà condamné trois fois pour coups et blessures et vol, avait réussi trois fois à s'évader, et cela sans que personne eût jamais réussi à découvrir quel procédé il avait employé. Ce triple exploit l'avait fait surnommer « courant d'air ».

Nous tenions probablement le coupable. Il avait aisément escaladé le mur et, *à l'aide de quelque truc de sa façon*, avait ouvert la porte et fait main basse sur ce qu'il avait trouvé. Prudemment, il avait caché son butin, ne conservant sur lui que la montre, qu'il comptait proposer à un receleur... Il finirait bien par avouer.

J'avalai deux aspirines et commençai mon rapport. Je ne tardai pas à le déchirer. *Quelque truc de sa façon*, voilà qui ne contenterait pas le divisionnaire. En fait, le problème demeurait entier.

Il le demeura jusqu'au soir. Et puis, brusquement, je sentis que je tenais la vérité. Il suffisait de...

Il suffisait de s'en tenir au fait : l'assassin ne peut pas manœuvrer les serrures de l'extérieur. C'est donc quelqu'un du château qui a ouvert, puis refermé. Qui ? Et à qui ?... Mais ne convenait-il pas de dissocier les deux opérations ? D'abord, l'ouverture de la porte. Angèle et Berthe (dix-sept ans de service, un dévouement total) sont à éliminer. A éliminer également Véronique, qu'on ne peut sérieusement imaginer complotant contre son père. Reste le comte. Il a reçu un visiteur qu'il attendait, pour un entretien tellement secret qu'il lui a fixé rendez-vous à une heure tardive, en le priant d'escalader le mur du parc afin d'éviter la conciergerie. Ce visiteur ? De toute évidence Jacques Volland, le fiancé. Ou plutôt le soi-disant fiancé. Car comment un d'Estissac aurait-il accepté pour gendre un roturier ? Volland mentait, quand il prétendait que le comte était d'accord. Assurément, celui-ci venait seulement d'être informé des intentions de sa fille. Il était facile d'imaginer la scène, la colère du vieil

homme. Il avait menacé, frappé sans doute. Volland
s'était défendu et ç'avait été l'accident. Au bruit,
Véronique accourt. Elle n'est pas fille à accepter la
fatalité. Comment égarer la police ? En simulant un vol
qui sera, pour tout le monde, le mobile du crime. Elle
videra donc les vitrines et ira jeter, par-dessus le mur,
une des montres ; quelqu'un finira bien par la trouver
et on croira que le voleur l'a perdue, en s'enfuyant.
Mais il faut que nul ne puisse supposer qu'il existe un
lien quelconque entre l'inconnu et l'un des habitants
du château. D'où la porte reverrouillée après le départ
de Volland : une précaution qui était une maladresse ;
mais Véronique ne pouvait songer à tout.

L'AUTRE

Je connaissais un peu Philippe Fontanelle. Je l'avais rencontré chez des amis et nous avions même joué au bridge ensemble. Il était à la tête d'une affaire de « management ». Nous avions échangé quelques propos, assez pour nous sentir en sympathie. Il était un peu snob, n'oubliait jamais de faire savoir qu'il sortait de Polytechnique, mais c'était un garçon d'avenir. Aussi, grande fut ma consternation quand j'appris qu'il avait été assassiné. Je me rendis aussitôt sur les lieux du drame.

Fontanelle possédait un bureau dans un de ces grands immeubles des Champs-Élysées qui abritent tant de sociétés de cinéma. Sa secrétaire, Marthe Berthier, m'attendait. C'était elle qui nous avait téléphoné. Je découvris le corps entre deux fauteuils. Fontanelle avait été poignardé avec son coupe-papier, une sorte de stylet au manche d'argent capricieusement ouvragé, ce qui écartait tout espoir d'empreinte. Un coup en plein cœur. Presque pas d'hémorragie. La mort immédiate, vraisemblablement. Aucun désordre dans la pièce. Je pensai tout de suite : crime passionnel, et je rangeai l'hypothèse dans un coin de mon esprit, n'aimant pas les idées préconçues. Après les premières constatations, je revins dans l'antichambre où Marthe Berthier tapait le courrier et recevait les visiteurs. L'interrogatoire commença.

Marthe Berthier m'apprit qu'elle avait cinquante-cinq ans. Elle était la veuve d'un sous-directeur des Postes. Comme elle s'ennuyait et que la demi-pension qu'elle touchait n'était pas suffisante, elle avait cherché un emploi de secrétaire et, depuis deux ans, elle était au service de Fontanelle. Il suffisait de la regarder pour comprendre qu'elle devait être une secrétaire modèle : discrète, précise, efficace, elle allait d'emblée à l'essentiel, sans phrases inutiles, sans émotion déplacée. Pourtant, elle était très émue, et d'autant plus qu'elle aurait peut-être pu éviter le pire si elle était arrivée comme d'habitude, à neuf heures. Mais une grève du métro l'avait mise en retard. Elle n'était arrivée qu'à dix heures et demie et le mal était fait ! Elle avait trouvé Fontanelle mort, les mains encore tièdes.

— Il venait juste de rentrer de voyage, dit-elle. Son porte-documents est encore là.

Elle me le montra, posé sur le coin du bureau.

— Il était allé à Redon réorganiser les services commerciaux d'une petite usine de pâte à papier.

— Où habite-t-il ?

— Rue de Lübeck, à deux pas. Je n'ai pas osé téléphoner. J'ai pensé que ce n'était pas mon rôle.

— Vous avez bien fait. J'irai là-bas tout à l'heure. Il était marié, je crois.

— Oui. Mais il n'avait pas d'enfant.

— Parlez-moi du ménage.

Elle parut soudain malheureuse et resta silencieuse.

— Je comprends vos sentiments, mais, en deux ans, vous avez forcément appris beaucoup de choses. Fontanelle devait bien vous raconter sa vie, de temps en temps ? Une secrétaire, je veux dire une secrétaire comme vous, devient facilement une confidente. Est-ce que je me trompe ?

— Non.

— Eh bien, vous devez me dire tout ce que vous savez. Depuis combien de temps était-il marié ?

— Six ans. Il avait rencontré Hélène Péclet à un cocktail et l'avait épousée quelques mois plus tard.

— Mariage d'amour ?

—, Sûrement. Mais, à mon avis, le couple était mal assorti. Elle était son aînée de trois ans. Elle a trente-neuf ans. Mais on lui en donnerait trente à peine. Elle fait même très jeune fille. Oh ! C'est toute une histoire. Cette malheureuse a perdu sa mère lorsqu'elle était toute petite. Son père ne s'est jamais remarié. C'est sa sœur aînée, Julia, qui l'a élevée. Bien que beaucoup plus âgée, elle n'avait pas une grande autorité sur elle. Vous savez ce que c'est : la cadette à qui on passe tous ses caprices. Hélène est assez difficile à vivre.

— Vous la connaissez bien ?

— Je suis allée quelquefois chez eux.

— Vous ne l'aimez pas ?

— Je n'ai rien contre elle. Mais M. Philippe n'était pas heureux. D'abord, Hélène n'avait pas voulu se séparer de sa sœur... Il est vrai que Julia s'est totalement sacrifiée pour elle.

— C'est beau !

— C'est terrible ! Il y a des gens, comme Julia, qui ont besoin de sacrifice. Et, croyez-moi, ça va loin ! Si bien que la pauvre Hélène est restée, comment dire, une mineure. Julia, maintenant, a cinquante-deux ans. Elle est célibataire. Sa seule raison de vivre, c'est Hélène qui, pourtant, n'a plus besoin d'elle.

— Je vois.

— Le pauvre monsieur s'arrangeait comme il pouvait de cette situation. Mais il était souvent exaspéré.

— Est-ce qu'il ne pouvait pas faire comprendre, gentiment, à sa belle-sœur que son rôle était terminé ?

— Un autre, peut-être. Mais pas lui. Sorti de ses

affaires, de ses graphiques, de ses statistiques, il n'était qu'un homme timide et scrupuleux. Au fond, il n'était pas fâché que Julia fasse marcher la maison, car Hélène n'a jamais pu conserver une domestique.

— Il s'absentait souvent ?

— Plusieurs jours par semaine. Quelquefois, il s'absentait plus qu'il n'était nécessaire ; du moins, j'en ai eu souvent l'impression. L'intimité à trois, ce n'est pas drôle !

— Je devine comment cela s'est terminé.

— Oui. C'était à prévoir. Il y a deux ans, M. Fontanelle a fait la connaissance d'Éliane Collet ; je n'ai jamais très bien su dans quelles circonstances. Je n'ai jamais su, non plus, ce qu'elle faisait au juste. Mais cela devait avoir un rapport avec la décoration.

— Vous l'avez vue ?

— Une fois. Elle est venue ici. M. Fontanelle s'est beaucoup excusé. Il était très gêné.

— Comment est-elle ?

Marthe Berthier joignit les mains, sembla se recueillir comme pour mieux recomposer une image aux aspects complexes.

— Je vais vous étonner... elle ressemble un peu à Julia. En beaucoup plus jeune. Elle a vingt-sept ou vingt-huit ans. En beaucoup plus élégant, aussi. En beaucoup moins irréprochable, vous vous en doutez ! Mais il y a, chez toutes deux, une espèce d'affirmation de soi... Ce sont des femmes... Quand on les rencontre, il vaut mieux les contourner...

Je ne pus m'empêcher de sourire, et Mme Berthier sourit à son tour, tristement.

— Ne croyez surtout pas, reprit-elle, que je suis injuste, que je cède à une rancune quelconque... J'ai vu le pauvre monsieur souffrir comme il n'est pas possible. Je voudrais vous faire comprendre... Car il y a un autre détail que je dois signaler. M. Fontanelle était catholique, sincèrement... Il savait donc mieux qu'un autre où était son devoir. Et cette liaison était pour lui une épreuve horrible.

Là, je l'avoue, je laissai voir mon étonnement.

— J'étais sûre, continua-t-elle, que vous seriez surpris. C'est pourtant la vérité.

— Mais voyons... cette Éliane... il l'aimait ?

— C'est probable. M. Philippe ne parlait jamais de ses sentiments. J'étais toujours obligée de deviner, à des allusions... Quelquefois, quand il n'en pouvait plus, il me disait : « Madame Berthe, je suis le dernier des derniers. Tout ça finira mal. » J'ai appris, par bribes, que sa femme était au courant, et naturellement sa belle-sœur aussi. Les trois femmes, en somme, se battaient à travers lui.

— Vous lui donniez des conseils ?

— J'essayais. Sans grand succès. Je lui répétais : « Mais enfin, il y en a bien une que vous préférez à l'autre ? » Il me répondait : « Vous ne pouvez pas comprendre. » Et il avait raison. Moi, j'ai eu la chance d'être épargnée. Mon mari a été l'homme le plus droit. Je ne comprenais pas, en effet.

— Est-ce qu'il songeait au divorce ?

— Non. Je crois qu'il pensait plutôt à partir à l'étranger avec Éliane. Et encore ce n'est pas exact. Ça dépendait des jours. Il y avait des moments où il voulait partir et d'autres où il voulait rompre. Finalement, le remords tenait plus de place dans sa vie que l'amour. Un exemple entre mille : s'il achetait un bijou à l'une, il offrait le même à l'autre. Il m'a même confié une chose extraordinaire : l'an dernier, sa femme a été obligée de faire une saison à Vichy. Elle est donc partie avec Julia. Eh bien, pendant trois semaines, il a permis à Éliane d'habiter chez lui. Il lui avait donné une clef et elle a été la maîtresse de maison, c'est le cas de le dire. Simplement, il lui avait recommandé d'être discrète, afin que la concierge et les locataires ne s'aperçoivent pas de sa présence. Je n'ai pas pu m'empêcher de lui marquer ma réprobation. Mais il était comme ça, sans défense. Et maintenant...

Les larmes lui montèrent aux yeux. A cet instant, l'équipe de l'Identité judiciaire arriva. Je lui cédai la place et filai rue de Lübeck. J'avais l'impressoin que le mystère allait bientôt s'éclaircir. Mon siège était fait : c'était l'une des trois femmes...

— Madame Fontanelle ?

— C'est moi, monsieur.

Elle portait un tailleur d'une coupe parfaite. Tout de suite, je fus alerté par sa pâleur et sa fébrilité. Elle avait, malgré son maquillage, les paupières imperceptiblement tuméfiées, comme si elle avait pleuré, récemment. Elle paraissait très agitée et, quand elle sut qui j'étais, elle s'appuya au montant de la porte.

— Qu'est-ce que c'est ?... Que me veut-on ?

J'étais moi-même un peu ému, mais je dois reconnaître que la curiosité l'emportait sur le scrupule. Je lui annonçai la nouvelle avec beaucoup de précautions.

— Un accident ? murmura-t-elle.

— Hélas, non, madame... Un meurtre.

Et je la mis, en quelques mots, au courant des événements de la matinée.

— Mon Dieu, balbutia-t-elle, mon Dieu... Philippe... Moi qui...

Elle ouvrit la bouche comme si elle étouffait, et je n'eus que le temps de la saisir aux épaules. Elle glissa contre moi, tomba à genoux. Sa tête chavirait. Elle venait de perdre connaissance. Je la soulevai sans trop de peine et appelai :

— Il y a quelqu'un ?

Mais personne ne répondit. Sa sœur était sortie. Je devais me débrouiller seul. Naturellement, la chambre d'Hélène fut la dernière que je découvris. J'allongeai la malheureuse femme sur son lit, et, de la poche de son tailleur déboutonné, tomba une lettre. Je n'hésitai pas. Je la dépliai.

> *Chérie,*
>
> *Je suis bien malheureux. Si malheureux que je me sens enfin le courage de trancher dans le vif. La situation devient de plus en plus intenable pour nous tous. Finissons-en. Je sais que tu vas me détester parce que j'ai choisi celle que tu appelais « l'autre ». Mais cela vaut mieux, crois-moi... Je veux espérer que le temps guérira nos blessures et, je peux te l'affirmer, je ne t'oublierai jamais. Adieu.*
>
> *Philippe.*

Cette lettre valait un aveu. Hélène avait tué son mari. Je comprenais maintenant son désarroi, sa fébrilité, ses yeux rouges. Pauvre femme ! Je la plaignais, bien sûr, mais je me sentais plutôt satisfait. Une enquête achevée avant même d'avoir commencé, quelle aubaine, dans un métier où l'échec est le pain quotidien !

A ce moment, Hélène gémit. Je m'aperçus qu'elle avait repris connaissance et qu'elle me regardait. Elle saisit ma main dans la sienne.

— C'est moi, chuchota-t-elle. C'est moi qui l'ai tué.

— Reposez-vous, dis-je. Vous n'êtes pas encore en état de parler.

— Si, si... Je vous assure... Tout à l'heure, j'ai eu une faiblesse, mais c'est fini. Voilà... hier soir, je me suis querellée avec Julia... toujours pour le même motif... Philippe !... Julia est tellement emportée... Il faudrait toujours être d'accord avec elle... sur tout !... Et elle est capable de bouder pendant des heures. Je suis sûre qu'elle ne rentrera pas déjeuner... pour me punir.

— Doucement, dis-je. Ne vous agitez pas. Résumez !

— Je me suis levée, ce matin, vers neuf heures.

J'avais avalé un somnifère. J'ai voulu fumer. Comme je n'avais plus de cigarettes, je suis allée dans le bureau de mon mari. Il y en a toujours une provision, dans un tiroir. J'ai vu la lettre, bien en évidence. Philippe avait dû rentrer de bon matin, comme cela lui arrivait souvent. Il avait écrit cette lettre et était reparti sans bruit. Les explications lui faisaient tellement peur ! J'ai appelé Julia. Elle était sortie. Alors, je me suis habillée et j'ai couru aux Champs-Élysées. C'est à côté... Et puis... eh bien, vous savez le reste. J'ai eu beau le supplier, il ne cessait de répéter : « Va-t'en... Va-t'en... » J'ai perdu la tête.

— Oui, je vois... Je vais être obligé de vous emmener, madame. Je suis désolé, mais la justice doit suivre son cours. Je vais vous aider à préparer une petite valise... Vous sentez-vous assez forte ?

Elle se leva.

— Je crois que ça ira, monsieur l'inspecteur.

Une clef tourna, au loin, et un bruit de talons retentit. Julia apparut. Elle ne ressemblait pas du tout à Hélène. Elle portait un ensemble beige, de confection, pas très élégant. Mais je fis surtout attention à ses yeux. Il y a des yeux bleus de toutes sortes. Les siens étaient intelligents et froids ; des yeux de laborantine. Ils furent soudain sur le qui-vive. Je me présentai. Je lui expliquai pourquoi j'étais là. Elle se taisait toujours, observant sa sœur. Je brusquai :

— Voici la lettre qu'elle a trouvée sur le bureau... Elle a couru là-bas... Son mari était seul. Elle l'a poignardé dans un moment de véritable aliénation mentale... Elle a reconnu tous les faits... Elle sera très probablement acquittée...

Et je commençai à lire la lettre, avec lenteur. Julia m'interrompit bientôt.

— Inutile ! Je la connais. C'est moi qui l'ai lue la première. Hélène dormait encore quand je me suis levée. J'ai été trouver mon beau-frère. Il s'est montré odieux. Alors...

— Ne l'écoutez pas, cria Hélène. Elle veut me sauver.

— Allons donc ! Mais regardez-la. Comment aurait-elle eu la force de...

— J'étais hors de moi.

— Raconte ça à d'autres.

— Mais je t'aurais vue, si tu étais allée là-bas.

— Mais moi aussi, je t'aurais vue.

De toute évidence, l'une des deux mentait. Mais laquelle ? Chacune semblait si sincère ! Peut-être Julia voulait-elle protéger une fois encore sa cadette ? Peut-être s'estimait-elle en partie responsable du drame ? Ou bien avait-elle vraiment frappé Philippe, que, sans doute, elle haïssait ? Possible !... Et, de son côté, Hélène se reconnaissait bien des torts, et voulait tout prendre sur elle ? Possible !... Julia venait peut-être d'inventer sur-le-champ son aveu ?... Ou bien c'était Hélène, qui, en apprenant le crime, avait tout de suite compris qu'il fallait voler au secours de sa sœur ?... Bref, j'avais deux coupables sur les bras sans pouvoir dire encore laquelle essayait de se sacrifier pour l'autre. Et les mensonges dictés par l'amour sont plus difficiles à démasquer que les mensonges imputables à la haine !

Heureusement, restait le laboratoire. Une toute petite chance. Si les deux femmes avaient tenu la lettre entre leurs doigts, l'examen révélerait leurs empreintes à toutes deux, *et je ne serais pas plus avancé.* Mais si Hélène seule l'avait touchée !... Si Julia était sortie sans passer par le bureau et, par conséquent, sans être au courant de la rupture...

Une fois de plus, le laboratoire gagna. En plus des miennes, il y avait d'autres empreintes, d'une netteté parfaite. Ce qui m'épargna bien des craintes, bien des doutes, bien des heures épuisantes d'interrogatoire.

L'examen fit, bien entendu, apparaître les empreintes d'Hélène... mais aussi celles d'une inconnue qu'on identifia facilement : Éliane, la maîtresse. Comment les empreintes d'Éliane pouvaient-elles se trouver sur cette lettre de rupture ? Tout simplement parce que c'était à elle que la lettre était adressée. Philippe avait choisi de rester avec sa femme. Éliane avoua. Elle avait reçu la lettre par la poste, la veille du retour de Philippe. Furieuse, elle se rendit le lendemain matin au domicile de celui-ci. Comportement assez naturel de la part de quelqu'un qui estime avoir les mêmes droits que la femme légitime, et qui (ne l'oublions pas) possède une clef de l'appartement.

Julia, sous le coup de sa querelle avec Hélène, est déjà sortie, pour prendre l'air et se calmer ; et Hélène, assommée par le somnifère, dort encore. Éliane voit passer l'heure et pense que Philippe s'est rendu directement à son bureau des Champs-Élysées. Elle décide alors de l'y rejoindre ; mais, pour le cas où, retardé, celui-ci passerait tout de même chez lui, elle pose la lettre en évidence, comme une carte de visite. Philippe comprendra qu'Éliane n'est pas décidée à capituler et qu'elle aura toutes les audaces. Par malheur, Philippe est bien à son bureau, et c'est le drame.

Mais voici qu'Hélène découvre la lettre. Celle-ci est rédigée d'une manière si ambiguë qu'elle se la croit destinée. Elle apprend, peu après, que son mari a été tué. Déjà bouleversée, elle achève de perdre la tête. Elle se dit que Julia a voulu la venger, et s'accuse pour sauver sa sœur. Ensuite, Julia, à qui je lis la lettre, se dit, à son tour, qu'Hélène, bafouée, a fait justice, et s'accuse aussi.

Bref, sans le laboratoire, nous aurions fatalement arrêté une de ces deux femmes, également innocentes.

MORT EN PISTE

J'étais en vacances à Nantes, chez mon ami Paul, à l'époque simple officier de police, quand éclata l'affaire du cirque Orlando. Je me trouvai donc sur place et je la suivis en simple observateur, auprès de Paul. Ce qui est amusant, dans cette affaire, c'est son arrière-plan psychologique. Rien de plus simple, en apparence, et pourtant rien de plus inattendu. Il nous fallut un certain temps pour percer à jour le personnage principal.

Le cirque Orlando avait planté sa tente à Pornic, au pied du château. C'était un cirque modeste. Cependant, il présentait un chapiteau à trois mâts. Sa ménagerie n'était pas négligeable. Les roulottes et caravanes possédaient encore le brillant du neuf. Quant au programme, très classique, il était alléchant : cavalerie, clowns, équilibristes, jongleurs, trapézistes, etc. C'était une entreprise familiale, comme autrefois Rancy. Orlando ressemblait au célèbre colonel Cody, Buffalo Bill. Vaste chapeau, moustache ravageuse, l'œil altier et un accent qui sentait bon l'Europe. Mais il sied de procéder par ordre.

La gendarmerie commença par signaler que Regane, le trapéziste, s'était tué au cours d'une répétition, mais l'accident dissimulait peut-être un meurtre. Nous filâmes à Pornic. C'était un samedi du début d'août. La marée était haute, je m'en souviens, et les mâtures se balançaient mollement dans le port. Le soleil brûlait déjà. Il était dix heures. Une foule de vacanciers, en short et chemisette, encombrait les rues, et une ribambelle de gosses se pressait devant la ménagerie. Une main malhabile avait écrit à la craie sur une ardoise : *Fermeture provisoire.*

Le rideau d'entrée était gardé par un garçon de piste et un gendarme, ce qui donnait à l'événement un aspect bizarrement émouvant. Nous entrâmes. Tout le personnel du cirque était groupé sur la piste et regardait quelque chose à terre. Orlando vint au-devant de nous.

— C'est épouvantable, s'écria-t-il. Quand je pense qu'hier soir encore, nous bavardions... là... presque à l'endroit où il est tombé.

Je levai la tête et j'aperçus, à quatre ou cinq mètres, la barre du trapèze pendant au bout d'une corde. La deuxième corde était rompue.

— Voyons, dit Paul. Essayez de nous expliquer calmement ce qui est arrivé.

— Les Regane, reprit Orlando... Vous connaissiez sans doute... Le père s'est tué, il y a quatre années.

L'émotion, l'accent qui se manifestait avec insistance, la rapidité du débit, tout rendait les explications d'Orlando difficiles à suivre. Mais nous réussîmes à comprendre que Regane, après la mort accidentelle de son père, n'avait pu trouver un nouveau partenaire et avait modifié son numéro. Abandonnant la voltige, il se livrait, seul, à différents exercices, notamment l'équilibre sur la tête, celle-ci reposant sur la barre du trapèze. C'était spectaculaire et — nous affirma Orlando — sans danger, car, à la moindre défaillance, Regane pouvait se retenir aux cordes.

— A quelle hauteur travaillait-il ? demanda Paul.

— Il commençait à quatre mètres et puis on hissait doucement le trapèze jusqu'à une dizaine de mètres.

— Sans filet ?

— Sans filet... Le public, il aime avoir peur !

— Pourtant, dit Paul, il y avait bien un risque, puisqu'il est tombé.

— Il est tombé parce qu'une des cordes s'est rompue, dit Orlando. Tout là-haut !

Paul, à son tour, leva la tête.

— Et si l'on avait saboté l'appareil ?

— Mais c'est impossible, protesta Orlando, sans grande conviction. Ici, c'est une grande famille ; une famille qui s'aime...

— Il s'entraînait quand l'accident s'est produit ?

— Oui. Tous les matins, vers sept heures, il venait répéter. Il descendait son trapèze... là où vous le voyez... et faisait quelques exercices... Rien d'acrobatique... Un simple entretien pour vérifier ses réflexes.

Paul me fit un signe et nous nous avançâmes vers le groupe qui, peu à peu, s'était tu. Au centre, étendu sur le sable, gisait Regane. Il était couché sur le dos, seulement vêtu d'un survêtement bleu. Aucune trace de sang. Près de lui, à genoux, une femme d'une cinquantaine d'années pleurait à gros sanglots.

— Sa mère, chuchota Orlando.

— Un médecin a vu le corps ?

— Oui. Il a dit qu'il avait dû se tuer sur le coup.

Et il porta le tranchant de sa main sur sa nuque.

— Je voudrais examiner les cordes du trapèze, dit Paul. Faites-les descendre.

Orlando donna un ordre, dans une langue que je ne pus identifier, et un garçon de piste se dirigea vers le pied d'un mât où était accroché un paquet de cordage. J'observais la mère. C'était une Gitane. Elle était accroupie dans un bouillonnement de jupes multicolores et présentait un profil aigu de vieil Indien. Elle tenait une des mains de son fils et sa bouche remuait, sur des prières ou peut-être sur des imprécations. Le mort était un homme de vingt-cinq à trente ans, plutôt petit, pas très beau. La chute avait mis du désordre dans ses cheveux noirs, collés avec de la brillantine. Il portait un tatouage à la naissance du cou. Les assistants semblaient tous consternés et il y avait des larmes dans les yeux des femmes. Paul m'appela près de lui. Il tenait la barre du trapèze et la corde rompue.

— Regarde !

Ma conviction fut immédiate. Non loin de son extrémité supérieure, la corde avait été coupée aux trois quarts, à l'aide d'une lame très tranchante, qui avait sectionné le chanvre avec netteté. Les torons intacts s'étaient distendus, sous le poids de Regane, puis avaient cassé et ils tire-bouchonnaient en effilochures fines.

— La chute était inévitable, observa Paul.

Il montra sa découverte à Orlando qui hocha longuement la tête, sans prononcer un mot. Il jouait mal la comédie. Sans doute avait-il, dès le début, flairé le crime ; mais il devait redouter une enquête, qui désorganiserait son spectacle.

Il y eut un brouhaha derrière nous. C'était la mère de Regane qu'on emmenait, pendant que deux hommes jetaient sur le cadavre une couverture de cheval.

— La soirée d'hier s'était passée sans incident ? interrogea Paul. Regane avait fait son numéro habituel ?

— Oui... Rien à signaler.

— Quelqu'un lui en voulait, reprit Paul. Et, de toute évidence, quelqu'un du cirque. Le sabotage a eu lieu durant la nuit. On savait que Regane s'entraînait de bon matin, seul. Peut-être le coupable pensait-il qu'il aurait le temps de remplacer la corde avant que l'alarme soit donnée. Ce ne doit pas être très difficile,

et tout le monde aurait cru à un accident. Qui a trouvé
le corps ?

— Clélia... Clélia, c'est sa mère... Elle est venue ici
vers huit heures.

— Et qui a prévenu la gendarmerie ?

— Moi, murmura Orlando.

— Vous avez tout de suite pensé que cette mort était
suspecte, n'est-ce pas ? Pourquoi ?

Orlando hésita puis, nous prenant par le bras, nous
entraîna à l'écart.

— Je me méfiais, expliqua-t-il. Depuis quelque
temps, les choses n'allaient pas très bien. Sans en avoir
l'air, regardez, là-bas, le petit groupe qui s'éloigne... A
gauche, la grande fille, c'est Isabelle Burr. Elle fait un
numéro d'illusionniste. Un très bon numéro... A sa
droite, vous voyez un homme en blouson gris. Lui, c'est
Falcone, le dompteur. Pendant deux ans, Isabelle a été
l'amie de Regane. Et puis, il y a trois mois, j'ai engagé
Falcone et Falcone a commencé à tourner autour
d'Isabelle. Voilà !... Regane et Falcone étaient à couteaux tirés. Ils se sont même battus, une fois. J'ai dû les
menacer de les jeter dehors tous les deux. Je ne parle
pas des insultes, des menaces. Tous les jours, il y avait
quelque chose. Et c'était la vieille Clélia la plus
enragée.

— Alors, d'après vous ?

— Attention ! Je n'accuse personne. Je vous raconte
ce que vous allez apprendre, de toute façon.

— Cette Isabelle Burr avait complètement rompu
avec Regane ?

— Oui. Et il avait beaucoup changé. Il travaillait
sans goût.

— En somme, tout désigne Falcone ?

Orlando leva les mains pour protester.

— Je ne sais pas. Je ne sais pas. Ne me faites pas dire
ce que je n'ai pas dit.

— Bon, conclut Paul. Nous allons les interroger.

La roulotte de Clélia se trouvait tout près de la ménagerie, d'où sortaient une odeur puissante et, de temps en temps, un rugissement étouffé. La Gitane était couchée sur un lit de camp et une femme était auprès d'elle. Quand Clélia nous vit entrer, elle se souleva sur un coude.

— C'est Falcone ! cria-t-elle.

Trois caniches sautèrent du lit et accoururent en se bousculant. Ils portaient au cou des nœuds de ruban. Je me rappelai un détail du programme : *Clélia et ses chiens savants*. Nous les caressâmes, et ils retournèrent s'installer sur le lit.

— Je n'ai plus qu'eux, dit Clélia en pleurant. Il me les tuera aussi.

Paul essaya de la questionner, mais elle ne savait que crier : « C'est Falcone ! » Ce fut la jeune femme — l'écuyère — qui nous renseigna. Elle nous montra, par un hublot, la caravane de Regane.

— Il vivait là. On ne le voyait guère. Depuis la mort de son père, il était sombre et distant. Il ne rendait pas la vie facile à Isabelle. Son numéro ne marchait pas très bien...

Elle parlait bas.

— Je ne veux pas qu'elle m'entende. Son fils était tout pour elle. C'était le plus beau, le plus doux, le meilleur. Et pourtant, en réalité...

— Ses rapports avec Falcone ?

— On frôlait le drame. Regane avait juré qu'il aurait sa peau. Et, s'il n'avait pas eu cet accident, je pense qu'il aurait fini par le tuer.

— Jalousie d'homme trompé ?

— Bien sûr. Mais pas seulement ça. Falcone est jeune et en plein succès. Il plaît aux foules... aux femmes...

— Vous le trouvez sympathique ?

Elle rougit un peu.

— Il l'est, dit-elle un peu plus haut. Et ce n'est pas sa faute si Isabelle s'est jetée à sa tête.

— Pourtant, reprit Paul, il y a eu crime. Je peux vous l· dire, car ce sera bientôt officiel. Quelqu'un a scié une corde. C'est plutôt abject, non ?

Elle mit un temps avant de répondre.

— Justement, je ne comprends pas. Ça ne lui ressemble pas du tout. Falcone est un homme courageux. Et, de plus, beaucoup plus fort que Regane... Tout cela est bien terrible !

La vieille Gitane continuait sa plainte. Il y avait, un peu partout, des photos d'artistes et, au fond, une affiche, avec une ligne en grosses lettres : *Les Regane. Les hommes-oiseaux.*

— Alors, ce matin ? dit Paul.

— Ce matin, reprit l'écuyère, Regane n'est pas venu à l'heure du petit déjeuner. Depuis sa rupture avec Isabelle, il avait l'habitude de partager le repas de sa mère... Elle est donc allée jusqu'à la piste... Il était aux environs de huit heures... Elle a appelé au secours. Elle était comme folle.

— C'est Falcone ! cria la vieille dame.

Nous sursautâmes et l'écuyère lui essuya le visage avec un foulard, mais les larmes coulaient sans fin, comme le sang d'une artère tranchée.

— Où trouverons-nous Falcone ? demanda Paul.

— Il doit être dans sa roulotte ; la troisième à droite, en sortant.

Il y était, en effet. Il réparait le manche d'un fouet et ne se dérangea pas pour nous.

— Vous savez pourquoi nous venons ? dit Paul.

Falcone haussa les épaules.

— Si c'est pour Regane, j'ignore tout... Regane était un sale type ; je crois que tout le monde est d'accord là-dessus. Il m'en voulait à mort.

— Il avait peut-être ses raisons.

— Ah! Vous voulez parler d'Isabelle?... Oui, il y avait ça. Mais Isabelle ne s'entendait plus avec lui, quand je suis arrivé... Il y avait autre chose... autre chose d'idiot. Pour Regane, la voltige, c'était le métier-roi. Un trapéziste, c'était une espèce de Dieu. Il se considérait comme un surhomme découronné, si vous voyez... Tandis que moi, je n'étais à ses yeux qu'un saltimbanque sans talent. Et comme j'étais applaudi plus que lui... Quand j'étais en piste, il venait écouter. Il surveillait le public. Il était content, si les bêtes obéissaient mal; ce qui arrive. Mais quand tout marchait bien, il était hors de lui.

Intelligent, ce Falcone. Et incontestablement séduisant, encore qu'il ressemblât plus à un maçon piémontais qu'à un Tarzan.

— Les autres, reprit-il, il ne les voyait même pas. Il vivait dans une espèce de rêve. Il était toujours l'homme-oiseau, celui qui avait volé sous le chapiteau, qui avait frôlé la mort tous les soirs. Un drogué!

— Vous vous étiez battus? demanda Paul.

— On nous avait séparés tout de suite... Mais c'est exact. Il cherchait toutes les occasions de me provoquer. Moi, je l'évitais. Il disait que j'avais peur de lui!

Il eut un léger rire et étendit sa main, épaisse comme une planche. « Deux fiers-à-bras », pensai-je. Mais qui auraient vidé leur querelle à coups de poing, comme un parachutiste et un métallo, à la sortie d'un bal. Cette corde coupée, c'était le grand mystère!

Nous rencontrâmes Isabelle Burr sur les marches de sa roulotte. Belle fille, élégante, et toute disposée à nous aider. Mais elle ne savait rien, elle non plus. Elle ne cohabitait pas avec Falcone, et ne l'avait pas revu depuis la veille au soir; si ce n'est, tout à l'heure, sur la piste. Mais il n'était pas homme, affirmait-elle, à saboter le matériel d'un rival. Il se faisait une trop haute idée du métier. Il y a une solidarité des gens du voyage analogue à celle des gens de la mer. Cependant, Isabelle reconnaissait que Regane l'avait menacée, elle aussi, à plusieurs reprises.

Je me méfiais, instinctivement. Peut-être parce qu'elle était illusionniste, et que cette corde tranchée faisait trop penser à un tour de passe-passe. Mais rien ne permettait de la soupçonner particulièrement. Le véritable suspect restait Falcone.

Paul poursuivait ses investigations avec persévérance. Il interrogea tout le monde, rôda partout. Rien. Des ragots... Le cirque Orlando était bien une famille, en effet, mais une famille divisée, aux rancunes vivaces. Les uns plaignaient Regane ; les autres, Isabelle. Falcone n'était pas très aimé. « Une brute », disait l'un. « Un individu sournois », disait l'autre. A la fin de l'après-midi, nous étions très fatigués, d'autant plus que nous n'avions pas déjeuné.

— Je ne vois qu'un moyen, dis-je. Il est rudimentaire et il a trop servi. Mais justement, s'il a tant servi, c'est qu'il s'est montré souvent efficace. Accuse Falcone, carrément. Soutiens-lui que tu as un témoin.

— Il n'est pas sot, objecta Paul. Ça ne marchera pas.

— Essaye toujours. J'en connais de très malins, qui s'y sont laissé prendre.

Nous retournâmes chez le dompteur.

— Falcone, dit Paul avec gravité, vous allez nous suivre. Vous êtes en état d'arrestation. Nous avons un témoin... Il y a toujours des curieux, autour d'un cirque. Ils se faufilent partout. Vous avez été vu. D'ailleurs, nous vous confronterons. Mais, croyez-moi, avouez sans attendre. Ça vaudra mieux pour vous.

Et alors l'impossible se produisit. Falcone essuya son visage en sueur.

— C'est vrai, murmura-t-il. Je l'ai tué... C'était lui ou moi. Maintenant, qu'on me laisse tranquille !

Là-dessus, il s'enferma dans un mutisme farouche, dont nous ne réussîmes pas à le tirer. Le soir même, il couchait en prison. Nous aurions dû nous estimer satisfaits. Nous étions inquiets, mal à l'aise. Falcone avait tué Regane. Il avait avoué. Bon ! Mais comment avait-il pu croire un seul instant que personne ne s'apercevrait de rien et qu'on conclurait à un simple accident ? Tout de suite, on avait examiné le trapèze. Tout de suite, on avait découvert le sabotage. Et il devait bien penser qu'il serait le premier soupçonné. En coupant la corde, il s'accusait plus sûrement que s'il avait assommé Regane de ses poings. Falcone était un homme intelligent et il avait commis un crime idiot. Cela, nous devions l'expliquer.

Nous l'expliquâmes en procédant par élimination. D'abord, l'aveu de Falcone permettait d'écarter l'hypothèse d'un suicide doublé d'une mise en scène : Regane se tuant en s'arrangeant pour faire soupçonner son rival. Ensuite, Isabelle Burr était certainement innocente. Jamais notre « illusionniste » n'aurait commis un crime aussi maladroit. Et Falcone, séducteur aux succès faciles, n'était assurément pas homme à s'accuser pour sauver une femme. Donc, il était bien l'assassin. Mais ce n'était pas lui qui avait coupé la corde, puisque, précisément, c'était cette grossière maladresse qui avait déclenché l'enquête. Si le trapèze n'avait pas été saboté, on aurait tout bonnement cru que Regane s'était tué accidentellement. Quelqu'un, qui ne savait sans doute pas la vérité, avait voulu cependant se venger de Falcone. Qui ? La mère, forcément. La vieille Gitane !

Dès lors, les faits parlaient d'eux-mêmes. Regane et Falcone s'étaient rencontrés, seul à seul, sans doute au moment où Regane terminait sa répétition. Ils s'étaient battus, et Falcone avait porté une clef mortelle à son adversaire. D'où son aveu! Puis il avait abandonné le corps sur la piste. Pour tout le monde, Regane serait tombé sur la tête; accident du travail!

Mais la mère, sans chercher plus loin, avait aussitôt compris ce qu'il fallait faire pour en finir avec Falcone, qu'il fût pour quelque chose ou non dans la mort de son fils. Elle avait manœuvré le trapèze, ce qui lui était familier, entamé la corde... et donné l'alarme.

UN COUP AU CŒUR

On éprouve toujours une impression bizarre, quand on arrive sur ce que les journaux appellent « le lieu du crime ». Le sentiment qui domine, il faut bien l'avouer, c'est la curiosité, celle du chasseur qui a hâte d'être renseigné sur le gibier, de le « tâter » déjà au moyen de ses traces, de le situer, et d'organiser la poursuite.

Or, ce matin-là — c'était un dimanche de juin, je m'en souviens bien parce que je n'aime guère travailler le dimanche —, déception ! Pas le plus petit indice. Sylvie Lespinat avait été poignardée dans son lit. Voici ce que m'apprit le brigadier de gendarmerie, au sujet de la famille Lespinat ; elle était composée de trois personnes : le père, Roger Lespinat, professeur d'archéologie à la faculté de Rennes ; les deux filles, Sylvie, vingt-sept ans, et Agnès, vingt ans. Une gouvernante, Raymonde Lugre, quarante-cinq ans, gérait la maison.

Quant au crime, c'était la banalité même. Comme il faisait très lourd, malgré la pluie qui n'avait guère cessé de tomber depuis plusieurs jours, la fenêtre de la cuisine était restée ouverte. Le malfaiteur n'avait eu aucune peine à s'introduire dans la villa. Il avait escaladé le mur de clôture, ce qui n'était pas difficile, et était entré par la fenêtre. De là, il avait gagné le

premier étage et s'était glissé dans la chambre de
Sylvie. La jeune fille gardait, dans un secrétaire, les
bijoux qui avaient appartenu à sa mère. Le voleur
connaissait certainement ce détail. Sylvie avait-elle
remué ? Effrayé, il l'avait alors frappée dans son lit,
et avait pris la fuite, en repassant par le même
chemin. Personne n'avait entendu le moindre bruit.
A sept heures, comme tous les jours, la gouvernante
avait monté le petit déjeuner de Sylvie et avait
découvert le drame. La jeune fille n'était pas gravement blessée mais elle avait perdu pas mal de sang
et, par suite de la peur et de l'hémorragie, elle était
restée longtemps sans connaissance. Bref, un fait
divers sans intérêt, qui allait m'obliger à établir la
liste de tous les familiers de la maison (et ils
devaient être nombreux, étant donné la profession
du père), sans parler des fournisseurs et même des
ouvriers, car j'apercevais, le long de la villa, une
bande de terre fraîchement remuée. Je la montrai
au brigadier.

— La semaine dernière, dit-il, on a fait des travaux d'adduction d'eau. Le professeur a fait cons-
truire une piscine, derrière la villa, et il a fallu
creuser une tranchée.

— Mais je vois qu'elle passe devant la cuisine,
justement. Le voleur l'a nécessairement traversée et
nous devrions y relever des traces.

— Non. J'ai soigneusement regardé.

Je jetai ma cigarette et m'approchai. La terre,
rougeâtre, avait été détrempée par les pluies ; mais,
sur l'emplacement de la tranchée, de nombreux cailloux affleuraient. J'y appuyai fortement le pied, sans
y laisser la moindre empreinte. L'expérience était
concluante. Avant d'entrer, j'examinai encore une
fois la façade.

— Il a de grands moyens, votre professeur, remarquai-je. Ce n'est pourtant pas un métier qui enrichit son homme.

— Sa femme avait une grosse fortune, paraît-il.

— Je suppose qu'il est là ?

— Oui, avec le docteur Pellegrin, qui est un de ses amis.

— Il y a quelque chose qui m'étonne. Voilà un malfaiteur qui vient pour voler, qui prend des risques considérables — c'est bien votre avis ? — et qui perd la tête après avoir frappé la jeune fille, alors que, celle-ci étant hors de combat, il avait tout son temps pour faire main basse sur les bijoux... Mais d'abord venait-il pour les bijoux ?

Le brigadier parut surpris.

— C'est évident, dit-il. Sinon, il faudrait croire que son seul but était d'assassiner Mlle Lespinat.

— Est-ce qu'on sait !

Là-dessus, j'entrai dans la villa et je me trouvai nez à nez avec un homme de haute taille qui se présenta aussitôt : Docteur Pellegrin.

— Ah ! docteur, je suis très heureux de vous rencontrer le premier. Où pourrait-on causer tranquillement ?

Il m'introduisit dans un salon très moderne, où voisinaient curieusement des peintures d'avant-garde et des objets très anciens, provenant des fouilles du professeur.

— Je suis un vieil ami de Roger, dit-il. C'est ce qui vous explique ma présence ici. Je peux vous rassurer tout de suite. Sylvie n'a pas grand-chose... une profonde coupure, qui a beaucoup saigné... La lame du poignard a dévié, heureusement. Le coup n'a pas été porté avec assez de force. Sinon... Mais Sylvie est une grande nerveuse. C'est pourquoi elle est restée évanouie si longtemps... ou du moins incapable de bouger.

— A quelle heure l'agression a-t-elle eu lieu, d'après vous ?

— Il m'est impossible de vous répondre avec précision. Elle prétend que le jour se levait.

— Elle n'a aucun soupçon ?

— Aucun.

— Et son père ?

— Lui !

Le médecin sourit.

— Si vous lui demandiez de dater une inscription en écriture runique, il est probable qu'il vous renseignerait sur-le-champ. Mais, dans la vie courante, il est complètement désarmé. Et puis ses filles sont tout pour lui. Il est encore sous le coup de la peur. Je pense que c'est même lui le plus atteint. Heureusement qu'il a Raymonde !

— Mlle Lugre ? Parlez-moi d'elle. J'arrive, vous savez. Je ne connais personne. J'ai besoin de me mettre, comme on dit, dans l'ambiance.

— Un cigare, inspecteur ?

— Merci... Pas en service.

J'adorais pourtant ces longs et minces cigares hollandais. Il alluma le sien avec grand soin.

— Raymonde, reprit-il, est au service des Lespinat depuis quelque chose comme treize ans.

— La servante maîtresse ?

— Oh ! pas du tout. Le type même de la Bretonne dévouée, travailleuse, fidèle. A la mort de Mme Lespinat, elle a pris la maison en main. Elle s'occupe de tout mais en restant à sa place. Une perle.

— Et les jeunes filles ?

— Là, c'est plus délicat. Elles sont tellement différentes l'une de l'autre ! D'ailleurs, vous pourrez bientôt en juger. Sylvie n'est pas jolie et, de plus, elle arrive à cet âge où la jeune fille, si elle n'y prend pas garde, vire à la vieille fille.

— Et elle n'y prend pas garde ?

— Je le crains. Pauvre Sylvie ! Tous les coups durs
sont pour elle. Les maladies, elle les a toutes eues. Les
accidents, elle les a collectionnés... notamment celui
qui a coûté la vie à sa mère. Leur voiture a été
renversée par un poids lourd... Tout cela a développé
en elle le sentiment qu'elle n'est pas comme les autres.
Elle a abandonné ses études et elle reste à la maison.
Elle aide Raymonde. Agnès a eu, elle, la plus belle part.
D'abord, elle est belle comme l'était sa mère, et ce n'est
pas peu dire. Et puis elle tient de son père tous les dons
de l'esprit. Elle prépare une agrégation de sciences
humaines...

— Pas trop contestataire ?

— Juste ce qu'il faut pour mettre du soleil dans cette
maison. Naturellement, Roger fait ses quatre volontés.
La piscine, c'est elle... Ce salon, c'est elle encore. Tout
ce qu'il y a de neuf, de hardi, c'est elle toujours.

— Les deux sœurs s'entendent bien ?

Le docteur Pellegrin marqua une légère hésitation.

— Pas trop mal ! Oh ! il y a quelques accrochages,
évidemment, mais ça pourrait être pis.

— Je vous remercie. Je commence à y voir plus clair.

— Je vais appeler Roger, si vous voulez.

Nous nous serrâmes la main et il sortit. Un instant
plus tard, le professeur apparut. Il était petit, vêtu sans
aucune recherche, mais il avait d'admirables yeux, très
doux, qui illuminaient un visage irrégulier et incroya-
blement ridé. Il me répéta ce que je savais déjà. Pour
lui, l'attentat était inexplicable. Certes, il recevait
beaucoup de monde, notamment des étudiants. Mais
personne ne connaissait l'existence des bijoux. En
outre, ces bijoux avaient de la valeur, mais pas au
point de justifier un crime.

— Voulez-vous me conduire auprès de votre blessée,
je vous prie.

Il me précéda dans l'escalier et nous rencontrâmes Agnès sur le palier du premier.

— Tu veux tirer sur ma fermeture Éclair ? dit-elle à son père.

— Tu sors ? lui demanda le professeur, tout en fermant la robe récalcitrante.

— J'ai une ou deux courses, expliqua Agnès. Sylvie n'a pas besoin de moi. Elle n'a plus qu'à se reposer, maintenant. J'en ai pour une heure.

— Mais attends, attends !... Que je te présente à monsieur l'inspecteur...

Je saluai la jeune fille, puis la grondai du doigt.

— Pas plus d'une heure, n'est-ce pas ? J'aurai à vous interroger, vous aussi.

Elle descendit les marches à vive allure. Le docteur n'avait pas menti. Elle était charmante, mais très préoccupée de sa délicieuse personne. Nous entrâmes dans la chambre de Sylvie.

— Vous me rejoindrez en bas, dans mon bureau, chuchota le professeur. Ne la fatiguez pas trop !

Il s'approcha de Sylvie, lui prit la main.

— L'inspecteur va te poser quelques questions, Sylvette. Je vous laisse.

Puis il m'adressa un petit signe d'amitié et se retira. Sylvette ! Le mot faisait mal ! C'était une vieille femme qui gisait sur le lit, les lèvres blanches, un cerne d'épuisement autour des yeux. Et le regard qui m'accueillait était soupçonneux et vigilant comme celui d'une paysanne au marché.

Elle me répondit d'une voix faible mais volontaire. Non, elle n'avait pas vu son agresseur. Elle dormait profondément quand un choc et une brûlure à la poitrine l'avaient réveillée. Elle avait essayé d'appeler au secours mais avait tout de suite perdu connaissance. Voilà qui ne m'aidait guère. J'en étais toujours à chercher un indice.

— Voyons... essayez de vous rappeler... Le jour était-il levé ?... N'avez-vous pas aperçu une silhouette ?

Elle croyait qu'il faisait jour, mais ses souvenirs étaient vagues. Elle s'était évanouie presque tout de suite.

— Un évanouissement ne se prolonge jamais autant... Vous êtes sûre que vous n'êtes pas revenue à vous avant l'arrivée de Mlle Raymonde... ou que vous ne vous êtes pas évanouie longtemps après le passage du criminel ?

Il y avait, dans ses yeux, quelque chose de buté, de farouche, que je ne m'expliquais pas.

— Je ne suis pas votre ennemi, dis-je. Au contraire, je suis là pour vous aider.

— Personne ne peut m'aider, murmura-t-elle.

Je me heurtais à un mur. Mais qu'est-ce qu'il y avait, derrière ? J'allai retrouver le professeur, dans son bureau. Il me montra un large fauteuil de cuir, s'assit à sa table de travail et se massa longuement les yeux.

— Elle ne vous a rien dit ? commença-t-il... Quelle étrange fille ! Elle est comme ça, renfermée, hostile, surtout depuis l'affaire des fiançailles.

Et il me mit rapidement au courant. Un an plus tôt, Agnès avait rencontré un étudiant suédois, Sven Larson, qui venait souvent à la maison.

— Un garçon brillant, sur qui je fondais beaucoup d'espoirs... Excellente famille, de Norrköping. Agnès et lui se sont fiancés. Mais alors, il est arrivé quelque chose d'incroyable. Sylvie, en secret, a fait enquêter sur Sven et on a découvert, il y a deux mois, que Sven avait été condamné, dans son pays, pour trafic de stupéfiants. Pas une grosse condamnation, mais j'ai fait rompre les fiançailles. Agnès a pris la chose assez mal, vous vous en doutez. Mais je n'avais rien à reprocher à Sylvie. Elle avait eu raison d'être méfiante. La paix est revenue bientôt.

— Est-ce qu'elle s'entend bien avec votre gouvernante ?

Ma question ne surprit pas le professeur.

— Pas trop ! dit-il. Et même je serai franc... Sylvie voudrait faire partir cette pauvre Raymonde... Elle est jalouse... Il est vrai que Raymonde a pris une place peut-être trop grande, chez nous. Et puis, quand ma femme est morte, Agnès était toute petite. Elle n'a pas souffert comme Sylvie.

En somme, j'avais trois coupables possibles. Trois personnes avaient de bonnes raisons de se venger de Sylvie : Raymonde, Agnès et ce Sven, que j'avais hâte, maintenant, de rencontrer.

Le professeur me donna son adresse. Il habitait un studio meublé, non loin de la mairie de Rennes. Il fut très étonné de ma visite. C'était un garçon magnifique, très blond, très grand, avec un sourire éblouissant ; tout à fait l'homme qu'on voit dans les magazines, auprès d'une décapotable.

Je traversai derrière lui un étroit vestibule et, au passage, je remarquai que l'imperméable suspendu au portemanteau était encore raide d'humidité. Tiens ! Tiens ! Je m'assis sur le divan-lit, et lui racontai les événements de la nuit. Les visages trop clairs ne savent pas mentir. Malgré ses efforts pour paraître surpris, Sven ne réussissait pas à me donner le change.

— Vous n'êtes pas sorti, la nuit dernière ?... Je m'excuse de vous poser la question, mais c'est pure routine.

Non, il n'était pas sorti. La date de ses examens était toute proche, et il avait travaillé jusqu'à une heure avancée. Mais il se rendait compte que l'alibi était invérifiable. Il n'allait plus, depuis deux mois, chez les Lespinat. D'ailleurs, depuis la rupture, il vivait un peu retranché du monde. Il m'offrit un whisky.

— Un simple verre d'eau, si vous voulez bien.

Il disparut dans sa kitchenette. Je profitai de
son absence pour jeter un coup d'œil sous le
divan. Il y avait là une paire de chaussures qui
n'avaient pas encore été nettoyées. Les talons pré-
sentaient des traces de boue : la boue rougeâtre
que j'avais remarquée à la villa. Un indice, enfin !
Sven était allé là-bas pendant la nuit, et il avait
traversé la tranchée fraîchement rebouchée. Donc...
il ne fallait pourtant pas conclure trop vite.

Je pris congé et revins à la villa des Lespinat. Il
me restait à interroger Raymonde et Agnès. Ce fut
justement la gouvernante qui vint m'ouvrir. Quand
le médecin m'avait dit : « Le type même de la
Bretonne dévouée », j'avais imaginé une paysanne
en coiffe. C'était une vraie dame que j'avais
devant moi : habillée de noir, les cheveux divisés
en deux bandeaux, le visage un peu sévère, peut-
être à cause des pommettes mongoles. Seules, les
mains trahissaient les travaux pénibles. Raymonde
Lugre s'exprimait avec facilité, tout en gardant
une certaine réserve. Elle me répéta ce qu'elle
avait déjà dit au brigadier, mais devint réticente
quand je l'interrogeai sur ses rapports avec Sylvie.
Il était facile de sentir qu'elle ne l'aimait pas. Je
ne voulus pas insister. Je comprenais trop bien la
situation.

— Quand vous êtes arrivée, portant le plateau
du petit déjeuner, la porte de la chambre était-elle
ouverte ou fermée ?

— Fermée.

L'intrus avait donc pris soin de refermer en partant. Pourquoi ?

— Vous avez été la première à circuler dans la
maison. Avez-vous vu, soit dans le vestibule, soit
dans l'escalier, des traces de boue ?

— Sur le moment, je n'ai pas fait attention.

Après, dame, il y a eu tant d'allées et venues... les gendarmes, le docteur, vous-même...

— Eh bien, je vous remercie. Mlle Agnès est-elle rentrée ?

— Oui. Elle est dans sa chambre. La deuxième porte à droite, au premier.

Je montai, de plus en plus perplexe. Était-ce bien Sven, le coupable ?...

Je frappai et entrai dans une chambre où le ménage n'avait pas encore été fait. Mais le serait-il jamais ? Il y avait partout une sorte de joyeux désordre, des disques sur le lit, des vêtements sur le tapis, des cendriers pleins de mégots, des livres sur tous les meubles. Agnès était en pantalon et jersey, dans un coin du divan, comme un chat à sa toilette.

— Installez-vous, me dit-elle. Vous trouverez bien une chaise, en cherchant un peu. Allez-y ! Interrogez-moi !

Mais je n'avais plus rien à lui demander, car je venais d'apercevoir, non loin du divan, sur la moquette claire, l'empreinte rougeâtre d'une semelle. Justement l'empreinte qui aurait dû se trouver dans la chambre de Sylvie et non pas dans celle d'Agnès. La vérité sautait aux yeux.

D'un côté, une fille de vingt-sept ans, repliée sur elle-même, et vouée au célibat. De l'autre, un beau garçon, séduisant, et amoureux de sa sœur. Naturellement, Sylvie avait tout fait pour empêcher ce mariage. Elle croyait avoir gagné la partie. Hélas ! Ce dimanche, au petit jour, elle entend du bruit, court à sa fenêtre, voit sortir Sven par la fenêtre de la cuisine. Ainsi, la rupture n'a été qu'apparente : Sven est l'amant d'Agnès. C'est un écroulement. Dans un mouvement de désespoir, Sylvie se frappe avec un couteau. Mais ne se tue pas qui veut. Elle ne réussit qu'à se blesser. Son suicide aussi est raté ! Du moins, qu'il serve à sa vengeance. Agnès... Raymonde... Sven... Ils sont tous ses ennemis. Elle va tous les compromettre dans un même scandale. La police saura bien trouver dans le tas un coupable et peut-être un complice...

Donc, elle cache le couteau et imagine la fable du crime. Bien plus, elle a l'affreux courage d'attendre le matin, sans soins et perdant son sang, dans l'espoir, sans doute, que l'hémorragie finira par être mortelle. J'ai bien failli m'y laisser prendre. Un peu plus et j'arrêtais Sven... ce pauvre Sven qui venait d'être mis au courant par Agnès, juste avant mon arrivée chez lui, et qui savait si mal mentir !

LA BREBIS GALEUSE

Il arrive qu'un policier soit mêlé lui-même à une affaire criminelle. Je ne connais rien de plus embarrassant.

Ce vendredi-là, j'allais à Amboise, chez mes amis Mercadier. Le temps était magnifique. Peu de monde sur les routes. Juillet avait vidé les villes. La Loire et ses îles bleues ressemblaient à quelque peinture de la Renaissance. Je fredonnais, répétant : à plus tard les affaires sérieuses ; plus tard signifiant : à demain !

J'étais un cousin éloigné d'Hortense Mercadier. Elle habitait une de ces vastes et nobles maisons d'autrefois, comme il en reste encore quelques-unes dans la région : tuffeau d'une blancheur de lait, deux étages, de belles fenêtres à l'ancienne, un toit à la pente harmonieuse dont chaque ardoise brille au soleil. Devant la maison, une place bordée de marronniers et, tout de suite, la coulée du fleuve jusqu'à l'horizon. Hortense Mercadier avait quatre enfants : une fille, Marie-José, et trois garçons : Richard, vingt-huit ans ; Marcel, vingt-cinq ans, et Jean-Claude, dix-neuf ans. Marie-José avait épousé, deux ans auparavant, Hervé Lantelme, et le ménage ne se portait pas très bien. On parlait même de séparation.

Hervé possédait, à Tours, un grand garage, très

moderne, et une agence de voyages. Il s'occupait lui-
même du garage ; un de ses amis, Christophe Auber,
dirigeait l'agence. Marie-José, Hervé et cet Auber
avaient formé une société, où chacun détenait un tiers
des parts. Tous ces détails m'avaient été fournis par
ma cousine qui m'avait envoyé, quelques jours plus
tôt, une lettre de dix pages pleines de doléances. Hervé
Lantelme, d'après elle, était un malhonnête homme ;
non seulement il jouait gros jeu au P.M.U., mais encore
il avait acquis une réputation détestable dans la vente
des voitures d'occasion. Et son associé ne valait pas
mieux que lui. Marie-José, une jeune femme un peu
molle, avait cessé d'habiter avec son mari et s'était
réfugiée chez sa mère. Mais Lantelme voulait l'obliger
à revenir au domicile conjugal, la menaçant, si elle
refusait, de céder ses parts à Auber ; or, celui-ci, devenu
majoritaire, serait le maître de l'affaire et Marie-José,
évincée, ne tarderait pas à être ruinée.

La colère était grande, dans la maison d'Amboise.
Les trois frères, avec la fougue de la jeunesse, parlaient
de « corriger » Lantelme, de l'attaquer en dommages
et intérêts, de révéler partout qu'il menait une vie
dissolue... Des paroles en l'air, évidemment, mais qui
prouvaient que la situation était, comme on dit,
explosive. Et ma bonne et naïve cousine, éplorée, me
suppliait de venir arbitrer le conflit. « Vous avez une
position qui vous donne beaucoup d'autorité. Ils vous
écouteront. Et si vous menacez Hervé d'intervenir, je
suis sûre qu'il filera doux. »

Sur le moment, je m'étais senti horriblement embarrassé. La pauvre femme s'imaginait qu'un commissaire principal — il y avait trois mois que j'avais ce
titre — est en même temps un juge, qu'il a pouvoir de
condamner ou d'absoudre. Je lui avais téléphoné pour
essayer de lui expliquer... Elle avait interprété aussitôt
mes scrupules comme un refus, s'était mise à pleurer,

avait gémi, supplié. Je m'étais laissé faire, pour finir. Et puis je pensais qu'elle exagérait, que la situation n'était pas aussi noire qu'elle le prétendait et il me venait une forte envie de voir de plus près la brebis galeuse de la famille. J'avais donc accepté, mais j'avais exigé que Lantelme fût présent et pût exposer ses griefs, s'il en avait. Ma cousine s'était récriée. Je m'étais obstiné.

Bref, il avait été entendu que nous nous réunirions à sept : ma cousine Hortense, Marie-José, son mari, les trois frères et moi. Les femmes de Richard et Marcel n'assisteraient pas à la rencontre, pour ne pas envenimer le débat. Quant aux domestiques, ils auraient congé pour deux jours. Ainsi, pas d'oreilles indiscrètes. J'avais tout lieu de croire que l'empoignade serait chaude mais je me promettais bien de ne pas sortir de mon rôle d'observateur bienveillant et, entre deux discussions, d'aller flâner sur les bords du fleuve, que j'aime tant.

J'arrivai à Amboise en fin d'après-midi. Il y avait des pêcheurs, sur les bancs de sable, des hirondelles au ras de l'eau, et, au ciel, toute la pompe d'un coucher de soleil fastueux. La bonne Hortense me reçut comme si j'étais l'envoyé du Seigneur. Naturellement, elle m'emmena tout de suite dans un petit salon, au charme vieillot, pour me redire ce qu'elle avait sur le cœur, puis elle me conduisit dans ma chambre. Je n'étais pas venu dans cette maison depuis vingt ans. Elle était encore plus vaste que dans mes souvenirs. Un escalier, qui avait grand air, menait au premier. Les planchers sentaient la cire fine. Un long corridor desservait les chambres.

— Vous aurez la chambre bleue, m'annonça Hortense.

Je compris que c'était la plus belle. Nous longeâmes l'immense corridor que des panoplies et des tableaux,

sans grande valeur mais d'imposantes dimensions,
ornaient, de loin en loin.

— Moi, dit Hortense, j'habite à l'autre extrémité, en
face de la chambre qu'occupera Lantelme...

Elle baissa la voix sur ces derniers mots, comme si
elle avait prononcé des paroles honteuses.

— La chambre de ma fille est en face de la vôtre,
reprit-elle. Il vaut mieux les séparer, n'est-ce pas ?
D'ailleurs, ils sont devenus des étrangers l'un pour
l'autre. Et, croyez-vous...

Elle m'arrêta au milieu du corridor et recommença
la litanie de ses reproches. Je l'écoutais, patiemment.
Je faisais ma B.A. comme un boy-scout. Pendant
qu'elle parlait, j'admirais les proportions de l'étage, la
beauté des boiseries et des poutres apparentes. L'architecte qui avait conçu cette demeure s'était inspiré des
châteaux du voisinage. De temps en temps, je hochais
la tête poliment. Dans quel guêpier m'étais-je fourré !
Enfin, Hortense se remit en marche.

— Excusez-moi, mon cher cousin. Je vous jette à la
tête toutes nos histoires... Vous voici chez vous !

Elle ouvrit la porte et j'entrai dans la chambre bleue.
Je lui en fis compliment. Partout, des tentures lourdes,
ressemblant à des tapisseries d'Aubusson, des meubles
élégants. Au centre, un grand lit à baldaquin, tout à
fait royal, ma foi.

— Vous me gâtez, dis-je.

— Mais non. Je veux que vous vous reposiez bien,
voilà tout.

La température était fraîche, grâce aux murs très
épais. Un tapis profond absorbait le bruit des pas.

— Nous dînerons à huit heures, sans cérémonie. Et,
ce soir, il ne sera question de rien.

Je m'installai, me changeai, fumai une cigarette à la
fenêtre, qui ouvrait sur la place. Il y avait très peu de
mouvement. C'était vraiment la province dans tout ce

qu'elle a su conserver de paisible et de ralenti. A huit heures, Hortense frappa à ma porte. En mon honneur, elle avait fait toilette, et fut très fière de descendre l'escalier à mon bras. La famille nous attendait dans la salle à manger, un peu trop luxueusement parée. C'était maladroit. Tout le monde était gourmé. On m'observait à la dérobée. Si je me montrais distant, ils allaient tous me prendre pour un insupportable m'as-tu-vu ; et si j'essayais d'être affable et cordial, ils me refuseraient, lors de la discussion, ce minimum de déférence qu'on doit à un arbitre. Ma cousine m'avait placé dans la situation la plus fausse. Je sentais leur méfiance et je commençais à m'irriter contre moi, contre eux, contre ce dîner absurde.

La conversation ne démarrait pas. A tout instant, Marie-José ou bien son plus jeune frère, Jean-Claude, se levaient pour apporter des plats ou desservir. Si Hortense avait été plus perspicace, elle aurait installé un simple buffet, ce qui aurait favorisé les propos spontanés et dégelé les convives. J'aurais pu parler avec l'un, avec l'autre, tâter le terrain, apprendre simplement à les distinguer, alors que j'hésitais encore sur leurs noms. Le plus grand, à gauche d'Hortense, c'était Richard, l'aîné. A ma droite, voyons, ce ne pouvait être que Marcel, puisque c'était Hervé que j'avais en face de moi. Pour le moment, ils se ressemblaient tous ; ils étaient tous également sérieux. Seule, Hortense, qui croyait déjà que le différend était réglé, puisque j'étais là, papotait, souriait à son gendre, m'obligeait à reprendre un morceau de brochet. Marcel mangeait à peine. Richard avait l'air furieux, et Marie-José devait pleurer quand elle allait à la cuisine, car elle avait les yeux rouges et brillants. Le plus à l'aise, c'était encore Hervé, qui portait beau, ne perdait pas un coup de dents, buvait sec et, de temps en temps, m'adressait un coup d'œil complice, comme pour me prendre à témoin du désastre. J'accueillis le fromage et les fruits avec soulagement. Hortense me glissa à l'oreille :

— Vous voyez, cousin, j'ai eu raison. Pas un mot plus haut que l'autre. Je ne les ai jamais vus aussi sages.

Elle ne comprenait rien, décidément. Moi, j'aurais dit que la violence était à son comble. Elle circulait, invisible comme un fluide, et jaillissait, çà et là, dans le mouvement d'une main ou le bruit retenu d'un couteau. Nous nous levâmes enfin. Lantelme se retira le premier. Il salua, d'un bref signe de tête ironique, la famille déjà regroupée, et fit sonner son pas sur le parquet en quittant la place. Comme je ne tenais pas à entendre les paroles désagréables qui n'allaient pas manquer de commenter sa sortie, je pris congé rapidement. J'avais hâte d'être seul. Que diable étais-je venu faire dans cette galère ?... Je fumai deux ou trois cigarettes puis, craignant une mauvaise nuit, j'avalai un somnifère et me couchai.

Des coups à la porte me réveillèrent. J'allumai. Il était minuit et demi. Je courus ouvrir. Hortense achevait d'enfiler sa robe de chambre.

— On a tiré, dit-elle... Dans la chambre d'Hervé... Un coup de revolver... Venez vite !

Déjà, elle se précipitait pour frapper à la porte de Marie-José, qui sortit à son tour. Nous courûmes à l'autre extrémité du couloir. Ce fut en vain que je tournai la poignée, la chambre d'Hervé était fermée à clef. J'appelai : « Lantelme... Hé... Lantelme !... » Pas de réponse. Je me baissai pour regarder par le trou de la serrure.

— Vous ne verrez rien, dit Marie-José. Il y a une tenture, de l'autre côté.

— Faites quelque chose, gémissait Hortense.

Attirés par le bruit, les trois frères descendirent du second, où ils couchaient. Ils étaient en pyjama.

— Qu'est-ce que ça signifie ? commença Richard. Il y a le feu, ou quoi ?

— Hervé, dit Marie-José. Il s'est tué.

Et elle éclata en sanglots.

— Lui ! s'écria Jean-Claude. Ça m'étonnerait !

Nous étions là, tous les six, ridicules dans nos tenues de nuit, devant la chambre silencieuse. Il m'incombait, évidemment, de prendre l'initiative.

— Il n'y a qu'à enfoncer la porte, dis-je.

— Avec quoi ? demanda Richard. Elle est épaisse.

— Avec ça, s'écria Marcel, en s'emparant d'une espèce de hache d'abordage qui appartenait à la panoplie la plus proche.

Et le voilà s'escrimant sur le robuste panneau de chêne. Il l'éventra non sans peine, passa le bras par l'ouverture, tâtonna un instant pour trouver la clef, la tourna, et nous entrâmes.

Le plafonnier était allumé. Hervé gisait au pied de son lit. Son pyjama était taché de sang à la hauteur de la poitrine. J'examinai la blessure ; il avait été tué par une balle de petit calibre. La fenêtre était ouverte. On apercevait les feuillages du mail.

— Restez dans le corridor, ordonnai-je. Avant de prévenir la gendarmerie, je voudrais vérifier un certain nombre de choses.

Je descendis au rez-de-chaussée. Le verrou de la porte d'entrée était mis. Je revins dans la chambre et me penchai à la fenêtre. Trois mètres environ. Le criminel avait pu sauter sans se faire de mal. Peut-être même était-il venu par là. Toutes sortes d'idées me traversaient l'esprit, tandis que je regardais autour de moi le lit défait, le corps, les tentures où des chasseurs poursuivaient des biches. Les autres, du couloir, sui-

vaient tous mes mouvements, ce qui m'agaçait beaucoup.

Bien sûr, quelqu'un avait pu venir de l'extérieur,
grâce à la fenêtre ouverte, mais j'étais plutôt enclin à
soupçonner l'un des trois frères. Celui-ci, ayant sans
doute des arguments personnels à faire valoir, était
allé trouver Hervé. La discussion s'était envenimée et...
Le fait que le visiteur s'était muni d'un pistolet me
déplaisait fort. Mais peut-être n'avait-il songé qu'à se
défendre ou à impressionner son interlocuteur.

Seulement, bien qu'habitant la maison, il avait fallu
que l'assassin sautât par la fenêtre, puisque la porte de
la chambre était fermée à clef. Mais comment avait-il
alors pu regagner sa propre chambre, puisque la porte
d'entrée était, elle, fermée au verrou ? Car le problème
se résumait ainsi : une porte interdisait de sortir, et
une autre, d'entrer.

Or, j'avais vu les trois frères descendre du deuxième
étage. C'était l'alibi inattaquable. Ou alors... Ou alors
je devais supposer que le criminel avait prémédité son
agression jusque dans le plus petit détail. Ce qui
donnait à peu près ceci :

L'assassin descend d'abord au rez-de-chaussée, et
déverrouille la porte d'entrée. Ensuite, il se fait ouvrir
par Hervé, le tue, ferme la chambre à clef, saute par la
fenêtre, rentre dans la maison, repousse le verrou de la
porte d'entrée et regagne son deuxième étage.

Mais, si la théorie était séduisante, elle se heurtait à
un fait qu'il ne fallait pas oublier. Hortense était sortie
dans le couloir peu de temps après le coup de feu. Elle
avait allumé. Est-ce que l'assassin était déjà passé, ou
non ? Hortense n'était pas femme à mentir, même si
elle avait voulu protéger l'un des siens. Je l'avais vue
trop effrayée. Elle n'aurait pas su jouer cette comédie.
Non, elle n'avait certainement pas aperçu, dans le
couloir, l'assassin en train de remonter. Conclusion :

l'assassin avait mis *moins de temps* pour revenir chez lui que ma cousine pour sortir de sa chambre et allumer. Pour trancher la difficulté, il n'y avait qu'un moyen : refaire *le plus vite possible* ce que le criminel avait fait, tandis que ma cousine répéterait exactement la scène de son réveil.

Je la rejoignis dans le couloir, et l'attirai à l'écart.

— Voyons, rappelez-vous bien tout ce qui s'est passé. Vous avez entendu une détonation. Ensuite ?

— Eh bien, dit-elle, j'ai mis un petit moment avant de comprendre. Et puis j'ai tâtonné pour donner de la lumière... J'ai regardé l'heure... J'ai enfilé mes mules et pris ma robe de chambre... j'ai encore écouté... je suis sortie dans le couloir. Là encore, j'ai tâtonné, parce que le commutateur se trouve assez loin. J'ai allumé... et voilà.

Je n'hésitai plus ; la situation était maintenant très claire dans mon esprit : ou bien l'assassin avait eu le temps de remonter au second sans rencontrer Hortense, et alors le coupable était l'un des trois frères ; ou bien, il était impossible d'accomplir le circuit fenêtre-rue-porte d'entrée-escalier sans se heurter finalement à Hortense, et alors les trois frères étaient innocentés du même coup ; l'ennemi était quelqu'un de l'extérieur. Bien entendu, j'éliminai Marie-José de la liste des suspects. Où aurait-elle puisé l'énergie de se livrer à cette extraordinaire gymnastique ? Je réunis tout le monde au salon.

— Vous allez m'attendre ici, dis-je. Je dois me livrer à une petite expérience et je ne veux être gêné sous aucun prétexte. Vous entendrez du bruit, des allées et venues... ne vous inquiétez pas ; ne bougez pas. Il n'y en a pas pour très longtemps.

Je pris Hortense par le bras.

— Venez ! Vous allez m'aider.

Et quand nous fûmes seuls, je lui expliquai ce que j'attendais d'elle.

— Vous allez vous recoucher, « ma cousine »... Moi, je vais m'enfermer dans la chambre d'Hervé. Dès que vous entendrez une détonation — c'est moi qui tirerai, n'ayez pas peur — vous vous lèverez et vous ferez exactement ce que vous avez déjà fait au moment du premier coup de feu. Mais ne vous pressez pas... N'oubliez pas que vous sortiez d'un profond sommeil, qu'il vous a fallu du temps pour reprendre vos esprits, chercher vos mules, votre robe de chambre, etc. Bon ! Alors, maintenant, enfermez-vous et... attention !

Pendant que je lui donnais ces consignes, nous étions remontés au premier. Aussitôt qu'elle eut refermé la porte de sa chambre, je courus à l'armoire où j'avais déposé ma valise. Manie de policier ! J'avais toujours un petit automatique avec moi et je m'en félicitais aujourd'hui. Je passai ensuite dans la chambre du mort. Je rassemblai mes forces, comme un athlète sur la ligne de départ. L'enjeu était d'importance. En effet, non seulement je devais être rapide, mais je devais être le plus rapide possible. Si, en moins de temps encore qu'il n'en avait fallu à mon suspect, je ne réussissais pas à atteindre le deuxième étage *avant la sortie d'Hortense*, la preuve était faite qu'aucun des frères n'était l'assassin. Ma reconstitution ne se proposait donc plus de prouver une culpabilité, comme c'est généralement le cas, mais de démontrer une innocence. Je tirai, dans la direction de la fenêtre ouverte, et, de starter devenu coureur, je me précipitai, enjambai la barre d'appui. Le saut était rude. Je tombai sur les genoux, me relevai... Ah ! la porte d'entrée. Je devais la refermer sans bruit, pousser le verrou... L'escalier, maintenant... Le couloir du premier était toujours vide. Je le parcourus rapidement, sur la pointe des pieds. J'arrivai au second. Gagné ! L'assassin était bien l'un des trois frères.

Je descendis lentement, tout essoufflé. Hortense n'était pas encore sortie. Je l'attendis, devant sa porte. Que se passait-il ? Je frappai enfin. Elle vint m'ouvrir.

— Eh bien ?... Vous ne m'avez pas compris ?... Vous deviez vous lever à mon coup de pistolet !

— J'attendais que vous tiriez, me dit-elle.

— Quoi ! Mais j'ai tiré !

Pendant quelques secondes, je restai pétrifié. Puis, d'un coup, la lumière se fit dans mon esprit. Bien sûr, il y avait une autre explication et infiniment plus logique que celle que j'avais imaginée. Maintenant, j'étais certain de savoir comment les choses s'étaient passées et même de connaître le nom du coupable. Il me restait à trouver une preuve, absolue, indiscutable. Je repassai dans le vestibule.

Si Hortense, qui était réveillée et qui attendait la détonation, n'avait rien entendu, comment avait-elle pu être tirée du sommeil par le premier coup de feu ? Tout simplement parce que ce coup de feu ne provenait pas de la chambre d'Hervé. Que s'était-il passé ?

L'assassin rend visite à Hervé. Il y a querelle. Et puis, brusquement, dans la colère, le visiteur tue son beau-frère. Il ne cherche même pas à fuir. Il a oublié que l'épaisseur des murs, des portes et des tentures absorbe tous les bruits. Il s'imagine qu'on va accourir. Mais personne ne bouge. Alors, il reprend ses esprits. Peut-être est-il facile de faire croire que le criminel est venu de l'extérieur, ce qui innocentera tous les habitants de la maison. L'assassin ouvre la fenêtre... mais ne saute pas. Il quitte la chambre par la porte, qu'il ferme à clef, et conserve la clef. Ensuite, il va tirer un second coup de pistolet *tout près de la chambre d'Hor-*

tense, se disant que, cette fois, elle entendra forcément la détonation et donnera l'alarme. Puis il regagne son second étage ; il n'a même pas besoin de se presser !

Un peu plus tard, il redescend avec ses frères. C'est lui qui saisit la hache ; c'est lui qui enfonce le panneau ; c'est lui qui passe la main par l'ouverture, *remet la clef dans la serrure* et ouvre. Le tour est joué. Qui a décroché la hache ? Marcel !

Quant à la balle qu'il avait tirée dans le couloir, je finis par la découvrir dans une des poutres du plafond. C'était la signature de son crime.

Les affreux

LE VAMPIRE

— Un café, Alice !

Le comptoir était désert. Mme Mouffiat, à la caisse, lisait un journal ; Alice desservait bruyamment, essuyait les tables d'un coup de chiffon circulaire, entassait les chaises. Elle versa le café, s'arrêta auprès de la caissière.

— Il n'en prend jamais, souffla-t-elle. Je ne sais pas ce qu'il a, ce soir.

Désiré Lambourdin contemplait toujours la première page de *France-Soir*, où s'étalaient des titres gras :

> *Le Vampire étrangle une femme de chambre.*
> *La police demeure impuissante.*

Déjà quatre victimes ! Et violées, comme il se doit ! Lambourdin soupira et jeta son cure-dent. Alice repoussa l'assiette où des épluchures de pommes se tortillaient autour d'un os de côtelette, posa la tasse.

— Vous ne prenez pas souvent de café, dit-elle.

Il la regardait fixement. A la fin, il mouilla ses lèvres du bout de sa langue.

— C'est vrai, murmura-t-il. Mais aujourd'hui, je me sens en forme. Alice, vous devriez venir avec moi au cinéma.

Elle se redressa pour rire plus à son aise. Sa poitrine tendait le corsage et Lambourdin baissa les yeux. Il but son café à petites gorgées pressées, tamponna longuement sa moustache humide, plia sa serviette, l'introduisit dans le coulant de buis.

— Bonsoir, monsieur Lambourdin, dit la caissière, sans relever la tête.

Il était debout, tâtait machinalement son nœud de cravate, puis le bord de son chapeau. Alice jetait de la sciure.

— Pas ce soir, dit-elle, en le frôlant.

Il sortit, releva le col de sa gabardine, gratta un bouton qui commençait à pointer sur son cou. Une maudite petite pluie molle faisait briller la rue et les lumières rouges et bleues du cinéma se reflétaient sur le macadam en épées zigzagantes. Lambourdin regarda l'affiche : *Je vous salue Maffia*. Il n'aimait pas les films policiers. D'ailleurs, le spectacle était commencé et Lambourdin savait qu'il serait mal placé, trop près de l'écran et sur le côté. Il valait mieux rentrer.

Frôlant le mur pour ne pas se mouiller, il descendit la rue sombre, sursautant quand une goutte tombée du toit s'écrasait sur ses épaules. L'O.N.M., encore une fois, avait menti. On ne pouvait se fier à personne. Tout le monde mentait... Alice mentait. Elle promettait toujours. C'est si facile !

Lambourdin passait devant une pharmacie à la devanture de faux marbre. Il s'arrêta, contempla son reflet dans la pierre lisse. Pas si mal, après tout. Un peu courtaud, évidemment. La figure molle. Mais une bouche plutôt expressive. La moustache le vieillissait, faisait petit employé, en un sens. Mais c'est respectable, un petit employé. Mme Désiré Lambourdin ! Elle ne serait peut-être pas fâchée, un jour, de s'appeler Mme Lambourdin.

Il reprit sa marche, tourna au coin de la rue Mocque-chien. Le pavé irrégulier formait des flaques. Lam-bourdin sortit sa lampe électrique.

De temps en temps, il éclairait rapidement le trot-toir, enjambait les trous, songeant avec désespoir à ses chaussures mouillées. Tout le monde trahissait. La tra...

L'homme avait surgi d'un couloir. Il bouscula Lam-bourdin, le projeta sur le mur.

— Pourriez demander pardon, grogna Lambourdin, et il alluma sa lampe.

Il reçut aussitôt un coup sur le bras, lâcha la lampe électrique qui s'éteignit. L'autre galopait, cassait son élan au carrefour, repartait. Brusquement, on ne l'entendit plus.

Lambourdin soufflait parce qu'il était très ému. L'image de l'inconnu était gravée sur sa rétine comme le contour brillant d'un objet qu'on a fixé trop long-temps : les cheveux en brosse, les yeux bleus égarés, la moustache mince comme un coup de crayon, et le menton fendu, un curieux menton en forme d'abricot.

Lambourdin ramassa sa lampe ; elle n'était pas brisée. Elle projetait une coulée bien ronde, bien dense, qui s'évasait à peine. Il l'essaya dans la nuit du couloir et sursauta : il y avait quelqu'un à terre.

On ne dort pas dans cette position. Il fit deux pas et d'instinct cacha la lumière dans sa main gauche qui se mit à luire doucement, comme une étrange fleur de sang. Sa respiration s'accélérait, mais d'une autre manière que la première fois. Fasciné, il laissa glisser sa main ; il revit aussitôt la femme au visage tordu, à la bouche ouverte toute grande, un trou profond bordé de dents... Il fourra dans sa poche la lampe allumée, sortit en tâtonnant. L'air sifflait dans sa gorge ; il avait soif et ses jambes étaient comme des sacs. Personne dans la rue, sauf la pluie autour des réverbères. Lambourdin, avec sa pochette, s'épongea le front, les oreilles, la nuque... Aïe... Ce sacré bouton! Je mange trop de viande... Oui! C'était bien lui! C'était le vampire!

Et alors Lambourdin s'aperçut qu'il n'avait pas eu vraiment peur. Au début, si, un peu, quand l'homme avait frappé. Lambourdin aurait été très malheureux s'il avait dû donner son portefeuille, par exemple. Mais ensuite, quand il avait compris... Quand il avait su pourquoi les yeux de l'homme étaient si pâles, si distraits... Non, il n'avait pas eu peur! Les cheveux en brosse... Les yeux... La moustache mince... Lambourdin marchait maintenant en compagnie de cette silhouette, la détaillait, la critiquait. Un homme à femmes, ce n'était donc que cela!

Lambourdin poussa soigneusement le verrou, mit les pieds sur des patins d'étoffe et traversa l'antichambre. Il étendit sa gabardine sur un fauteuil, se déchaussa dans la cuisine, alluma le radiateur pour se chauffer un peu les jambes. Sale temps... Curieux, tout de même, d'être juste tombé sur ce type dont les journaux parlaient, que la police cherchait partout sans même posséder son signalement... Il mit de l'eau à chauffer sur le gaz, prit la bouteille de rhum sur l'étagère du buffet, déposa trois morceaux de sucre dans une tasse. Si je ne m'enrhume pas... Après tout, ce n'est pas si terrible que ça, un vampire! Si elle ne lui avait pas résisté! Il faut toujours qu'elles résistent!

Il ouvrit son transistor et apprit que la police était sur la piste du vampire. Des perquisitions avaient été effectuées dans différents points de la ville.

Lambourdin coupa l'émission, mécontent. Il avait peut-être rencontré un mauvais vampire, un imitateur. L'autre, le vrai, allait être coffré. Mais la radio ment, elle aussi... Cristi! Ça fait du bien, un grog bouillant. Non! C'était bien le vrai vampire. Lambourdin se sentait un peu gris, exactement comme le jour où il

avait appris qu'on le nommait sous-chef. Il se déshabilla, se rinça la bouche, localisa, à l'aide d'une glace à
trois faces, ce diable de bouton, qu'il enduisit d'une
pommade désinfectante. Il n'aimait pas souffrir, mais
surtout ce bouton sournois, qui déshonorait sa nuque,
l'humiliait. Les boutons, ça fait ouvrier. Avant d'éteindre sa lampe de chevet, il médita encore un peu. Rien
ne l'empêchait de se rendre à la P.J., mais il craignait
d'instinct les brutalités policières ; il avait vu, l'année
précédente, à la banque, un pauvre bougre cuisiné par
deux inspecteurs pour une malheureuse affaire de
détournement. Des sauvages, qui fouillent les cons-
ciences avec de grosses pattes sales et libidineuses.
« C'est mon secret ! pensa Lambourdin. Je suis le
maître de mon secret. Je suis mon maître ! »

Il croqua une pastille de menthe avant de s'endormir.

Une jeune lumière, tendre, fraîche, une lumière qui
s'appuyait sur votre épaule comme une main amie,
dorait les façades, éclatait sur les feuilles des maron-
niers et laissait une touche de joie sur les visages. Les
journaux titraient :

Une cinquième victime.
Le Vampire a tué cette nuit.

Lambourdin entra chez le coiffeur qui lui serra la
main avec une chaleur inusitée, une vraie poignée de
main de cimetière, prolongée, exprimant tout ce que le
cœur est impuissant à dire.

— Alors, monsieur Lambourdin, vous avez vu ?...
Elle avait vingt ans... Mais, au fait, ça s'est passé près
de chez vous ? Vous la connaissiez ?... Gentille.
Sérieuse. Ma femme lui avait encore fait une mise en
plis la semaine dernière... Les cheveux n est-ce pas ?...

Comme d'habitude... Oui, je me demande à quoi sert la
police. On n'est pas défendu, voilà. C'est sûrement un
fou, notez bien... Et savez-vous ce qu'on a découvert ?

Il se pencha et glissa quelques mots à l'oreille de
Lambourdin.

— Je vous jure que c'est la vérité. Une si gentille
petite ! Non. Elle ne méritait pas ça. Ah ! Elle était bien
roulée, je ne dis pas... Les oreilles bien dégagées, n'est-
ce pas ?... Quelle époque quand même ! Comme si on
n'avait pas assez de gauchistes ! Un vampire, maintenant ! Et personne ne l'a vu. Personne ne sait comment
il est fait.

— C'est quelqu'un comme vous et moi, grogna
Lambourdin

Le coiffeur fit un pas en arrière, les ciseaux claquant
dans le vide, et contempla la tête de Lambourdin, dans
la glace.

— Non, monsieur Lambourdin. Là, je vous arrête.
C'est un vampire, comprenez-vous, un vampire.

— Bah ! fit Lambourdin. Un vampire, c'est simplement quelqu'un qui a des passions plus violentes que
les autres hommes.

— Vous êtes un philosophe, murmura poliment le
coiffeur. Moi, ça me rend tout chose, des trucs comme
ça. J'ai fait la guerre, moi, monsieur. Eh bien, une
supposition que je rencontrerais un vampire, je crois
que je tomberais raide... Pas vous ?

Lambourdin ferma les yeux.

— J'en ai connu un, chuchota-t-il.

Les ciseaux s'arrêtèrent. Le coiffeur regardait fixement la tête pâle posée sur le linge blanc.

— Il y a longtemps, ajouta vivement Lambourdin.

— Ça alors, dit le coiffeur. Eh bien, si vous voulez
connaître toute ma pensée, vous êtes un drôle de type...
Je vous taille la moustache ?

— Oui. Coupez-la donc. Elle est trop longue... Je

voudrais juste un soupçon de moustache, vous voyez ce que je veux dire.

— Je vois. Vous voulez vous rajeunir... Les femmes adorent ça. C'est très chic, notez bien... Là ! Regardez-vous. Ah ! ça vous change. On peut pas dire le contraire. Vous allez être irrésistible.

Lambourdin étudia sa physionomie. Pas mal. Pas mal du tout. Il se carra dans le fauteuil, croisa les jambes, eut un geste souverain de la main.

— Taillez-moi donc les cheveux en brosse, pendant que vous y êtes.

Quand Lambourdin arriva à la banque, Firmin, l'huissier, le salua et devint brusquement tout rouge.

— Mais c'est M. Lambourdin. Ah ! Par exemple ! Je vous prenais pour un étranger... Ah ! ça, alors... Vous êtes transformé, je vous le promets.

Les dactylos, saisies, se turent toutes ensemble. Il passa au milieu d'un silence impressionnant et pénétra dans son bureau. Il sonna Gustave.

— Je n'y suis pour personne. Compris ? Allez !

— Bien, monsieur, balbutia Gustave, tout ému.

Lambourdin changea de veston, s'examina dans une glace de poche, s'adressa un sourire, puis ouvrit le courrier. A dix heures, il mangea un petit pain avec un carré de chocolat, tout en parcourant son bureau de long en large, ce qui ne lui arrivait jamais. Mais il éprouvait un brusque besoin de mouvement. De temps en temps, il appuyait bien à plat sa main sur ses cheveux, s'amusait à les sentir raides et drus, élastiques, comme des ressorts. Il se rassit, balaya d'un revers de bras les paperasses qui s'amoncelaient devant lui, et sortit d'un tiroir une feuille blanche. Sa plume demeura un instant suspendue, puis prit un élan circulaire.

Monsieur le Procureur,
Je connais l'assassin...

Et c'était bien vrai, en un sens. Lambourdin lâcha le porte-plume, tant la sensation était neuve. Il y avait un homme dans la ville, un homme traqué, et cette lettre allait suffire pour... Moi, Lambourdin, je le tiens ! Sa vie est comme une pièce que je fais sauter dans ma main. Face. Pile. La vie. La mort. Si je voulais, l'homme qui les fait tous trembler se roulerait à mes pieds. Je suis son juge et son Dieu !

Lambourdin froissa la feuille et la jeta dans la corbeille. Il n'était pas habitué à de si hautes pensées et de telles réflexions lui faisaient un peu mal. Onze heures. Tant pis. Une fois n'est pas coutume. Il saisit son chapeau, le retourna, le lança sur une chaise. Plus besoin de chapeau !

— Vous partez déjà, monsieur Lambourdin ? demanda Firmin. Vous n'êtes pas malade ?

Lambourdin haussa les épaules et descendit les marches du perron, lentement, avec détachement, comme font, aux Actualités, les ministres qui sortent de l'Élysée. Auprès du kiosque à journaux, une fillette vendait des fleurs. Lambourdin acheta un œillet qu'il planta à sa boutonnière, puis il choisit une table à la terrasse du *Sidi-Brahim.*

— Un Cinzano !

On parlait du vampire autour de lui. Il en éprouvait une obscure satisfaction, comme s'il se fût agi d'un parent devenu célèbre.

— Dix mille francs de récompense à qui le fera prendre, bougonna un vieux monsieur. T'en foutrai, moi ! Et pendant ce temps, le Pinay est à 85 !

Des musiciens habillés de rouge, comme des dompteurs, jouaient un air tendre derrière des plantes vertes. « Et si la vie était une jungle ? songea Lambourdin. Une belle jungle frémissante où l'on dévore des proies, où l'on se promène parmi des fleurs, où l'on flaire des odeurs de femelles ? »

— Ces gens-là, il faut les abattre comme des chiens, dit quelqu'un derrière lui.

— Imbécile ! murmura Lambourdin.

Il paya et, en flânant, gagna le restaurant. Il était le premier client. Mme Mouffiat lui adressa son salut le plus commercial et, à son tour, manifesta une agitation désordonnée.

— Alice, cria-t-elle. Alice ! Viens voir M. Lambourdin. Ah ! pour une surprise !... Vous êtes magnifique, monsieur Lambourdin. Aussi, je me disais... Mais j'ai déjà vu cette tête-là quelque part. Et c'était vous, pardi !

Alice pouffa.

— Je ne vous plais pas ? interrogea Lambourdin.

— Ce que vous pouvez être marrant, vous alors ! dit enfin Alice.

Pourtant, elle était intimidée et son rire était un peu forcé. Elle s'empressa de servir Lambourdin.

— La carte ! grommela-t-il.

— Oh ! la ! la ! Vous avez fait un héritage, pas possible !

Il posa la main sur celle d'Alice.

— Je vais peut-être en faire un, chuchota-t-il. Alice... si j'étais riche... viendriez-vous avec moi, au cinéma ?

Elle rit encore, en se cambrant, mais ne retira pas sa main.

— Riche, vous ?

— Moi. Et même célèbre !

— Oh ! ça va. Vous forcez pas !

Il sourit, passa nonchalamment ses doigts sur le sommet de ses cheveux.

— Je commencerai par les huîtres. Avec un petit muscadet.

— Il est complètement cinglé, murmura Alice, en passant près de la caisse. Il dit qu'il va être célèbre. Vous vous rendez compte !

Pour un gueuleton, c'était un fameux petit gueuleton. Les habitués, au début, avaient regardé Lambourdin avec un peu de jalousie.

— Vingt dieux, dit Casseron à son voisin. Il est en train de bouffer la grenouille. Je connais les banques. Ça paye pas bézef ! Et il est en train de s'en foutre pour trente francs au moins !

Et puis Torche entra et l'attention se reporta sur lui parce qu'il possédait toujours des tuyaux sensationnels, grâce à son cousin qui était quelque chose au *Limousin libéré*. Alice lui apporta du pain et il lui tapota la fesse.

— Quoi de neuf ? demanda Alice.

— Pas grand-chose. Des grèves, comme toujours.

— Et le vampire ?

Torche déboutonna son col, se versa un grand verre de vin.

— Il est cuit. On a son signalement.

— Non ?

Les fourchettes restaient en l'air et trente visages convergeaient vers Torche qui but sans se presser, passa le dos de sa main sur sa bouche, puis suspendit sa veste au dossier de sa chaise.

— Comme je vous le dis. Il est fait. C'est mon cousin qui le tient d'un inspecteur. Le vampire ?... Un pauvre type qui boite d'une quille et qui louche.

— Vous croyez ça, vous ? fit Lambourdin.

— Bien sûr que je le crois. Vous n'allez pas me dire que c'est un individu normal qui commet des crimes pareils ?

Lambourdin était un peu congestionné et avait du mal à finir son fromage.

— Moi, je prétends, reprit-il, qu'il ne faut pas être le premier venu pour tuer toutes ces femmes. Votre histoire de boiteux ne tient pas debout.

— Elle est bien bonne, dit Torche. Quand vous vous mettez à faire de l'esprit...

— Quoi?

— Eh bien, le boiteux qui ne tient pas debout!

Il riait à perdre haleine, s'engoua, devint violet, les yeux comme des boutons de bottine, et sa main s'agitait pour montrer qu'il ne fallait pas s'inquiéter, que c'était seulement une forme supérieure et bienfaisante d'hilarité. Lambourdin bouchonna sa serviette et la plaqua sur la table.

— Vous avez tort de plaisanter, lança-t-il. Il a tué cinq femmes, d'accord. Mais d'abord il avait peut-être ses raisons. Et puis, vous oubliez qu'il a maintenant des centaines de types à ses trousses. Je voudrais bien vous y voir. C'est un malin, je vous en fiche mon billet. et ce n'est pas un boiteux qui...

— Si. C'est un boiteux.

Torche ne toussait plus. Il était furieux.

— Ridicule, dit Lambourdin. Je suis sûr que ce n'est pas un boiteux.

— Qu'est ce que vous en savez? cria Torche. Vous ne l'avez pas vu. Alors...

Lambourdin faillit s'emporter. Il referma la bouche, regarda haineusement tous ceux qui le dévisageaient. « Abrutis! », pensa-t-il.

— Si encore c'était un sadique, continua l'autre, il aurait des circonstances atténuantes. Enfin, ça dépend des goûts. Mais il les dévalise. Celle de cette nuit, hein, il lui a fauché toutes ses affaires.

Lambourdin admit en lui-même que c'était excessif. Il n'aurait pas cru cela de son vampire. Il commanda une fine pour se donner le temps d'étudier ce nouvel aspect du problème.

— Je vous apporte l'addition, demanda Alice, ou bien j'inscris le déjeuner à votre compte ?

On guettait Lambourdin.

— Je préfère payer, annonça-t-il, avec un rien d'emphase.

Et il puisa dans son portefeuille des billets qu'il étala devant Alice. Torche, voyant qu'on ne l'écoutait plus, s'était remis à manger. Tout le monde entendit Lambourdin ajouter :

— Gardez le reste, mon petit.

Alice était cramoisie. Lambourdin, debout, secouait son veston pour faire tomber les miettes, allumait négligemment un ninas, jetait loin de lui l'allumette.

— A ce soir, Alice, lança-t-il, par-dessus les têtes.

On le vit, sur le seuil du restaurant, lever la main et monter dans un taxi. Torche s'assombrit. Casseron se pencha vers son voisin.

— C'est formidable, ce qu'il a pu changer, ce bonhomme-là !

Et comme Alice passait devant lui, il la retint par un coin de sa robe.

— Dites donc, Lambourdin, il ne jouerait pas aux courses, par hasard ?

— Ça m'étonnerait, dit Alice. Radin comme il est !

— C'est pas naturel, observa Casseron. Moi, il m'inquiète, vous savez.

Lambourdin descendit au jardin public, choisit un banc à l'ombre. Il essayait de réfléchir, mais il commençait à comprendre que déjà, presque à son insu, il avait choisi. Impossible, maintenant, de reculer. Il fallait livrer le vampire. Dommage ! Lambourdin le trouvait plutôt sympathique. D'un autre côté, dix mille francs !... Et la somme serait peut-être augmentée si le vampire avait la bonne idée d'étrangler encore une fillette ou deux. De toute façon, il n'était pas nécessaire de se presser. Lambourdin suivit une allée ombreuse ; personne ne levait les yeux sur lui. Dans une huitaine, tout le monde le reconnaîtrait. Lui, Lambourdin ! Vous avez bien vu sa photo ! Le type qui a fait coffrer le vampire ! Lambourdin chercha un café, demanda du papier. Il avait déjà préparé ses mots :

Ne courez donc plus après un boiteux. A votre place, je chercherais plutôt un homme encore jeune, élégant, extrêmement viril, coupe de cheveux de sportif... visage intéressant... moustache...

Bon ! C'était suffisant pour une première lettre. Avec des ciseaux de poche, il coupa la partie supérieure de la lettre pour faire disparaître le nom du café, introduisit la lettre dans une enveloppe sans en-tête et inscrivit l'adresse du Palais de Justice. Un instant, il imagina le vampire errant dans la ville, surveillant la rue derrière lui, se rassurant encore une fois. C'était passionnant. Lambourdin jeta la lettre à la boîte. « Te demande pardon, mon pauvre vieux », songea-t-il.

Le soir, Lambourdin arriva de bonne heure au restaurant. Alice étalait sur les tables des feuilles de papier gaufré, disposait les couverts.

— J'ai pris les billets, dit Lambourdin, le plus naturellement du monde. Nous serons très bien placés.

— Mais, monsieur Lambourdin...

— Allons ! Allons ! Appelez-moi donc Désiré.

Lambourdin, ce soir-là, mangea de la tête de veau et du lapin chasseur. « Après tout, se dit-il, ce n'est pas moi qui paye. » Il s'égaya, en songeant que le vampire l'aidait à conquérir Alice. « Il me doit bien ça. Quoi ! C'est vrai. J'aurais pu le faire arrêter plus tôt ! »

Alice consentit à l'accompagner. « C'est bien pour vous faire plaisir », répétait-elle hargneusement. Elle se jugea placée trop loin de l'écran. « Non, ne me touchez pas. » Pourtant, quand les lampes furent éteintes, il passa son bras autour de la taille d'Alice. Elle n'osa pas protester.

— Eh bien, murmura-t-il, n'est-on pas heureux, tous les deux ? Je ne vous fais plus peur ? Je vais vous gâter, ma jolie.

Il essaya de l'embrasser, mais elle tourna la tête.

— Allons, mon chou. Soyez gentille. Je vous aime bien, vous savez.

— J'ai déjà un ami, balbutia Alice.

— Vous avez bien le droit d'en prendre un autre.

— Il n'est pas commode... Laissez-moi. Laissez-moi ou je crie.

Lambourdin s'écarta.

— Je ne suis pas un satyre, grogna-t-il, vexé.

On s'agitait autour d'eux.

— Vos gueules, là-bas ! cria une voix.

Alice se leva.

— Restez, supplia Lambourdin, les joues en feu. Ne me poussez pas à bout. Je suis capable de tout.

Elle s'échappa et Lambourdin la perdit tout de suite de vue, dans le noir. Il tremblait de colère et d'humiliation, mais il n'osa pas se lancer à sa poursuite, faire lever des gens, affronter l'ouvreuse. Et puis il avait payé ses places.

Lambourdin resta.

Lambourdin se fit un peu de camomille. En vain. Le sommeil se dérobait obstinément. Que fallait-il décider concernant le vampire ? Le livrer en donnant son signalement dans une nouvelle lettre, signée, cette fois ? A quoi bon, puisque l'argent ne servirait à rien. Puisque Alice ne céderait pas. Autant le laisser courir. Il y avait bien trop de filles en circulation. Des filles

comme cette salope d'Alice. Une de plus, une de moins...
Au fond, le vampire n'avait pas tellement tort. Il
débarrassait le monde d'une engeance qui ne méritait
pas de pitié. Et si Alice lui tombait entre les pattes...

Lambourdin s'assoupit, se réveilla en sursaut, finit
par absorber un somnifère. Tant pis ! Il aurait mal aux
reins et l'estomac détraqué pendant plusieurs jours.
Alice payerait aussi le somnifère !

Au petit matin, Lambourdin se sentait plus flapi
qu'après une nuit passée sur la banquette d'une salle
d'attente. Et sa colère n'était point tombée. Il essaya de
boire un peu de café. Il fut obligé de le jeter dans le
lavabo. Le bouton, nourri par la fièvre, poussait sur sa
nuque une tête douloureuse. « Je n'y coupe pas d'un
abcès ! » songea Lambourdin, et sa glace lui révéla des
profils grisâtres, affaissés, aux yeux bordés de rouge.
Peut-être qu'un croissant mangé lentement sous les
arbres ?

La boulangère lisait le journal.

— Il n'a pas tué cette nuit, fit-elle remarquer.

— Il a eu tort ! grogna Lambourdin.

— Oh ! Il ne faut pas parler comme ça. Si on vous
entendait...

— Et après, hein ? J'ai bien le droit de dire que le
vampire est un bienfaiteur de l'humanité... Sans blague !

La boulangère sortit sur le pas de sa porte pour le
suivre des yeux et hocha la tête. Lambourdin, le dos
voûté, ruminait. Comment faire pour connaître l'ami
d'Alice ? Où le trouver ? Un seul moyen : suivre Alice. Le
croissant avait un arrière-goût pas net. Lambourdin le
lança dans un soupirail et attendit l'autobus. A la
banque, il médita divers projets de vengeance qui se
révélaient, à la réflexion, peu pratiques. Jamais Lambourdin n'avait bâti tant de plans à la fois. Il revint au
restaurant, décidé à en finir.

Alice était absente.

— Qu'est-ce que vous lui avez fait, monsieur Lambourdin ? demanda la caissière, à voix basse. Elle ne cesse pas de pleurer. Angèle va la remplacer pour le service.

— Je lui ai fait peur, dit Lambourdin, fièrement.

— Ah ! C'est donc ça. Vous êtes un drôle d'homme, monsieur Lambourdin.

— Et encore, vous ne savez pas tout, murmura Lambourdin, en clignant de l'œil.

Il gagna sa place, lorgnant Mme Mouffiat qui semblait mal à l'aise. Toutes les mêmes, décidément. Il n'y a que la manière forte. Angèle n'osait même pas le regarder. Elle le servait à la sauvette. Et les autres aussi, les péquenots de midi, les Torche, les Casseron, les calicots à mille francs, détournaient les yeux.

— Du vouvray, Angèle !

Angèle s'énervait, plantait son tire-bouchon de travers.

— Angèle ! Ces petits pois ne sont pas cuits.

— Bien, monsieur.

Elle filait doux. La pêche Melba provoqua une espèce de scandale silencieux et Torche se hérissa comme un roquet.

— Alors, ce vampire ? lança jovialement Lambourdin.

— Il y aura bientôt du nouveau, grommela Torche.

Lambourdin ricana.

— Depuis le temps qu'on raconte ça !

Et, comme la veille, il sortit sans se presser. Il vit Alice au bout de la rue. Cristi ! Elle profitait du déjeuner pour rendre visite à son ami. Lambourdin se précipita. Alice marchait vite, sans se retourner, gracieuse dans son tailleur bleu qui la moulait exactement. Lambourdin avait oublié ses plans, ses projets, ses résolutions. Il courait gauchement, déjà essoufflé.

Alice entra dans un immeuble, au coin du boulevard. Il y avait un bureau de tabac. Lambourdin acheta une boîte de Gitanes, s'attarda, ne sachant comment se renseigner. Puis il eut l'idée de consulter les boîtes aux lettres, dans le corridor. *M. Georges Villeneuve. Cinquième étage.* Ce ne pouvait être que lui. Il était le seul célibataire. Lambourdin revint dans le bar, commanda une anisette.

— Qu'est-ce qu'il fabrique, ce Villeneuve, au cinquième ? questionna-t-il, en sirotant sa liqueur.

Le patron se gratta sous sa casquette, de la pointe de la langue cueillit son mégot, le changea de place.

— Villeneuve ? Je crois qu'il est peintre. Pourquoi ?

— Rien. Une idée.

Lambourdin sortit sans finir l'anisette. D'ignobles images défilaient devant lui. Peintre ! Elle lui servait de modèle, évidemment. Une fille balancée comme ça. Il la voit. Il... Pardon !

Il venait de heurter un soldat, qui l'insulta d'une voix grasse. Ça ne peut plus durer. Tant pis. Il s'assit sur un banc, giflé par le souffle des autos brillantes, la pensée nouée, le sang cognant lourd. Tant pis !

Il se leva, se rapprocha de la porte. Quand elle sortit, il était là, une épaule au mur, et elle leva le coude comme pour se protéger, mais il ne bougea pas. Elle avait envie de courir. Il se contenta de la suivre, écœuré, las, un feu sourd aux pommettes. Elle se retournait, de loin en loin, sans ralentir. Il finit par abandonner cette poursuite idiote et il s'en alla au hasard des trottoirs, s'arrêtant parfois devant les devantures sans penser à rien. Il se rapprochait de sa banque, comme un vieux cheval obsédé par le picotin. Il aperçut l'huissier, tourna au coin d'une rue, erra jusqu'au soir. Il attendait la nuit.

Quand les veilleuses commencèrent à briller aux ailes des voitures, il reprit la route du restaurant. Il était sûr qu'Alice retournerait chez son type. Il attendit, sous une porte cochère.

Elle passa devant lui, sans le voir. Lambourdin sortit de sa cachette. Il se répéta les phrases qu'il allait dire, hâta le pas. Le peintre attendait Alice devant le tabac. Il la serra contre lui, leurs têtes se rapprochèrent. Lambourdin traversa la rue, calmement. Elle était presque déserte. Il n'y avait qu'une Citroën noire, le long du trottoir. Lambourdin regarda à droite, à gauche, enfonça les mains dans ses poches, s'approcha du couple.

L'homme se tourna vers lui. Lambourdin reconnut les cheveux en brosse, les yeux bleus, la moustache fine, l'étrange menton en forme d'abricot. Il serra les dents, fonça au moment où claquaient les coups de feu.

Il tomba sur un genou, un bras tendu vers Alice. Les lumières tournoyèrent ; le pavé monta vers lui et il entendit son crâne sonner sur le macadam. Des ombres jaillissaient de la Citroën. Une lampe l'aveugla.

— Vous le reconnaissez, mademoiselle ? dit quelqu'un.

— C'est bien lui, dit Alice.

Sa voix venait du bout du monde. Il faisait noir.

— Embarquez-le, murmura une autre voix lointaine. Vous avez eu de la veine. Il allait vous buter tous les deux.

— Vous êtes sûr que vous ne faites pas erreur ? demanda-t-on. C'était peut-être le compagnon d'Alice, qui parlait.

— Pas de danger, répondit l'un des inspecteurs. D'abord, il nous a écrit, pour nous provoquer, ce salaud-là. Et puis, il tenait des propos... N'est-ce pas, mademoiselle ? Et l'argent, hein ? On sait où il le prenait. Regardez-moi cette gueule de sadique.

De nouveau la lampe en plein visage.

— Je crois qu'il est mort, continua le flic. Qu'est-ce

qu'il a le long des joues ? Ma parole, on jurerait des larmes.

— Tu viens ? chuchota le peintre.

Il s'engouffra dans le couloir avec Alice.

TOTO

— Georges, ton frère est prêt. Dépêche-toi !

Georges grogne, cherche à gagner du temps.

— Je mets deux francs sur la cheminée. Tu lui achèteras une sucette.

Il faut y aller ! Comme si, par cette chaleur, on ne pouvait pas le laisser tranquille. Georges repousse son fauteuil, rageusement.

— Marchez à l'ombre. Tu sais comme Maurice est fragile... Tu entends, mon petit Maurice ? Obéis bien à Georges... Ne fais pas d'imprudence. Et toi, Georges, donne-lui la main quand vous traversez le boulevard.

— Écoute, maman, crie Georges, hors de lui. Je commence à savoir ce qu'il faut faire. J'en ai assez, à la fin... Allez. Toto, amène-toi.

— Je te défends d'appeler ton frère Toto. Si ton père t'entendait !

— Bon. Il ne m'entend pas. Marche devant, Toto !

Il claque la porte ; l'ascenseur vient à leur rencontre. Georges sent la colère mûrir en lui comme un abcès. Il en a des élancements dans la poitrine.

— Touche pas !

Georges fauche la main de Maurice qui se dirige vers les boutons. Maurice adore arrêter la cage entre deux étages.

« J'en ai marre, marre ! se répète Georges. On me prend pour une nurse ! »

Dans la rue, il hésite. Il sait qu'il y a, là-haut, au quatrième, une fenêtre entrouverte, un visage embusqué, des yeux qui l'observent. Il prend la main de son frère. Il la serre comme il ferait d'un linge pour en exprimer l'eau. Maurice grogne.

— Tu n'aimes pas ça, murmure Georges. Tant mieux !

Passé le coin de la rue, il lâche la main.

— Pas vrai, Toto, que tu es assez grand pour marcher tout seul ?

Georges est juste à l'âge où l'on déteste porter un paquet, où l'on évite de sortir avec ses parents, où l'on croit toujours voir une moquerie dans les yeux des filles. Alors, toujours être escorté de Toto !...

Georges traverse le boulevard sans crier gare. Mais Toto suit, à un mètre. Côté soleil, la chaleur est suffocante. Si seulement l'indésirable Toto pouvait attraper une bonne migraine, quelque chose qui le tienne au lit pendant des semaines ! Georges s'arrête devant une vitrine. Il regarde les palmes, les bouteilles, les grosses lunettes de plongée. Près de lui, Toto suce son pouce... Des semaines de liberté ! Plus de comptes à rendre, de rapports à faire...

« Ton frère ? »

« Il a été sage. »

« Alors, demain, emmène-le à Guignol ! »

La pire corvée ! La plus humiliante ! Non. Ce n'est plus possible. Georges remâche sa révolte. Il n'y en a que pour Toto, le pauvre poulet, le petit chéri, le mimi ; on lui passe deux doigts entre le col et la peau pour voir s'il n'est pas en sueur, on lui tâte le front, les mains... Fais la bise... Qu'est-ce qui va à son dodo, comme un amour... Et moi, je compte pour quoi ? Je suis le cornac, le valet, l'esclave...

Toto se baisse, pour ramasser un mégot. C'est sa dernière manie. Georges n'intervient pas. Qu'il le suce, qu'il l'avale, si ça lui fait plaisir. Georges s'éponge la figure. C'est lui que le soleil incommode. Il repasse à l'ombre. Toto est toujours là.

Les rues commencent à descendre vers la Seine. Les passants flânent ; le beau temps met sur leur visage comme un étonnement de bonheur. Et Georges se dit qu'il pourrait essayer de perdre Toto. Ce serait facile. Mais ça mènerait à quoi ? Père, mère, grand-père, grand-mère, tout le monde l'accablerait... « Tu n'as pas de cœur... Tu es jaloux de ton frère... » Toto récupéré retrouverait sa place, son trône. Et tout recommencerait.

Non. Ce n'est pas le bon moyen. Peut-être n'y a-t-il pas de moyen ! Voici le fleuve, ses chalands, sa lumière. A la voûte des ponts danse un clapotis de reflets. Georges descend sur la berge. Là, il sera tranquille. Toto est fasciné par l'eau. Il s'assied, jambes pendantes. De temps en temps, il désigne un bateau, un train de péniches. Beau... Beau...

Oui, mon vieux, beau, beau, amuse-toi et fous-moi la paix !... Georges allume une cigarette. A droite, il y a un clochard qui dort ; à gauche, un pêcheur qui, de temps en temps, gratte ses coups de soleil. La vie s'est retirée ; elle gronde au loin. Elle berce mille pensées inavouables. Il suffirait d'une petite poussée. L'eau est profonde, à cet endroit. Le bouchon de pêcheur est fixé très haut, sur le fil. Plus de trois mètres. Mais quelle excuse trouver ? Dire : « C'est Maurice qui m'a entraîné jusque-là. » Pourquoi pas ? Est-ce que les caprices de Toto ne sont pas des ordres ?... Et puis quoi ! On vous le repêcherait, votre Toto ! Il y aurait bien, au dernier moment, un courageux sauveteur... Il suffirait, ensuite, de fourrer Toto grelottant dans un taxi et de le ramener en vitesse. La scène serait affreuse

mais, après, c'en serait fini de ces promenades
odieuses. Jamais plus on ne confierait le précieux Toto
à son frère.

Georges regarde Toto qui serre ses mains entre ses
cuisses et bat la pierre du quai de ses talons, en
cadence. Une toute petite poussée ! Le clochard dort
profondément. Le pêcheur a oublié le monde. Georges
s'approche. Toto lève les yeux.

— Soif ! dit-il.

Ah ! tu as soif ! Eh bien, tu vas boire un coup, je te le
promets. Georges est tout près. Il retient sa respiration,
concentre ses forces.

Tout s'est passé très vite. L'eau emplit la bouche de
Georges. Il lève un bras. Le courant, déjà, l'entraîne. Il
aperçoit la face ronde de Toto, ses yeux obliquement
fendus, son nez camus, son sourire idiot. Un demeuré,
quand il a dix-huit ans, est fort et leste comme un
gorille.

Le ciel est si bleu. Et maintenant l'eau verte, de tous
côtés, s'assombrit...

ÉCHANGES DE BONS PROCÉDÉS

Jean-Louis Valgrand avait vingt-six ans et Micheline, sa femme, vingt-quatre. Jean-Louis était clerc de
notaire. A la mort de son père, il avait hérité d'environ
trente mille francs ; et Micheline, également orpheline,
disposait à peu près de la même somme. Le notaire,
qui aimait bien Jean-Louis, comprit que le jeune
ménage allait dépenser ce petit avoir sans profit. Il
crut de son devoir de leur vanter les avantages du
viager. « Il est bien facile, leur dit-il, de trouver un
vieillard possédant du bien et disposé à faire un
marché avantageux pour tous. Je connais justement un
vieux monsieur : Émile Maubieux, qui a quatre-vingts
ans. Il est assez... fatigué et on peut raisonnablement
estimer que... N'est-ce pas ?... Si sa maison n'est pas
très grande, elle est bien située, dans un quartier
paisible d'Issy-les-Moulineaux, et elle est entourée
d'un petit jardin. Le tout vaut au bas mot deux cent
mille francs... Vingt millions d'ancien francs ! Votre
apport initial, le « bouquet », ne sera pas considérable,
et vous trouverez certainement un terrain d'entente
pour les mensualités. »

Et les jeunes Valgrand, sans expérience, s'étaient
laissé séduire par ce tas de millions qui leur était
promis à brève échéance. Ils avaient accepté les condi-

tions d'Émile Maubieux : ils vivraient avec lui, lui assureraient le couvert, s'occuperaient de lui, l'entoureraient de soins et de prévenances, et lui verseraient des mensualités convenables. Il convient d'ajouter que l'aspect du vieil homme autorisait les plus sérieux espoirs : très maigre, toussant creux, il semblait sur sa fin.

Ils organisèrent avec entrain leur nouvelle existence, mais durent très vite déchanter. Maubieux était impossible. Jamais satisfait, grognant sur tout, il n'hésitait pas à critiquer la manière de vivre de Micheline et Jean-Louis, leur donnait des conseils et si, par hasard, Micheline répliquait vertement, il les menaçait tout de suite de téléphoner au notaire. En outre, les fins de mois posaient des problèmes. Jamais Micheline n'avait tant compté. De temps en temps, le médecin venait, car Maubieux se plaignait toujours. Il l'auscultait longuement, lui rédigeait une ordonnance copieuse. Maubieux était fier d'absorber beaucoup de remèdes.

— Alors ? chuchotait Micheline.

Le médecin haussait les épaules.

— Il s'en va tout doucement... Mais vraiment très doucement.

Micheline était désespérée. Ces jours-là, elle téléphonait à son amie Nicole Gerboise, quand le vieux se promenait dans le jardin.

— C'est comme grand-père, disait Nicole. On soufflerait dessus, il s'envolerait. Mais il s'accroche, tu n'as pas idée !

Car les Gerboise avaient aussi leur problème. Ils habitaient un petit pavillon, à Vincennes. Gérard était préparateur dans une pharmacie. Nicole tenait la maison et elle y avait bien du mérite, à cause du grand-père de Gérard. Il allait sur ses quatre-vingt-trois ans et tyrannisait gentiment ses petits-enfants. Quinze ans plus tôt, il était tombé gravement malade. Le médecin traitant, le docteur Negroni, avait diagnostiqué un cancer. Mais Gerboise avait obstinément refusé de se faire opérer. Il n'avait même pas consenti à se faire radiographier. Il rangeait le cancer parmi les « sales maladies », celles qui vous déshonorent, qui sont la honte d'une famille. « Je ne veux plus qu'on parle de cette chose », avait-il décrété. Le plus curieux, ce fut que la chose n'empira pas. De temps en temps, le père Gerboise éprouvait de violentes douleurs du côté du foie. Alors il s'enfermait dans sa chambre, ne voulait voir personne. Quand il réapparaissait, il ne souffrait plus. Le docteur n'y comprenait rien. « Pourtant, disait-il à Gérard, je suis à peu près certain qu'il s'agit d'un cancer. Il y a des signes qui ne trompent pas. Je sais bien que, chez certains vieillards, la maladie évolue très lentement, mais quand même... C'est un cas ! » Il avait, un jour, amené un confrère, professeur à l'hôpital. Le vieux, flatté, s'était prêté à un long examen.

— Quand vous avez une crise, qu'est-ce que vous faites ?

— Rien ! Je pense fortement à la chose. Je lui dis de s'en aller. C'est fatigant, mais ça réussit toujours.

Les deux médecins s'étaient regardés. Sans doute pensaient-ils que le vieux était un peu fou, mais le cas était troublant. Ils s'étaient retirés dans un coin du salon, avaient longuement conféré, à voix basse. Nicole avait entendu le docteur Negroni dire à son confrère : « On en aura le cœur net. » Et puis la vie avait repris son cours normal. Les Gerboise et les Valgrand s'étaient vus de plus en plus souvent, étaient devenus intimes. Gérard avait découvert qu'il avait fait ses études à Condorcet presque en même temps que Jean-Louis. Micheline et Nicole s'entendaient à merveille. Ils se rencontraient plusieurs fois par semaine, dans le pavillon de Vincennes, quand le grand-père Gerboise était endormi.

— C'est un enfer, commençait Nicole.

— Je n'en peux plus, continuait Micheline.

— Mais toi, tu n'entends pas le tien, toute la journée, parler de sa santé. Le mien, chaque matin, demande ce qu'il y aura à déjeuner. Non, pas de coquillages. « Elle » n'aime pas ça. Elle, c'est « la chose »... Elle finit par devenir quelqu'un, une espèce d'animal un peu sauvage qu'il aurait recueilli par pitié. « Elle » n'aime pas non plus les lentilles. Mais « elle » supporte les haricots et « elle » ne crache pas sur une petite goutte, de temps en temps. Je deviens folle !

— Si tu avais le nôtre sur le dos, qu'est-ce que tu dirais ! Il trouve que Jean-Louis a les cheveux trop longs... que les miens sont trop courts, que je le gêne quand il m'arrive de fredonner. Son piano, je n'ai pas le droit d'y toucher... Mais là, j'ai tourné la difficulté. A midi, je mêle un tranquillisant à ses aliments. Il dort jusqu'à cinq heures. J'ai la paix pendant ce temps-là.

— Non ! Quelle bonne idée !

— Dame ! Il fallait bien faire quelque chose. Je profite de son sommeil pour composer des chansons. Le cœur n'y est pas, mais si j'avais la chance d'enregistrer un disque... Ça nous aiderait bien... Il nous saigne, ce vieux... L'ennui, c'est que, depuis qu'il dort régulièrement, il se porte mieux. Il ne veut plus entendre parler de médicaments. Il engraisse. Ça risque de le prolonger.

Les Gerboise convinrent que c'était un coup dur.

— De plus, observa Gérard, c'est imprudent. Vous pourriez provoquer un accident. Une dose trop forte et hop !... Vous voyez les ennuis ?

— Quels ennuis ? demanda naïvement Micheline.

— Eh bien, le médecin de l'état civil pourrait flairer quelque chose de louche.

— Un bonhomme de quatre-vingts ans !... Qui ne tient plus debout !...

— Méfiez-vous quand même... à cause du viager. Il suffirait d'une autopsie.

Le mot effraya les Valgrand. Revenus à la maison — ils n'osaient pas penser : « chez nous » — ils conférèrent longtemps et décidèrent de ne plus donner de tranquillisants à Maubieux. Mais l'espoir d'enregistrer un disque s'envola. Plus de piano. Pas de chansons !

— Pourtant, gémit la jeune femme, j'avais de sérieuses chances. Je devais passer une audition le mois prochain. Écoute, Jean-Louis, c'est lui ou nous.

La nuit ne leur porta pas conseil. Que faire ? La journée qui suivit fut abominable. Le vieux, privé du somnifère auquel il était habitué, se montra d'une humeur affreuse, et ne cessa de harceler Micheline. Le soir venu, le couple pesa le pour et le contre, tandis que la télévision se déchaînait dans la pièce voisine, car Maubieux, qui était un peu dur d'oreille, tournait le bouton à bloc. Il n'y avait pas de voisins et les Valgrand ne comptaient pas pour lui.

— Tu as entendu Gérard, fit Jean-Louis. Il faut penser au médecin de l'état civil.

— Oui, mais... un accident peut arriver.

— Quoi ?

— Je dis qu'un accident peut arriver... Tiens, je vais cirer les parquets. On verra bien.

Elle eut vite fait, le lendemain, de transformer les planchers en miroirs, au grand plaisir de Maubieux qui était un maniaque de la propreté. Il ne tomba point, mais obligea Jean-Louis à se servir de patins, pour ne pas salir. Jean-Louis ne pouvait plus faire un pas sans être rappelé à l'ordre. Il fallait trouver autre chose. Les Valgrand posèrent carrément le problème aux Gerboise.

— Je comprends, je comprends, disait Gérard. Je me mets à votre place. J'aimerais d'ailleurs vous voir à la nôtre... Mais enfin, nous, c'est notre grand-père... tandis que vous, c'est un étranger. Ça change tout, évidemment... Pourquoi n'auriez-vous pas un enfant ?

Micheline se récria :

— Impossible ! La maison n'est pas assez grande.

Gérard insista.

— C'est bruyant, un bébé. Ça pleure la nuit... Personne ne peut plus dormir.

— Justement. Trouble de jouissance. Il a tout prévu. Il nous mettrait à la porte. Le remède serait pire que le mal. Non, proposez autre chose.

— C'est que... je ne vois pas... Je voudrais bien vous aider, notez. Mais...

— Dans votre pharmacie, il n'y aurait pas quelque chose d'efficace, qui lui changerait le caractère ? C'est ça, au fond, le point noir. S'il devenait un peu plus supportable, on arriverait à patienter encore un peu... On se débrouillerait.

Jean-Louis proposa le L.S.D., mais Gérard fit observer que les tendances agressives de Maubieux seraient décuplées. Et puis, on en revenait toujours à la même difficulté ; si des complications surgissaient, le médecin traitant se douterait de quelque chose.

— Alors, dit Micheline, on ne peut plus le toucher ? Il suffit d'avoir quatre-vingts ans pour être un bourreau à loisir, jouir de tous les droits, et disposer de la vie des autres !...

Il y eut un silence embarrassé.

— Je vois bien un moyen, dit enfin Gérard... Attendez... C'est encore un peu confus dans ma tête... Oui... Oui... Je crois que ça pourrait marcher...

— Parle, mon vieux, supplia Jean-Louis.

— Voilà... Supposons que notre pépé disparaisse... Ça peut arriver d'un jour à l'autre, avec ce qu'il a... Sa « chose », il ne pourra pas la mater indéfiniment.

— Bon, coupa Micheline. Il disparaît. Et alors ?

— Eh bien, je vous préviens tout de suite, au téléphone.

— C'est toujours Maubieux qui décroche, même quand nous sommes là. Et il ne s'éloigne pas de l'appareil.

— Dans ce cas, je n'aurais qu'à employer une formule qu'il ne comprendra pas... Je ne sais pas, moi... n'importe quoi... Par exemple : les carottes sont cuites.

— D'accord. Et puis ?

— Vous administrerez aussitôt à votre bonhomme une dose massive de somnifère. Cette fois, il s'endort pour le compte.

— Et l'on a le médecin de l'état civil sur le dos, dit Jean-Louis. C'est toi-même qui nous as prévenus.

— Pas du tout, parce que nous faisons l'échange de nos vieux.

Personne ne comprenait plus.

— C'est pourtant bien simple, reprit Gérard. Ici, le médecin de l'état civil de Vincennes passera dans la journée et délivrera automatiquement le permis d'inhumer. Forcément, puisqu'il s'agira d'une mort naturelle. Vous me suivez ? Bon ! Vous, vous faites aussitôt le nécessaire. Dans la nuit, je vous amène le corps de Pépé et je ramène celui de Maubieux. Avec mon break, c'est facile. Vous, vous prévenez votre mairie. Le médecin de l'état civil d'Issy-les-Moulineaux passe. Il ne connaît ni grand-père ni votre Maubieux. Mort naturelle. Pas de problème. Il vous signe le permis. L'affaire est dans le sac.

— Bon sang, murmura Jean-Louis. Tu es un crack. C'est vrai. Ça se tient. Après, nous vendons la maison... Ouf ! Enfin, la vraie vie. Il y aura un million pour toi, Gérard. Si, si...

— Oh ! dit modestement Gérard, je n'aurai fait que vous prêter Pépé. Le reste ne me regarde pas.

— Et... pour le délai ?

Une nouvelle discussion s'engagea. D'après Nicole, le vieux Gerboise déclinait. Il avait encore eu, la semaine précédente, une crise aiguë. Il ne mangeait presque plus. Gérard estimait, lui, qu'il pourrait tenir encore quelques mois.

— Ce sera trop tard, dit Micheline. Déjà, nous avons des dettes. Et pourtant Jean-Louis se donne du mal. Après son travail, il fait des heures supplémentaires, comme comptable.

Les Valgrand revinrent à Issy, un peu rassérénés, cependant. Il y avait une lueur d'espoir.

Dès lors, Micheline vécut dans l'attente du coup de téléphone. Quelquefois, en l'absence de Maubieux, elle décrochait.

— Allô... Nicole ?... Où en sommes-nous ?

— Ça va... Ça va... Ce matin, il ne s'est pas levé. Le médecin est venu. Il a dit qu'il repasserait demain.

Micheline commença à prendre ses dispositions. Elle acheta un brassard pour Jean-Louis, repassa son petit ensemble noir, chercha un fleuriste pas trop cher, pour la couronne. Elle avait des ailes.

Et puis le coup de téléphone survint, au beau milieu du déjeuner. Maubieux se leva en pestant.

— C'est peut-être pour nous, protesta Jean-Louis.

— Dans ce cas, grogna le vieux, vos amis sont bien mal élevés.

Il passa dans le salon. On l'entendit bientôt qui raccrochait avec fureur. Quand il revint, la colère le faisait bégayer.

— C'est une... une honte... La jeunesse d'aujourd'hui... Me dire ça... à moi... Les ca... ca... les carottes sont... cuites...

Jean-Louis sourit à Micheline. Celle-ci, avec un naturel parfait, se leva.

— Je vais chercher les macaronis.

Elle rapporta le plat, abondamment saupoudré de gruyère. Mais elle n'y toucha pas. Jean-Louis non plus. Maubieux, qui se plaignait habituellement d'être à la portion congrue, se régala. Tant et si bien qu'il rendit l'âme à six heures du soir. Micheline prévint aussitôt Nicole.

— Tenez-vous prêts pour minuit, dit simplement Nicole.

Et tout se passa avec une facilité déconcertante. Il faisait froid, cette nuit-là. Personne dans les rues. Le grand-père Gerboise prit la place de Maubieux. L'échange dura à peine vingt minutes.

Le lendemain, Jean-Louis alla à la mairie déclarer le décès de M. Émile, Ludovic, Aimé, Maubieux. Le médecin de l'état civil passa vers trois heures. Il était pressé. Il examina rapidement le corps.

— Cancer, je présume, dit-il.

Et il remplit le papier, sur le coin de la table. Quand il fut parti, Jean-Louis versa un peu de cognac dans deux verres. Il leva le sien en murmurant :

— C'est à peine croyable.

— L'essentiel, dit Micheline, c'est qu'il n'ait pas souffert !

Gerboise n'avait pas d'amis. Maubieux n'avait pas de parents. Personne ne vint leur rendre une dernière visite. C'était donc un crime parfait, un vrai. Non pas un crime dont on n'arrête jamais les auteurs, mais un crime dont *on ne recherche même pas les auteurs*, puisqu'on ignore, justement, qu'il y a eu crime.

... Et pourtant, le surlendemain, Jean-Louis et Micheline étaient sous les verrous.

Jean-Louis et Micheline avaient négligé un détail capital : ils auraient dû prévoir que le grand-père

Gerboise ne se contenterait pas de disparaître comme le premier venu, mais voudrait faire parler de lui après sa mort. Comment ? En léguant son corps aux médecins, afin que son « cas » fût pleinement élucidé. Il avait donc accompli les formalités nécessaires, en cachette de ses petits-enfants, qui l'auraient certainement désapprouvé. Les jeunes Gerboise n'avaient rien soupçonné. Mais, quarante-huit heures après la mort du vieillard, un fourgon de l'hôpital de Vincennes venait prendre possession du corps... et emportait, non pas le cadavre de Gerboise, mais celui de Maubieux, de Maubieux mort empoisonné. L'autopsie révélait aussitôt la vérité. Le corps examiné était parfaitement sain et la mort avait été provoquée par une dose anormale de barbiturique.

Les petits-enfants, interrogés le même jour par la police, avouaient :

— Nous n'avons tué personne. Grand-père est mort de sa belle mort... Vous le trouverez à Issy-les-Moulineaux !

UN HOMME COMME LES AUTRES

Sylvain avait froid. Il éprouvait une sensation de vide au creux de l'estomac, et un point de migraine commençait à lui marteler les tempes. Il releva le col de son pardessus, chercha des yeux ses compagnons, devina plus qu'il ne distingua leur groupe à l'angle du mur. De quoi, de qui parlaient-ils ? De lui, sans doute.

Sylvain avait peur. Il ne craignait pas la vue du sang. Non. Il commençait à avoir l'habitude. Seulement, jusqu'alors, ce n'était pas lui qui agissait, pas lui qui accomplissait « le geste ». Il n'était qu'un sous-ordre, comme les autres. Bien défini, leur rôle se limitait à la préparation, à la mise au point. L'instant venu, ils n'étaient guère plus que des témoins.

Il avait enfoncé dans ses poches ses mains glacées. Il les retira brusquement, les regarda. Elles faisaient, dans la nuit, deux taches pâles, diffuses, comme des ectoplasmes. Instinctivement, il consulta le cadran lumineux de sa montre-bracelet. Encore dix minutes. L'homme qu'il allait tuer, le premier homme qu'il allait tuer, devait dormir. Peut-être faisait-il un rêve heureux. Sylvain évoqua le gros visage que barrait une épaisse moustache d'Auvergnat, les cheveux drus taillés en brosse. Une tête de bon papa.

Il songea à son père, qui n'avait jamais pu se résigner

à égorger un poulet, et devait recourir à l'office d'un voisin. Si on lui avait prédit que son fils, un jour...

Mais qu'aurait dit Sylvain, lui-même ?... Il s'était souvent posé la question, sans arriver exactement à la résoudre : « Comment ai-je pu ?... » Il y avait eu, bien sûr, les circonstances, la part de hasard. Il y a toujours le hasard. Pour Sylvain, le Destin avait pris la forme de ce grand garçon taciturne, qui mangeait à sa table, au petit bistrot de la rue Saint-Martin. Sylvain, lui, était bavard. Enfin, il l'était encore, dans ce temps-là. Il avait raconté ses déboires. Sept emplois en cinq ans. Sept mises à pied. Oh! pas par sa faute. Le chômage partout. Une malchance. L'autre, ce n'était qu'après plusieurs semaines, qu'il s'était décidé à parler.

Peut-être Sylvain aurait-il dû rompre, dès cet instant. D'autant que, brusquement, Marcel lui avait fait horreur. Non. Soyons précis, c'est seulement l'activité de Marcel, qui l'avait épouvanté. Marcel, lui, était un bon gars, serviable, généreux, et discret, ô combien! Il ne faisait pas corps avec sa profession. Impossible d'imaginer Marcel en train de...

Oui, tout était là. Marcel était un homme comme les autres. Il valait même mieux que beaucoup. Et cette constatation avait pris, pour Sylvain, la valeur d'une révélation. Jusqu'alors, il s'était fait de certains individus une représentation naïve, presque caricaturale, et sans rapport aucun, il en avait maintenant la preuve, avec la réalité. Si on lui avait offert de rencontrer un garçon de la catégorie de Marcel, il se serait enfui. Et si on l'avait mis de force en présence de Marcel, il aurait vu en lui une sorte de monstre. Seulement, voilà, Sylvain avait connu Marcel *avant de savoir*. Il était ensuite trop tard pour recomposer un personnage.

Un homme comme les autres... On peut faire ce que

fait Marcel tout en demeurant un homme comme les autres !

Et le jour où Marcel lui avait proposé de le présenter à ses camarades de travail, Sylvain s'était laissé entraîner.

Ce premier pas franchi, le reste avait été vite. Aussi bien, Sylvain était aux abois. Il devait de l'argent à sa logeuse, au restaurant, à Marcel, surtout, si compréhensif et si délicat...

Il y avait maintenant quatre ans que Sylvain avait participé, pour la première fois... Lui, en tout cas, ne s'était confié et ne se confierait à personne. Ses rares amis le croyaient voyageur de commerce. Alice, elle-même, ne savait pas.

Brave Alice, qui dévorait les faits divers, les magazines illustrés consacrés à l'actualité criminelle, et se livrait, parfois, à des considérations profanes qui faisaient sourire Sylvain d'attendrissement... N'était-ce pas ainsi qu'il jugeait les choses et les gens... autrefois ?

Sylvain chassa l'image d'Alice de son esprit. Ne plus penser. Agir comme un robot. De nouveau, il consulta sa montre. C'était l'heure.

Il rejoignit le petit groupe. L'un des hommes empestait l'alcool. Sylvain buvait, lui aussi, au début, pour se donner du courage. Il aurait dû boire, cette fois encore. Un léger tremblement lui parcourait les jambes.

— Ça va, patron ? murmura quelqu'un.

— Pourquoi cela n'irait-il pas ? dit Sylvain, d'un ton rogue. Il ajouta :

— Bernard et Jean-Louis, venez avec moi... Ne bougez pas, les autres.

Ils traversèrent la cour sur la pointe des pieds, poussèrent la porte du greffe. Le directeur de la prison s'entretenait, à voix basse, avec le procureur de la République et l'avocat du condamné. Dans l'angle le plus reculé de la pièce, un prêtre égrenait son chapelet, en remuant les lèvres. Le silence se fit à l'entrée du bourreau.

AU TEMPS DU MARCHÉ NOIR

Le seuil du vestibule franchi, Lucien Mitolet huma l'air à plusieurs reprises, tout le visage plissé. Cependant, il se dirigeait vers la cuisine.

— Qu'est-ce que c'est aujourd'hui ? interrogea-t-il en poussant la porte.

— Tu pourrais me dire bonjour, d'abord, fit Georgette qui ajouta sans transition : Il y a de la cervelle frite ; plains-toi.

— Ah ! la...

Il n'acheva pas et regarda sa femme.

— Je n'aurais peut-être pas dû, dit-elle en baissant les yeux.

— Mais si ! Au fond, il n'y a pas de raison. D'autant que les ragoûts et les grillades, je commence à en avoir jusque-là.

Elle reprit, subitement enjouée, en désignant le massif Frigidaire qui occupait tout un côté de la pièce.

— Tu sais, j'en ai vendu douze livres à la concierge, pour la première communion de sa gosse.

Lucien Mitolet poussa un soupir de satisfaction.

— Ce sera toujours ça de moins. Combien lui as-tu compté ?

— Le prix de la taxe. Figure-toi qu'elle voulait me rembourser le port.

Il se mit à rire.

— Tu lui en as fait cadeau, j'espère.

— Tu penses !... Eh bien, si tu veux que nous nous mettions à table.

— Il faut bien !

Ils passèrent dans la salle à manger. Comme d'habitude, Georgette avait oublié de sortir le pain. Lucier dit, en refermant le buffet Henri II :

— Et la fille de la blanchisseuse, c'est toujours samedi qu'elle se marie ?

— Oui, seulement voilà qu'ils ont décidé de faire la noce au restaurant.

— Dommage ! fit-il en croquant un radis. Ils seront au moins soixante, et des forts mangeurs.

— Bah ! Ne te tourmente pas. On en viendra bien à bout nous-mêmes. Passe-moi le beurre, veux-tu ?

La sonnerie de la porte d'entrée retentit. Georgette se leva.

— Pourvu que ce soit quelqu'un qu'on puisse inviter !

C'était l'inspecteur de la Sûreté Charles Pellegrini, le plus vieil ami de Lucien. Ils se connaissaient depuis la « communale ».

— Ce vieux Charles ! Tu tombes bien, nous nous mettons à table.

— Je tombe très mal, au contraire, et je m'en excuse. Venir à une heure pareille ! Mais je passais en bas de chez vous ; je n'aurais pas voulu... D'ailleurs, j'ai déjà déjeuné.

— Au restaurant ?

— Oui, Georgette, à deux pas, à la *Potée*.

— Vous ne pouviez pas venir directement chez nous, fit-elle en poussant une chaise derrière le policier. Qu'est-ce que vous avez mangé ?

— Une saucisse comme le petit doigt et une cuillerée de carottes.

— Si ce n'est pas malheureux!... Tenez, je vous redonne votre serviette de la dernière fois, avec vous je ne fais pas de façons.

— Tout de même, je suis confus.

— Oui, eh bien, tu seras confus après, fit Lucien en envoyant une claque amicale, encore que fort énergique, sur l'épaule puissante de son ami. Nous avons de la cervelle frite, et nous venons de toucher le vin.

L'inspecteur écarta largement les bras.

— Décidément, c'est toujours fête, chez vous. Il est vrai que ce serait triste de te voir faire maigre, toi, un ancien boucher.

— N'est-ce pas!

Georgette apporta le plat, pyramide dorée.

— Et votre enquête? demanda-t-elle, en servant familièrement son hôte.

— J'allais justement vous en parler; car, au fond, c'est un peu à cause d'elle que je suis monté.

— Ah! s'exclama-t-elle, en s'asseyant lourdement.

— Oui, reprit Pellegrini, figurez-vous qu'on a retrouvé la trace de votre garçon de recettes. Le chauffeur de taxi, qui l'a chargé, est venu déposer hier après-midi. Et je vous avoue que j'en ai été ravi pour vous.

Comme les époux ne répondaient pas, l'inspecteur poursuivit en frappant sur la table:

— Mais oui, pour vous... Vous n'avez jamais eu l'air de vous rendre compte combien cette affaire avait débuté fâcheusement.

— Enfin, fit Lucien, puisque notre concierge avait vu ce Boujard sortir de l'immeuble.

— Elle l'avait vu, elle l'avait vu... Elle a simplement déclaré qu'il lui avait semblé entrevoir un uniforme, ce qui n'est pas tout à fait la même chose. Non, je vous assure... Songez que vous étiez les derniers clients visités.

— En tout cas, maintenant...

— Oh ! maintenant, on est définitivement fixés. On sait que Boujard a filé avec les quatre cent mille balles et qu'il n'a pas été assassiné... Ils sont fameux, vos beignets, Georgette ; vous arrivez aussi à trouver de l'huile ?

— C'est ce qui est le plus difficile.

— Alors, qu'est-ce qu'il a raconté, ton chauffeur ? dit Lucien en emplissant les verres.

Pellegrini prit un temps, et la fourchette dressée :

— Il a raconté : premièrement, que notre encaisseur portait une valise ; deuxièmement, qu'il s'était fait conduire à l'église Saint-Laurent.

— Une valise ? Je ne l'avais pas remarqué, et toi, Lucien ?

— Ma foi non. Ça m'aurait pourtant frappé.

— Il avait dû la laisser en bas, fit l'inspecteur, qui ajouta en clignant de l'œil : Et l'église Saint-Laurent, ça ne vous suggère rien ?

— C'est cette église qui est boulevard Magenta, je crois.

— Oui... et qui est surtout à proximité des gares du Nord et de l'Est. Vous comprenez le coup ?... A midi, l'église devait être déserte. En moins de deux, notre type a changé de vêtements. Il a revêtu les effets civils enfermés dans sa valise, et mis son uniforme à leur place. Redevenu un homme « comme les autres », il est allé s'embarquer à l'une des deux gares. Ni vu ni connu !

Lucien Mitolet glissa l'index sous son col que la sueur amollissait. Il se revoyait dans le confessionnal, dépouillant la tenue de sa victime, cette tenue grâce à laquelle des témoins pourraient affirmer que le garçon de recettes était bien reparti de chez ses derniers clients. Ensuite, l'ancien boucher était en hâte retourné chez lui, où l'attendait l'affreuse besogne, plus affreuse que le crime lui-même.

Georgette présentait le plat à son invité :

— Vous en avez un, bien gonflé, devant vous.

— Mais ma parole, il n'y a que moi qui mange.

Un court silence régna.

— Il avait pourtant l'air d'un brave homme, fit Lucien vaguement attendri. Et n'était-il pas depuis longtemps à sa banque ?

— Notez qu'il y a des circonstances atténuantes. Le directeur de l'agence nous a appris que Boujard avait été grièvement blessé à la tête, durant la guerre de 14. Il lui serait même resté dans le cerveau un tout petit éclat qu'on n'a jamais osé extraire.

— Je comprends, dit Lucien en se tapotant le front.

— Oh ! ça ne veut pas dire qu'il soit fou. Vous pensez bien qu'alors on ne lui aurait pas confié les encaissements. Non, seulement il avait parfois des idées pour le moins bizarres.

« Nous comptons d'ailleurs beaucoup sur ce petit éclat. Qui sait si, un jour ou l'autre... Ah ! »

Pellegrini s'interrompit avec une grimace horrible et plaqua sa serviette contre ses lèvres. Durant quelques instants, il demeura le visage empourpré et les yeux pleins de larmes, respirant à grand bruit.

Enfin, il glissa deux doigts dans sa bouche et en retira un minuscule débris noirâtre qu'il fit tinter contre le bord de son assiette.

— Ouf !... Eh bien, vous, vous devez avoir une commission chez mon dentiste.

Les époux Mitolet étaient livides.

— Avec les viandes d'aujourd'hui... articula péniblement Georgette.

— Oh ! mais, rassurez-vous, ce n'est pas cela qui va m'arrêter... Tenez, j'en reprends, vous voyez.

L'inspecteur ajouta avec un rire épais :

— C'est égal ! Vous avez de la chance que je sois de la P.J. et non pas du Contrôle économique.

UN COUPABLE

L'inspecteur Baujard s'arrêta au troisième. Dès qu'il montait un escalier, il avait chaud et son cœur battait trop vite. Il avait tort de fumer. Pourtant, il tira une cigarette de la poche de son pardessus. Le goût du tabac ne lui plaisait pas, mais il se sentait plus fort, avec une cigarette aux doigts ; il entrait mieux dans son rôle, dans son personnage.

Son briquet fit un petit bruit sec et la flamme éclaira le palier sombre, les murs badigeonnés d'une horrible peinture chocolat. Il aspira largement la fumée, guettant le rapide étourdissement qu'il aimait. Après, il était un autre homme. C'était une impression curieuse : il se voyait, il s'entendait, comme un artiste qu'on vient de pousser sur une scène, dans la lumière des projecteurs, et qui ne s'appartient plus.

Baujard parvint au quatrième. Il boutonna son pardessus avant de frapper. Deux coups brefs. Il y eut, derrière la porte, un glissement mou de savates ; la clef tourna.

— Bonjour, dit gentiment l'inspecteur.

Il repoussa Méru, s'avança dans la pièce.

— Qu'est-ce que vous me voulez ? fit Méru, d'une voix brouillée.

Baujard cherchait un coin propre pour poser son

chapeau. Il aperçut, sous le lit, un paquet de journaux, pliés en quatre, déchiffra un titre. Dans le tiroir de son bureau, il conservait les mêmes journaux. Ceux du 8 octobre :

> *Crime sadique à Saint-Ouen.*
> *Une fillette de six ans étranglée*
> *dans un terrain vague.*

Ceux du 10 :

> *La police sur la piste de l'assassin.*

Ceux du 11 :

> *Arrestation de Roger Méru,*
> *assassin présumé de la petite Danièle.*

Ceux du 14 :

> *Roger Méru libéré faute de preuves.*

Baujard les avait relus vingt fois. Il avait vingt fois contemplé la photo de la petite Danièle, l'étroit visage aux joues creuses, avec ses deux nattes raides.

Méru regardait l'inspecteur. Dans son tricot de laine bleue, il ressemblait à un garçon de seize ans qui a poussé trop vite, mais ses cheveux étaient presque blancs. Baujard, du revers de la main, essuya une chaise et s'assit, son chapeau sur les genoux.

— Ferme la porte !

— Qu'est-ce que vous me voulez encore ? grommela Méru.

Il donna un tour de clef, par habitude, et revint en boitillant.

— Vous n'allez pas me remmener ?

Sa voix flancha. Il appuya ses deux mains à plat sur a table.

— Puisque je n'ai rien fait !

Baujard achevait sa cigarette, qui lui brûlait le bout des doigts. Méru n'avait plus le courage de protester. Pendant trente-six heures, il avait nié, tandis que des hommes se succédaient devant lui et l'injuriaient en mâchant des sandwiches : « Avoue, nom de Dieu !... Vas-tu parler !... A quoi ça te sert, de t'entêter... » Maintenant, il n'avait plus la force de se tenir debout. L'inspecteur se balançait sur sa chaise. Il avala une dernière bouffée de fumée, la souffla lentement par les narines et lança son mégot dans la cheminée. Il se sentait d'attaque et plein d'indulgence pour Méru.

— Je suis retourné à l'asile de Bagneux, dit-il.

— Et alors ?

— J'ai relu ton dossier, et j'ai tout compris.

— Compris quoi ?

— Écoute. Quand on t'a ramassé, il y a cinq ans, dans cette rafle... sans un sou, sans papiers, sans rien, on a cru, d'abord, que tu faisais semblant d'être amnésique parce que tu avais quelque chose à cacher...

— C'est faux... Je vous jure que...

— Je sais. Les médecins ont prouvé que tu ne mentais pas.

Méru s'assit sur le lit de fer. Il essayait de comprendre pourquoi l'inspecteur le regardait de cette façon-là et il commençait à avoir peur.

— Il y avait un grand trou noir dans ta tête, continuait Baujard. Tu ne te rappelais plus rien... Ni ton nom, ni ton âge, ni d'où tu venais... Hein ?

Méru sursauta.

— Oui, monsieur, murmura-t-il docilement.

— Tu serais peut-être encore là-bas, à la maison de Bagneux, si ton ancien patron, Philippon, n'avait pas reconnu ta photo, dans un journal.

— Ce n'est pas ma faute... J'oublie tout.

— Oui... Tu oublies tout... C'est pourquoi tu n'as pas avoué. Tu n'avais rien à avouer. Le trou noir !...

L'inspecteur parlait sans se fâcher, presque à voix basse, et Méru se penchait en avant pour mieux l'entendre. Il aimait cette voix ; elle faisait vibrer en lui quelque chose ; il se sentait sans défense.

— Oui, monsieur, dit-il machinalement.

Son visage parut malheureux, et il souleva les mains.

— Pourtant, reprit-il, la mère Fouril m'aurait bien reconnu.

— Voyons !... Comment aurait-elle pu te reconnaître ?... Il vient cinquante clients par jour, dans sa boutique. Et puis, ces bonbons, tu les avais peut-être achetés des semaines auparavant... des mois. Comment savoir ?

Oui, comment savoir ? Méru ne perdait plus de vue la bouche de l'inspecteur, ses lèvres rouges qui remuaient à peine, qui chuchotaient sans colère des choses terribles.

— Quand tu as acheté ces bonbons, je suis sûr que tu ne pensais pas à t'en servir pour... D'ailleurs, tu as reconnu toi-même que tu achetais quelquefois des bonbons. Cela figure sur ta déposition ; tu te rappelles le papier que tu as signé... Des pastilles de menthe...

— Oui. Des pastilles de menthe.

- Tu vois bien.

a nuit tombait. On ne voyait plus guère que les deux visages, l'un près de l'autre, dans une pénombre de confessionnal. Les mains de l'inspecteur s'étaient cachées sous son chapeau et celui-ci remuait un peu, de temps en temps.

— Elle avait joué à la marelle avec des gosses de son âge. Ensuite, elle est partie toute seule, de son côté... Tu l'as suivie.

Méru voyait la fillette, le dessin de la marelle, à la craie. Autrefois, lui aussi, il avait joué à la marelle.

— La nuit tombait, comme en ce moment. Il y avait même un peu de brouillard. Tu as marché plus vite, pour la rattraper. Tu lui as offert des bonbons... Tu l'as fait entrer dans le terrain vague, tu sais, là où il y a des affiches du cirque Pinder...

Méru respirait plus vite. Il voyait la scène comme sur un écran. Il connaissait bien la brèche dans la palissade.

— Tu l'as entraînée dans la vieille cabane à outils... la cabane qui est fermée par une portière de wagon... Il y a dedans des bouteilles vides, de vieux fers de pioches, une lanterne, un tas de chiffons... Tu t'en souviens ?

— Oui, monsieur.

Méru tremblait. Il aurait voulu protester, dire qu'on avait pas le droit de lui imposer ces images, que tout cela était faux... Mais cette portière du wagon, elle était là, devant ses yeux, avec sa courroie de cuir toute tailladée, qui pendait, et l'inscription peinte en petites lettres noires au-dessus et au-dessous de la poignée : *Ouvert — Fermé.*

— Alors, tu lui as collé la main sur la bouche, pour la faire taire...

La voix était un peu voilée et si triste, si triste !

— Après, tu as attendu... Tu écoutais... personne dans la rue... Tu t'es glissé dehors et tu as couru jusque chez Jules... Tu as bu deux beaujolais, au comptoir...

Méru avait une boule dans la gorge, comme quelqu'un qui se retient de pleurer.

— J'y allais tous les soirs, chez Jules..., souffla-t-il.

— Oui, mais je ne te parle pas des autres soirs. Je te parle du soir où tu as bu deux beaujolais.

— Je ne m'en souviens plus.

— Justement ! Tu ne t'en souviens plus.

L'inspecteur se tut. Méru attendait. Il avait hâte d'entendre la suite, et il poussa un profond soupir, comme ces gens, au théâtre, qui se dépêchent de respirer entre deux répliques.

— Tu ne l'as pas fait exprès, je sais bien, reprit l'inspecteur. Mais un jour... peut-être que tu recommenceras.

Méru baissa la tête et serra ses mains l'une contre l'autre. La peur l'étouffait comme une corde passée sous son menton. Et même, une corde... ça aurait fait moins mal.

— Tu recommenceras sûrement... Pas tout de suite... Tu es prudent, malgré tout. Mais on finit toujours par recommencer...

La nuit était venue. Il n'y avait plus que la voix et le grincement de la chaise.

— Tu comprends pourquoi je suis là... Pour t'emmener... Pas à la prison, bien sûr. A l'asile. On te soignera, là-bas. On s'occupera de toi. Tu seras à l'abri et personne ne te parlera plus jamais de la cabane.

Méru pleurait. C'était plus fort que lui et il s'appliquait à ne faire aucun bruit. Mais, dans sa tête pleine de brume, il retrouvait sans peine les souvenirs de la maison de Bagneux. Non, cela ne se pouvait pas. La douche, les coups, la camisole, les hurlements derrière les cloisons... Non, il ne pourrait jamais. L'inspecteur avait raison, certainement. C'était son métier d'avoir raison. Mais pas l'asile.

— Va, murmura l'inspecteur. Va te préparer... Je t'attends.

Il aida Méru à se mettre debout, lui serra l'épaule avec insistance, comme s'il avait voulu l'encourager.

Méru entra dans l'étroite pièce qui lui servait de cuisine, et Baujard s'approcha de la fenêtre. Il alluma une cigarette, tout en surveillant distraitement la rue vide où les lumières d'un bistrot découpaient un rectangle clair, traversé de silhouettes. Derrière lui, les lames du plancher craquaient sous les pas de Méru. L'inspecteur n'était pas pressé. Il attendrait le temps qu'il faudrait. Cependant, il était un peu moite entre les épaules, et la fumée lui brûlait la langue. Quand la chaise, en tombant, ébranla le parquet, il ne put s'empêcher de serrer les poings, à plusieurs reprises, puis il se tamponna la bouche, à petits coups, de son mouchoir roulé en boule. Mais il ne bougea pas, regardant, sur le trottoir, les ombres incompréhensibles.

Un peu plus tard, il traversa la pièce sur la pointe des pieds, poussa la porte de la cuisine, s'arrêta, le chapeau à la main.

Quelque chose de noir et d'informe comme les silhouettes entrevues dans la rue se balançait à mi-hauteur entre la table et le poêle rouillé. L'inspecteur hocha la tête. L'action légale était éteinte. Une affaire terminée. Une sale affaire. Il se recoiffa et sortit.

Sur le boulevard, Baujard marchait à petits pas. Il était plutôt content de lui. L'opinion publique voulait un coupable. A tout prix ! Elle l'avait, maintenant. L'enquête était close. Mais...

L'inspecteur se revit dans la chambre. Trop fort, trop sûr de lui. « Tu recommenceras !... On finit toujours par recommencer ! » Il chercha une cigarette dans sa poche, froissa le paquet vide, écrasa le papier entre ses doigts. Il aurait donné n'importe quoi pour fumer une cigarette.

La cloche retentit de nouveau et le boulevard s'emplit de cris joyeux. Baujard marchait plus vite, encore plus vite, la nuque raidie, luttant de toutes ses forces pour ne pas regarder derrière lui.

C'était la sortie de l'école.

... Et les autres

UNE FEMME DE TÊTE

Je n'ai pas l'habitude de raconter mes souvenirs dans les journaux, mais une fois, comme on dit, n'est pas coutume. Et puis l'histoire à laquelle je pense est tellement curieuse ! Rigoureusement authentique, bien entendu !

J'avais pris ma retraite depuis un an et, pour passer le temps, je m'occupais d'enquêtes privées... oui, j'avais un bureau, derrière l'Opéra... Ce n'était pas à proprement parler une agence... un commissaire honoraire de la P.J. ne peut guère se permettre d'organiser sa propre police. C'était plutôt un service d'entraide, en quelque sorte. Je recevais les personnes en détresse, je les écoutais — ce qui suffisait parfois à les sauver —, je leur donnais des conseils, j'intervenais à ma manière. Je faisais, moi aussi, modestement, de la chirurgie du cœur. Il m'arrivait d'obtenir des miracles. Qu'on en juge !

Éliane Aubertet sonna à ma porte un mardi matin. J'ai la fiche sous les yeux :

Aubertet Éliane, 26 ans, 44 avenue Klébert — Paris-16ᵉ. Sans profession. Mariée depuis quatre ans.

Aubertet Jean-Claude, 32 ans, ingénieur sorti de Centrale. Profession : directeur d'une affaire de moteurs marins. Bureaux : 14 bis, avenue Montaigne, Paris-8ᵉ.

Mais ce que la fiche n'indique pas, c'est le charme d'Éliane Aubertet. Je suis un vieux bonhomme, et célibataire de surcroît. Dans ma carrière, j'ai vu défiler plus de truands et de filles que de femmes du monde. Je ne sais pas si ce matin-là le printemps y était pour quelque chose, mais, je l'avoue, je fus ébloui. Je suis incapable de dire comment elle était habillée. Je me rappelle qu'elle était bleue, d'un bleu assorti à celui de ses yeux. Une femme-fleur. Et elle souriait gentiment, un peu confuse. Je m'en voulais de sentir la vieille pipe, de porter un complet fatigué, de la recevoir parmi des classeurs, de n'avoir même pas une cigarette convenable à lui offrir.

J'étais le croquant devant la fée, mais c'était la fée qui avait besoin du croquant et je me jurai de l'exaucer, coûte que coûte. Elle fouilla dans son sac, sortit des lettres qu'elle me tendit.

— Lisez ça, fit-elle.

Et je lus :

Votre mari voyage beaucoup, depuis quelque temps. Est-il bien sûr que ce soit pour affaires ?

Vous avez tort de croire que vous êtes la plus belle. Il y a des hommes à qui la beauté ne suffit pas.

On se moque de vous. On aurait bien tort de se gêner.

Toutes les lettres anonymes se ressemblent. Je n'allai pas jusqu'au bout. Je savais tout cela par cœur. C'est toujours sale, et encore plus bête.

— Qu'en pensez-vous ? demanda-t-elle.

Prudent, je l'observai. Elle ne paraissait pas du tout au désespoir. D'habitude, les femmes qui reçoivent ce genre de courrier sont agitées, anxieuses. Beaucoup sanglotent.

— Il me trompe, n'est-ce pas ?

Elle posait la question avec une sorte de curiosité amusée, comme une mère à la page soupçonne son grand fils d'avoir une maîtresse. J'étais un peu dérouté. Chaque billet était écrit à la machine, sur du papier de type courant. De ce côté-là, aucun indice.

— Je tiens à vous mettre à l'aise, monsieur le commissaire, reprit-elle. Je n'aime plus mon mari. Nous nous sommes mariés sur un coup de tête... Vous savez ce que c'est... On se rencontre au bord de la mer... On danse, on flirte... Il fait beau. C'est dangereux, les bains de soleil ! Toute cette lumière vous entre dans le cœur, y fait de l'amour à bon marché. Mais, après quelques mois, on s'aperçoit qu'on n'a pas du tout les mêmes goûts et l'on commence à penser à toutes ces années qu'il va falloir user ensemble. Je n'ai pas à me plaindre de Jean-Claude, remarquez. Il est très généreux et tout... Mais s'il a une liaison, je préfère le savoir. Je prendrai mes dispositions. Il me sera facile d'obtenir le divorce à mon profit.

Elle me décevait, ma charmante Éliane ! Si jolie, si élégante, si délicatement parfumée, et elle pesait froidement le pour et le contre comme un homme de loi. Je me demandai même si les lettres ne venaient pas d'elle. J'avais déjà vu le cas.

— Vous avez une photographie de M. Aubertet ?

Aussitôt, elle en mit une sur mon bureau. Elle avait tout prévu. Je vis un homme à l'air rieur, pas du tout le genre grosse tête, fort en maths et vaguement myope. Des épaules carrées de joueur de rugby ; un croqueur de bergères, à coup sûr. Je me fis conciliant, paterne.

— Il ne faut pas s'emballer, chère madame. Votre mari a sans doute des ennemis...

Elle m'interrompit et je notai, cette fois, dans sa voix, un tremblement d'émotion, ou d'irritation.

— Ne l'excusez pas, monsieur le commissaire... C'est vrai que Jean-Claude voyage beaucoup, depuis un mois... Son humeur a changé. Il est soucieux... Et puis, il y a aussi d'autres signes qui sont éloquents.

Elle rougit, ouvrit et ferma son sac nerveusement.

— Très bien, dis-je. Quel est l'emploi habituel de M. Aubertet ?

— Eh bien, il part le matin vers huit heures et demie, toujours à pied. Il sort du bureau à midi. Il repart à quatorze heures et rentre assez tard, vingt heures ou plus. Souvent, il déjeune en ville, avec des clients. Ce matin, par exemple, il m'a dit qu'il ne viendrait pas, à midi... Et il a mis une cravate que je ne connaissais pas, assez vulgaire, d'ailleurs.

Ma charmante Éliane, de temps en temps, sortait ses griffes. Il ne me déplaisait pas de sentir cette pointe de jalousie.

— Je vais donc le surveiller, décidai-je. Et je vous tiendrai au courant.

— Je repasserai demain matin, dit-elle. Votre habileté est bien connue. Je suis certaine que vous aurez déjà des résultats !

Je levai la main en manière de protestation. Les flatteries m'agacent, mais ses compliments m'étaient agréables. Fallait-il que Jean-Claude fût aveugle, idiot, inconscient, pour négliger une femme pareille ! Je n'osais même pas aborder la question de la provision.

— Je crois qu'il est d'usage de verser quelque chose, ajouta-t-elle.

— Bah ! Mettons... cent francs et n'en parlons plus, chère madame.

Intérieurement, je me traitais de tous les noms. Je devais avoir bonne mine ! Je poussai négligemment le billet et les lettres dans le tiroir de mon bureau et, avec une agilité toute neuve, allai ouvrir la porte. Elle me fit, en sortant, un merveilleux sourire. J'attendis l'arrivée de l'ascenseur. De loin, elle continuait, par des petits mouvements de la tête, pleins de grâce, à m'encourager. Enfin, après un dernier geste de sa main gantée, elle disparut.

Et maintenant, à nous deux, Aubertet !

J'en fus pour mon cri de guerre. Le malheureux Aubertet, sans défense, me conduisit comme par la main jusqu'à sa belle. A midi un quart, il sortait de son bureau. Il était plus grand, plus large, plus lourd que je ne l'avais cru. Et aussi plus naïf. Il avait une bonne tête sans malice d'homme à la conscience pure. Pauvre vieux ! Il était à cent lieues de soupçonner qu'il était suivi. Tout en descendant les Champs-Élysées derrière lui, j'essayais d'imaginer leur ménage. Elle, capricieuse, boudeuse aussi, jamais assez comblée d'attentions, d'hommages, de petits soins, de caresses ; lui, absorbé par ses affaires, et pensant probablement que l'argent est la forme tangible de l'amour et dispense du reste. Nous nous engageâmes dans l'avenue Franklin-Roosevelt. Il marchait vite et même de plus en plus vite. Il entra en coup de vent dans un restaurant chic, dont le nom importe peu. Ma note de frais allait singulièrement s'alourdir. « Elle » était là, qui l'attendait. Je choisis une table bien placée, m'assis devant un grand miroir qui me les livrait en traître.

Je l'aurais parié : elle était brune, les cheveux tenus sur la nuque par un nœud de velours noir, la joue pâle, l'œil profond, et lui se trémoussait comme ils font tous, jouait l'important, appelait le maître d'hôtel d'un claquement de doigts. Ici, bien évidemment, il était le businessman, le personnage qui remue beaucoup d'air et qui, enfin libéré pour une heure, trouve plus qu'une petite amie ! Une partenaire sérieuse, réfléchie, qui sait que la vie est une dure bataille et qui récompense d'une pression de main, d'un regard, celui qui va retourner en première ligne. Qu'est-ce que je disais ! Voilà ! La main sur la main, en attendant le caviar. Bien ! J'avais tout le temps de commander un menu soigné. La bonne chère, c'est ma faiblesse.

Là-bas, ils parlaient beaucoup. A vue de nez, c'était une liaison qui remontait à plus d'un mois. Ma douce Éliane, toute futée qu'elle était, s'était trompée de plusieurs semaines. Mauvais, ça ! Aubertet ne se donnait plus la peine de dissimuler. Il était bien mordu et cette brune enfant ne lâcherait pas le morceau. J'avais comme l'impression qu'elle était beaucoup trop forte pour ce pauvre nigaud. Je pose, pour mémoire, que le chateaubriand était un chef-d'œuvre. Si délectable que je me promis d'intervenir pour raccommoder ce couple désuni. J'avais pitié d'Aubertet !

Un peu avant trois heures, il demanda l'addition. Je sortis discrètement et, quelques instants plus tard, je me faufilai dans le sillage de l'ensorceleuse. Elle me conduisit rue de Ponthieu et s'arrêta devant une pimpante boutique de tissus. Elle tira une clef de sa poche, ouvrit la porte. Elle était la propriétaire, sans doute. Aubertet était riche... leurs projets, parbleu, n'étaient pas bien difficiles à deviner. Mais l'imbécile y laisserait des plumes !... Il me restait à découvrir le nom de la dame. Le plus simple était encore de le lui demander. J'entrai. Elle m'accueillit assez froidement. Je n'avais pas l'air assez huppé. Mais, ce qu'elle ignorait, c'est que je savais jouer mon rôle encore mieux qu'elle. J'examinai des étoffes, ne les trouvai pas assez belles. Elle devenait de plus en plus prévenante. Elle humait déjà la bonne odeur de l'argent. Je choisis un machin qui coûtait horriblement cher, donnai les mesures de trois immenses fenêtres imaginaires. Elle me promit le devis pour le lendemain matin.

— Si j'ai à téléphoner, dis-je, qui dois-je... ?

— Mlle Janine Sauval, répondit-elle. D'ailleurs, je suis seule.

Elle nota mon adresse et j'eus droit à un sourire lumineux. C'était le jour des sourires. J'en connaissais la valeur, hélas, mais à mon âge, on a le cœur frileux.

Un rien suffit à le réchauffer. Je revins chez moi tout gaillard.

Éliane fut exacte au rendez-vous. A dix heures, elle sonnait.

— Alors ?

Elle questionnait avant même d'être assise.

— Alors, c'est oui !

— J'en étais sûre.

Je lui fournis quelques précisions et je crus bon de lui parler de sa rivale. Elle m'interrompit tout net.

— Inutile ! Cette femme-là ne m'intéresse absolument pas. Une pauvre créature qui s'est laissé prendre à de beaux discours !... Non, une seule chose, maintenant, a de l'importance : le divorce. Je veux des preuves.

— Vous en aurez, dis-je.

— Ce sera long ?

— Il vous faudra patienter un peu, chère madame.

— Deux jours ? Trois jours ?

— Certainement davantage.

Elle parut soucieuse. En cette minute, elle était bien loin de moi. Elle pensait, sans doute, que j'étais un vieil incapable, qu'elle aurait dû s'adresser à l'une de ces agences qui font une publicité tapageuse, que tout le monde, du directeur au garçon de courses, aurait été à ses genoux, qu'on lui aurait apporté, dans l'heure, la tête de son époux sur un plateau.

— C'est bon, dit-elle. Faites vite. Je reviendrai à la fin de la semaine... Oh ! Et puis, au fond, je ne suis pas tellement pressée. Il est à nous, n'est-ce pas ?

Elle avait dit cela presque avec enjouement, comme une amazone de chasse à courre qui sait que la bête ne s'échappera plus. Un peu cruelle, la gentille Éliane ! Je la raccompagnai et, sur le seuil, me heurtai à la

concierge qui m'apportait un pli. Le devis ! Je saluai
Éliane et revins à mon bureau.

    ... Ici, j'en demande pardon, mais je dois abandonner
la première personne. Je ne suis certes pas un roman-
cier. Pourtant, tous ceux et celles qui ont défilé devant
moi, il m'est arrivé souvent, après, de repenser à eux,
comme à des personnages, de les suivre, en imagination, dans l'existence ; connaissant leurs passions, je
connaissais du même coup leurs ressorts. Et je vois,
maintenant, Éliane, dans l'escalier... Avec ce que j'ai
appris plus tard, je suis en mesure de la montrer au
naturel, de ressentir, sans erreur, ce qu'elle éprouvait.
    Éliane attend que la porte soit refermée, que la
concierge ait disparu dans les étages. Et alors tombe
son masque de bravoure. Elle tâtonne jusqu'à l'ascenseur, son mouchoir sur la bouche pour retenir des
sanglots plus écœurants que des nausées. Pleurer à
cause de ce... de cet... de Jean-Claude perdu... Oh !
Jean-Claude !... Elle arrête l'ascenseur entre deux
étages, pour pleurer son saoul, parce que c'est trop dur
de feindre, devant ce vieil homme qui se moque pas
mal de son drame, qui en tire profit et s'en amuse peut-
être. Elle pleure une bonne fois, la dernière. Les larmes
entraînent des souvenirs ; tout ce qui a été la joie, le
bonheur. Au ruisseau, le passé ! Mais Jean-Claude va
payer. Et durement ! Des gens s'impatientent, en bas.
Qu'ils attendent encore un peu. Ils ont toute la vie,
eux !
    Éliane retouche son maquillage, d'une main qui
tremble de moins en moins. Elle ignore superbement
l'homme qui piaffe devant l'ascenseur, traverse le hall
d'un pas ferme. A partir de maintenant, elle ne réfléchit plus. Elle est un automate de rancune, un robot
d'aveugle colère. Elle ne voit de la ville qu'un film

incohérent, ce qui ne l'empêche pas de surveiller sa silhouette dans les vitrines. Pas d'affolement. Ni même de précipitation. Conserver cette attitude et ce ton qui, à aucun moment, n'ont éveillé les soupçons de ce policier. Oh! Jean-Claude, tu n'aurais pas dû!...

Se peut-il qu'on ose mettre tant d'armes sous les yeux des passants! Elle regarde tous ces pistolets. Comment choisir? Ils sont plus affreux les uns que les autres! N'importe lequel fera l'affaire pourvu qu'il ne soit pas trop lourd. Elle rassemble ses forces et voilà que le miraculeux sourire reparaît sur ses lèvres. La jeune femme qui entre dans le magasin n'est plus qu'une acheteuse qui a besoin d'être conseillée.

— J'ai peur, vous comprenez, quand je suis seule, la nuit... Mon mari s'absente fréquemment. La villa est isolée. Il y a eu des cambriolages, dans les environs.

Elle offre son visage candide, ses yeux bleus qui supplient. Le vendeur, s'il pouvait, la prendrait dans ses bras, tant il est touché.

— Mais, madame, on n'achète pas une arme comme un poudrier... Il faut un permis.

Et elle, avec désinvolture :

— Le commissaire de police est un de nos amis. Il m'en procurera un sans difficulté. Mais, en attendant, vous ne voudriez pas qu'il m'arrive quelque chose?

Ses cils battent. Le vendeur est très malheureux.

— Bien sûr, madame, mais...

Heureusement, le téléphone sonne. Il se précipite au fond du magasin, non sans se retourner deux fois. Délicieuse créature! Éliane, comme en visite, se promène devant les fusils, contemple un Winchester à répétition, spécialement étudié pour safari. L'homme revient.

— Écoutez, madame, je vais enfreindre le règlement pour vous être agréable. Mais apportez-moi sans faute ce permis.

Éliane promet. Au point où elle en est, qu'est-ce que c'est qu'un permis ! Alors, tout se déroule très vite. Elle n'écoute même plus les explications qu'on lui donne. Si le revolver est plus sûr que le pistolet, tant mieux, achetons un revolver. Les balles garnissent le barillet. Le cran de sûreté est mis. Tout est prêt. Vite, elle signe un chèque et s'en va, son paquet à la main ; elle le tient un peu loin d'elle, comme un gâteau.

Il est presque midi. Déjà ! Jean-Claude doit signer son courrier. Il ne se doute pas que... Elle pleure, mais en dedans, elle n'a jamais autant souffert, elle qui n'a jamais souffert. Et de cela aussi, il doit être puni... Elle arrive avenue Montaigne. C'est l'heure où les employés sortent. Il n'y aura personne dans l'immeuble. Elle attend encore un peu, puis pénètre sous le porche. Il y a une plaque, à droite : *Société des Moteurs Aubertet, 2ᵉ étage*. Elle monte à pied, lentement ; elle retire l'arme de sa boîte, s'énerve un peu parce qu'elle a oublié ce qu'on lui a dit... voyons... le cran de sûreté... il faut le manœuvrer comment ?... Voilà... C'est exactement comme si l'on enlevait à un chien féroce sa muselière... D'ailleurs, cela ressemble à une bête... c'est trapu d'encolure, noir, avec des reflets comme sur une peau... Elle pense n'importe quoi pour ne plus penser. Une nouvelle plaque : *Moteurs Aubertet. Entrez sans frapper.* La porte s'ouvre sans bruit. Les employés sont partis. Mais une voix parle, dans le bureau du directeur. C'est peut-être elle qui a eu l'audace de venir le chercher. Tant pis ! Il y a six balles dans le revolver. Elle fait quelques pas sur la pointe des pieds, tend l'oreille.

— Les dépliants vous seront expédiés par courrier séparé. Nous vous prions d'agréer, Monsieur et cher client, etc.

Jean-Claude est en train de dicter des lettres. Il est avec sa secrétaire. Ah ! C'est trop de malheur ! Éliane s'appuie au mur. Sa tête tourne. Mais la porte du bureau est entrebâillée. Juste un coup d'œil avant de partir.

Jean-Claude est seul. Il enregistre son courrier au magnétophone. Ainsi, il l'aura mystifiée jusqu'au bout. Elle bondit dans la pièce. Il se retourne, se lève.

— Éliane !

— Je sais la vérité. Je t'avais prévenu.

Elle tire, à bout portant. Une fois, deux fois.

Il tombe sur un genou, comme s'il lui demandait pardon. Trop tard ! Elle va encore tirer. Il s'effondre. C'est fini !... Quoi ? Qu'est-ce que ça veut dire : c'est fini ! Et le chagrin refoulé se fraye un chemin de douleur à travers sa chair, son âme, ce qui, en elle, restera fidèle jusqu'à sa mort. Elle lâche le revolver et s'abat sur le corps.

— Jean-Claude... Je n'ai pas voulu... Je t'aimais tellement...

... Ça aussi, c'est vieux comme le monde ! Il était temps, pour moi, d'intervenir, de reprendre en main tout ce gâchis.

La malheureuse était tellement hors d'elle-même que mon apparition ne la surprit pas. Elle se releva.

— Je ne l'ai pas fait exprès, dit-elle ; et elle se jeta sur mon épaule.

Ma foi, je la gardai là un peu plus qu'il n'était nécessaire. Et puis, je la repoussai doucement.

— Monsieur Aubertet, s'il vous plaît ?

Et Aubertet se remit debout en souplesse. Il n'eut que le temps de la saisir pour l'empêcher de tomber.

— Éliane, ma chérie... Éliane...

Nous l'étendîmes sur le divan. Elle était évanouie.

— Ce n'est rien, fis-je. L'émotion. La joie aussi ! La plus grande joie de sa vie.

Hagard, Aubertet tenait les mains de sa femme et répétait :

— Comment ai-je pu ?... Comment ai-je pu ?... Éliane chérie, je te jure, l'autre, c'était seulement... Enfin, je t'expliquerai.

— Surtout pas, lui dis-je. Si vous recommencez à mentir, je ne réponds plus de rien.

Et là-dessus, Éliane reprit connaissance. Je m'écartai de quelques pas. J'étais déjà oublié. Dans un instant, je serais de trop. Et un jour, quand ils m'apercevraient, ils regarderaient ailleurs. Ce fut Éliane qui songea la première à me remercier ; par curiosité, je pense, plus que par gratitude. Elle n'avait, évidemment, rien compris à ce qui s'était passé.

— C'est bien simple, expliquai-je. Vous vous rappelez qu'on m'a remis une lettre, au moment où vous partiez ?... Eh bien, c'est cette lettre qui m'a ouvert les yeux. Ne me demandez pas comment. Je vous ai donc suivie. Quand je vous ai vue en arrêt devant la vitrine de l'armurier, j'ai bondi dans le bar voisin et j'ai téléphoné au vendeur. Je les connais tous, à Paris ; ils ne sont pas si nombreux. Il a tout de suite accepté de vous vendre un revolver chargé à blanc...

— Mais... pourquoi ?

— Parce qu'il fallait aller jusqu'au bout, chère madame. Maintenant que vous avez tué votre mari, vous savez que vous ne pouvez pas vivre sans lui. Et réciproquement, en quelque sorte.

Aubertet baissa la tête. On se chargerait sans doute plus d'une fois de lui rafraîchir la mémoire ; telle que je connaissais Éliane !

— Ensuite, continuai-je, j'appelai M. Aubertet... pour le mettre au courant.

— Vous vous êtes bien moqués de moi, tous les deux ! soupira Éliane.

Exactement la réaction que je redoutais un peu.

— Chère madame, dis-je, quand un homme accepte de faire le mort, de se jeter à plat ventre devant sa femme, c'est qu'il fait passer son amour avant sa dignité. Vous avez encore beaucoup à apprendre sur nous !

Éliane entoura de son bras le cou de son mari.

— Jean-Claude, murmura-t-elle, je crois que nous avons été idiots tous les deux.

« Tous les trois », pensai-je dans l'escalier, parce que je savais qu'il me faudrait un peu de temps pour retrouver la paix du cœur.

Janine Sauval poussa l'amabilité jusqu'à m'offrir une chaise.

— Vous avez reçu notre devis... Nos prix sont toujours très avantageux, comme vous avez pu le remarquer. Qu'avez-vous décidé ?

— J'ai décidé de vous donner un conseil, en passant.

Je lui présentai ma vieille médaille de la P.J., la rempochai d'un geste sec qui impressionne toujours.

— Voyez-vous, dis-je, quand vous envoyez des lettres anonymes, vous ne devriez pas vous servir de la machine que vous employez pour votre courrier commercial. Je n'ai eu qu'à comparer les lettres reçues par Mme Aubertet et votre devis. Et je me suis demandé pourquoi c'était la maîtresse qui prévenait la femme légitime. Curieux, non ?

Elle m'écoutait avec une indifférence polie. Pauvre Aubertet ! Il l'avait échappé belle !

— J'ai donc téléphoné au mari. Et j'ai appris trois choses. D'abord, que Mme Aubertet, affreusement jalouse, avait maintes fois répété à Aubertet qu'elle le tuerait, s'il venait à la tromper. Ensuite, que le malheureux avait commis la maladresse de vous rapporter ces propos, d'où il tirait d'ailleurs un certain orgueil.

Enfin, qu'il s'était assuré sur la vie à votre profit... et pour une somme plus que confortable. Le coup était joli ! Mme Aubertet se chargeait d'un crime qui vous enrichissait, et vous gardiez les mains pures.

Il y eut un silence.

— Que comptez-vous faire, commissaire ? dit-elle enfin.

Je rectifiai.

— Ex-commissaire, malheureusement. Vous avez de la chance... Mais il est normal que quelqu'un paye, n'est-ce pas ? C'est à vous que j'enverrai la note. Vous verrez que mes prix aussi sont très étudiés.

GUERRE FROIDE

— Antoinette, voyons... cherchez bien... Il y a peut-être un détail que vous avez oublié ?

— Oh ! non. J'ai dit à Monsieur tout ce que je savais.

— Madame était habillée comme d'habitude ?

— Absolument comme d'habitude. Son tailleur gris, son sac noir.

— Quels bijoux ? Vous ne m'avez pas parlé des bijoux.

— Elle n'en avait pas mis... juste son bracelet, je crois... et elle m'a dit, en partant : « Monsieur dîne en ville. Je prendrai un thé avant de rentrer. Vous pouvez disposer de votre soirée. »

— Il était quatre heures et demie ?

— Un peu plus. Madame se dépêchait pour ne pas manquer la séance de cinq heures.

Berton calculait, encore une fois. Elle avait dû sortir du cinéma vers sept heures et demie. Un quart d'heure de promenade aux Champs-Élysées. Huit heures moins le quart. Le thé... Il fallait bien compter une heure. Cela menait autour de neuf heures. Vingt minutes pour revenir... Mais, au mois de juin, il fait clair jusqu'à dix heures. Il y a foule dans les rues. S'il lui était arrivé quelque chose, cela ne serait pas passé inaperçu.

— Madame est peut-être allée chez sa mère ?

Berton haussa les épaules.

— Laissez-moi le soin de faire les hypothèses, Antoinette. Et surtout pas de bavardages, hein ?... Tout cela est certainement sans gravité. Allez !

Sans gravité ? Ce n'était pas sûr. Le téléphone sonna.

— Berton à l'appareil. Ah ! C'est vous, Cartier ?... Recevez-les, mon vieux... Moi, je reste chez moi, aujourd'hui... Oui, un peu de fatigue... Les épreuves du catalogue sont arrivées ?... Bon, envoyez le coursier. Merci.

La mode d'hiver ! Pour la première fois, il s'en moquait. Non, elle n'avait pas couché chez sa mère. Et elle n'avait pas été victime d'un accident... Alors ?... Un amant ?... Non plus. Marie-Claude n'était pas une insatisfaite. Si quelque chose la laissait bien indifférente !... Il aurait mieux valu qu'elle fût une tourmentée. Une passionnée. Une femme, quoi ! Et non pas cet être maussade, raisonneur, jamais d'accord, qui, par défi, achetait ses fourrures chez Heim. Un comble ! Qu'avait-elle imaginé encore pour le pousser à bout ? Elle était peut-être tout simplement à l'hôtel, et, quand il la questionnerait, elle répondrait, avec son sourire mince : « Et vous, est-ce que vous me rendez des comptes ? »

De nouveau, le téléphone sonna. Berton décrocha nerveusement.

— Oui... c'est moi-même... Qui êtes-vous ?

Il ne reconnaissait pas la voix.

— C'est au sujet de votre femme... Elle a été enlevée hier au soir... Il ne lui sera fait aucun mal, si vous êtes raisonnable...

Une voix volontairement étouffée mais qui ne parvenait pas à masquer un léger accent du Midi. « Des Corses ! » songea Berton.

— Qu'est-ce que vous voulez ? hurla-t-il.

— Pour le moment, on vous demande de vous taire.

Pas un mot à la police, compris ?... Sinon, vous risquez
de ne pas revoir votre femme vivante.

— C'est une blague ?

— Attendez !... Voici ce que nous avons trouvé dans
le sac à main de Mme Berton... Un trousseau de clefs,
des Kleenex, un poudrier, un briquet en or, une carte
d'identité... Je lis que votre femme est née le 17 février
1938 à Dijon... Nous sommes d'accord ?... Taille :
1 m 67. Signe particulier : une petite cicatrice à la joue
droite... Vous croyez toujours que c'est une blague ?

— Bon ! coupa Berton. Combien ?

— Trois cent mille.

— Mais je ne les ai pas !

— Oh ! Un des plus grands fourreurs de Paris ?...
Allons, soyons sérieux. Vous les aurez demain... en
billets de cinquante... Nous vous dirons où déposer le
paquet. Et pas un mot. Mme Berton est jeune et jolie. Ce
serait dommage !...

On raccrocha. Berton s'assit pesamment dans son
fauteuil. Il était soudain accablé. Pas par la douleur.
Par la joie ! C'était comme s'il avait gagné le sweepstake, quelque chose de tellement imprévu, de tellement exceptionnel !... Et pourtant cela venait de lui
arriver, à lui ! Jamais il n'aurait osé espérer un tel coup
de chance ! Jusque-là, il n'avait guère été favorisé. La
première fois, quand il avait essayé d'empoisonner
Marie-Claude, elle avait été soignée si énergiquement
qu'on l'avait tirée d'affaire, in extremis. On la lui avait
rendue, livide, amaigrie, mais bien vivante. Elle n'eût
pas été Mme Berton, peut-être eût-on montré moins de
zèle. Mais on ne laisse pas succomber la femme d'un
Berton. Il l'avait bien vu la seconde fois, quand il avait
provoqué une fuite de gaz. On avait mis tout en
œuvre... on avait même demandé, par radio, un produit rare qui avait été envoyé de Russie par avion. A
croire que seuls les pauvres gens ont le droit de

mourir ! Marie-Claude avait promis qu'à l'avenir elle serait moins étourdie et, au bout d'une convalescence exceptionnellement courte, avait repris la petite guerre. C'était elle qui l'aurait à l'usure. Lui, il avait renoncé. Ces épreuves l'avaient trop secoué. Et voilà que maintenant...

Quand il avait passé en revue les moyens d'en finir... les moyens sûrs... jamais il n'avait retenu l'hypothèse d'un enlèvement. C'était bien trop difficile à organiser... cela demande des complicités, crée des possibilités de chantage. Mais un enlèvement authentique et en quelque sorte spontané, cela, c'était le coup de chapeau du destin. Et ils avaient l'air mauvais, les ravisseurs ! Probablement des caïds montés de Marseille tout exprès, attirés par la publicité Berton et reniflant la grosse galette. Trente millions ! C'était donné !

Berton se força au calme. Il alluma un Henry Clay, avec des doigts qui tremblaient encore un peu. Naturellement, il convenait en premier lieu d'avertir la police, puisque c'était ce qu'on lui avait interdit de faire. Il chercha le numéro de la P.J.

— Allô, la Police judiciaire ?... Ici, Berton... Berton des fourrures... Je vous appelle au sujet d'un enlèvement... Il s'agit de ma femme...

Là-bas, on s'agitait un peu. On le priait de ne pas quitter. On le mettait en rapport avec la Brigade criminelle. Malgré son anxiété, Berton savourait sa puissance.

— Monsieur Berton ?... L'officier de police Salleron à l'appareil... Je vous écoute.

Berton n'avait rien à inventer. Aucune fausse note. Il racontait et sa voix laissait paraître la note d'angoisse la plus juste. Il n'était qu'un pauvre homme à la dérive, qui avait besoin d'un appui, d'un conseil.

— Oui... oui..., disait Salleron. Je me mets à votre

place, monsieur Berton... Il n'y a pas de crime plus affreux... Vous avez bien fait de nous prévenir...

— J'ai accepté leurs conditions, précisa Berton. Pour le moment, ils sont les plus forts. Je payerai... Et je vous demande de ne pas intervenir trop vite. S'ils se doutaient de quelque chose, ma pauvre Marie-Claude serait perdue.

— Ne vous inquiétez pas, monsieur Berton. Nous avons l'habitude de ce genre d'affaire. Attendez leur prochain coup de téléphone et appelez-nous dès que vous l'aurez reçu. Nous prendrons toutes dispositions... Surtout, ne perdez pas courage. Je vous assure que Mme Berton ne court pas le moindre danger. C'est leur intérêt de ne pas la molester.

— Merci, dit Berton. Vous ne pouvez savoir à quel point vos paroles me réconfortent. Merci.

Le coup de téléphone survint au début de l'après-midi. Toujours la même voix, mais plus sèche, plus impérieuse, avec un rien de cruel qui faisait froid dans le dos.

— Voici nos conditions... D'abord, je vous rappelle, trois cent mille en billets de cinquante... Demain matin, vous irez au jardin des Plantes... Tout de suite à droite, en entrant par la place Valhubert, il y a une statue qui représente un chasseur qui se bat avec un ours...

— Je vois, coupa Berton.

— A neuf heures précises, vous déposerez le paquet entre les pattes de l'ours et vous filerez... sans vous retourner. Votre femme sera libérée dans la matinée, si vous avez été régulier... Vous serez surveillé. Vous l'êtes déjà et la moindre initiative suspecte, vous entendez... rideau ! Vous ne saurez même pas où votre femme aura été enterrée.

Présentée de cette façon, la nouvelle n'était pas agréable à entendre. Berton avait les mains moites, quand il reposa le téléphone. « Ces Corses, pensa-t-il. Qu'est-ce que la police attend pour nous en débarrasser ? » Cependant, il ne perdit pas une minute. D'abord, un coup de fil à la banque pour faire préparer la somme. Il demanda même qu'on voulût bien relever les numéros des billets. Salleron ne manquerait pas de pousser son enquête de ce côté-là. Il ne fallait donc négliger aucun détail. Ensuite, il appela la P.J.

— Ça y est !... Ils m'ont donné leurs instructions. C'est pour...

Salleron l'interrompit.

— Chut !... Ne dites rien. Venez me trouver... Et faites en sorte que personne ne vous suive.

— Mais comment ?

— Oh ! Ce n'est pas très malin... L'autobus qu'on prend en marche... Les magasins à double issue... Le métro dont on saute en voltige... C'est dans la vie comme au cinéma, vous savez !

Berton était un peu scandalisé. Imposer à un homme comme lui des pitreries indignes d'un roman de quatre sous, c'était déplacé ! Complètement déplacé ! Et pourtant l'affaire prenait un tour excitant qu'il n'avait pas prévu. Il hésita entre la Bentley et l'Alfa Romeo, choisit finalement cette dernière parce qu'elle était rouge, donc plus facile à repérer. Ceux qui le surveillaient seraient bien maladroits s'ils le perdaient dans le trafic. Mais il avait beau guetter, son rétroviseur ne lui renvoyait que des images paisibles ; aucune voiture ne se maintenait dans son sillage. Il roulait lentement. C'était peut-être maintenant que tout se décidait. Pauvre Marie-Claude ! Une séparation aurait été si facilement obtenue ! Mais elle était obstinée ! Il y a des femmes qui ont la vertu du dévouement. Et d'autres qui sont faites pour harceler ; toujours cabrées, toujours venimeuses, ressentant toute joie comme une insulte. Berton, malgré lui, avait l'impression d'entrer en convalescence. Il gara sa voiture non loin du Théâtre du Châtelet et fit à pied le reste du trajet. Il eut de la peine à se composer un visage, quand il gravit l'escalier de la P.J.

Ils étaient trois, qui l'attendaient. Le commissaire Charmont, en personne, Salleron et un petit jeune homme qui paraissait tout excité, l'inspecteur Frileux. Ils lui serrèrent longuement la main, comme s'il avait déjà été veuf, et il recommença toute l'histoire.

— Vous voyez cette statue ? demanda le commissaire au jeune Frileux.

— Parfaitement. A main droite, tout de suite après la grille.

— On peut organiser une planque, dans ce coin ?

— Pas question ! coupa Berton. Ils ont bien insisté là-dessus : au moindre signe suspect, tout est fini. Je ne peux prendre aucun risque. Absolument aucun. L'enjeu est trop grand. Quand ma femme aura été libérée, alors vous agirez à votre guise.

— Mais c'est bien notre intention, dit le commissaire. Vous avez ma parole, monsieur Berton. Nous vous laissons le champ libre. Mais nous commençons notre enquête dans la marge, si vous me passez l'expression. Voyons... pas de domestique... d'employé récemment congédié ?... Les ravisseurs ont vraisemblablement eu un indicateur dans la place.

Berton secoua la tête.

— Je crois pouvoir répondre de toutes les personnes que j'emploie.

— Bon, trancha le commissaire. Nous allons faire le nécessaire. A partir de maintenant, dites-vous bien que vous n'êtes plus seul. Invisibles mais présents, telle est notre devise en pareil cas. Vous êtes venu comment ?

— A pied, comme M. Salleron me l'avait conseillé. Je suis certain qu'on ne m'a pas suivi.

— Parfait. Rentrez chez vous. Et si vous avez à

ressortir, pour aller à votre banque, par exemple, n'essayez plus de semer ceux qui vous surveillent. Au contraire, prouvez-leur que vous respectez leurs consignes à la lettre.

— J'ai demandé qu'on note les numéros des billets.

— Bonne précaution, mais il est très facile d'écouler des billets de cinquante. Ils le savent. Ce n'est pas cela qui les fera prendre. Heureusement, nous avons d'autres moyens... Ne vous inquiétez pas, monsieur Berton. Nous aurons le dernier mot.

Nouvelles poignées de main, encore plus compatissantes. Désormais, il n'y avait plus qu'à attendre. Berton revint, presque triste. C'était tellement bête, ces mésententes ! On est là, à s'épier, à se jurer une haine éternelle et pourtant !... Marie-Claude était-elle réellement méchante ? De quel côté situer les vrais torts, les tout premiers, ceux qui ne se pardonnent plus ? Est-ce que lui-même ?... L'après-midi fut affreux. Berton choisit une valise assez voyante pour aller chercher la rançon. Ainsi, si les policiers le surveillaient... Les billets lui furent comptés par un caissier qui cachait mal son étonnement.

Ce gros tas de papier représentait le prix du sang. Mais cela, Berton n'osait même pas se le dire à lui-même... Et puis, l'heure de la décision arriva. Il médita longtemps, devant les piles alignées sur son bureau. S'il les déposait à l'endroit indiqué, Marie-Claude serait libérée. Elle rentrerait, probablement furieuse, et tout recommencerait... les bouderies, les querelles, les reproches, les injures, les défis. « Tu voudrais ma peau, hein ? Dis-le... Une bonne fois... Mais tu es trop lâche, mon petit bonhomme... » Berton faillit se boucher les oreilles. Non ! Plus jamais cela !...

Il enferma les trois cent mille francs dans un tiroir ; il s'en occuperait plus tard. Pour le moment... Il rassembla des magazines, des vieux journaux, en fit un tas qui présentait sensiblement le même volume que les billets de banque. Et pendant tout ce temps, il entendait Marie-Claude qui le provoquait. « Tu t'imagines que je me laisserai faire !... Tu me prends pour une gourde !... Tu es peut-être malin, mais les autres ne sont pas idiots non plus... » Assez ! Assez ! Rageusement, il rabattit les bords du papier d'emballage, ferma le paquet avec du scotch, mais c'était sa bouche à elle qu'il bâillonnait, qu'il réduisait au silence. Voilà ! Il avait enfin la paix. Si Salleron mettait un jour la main sur les Corses, ils pourraient toujours jurer qu'ils avaient été roulés, la police ne les prendrait pas au sérieux. On ne gagne jamais contre un Berton !...

... Le lendemain, à neuf heures, Berton entrait dans le jardin des Plantes, désert. Le monument était là, à droite, au milieu d'un parterre. Il y avait un pigeon perché sur la tête de l'ours. Berton enjamba le petit grillage, déposa le paquet entre les pattes de la bête puis, le cœur battant, courut à sa voiture.

À l'angle de la grande allée, cachés dans la baraque de bois d'un marchand de glaces, Salleron et Frileux observaient la scène. Le jeune Frileux, caméra braquée, se tenait prêt à filmer la suite.

— À toi, murmura Salleron.

Un homme venait de s'arrêter devant le parterre, regardait autour de lui. La caméra ronronna. Il était vêtu d'un imperméable gris. Feutre gris au bord rabattu. Mouvements précis. Il enjamba le grillage, comme avait fait Berton. Sa main happa le paquet. Coup d'œil circulaire. C'était fini. Il sortait déjà du jardin.

— Il va nous échapper, grogna Salleron.

Ils se précipitèrent. Mais non. L'homme s'éloignait à pied, sans se presser, sans se retourner, comme un paisible promeneur. Salleron s'assura que le dispositif était en place. Déjà, une 403 anonyme se détachait du trottoir. Plus loin, une camionnette allait se joindre aux poursuivants. Ce serait vraiment une malchance, si aucun d'eux ne réussissait à mener jusqu'au bout la filature. L'homme semblait plutôt flâner. Il avait allumé une cigarette et longeait la Seine, toujours du même pas nonchalant.

— Parbleu, dit Salleron. Il croit que Berton ne nous a pas prévenus.

— A mon avis, objecta Frileux, qui était plus romanesque, il sait que nous ne ferons rien tant qu'ils tiennent la femme... Mais tu vas voir... Il va sûrement tenter quelque chose.

Ils se rapprochèrent un peu. Après le quai Saint-Bernard, l'homme suivit le quai de la Tournelle, puis le quai de Montebello.

— C'est un peu fort quand même! grommelait Salleron.

Enfin, ce fut le quai Saint-Michel. On apercevait, en face, le long mur blanc de la Préfecture de Police. L'homme s'engagea sur le pont.

— Il ne va tout de même pas nous ramener à domicile! s'écria Frileux.

Pourtant, l'homme obliquait maintenant vers le quai des Orfèvres.

— Il y va tout droit, dit Salleron.

Devant le 36, l'homme fit un signe. Une femme le rejoignit. Ils passèrent sous la voûte.

— Une histoire de fous! protesta Frileux.

La cour traversée, ils aperçurent le couple dans l'escalier, coururent, atteignirent le palier du deuxième étage. Ils s'informèrent auprès du planton.

— L'homme et la femme?

Le planton désigna une porte.

Ils entrèrent à leur tour. L'homme, qui venait de

saluer le commissaire Charmont, s'inclina devant eux.

— Maître Deltheil, avoué.

La voix, la voix décrite par Berton, la voix à l'accent du Midi.

— Et voici ma cliente et amie, madame Berton. J'ai justement besoin de votre témoignage, messieurs. Ce paquet est bien celui que vous m'avez vu prendre, il y a une demi-heure, au jardin des Plantes ?... Il est intact. Vérifiez !

Il se tourna vers Charmont.

— Deux fois déjà, monsieur le commissaire, ma cliente, Mme Marie-Claude Berton, a signalé au commissariat de police de son quartier que son mari avait tenté de l'assassiner. On ne l'a pas prise au sérieux. Ses accusations paraissaient si fragiles !... Alors j'ai imaginé un petit stratagème...

Il brisait, en parlant, les bandes de scotch et ouvrait le paquet.

— Ou je suis un âne, ou M. Berton a sauté sur l'occasion... Voyez !

Journaux et magazines s'éparpillèrent sur le bureau du commissaire.

LE BUSTE DE BEETHOVEN

— Mon cher Duvallon, il y a vingt ans que vous êtes chez nous ; vous êtes passé par tous nos rayons, et vous refuseriez votre bâton de maréchal ?... Saint-Étienne n'est pas une petite succursale !... Voyons, réfléchissez.

— Je suis bien ici, monsieur le directeur. Alors, pourquoi changer ?... Mon garçon prépare Sciences Po.

— Je sais... brillant sujet...

— Ma femme, mon Dieu, elle est comme moi. Voyez-vous, monsieur le directeur, nous sommes des gens d'intérieur... Nous n'avons pas tellement le désir de briller... Une vie douce... notre télévision... le dimanche, un petit extra... Nous sommes heureux, comme ça.

— Vous avez tort, mon cher Duvallon. Il faut être plus ambitieux. Enfin... Vous nous permettrez, quand même, de vous souhaiter Noël à notre façon... Nous savons reconnaître les services rendus. Mais si, mais si... Vous êtes trop modeste... Et prenez encore le temps de réfléchir.

Duvallon glissa l'enveloppe dans sa poche et sortit, très troublé. Tandis qu'il se changeait, dans son petit bureau du sous-sol, qu'il pliait méthodiquement son pantalon rayé et suspendait avec soin sa jaquette, il examinait, les oreilles en feu, la proposition de la

Direction. Il n'avait nullement l'intention de revenir sur sa décision ; mais il avait perdu son repos. Il sentait qu'on l'avait mis, en quelque sorte, au pied du mur et sommé de défendre ses raisons de vivre.

Mais les idées n'étaient pas son fort. Dans la discussion, il perdait pied tout de suite. Expliquer quoi ? Qu'il aimait sa tranquillité... Déjà, les mots commençaient à le trahir... Ses habitudes ?... Ce n'était pas non plus tout à fait cela. C'était plus profond et un peu douloureux... Quand il était petit, il aurait voulu être un arbre. Il y avait, dans la cour de la ferme, un chêne énorme. On racontait qu'il avait au moins trois siècles. Il enviait ce chêne, qui ne changeait pas, qui était un monde à lui seul. Mais est-ce qu'on peut dire ça à un directeur, lui expliquer que, ce qui compte, c'est que chaque jour soit semblable au précédent et que la monotonie, c'est la sève de la durée, c'est le poids même du réel...

Duvallon s'embrouillait dans ses pensées, s'effrayait d'amener au jour toutes ces choses un peu grimaçantes. Il ouvrit l'enveloppe. Dix billets de cent... Avec les trois mille deux cents de sa cagnotte secrète, il pourrait...

Encore un détail que personne ne comprendrait ; Simone ou Jean-François pas plus que les autres ; ce besoin d'économiser, franc par franc, de faire grossir une somme connue de lui seul, de nourrir un trésor mystérieux... C'était son petit conte de fées privé, qui lui tenait chaud, qu'il se racontait pour le plaisir. Sous l'uniforme solennel et désuet du magasin, Duvallon était un magicien tout-puissant, comme ce Cagliostro qu'on disait immortel...

Les rues étaient illuminées. Avant de monter à son quatrième, Duvallon s'arrêta devant la vitrine du petit bazar, en bas de chez lui. Ici aussi, c'était Noël. Duvallon regarda les harmonicas. Un jour, il en achèterait un, quand il aurait pris sa retraite. Autrefois, sur le chemin de l'école, il se taillait des flûtes, dans des roseaux. Il n'avait pas oublié, mais il n'avait jamais eu le temps d'apprendre la musique.

— Madame n'est pas encore rentrée, lui dit Yvonne.

— Et Jean-François ?

— Il vient de sortir.

Bien sûr ! C'était la saison des cadeaux !... Si seulement on n'était pas venu lui parler de cette succursale de Saint-Étienne ! Il se sentait si bien, si riche ! Il s'enferma dans son bureau, prit, sur la cheminée, le buste de Beethoven qu'il avait acheté au petit bazar du rez-de-chaussée, ma foi, le jour où il avait été nommé chef de rayon...

Avec précaution, il fit tourner le buste sur son socle ; le plâtre, creux, formait cachette. C'était là qu'il dissimulait ses économies. Sifflotant quelques mesures de la *Neuvième*, il retira le socle et s'interrompit net : la cavité était vide.

Pas d'erreur possible : il voyait de l'intérieur le crâne aux bosses puissantes comme vidé de sa cervelle, de son génie, de sa vie. Il dut s'asseoir. Il se sentait soudain aussi creux que le plâtre violé. On lui avait dérobé sa substance. Qui ? Forcément la bonne, ou son fils, ou sa femme. Personne d'autre n'entrait dans son bureau... C'était impossible, pourtant. D'abord, ils ignoraient l'existence de la cachette. Et même, en admettant...

Yvonne ? Ils l'avaient ramenée de Bretagne, quinze mois plus tôt. Dix-sept ans ! L'innocence, la naïveté même. Et d'une honnêteté presque maniaque. Jean-François, lui, ne songeait qu'à ses bouquins. Il ne demandait jamais d'argent de poche. Quant à Simone ?... L'économie en personne, toujours en train de compter...

Il reconnut son pas, dans le vestibule, reposa en hâte

le buste sur la cheminée, essaya de se composer un visage. Simone paraissait toute joyeuse et lui brandit sous le nez un somptueux sac de cuir.

— Devine... Non, ce n'est pas du crocodile, tu penses... Mais on jurerait bien, hein ?... Quarante francs... J'ai un peu marchandé...

Duvallon s'efforça de sourire, malgré le soupçon qui lui fouaillait le flanc comme un point de côté. Huit jours plus tôt, il y avait eu ce magnifique poudrier... Encore une occasion exceptionnelle...

Après le dîner, pendant que Simone aidait la bonne à la cuisine, Duvallon se glissa dans la chambre, prit le sac dans la commode... A l'intérieur, gravée sur la doublure, il découvrit la minuscule signature : *Urgande.* Ainsi, le sac avait été acheté chez l'un des plus grands maroquiniers !... Pourquoi ? Pourquoi ces mensonges ? Prétextant une migraine, il se coucha tôt et s'éveilla avec un mal de tête qui n'était pas feint. Il savait que Simone ne sortait jamais le matin. Elle n'aurait donc pas besoin de son sac. Il le dissimula dans son porte-documents et se rendit rue Royale. Le chagrin lui donnait une assurance pleine de dignité. Il montra le sac à une vendeuse.

— Ma belle-sœur l'a acheté hier après-midi. Ma femme voudrait le même. Est-ce que...

— Je regrette, dit la vendeuse. C'était le dernier. Mais nous pouvons le commander... Ou bien, vous pourriez peut-être acheter celui-ci... Je me rappelle que notre cliente hésitait beaucoup... C'est finalement son mari qui a décidé... Neuf cents francs. Ils sont du même prix tous les deux.

— Je regrette, bredouilla Duvallon. Je n'ai malheureusement pas les moyens de... de mon beau-frère.

Dans la rue, il crut qu'il allait s'évanouir. Simone... Simone avait un amant... Elle n'était donc pas heureuse ! Il lui fallait un homme riche... jeune, beau, comme à une starlette ! Il lui falait de l'aventure, de l'émotion, du mensonge !...

Mon Dieu ! Il se traîna jusqu'à son sous-sol, revêtit son uniforme qui lui parut soudain aussi odieux qu'une livrée. Il se contempla longuement, dans la glace étroite de l'armoire de fer, pensa que c'était sans doute là le premier mouvement de tous les hommes bernés, qui cherchent à comprendre et se mesurent de l'œil et s'interrogent en vain.

Mais le pire, peut-être, ce n'était pas que Simone eût un amant. C'était qu'elle n'eût pas volé. Car, visiblement, elle n'avait qu'à demander pour être exaucée. Donc, le coupable était Jean-François. Ce petit Jean-François si sage, si timide... Duvallon avala deux cachets d'aspirine. Il avait l'impression de marcher sur un tremblement de terre. De loin, son directeur lui adressa un petit signe d'amitié et lui lança, dans le brouhaha : « Réfléchissez !... » Comme s'il faisait autre chose ! Mais il se moquait bien de son avancement !...

Il passa une journée abominable, parlant tout seul, et quitta le magasin le dernier. Il dut s'arrêter à plusieurs reprises pour s'appuyer à un mur. Et quand il avait repris haleine, quand il rouvrait les yeux pour regarder ce qui avait été le monde familier, ce monde quotidien où il s'était senti si à l'aise, c'était pour découvrir, partout, des inscriptions, des illuminations, des girandoles, des feux agiles qui répétaient : *Joyeux Noël... Joyeux Noël...*

Il se coucha, épuisé. Mais son tourment le taraudait si fort qu'au milieu de la nuit, il n'y tint plus. Tout le monde dormait. Il marcha sans bruit jusqu'à la penderie, trouva à tâtons les vêtements de Jean-François sur leur cintre. Ses doigts se posèrent sur le portefeuille... un portefeuille qui paraissait bien gonflé... Il l'emporta dans son bureau et l'ouvrit.

Les liasses coulèrent sur le sous-main... A mi-voix,

d'un ton qui était redevenu professionnel, Duvallon
comptait : deux mille... trois mille... quatre mille...
quatre mille cinq cents francs...

Il releva la tête et rencontra le regard halluciné de
Beethoven. Quatre mille cinq cents francs... Mais
alors ?... Il y avait aussi une lettre, dans le portefeuille,
bleue, parfumée, couverte d'une large écriture fémi-
nine.

> *Mon trésor chéri,*
> *Voici de quoi parer au plus pressé... Mais jure-moi que*
> *tu ne feras plus de dettes...*

Duvallon alla, d'un pas chancelant, fermer la porte à
clef, et reprit sa lecture, essuyant de temps en temps la
sueur qui lui mouillait le front. Ses derniers doutes
s'envolaient un à un... Non, ce n'était pas une jeune
femme passionnée, c'était une personne probablement
très riche, comme il en avait vu si souvent, au rayon
des fanfreluches, sanglée, peinte, n'osant même plus
sourire et escortée d'un greluchon qui portait les
paquets.

Duvallon remit à leur place lettre et billets et rêva,
devant ce portefeuille qu'il avait offert, deux ans plus
tôt, à Jean-François. Il était au-delà de la fatigue, au-
delà du dégoût. Chaque matin, Jean-François avançait
vers lui ce visage pur auquel le sommeil avait rendu
l'éclat de l'enfance. « Bonjour, papa. » Chaque matin,
Simone tendait ses lèvres, qui n'étaient pas encore
fardées. « Bonjour, mon minet. » Et il partait vers son
travail, joyeux à tout petit bruit. La vie était paisible et
sans surprise.

— Mon Dieu ! Pourquoi ai-je été dévisser ce socle ?

Il faillit jeter à terre le buste. Bien entendu, ce n'était
pas Jean-François le coupable. Quand il avait besoin
d'argent, il savait où en trouver. Il n'avait qu'à imaginer de nouveaux mensonges et sa protectrice lui

ouvrait sa bourse. Commode, en vérité! Lui, il lui avait fallu douze ans pour mettre de côté ces quelques malheureux billets de mille!...

Mais il en aurait le cœur net. Restait Yvonne! L'honnête petite Yvonne. L'argent était forcément là-haut, caché quelque part dans sa chambre du sixième.

Duvallon alla chercher, tout au fond du buffet de la salle à manger, le carafon de cognac, qu'on sortait les jours de fête, et il se mit à boire. Il tutoyait Beethoven, maintenant...

— Tu étais sourd, toi! Tu en avais de la veine!... Et je vais te dire... tu aurais été encore plus heureux si tu avais été aveugle... comme un arbre... Il n'y a que les arbres qui méritent de vivre, tout seuls, sans s'occuper de personne... à sentir la terre tourner, tout doucement, tout doucement...

Il s'endormit, la tête sur ses bras repliés. Ce fut le bruit du fourneau qui l'éveilla. Yvonne était descendue. C'était le moment! Il sortit silencieusement, grimpa jusqu'au sixième, entrouvrit la porte de la mansarde.

Un ronflement puissant venait du lit. La lumière du couloir éclairait vaguement une tête bouffie, aux cheveux ras, aux oreilles énormes. Sur une chaise, il y avait une veste militaire, un ceinturon et, au pied du lit, les godillots réglementaires.

Duvallon ferma les yeux.

... Le cri d'Yvonne fit accourir Mme Duvallon.

— Madame... Oh! Madame! En époussetant, j'ai cassé le nez de Beethoven.

— Encore!... Décidément, ma fille, vous vous acharnez! Eh bien, faites quelque chose. Ne restez pas là, comme une empotée.

— Oh! Madame! Si Monsieur s'aperçoit!...

— Mais non. Vous savez bien que Monsieur ne s'aperçoit jamais de rien. Allez ! Jetez ce plâtre aux ordures et allez vite en bas en acheter un autre... comme la dernière fois.

LA RIVALE

Comme chaque matin, alors que Simone dormait encore, Jean-Claude s'était rendu au manège, avait fait ses deux heures de cheval. Puis il était remonté, pour se changer. Et Simone, encore ensommeillée, lui avait posé la question rituelle : « Tu as pris le courrier ? »

— Il n'y avait rien, avait répondu Jean-Claude. Pas même un imprimé.

Il était reparti pour son bureau. Un peu plus tard, Simone était descendue à son tour. Sous la voûte, elle avait croisé la concierge.

— Il n'y avait qu'une lettre, ce matin, dit la concierge. Je l'ai donnée à M. Gévin.

Une lettre ! Alors que Jean-Claude venait de prétendre...

Simone avait bavardé avec son coiffeur, pour éviter de penser. Mais maintenant, prisonnière sous le casque, comme garrottée, elle était bien obligée de subir les assauts de son imagination. Une Simone inconnue lui murmura : « D'abord, il n'y a pas que cette lettre. Pourquoi s'est-il rasé la moustache, il y a quinze jours ?... Pourquoi porte-t-il des cravates plus gaies ?... Et ce costume gris, qui lui donne une allure si jeune, pourquoi ? »

Il était facile de répondre. A quarante-deux ans,

Jean-Claude devait se surveiller ; depuis qu'il dirigeait la Section financière au Cartel, il n'avait plus le temps de sortir, de faire du sport, comme autrefois. Il avait tout sacrifié, sauf le cheval. C'était une réponse, en effet, mais insuffisante. Elle n'expliquait pas pourquoi Jean-Claude était préoccupé, souriait avec effort, semblait d'autant plus déprimé qu'il cherchait à paraître plus désinvolte. Et enfin, et surtout, il y avait, depuis ce matin, cette lettre... « Je suis folle, songea Simone. Jean-Claude m'aime. » « Il y a douze ans que vous êtes mariés, chuchotait la voix. Votre amour n'est plus qu'une habitude. » « Jean-Claude ne m'a jamais rien caché ! » « Bien sûr, reprenait la voix, Jean-Claude est le plus beau, le plus intelligent, le plus loyal. Mais qu'est-ce que tu sais de ses affaires, de ses voyages ? » « Je lui fais confiance ! » « L'Autre a la partie belle !... »

L'Autre ! L'Autre !... Non. Ce serait trop affreux !

Dehors, Simone se sentit un peu mieux. Elle avait conscience d'être bien coiffée ; par conséquent, Jean-Claude ne pouvait pas la trahir. Complaisante à son reflet qui glissait le long des vitrines, Simone entreprit de se rassurer. Déjà, petite, elle excellait à se torturer. C'était l'Ogre qui dévorait le Petit Poucet ; Barbe-Bleue qui tuait la Princesse. Plus tard, elle se voyait orpheline, pauvre, montrée du doigt, et elle sanglotait avant de s'endormir. Aussi, quel merveilleux bonheur avec Jean-Claude ! Il l'avait délivrée de ses fantômes. Rien de mauvais ne pouvait venir de lui. Elle se trompait, voilà tout ! Elle lui raconterait... tout à l'heure, et ils riraient bien, tous les deux.

Le téléphone sonnait, quand elle arriva devant sa porte et, d'un coup, elle défaillit d'angoisse. Elle ne trouvait pas ses clefs. La sonnerie allait sûrement s'arrêter, d'une seconde à l'autre. Il y avait quelque chose d'insistant, de pathétique, dans cet appel assourdi entrecoupé de pauses haletantes. « Je recommence à divaguer, se répétait Simone, en cherchant à dominer le tremblement de ses mains. Le téléphone sonne exactement comme d'habitude. » Elle courut jusqu'au bureau, décrocha.

— Allô ?

Il y eut un silence, puis la communication fut coupée. Simone s'assit lentement sur le divan. Le moment de la plus grande douleur était venu. Quelques secondes plus tôt, elle doutait encore ; au fond d'elle-même, elle jouait à douter. Maintenant, elle savait ; brusquement, elle flottait, comme une âme désincarnée : d'une certaine façon, elle venait de mourir. Elle regardait ses mains et ce n'étaient plus ses mains. Sa photographie, sur le bureau, était celle d'une étrangère et celle de Jean-Claude... Oh ! Jean-Claude, toi... Quand Gévin rentra, il remarqua que sa femme avait les yeux trop brillants, un peu fiévreux. « Ce n'est rien, dit-elle, un peu de migraine... Ma coiffure te plaît ? »

— Ah ! pardon, dit Gévin. Oui, c'est très réussi.

Ils se mirent à table. Simone épiait Jean-Claude. C'était donc cela, un menteur, un hypocrite ! C'est comme cela que mange un traître ! Il parle tranquillement, avec cet accent de profonde sincérité. Il boit un doigt de bordeaux, paisiblement. Il remarque, avec sa gentillesse habituelle, qu'il fait un peu trop chaud et qu'un peu de pluie ne serait pas désagréable.

— A propos... Je serai obligé de sortir, après dîner. Il faut que j'aille à Orly recevoir un de nos clients, un Hollandais qu'il faut ménager. Oh ! Ce ne sera pas très long. Je serai sans doute rentré pour minuit. Ça ne t'ennuie pas ?

Il pose tendrement sa main sur celle de Simone, et Simone s'entend dire :

— Non, mon chéri. Je t'attendrai.

Car Simone jouera le jeu jusqu'au bout. Elle se

vengera. Elle ne sait pas encore comment, mais ce sera terrible. Et d'abord, elle va constituer un dossier, accumuler les preuves de la duplicité de Jean-Claude. Elle est décidée à briser sa carrière, à le déshonorer par tous les moyens. Elle révélera la vérité à tous les amis de Jean-Claude, à son président-directeur, ce vieux monsieur si distingué qui vient parfois dîner à la maison et tutoie paternellement Jean-Claude. Tout le monde fuira le pestiféré. Il aura beau implorer son pardon, sangloter, elle restera de marbre. Mais voici que c'est elle qui pleure. Elle recommence à se raconter des histoires, comme autrefois, au lieu de faire quelque chose, pour perdre l'Autre, qui doit bien s'amuser, en ce moment.

Le détective s'appelait Delbecque. C'était un vieil homme, pas très soigné, qui fumait des Gauloises, derrière une table encombrée de paperasses. Il prit des notes, sur un calepin, les lunettes relevées sur le front, l'air prodigieusement indifférent. Il se relut, avalant les mots : ... *Docteur en droit... très sportif... quatre langues étrangères... quarante-deux ans...* Et c'était comme une oraison funèbre, au bord d'une tombe. Simone avait honte. Mais qui avait commencé ? Qui avait pris l'initiative de l'ignominie ?

— Je veux tout savoir, insista Simone. Je veux que vous me la décriviez, des pieds à la tête...

— Moi, ces questions de toilette !..., fit Delbecque avec lassitude. Mais vous aurez des faits précis. Je vous le promets. Je vous téléphonerai dès qu'il y aura du nouveau.

Elle versa une provision importante et sortit. Sa tête était comme une scène de théâtre, pleine de phrases, de cris, et de tumulte. Parfois, elle s'arrêtait et regardait la rue sans comprendre. Qu'était-elle en train de faire ? Jean-Claude était son mari. Elle aimait Jean-Claude. Tout cela pour un mystérieux coup de téléphone...

Mais il n'y avait pas que cela. Il y avait la moustache, les cravates, le costume gris... Il y avait la lettre... Et le disque du désespoir recommençait à tourner. Simone rentra fourbue, détruite, et se coucha. Elle n'ouvrit pas les yeux quand Jean-Claude s'approcha.

— Ma migraine, murmura-t-elle J'ai avalé un cachet... Va... Va à ton rendez-vous.

Il n'essaya même pas de donner le change ; de dire, par exemple : « Veux-tu que j'appelle un médecin ? », ou bien : « Tu sais, je peux téléphoner, on enverra quelqu'un d'autre à ma place. » Tout ce qu'il trouva, ce fut :

— Je suis désolé... Mais je suis absolument obligé d'aller là-bas.

C'était si pauvre, si maladroit, qu'elle eut envie de le plaindre. Obligé ! Lui ! Un homme dont elle admirait l'énergie, l'esprit de décision, la force de caractère ! Ah ! L'Autre devait être bien forte ! Dès qu'il fut parti, Simone se leva, et, emmitouflée dans sa robe de chambre, s'installa près du téléphone. Elle avait l'impression de veiller un mort. Parfois, elle cédait au sommeil, prononçait d'une voix sans timbre des mots sans suite. La sonnerie éclata, la fit sursauter. C'était Delbecque... non, il n'était pas à Orly... il était à deux pas du carrefour Saint-Germain-des-Prés, dans un cabaret...

— Comment est-elle ? interrogea Simone.

— Je l'ignore, dit le détective, pour la bonne raison que je n'ai pas pu entrer. Il y a trop de monde. Seulement, j'ai réussi à me faufiler jusqu'au vestiaire et j'ai visité les poches de l'imperméable de votre mari. J'ai trouvé un pneu que j'ai lu : *Rendez-vous confirmé. A ce soir. Josiane.*

— Elle s'appelle Josiane ?

— Il semble bien. J'en aurai le cœur net car je vais surveiller le cabaret jusqu'au matin, s'il le faut. Ma voiture est tout près de celle de M. Gévin. Il ne peut pas m'échapper.

— Je reste près du téléphone. N'hésitez pas à m'appeler.

Simone se fit du café. Josiane! Quelque mannequin, peut-être. « Je ne suis plus assez jolie, pensa Simone. Je n'ai jamais eu le chic de ces femmes. Il faudrait demeurer une étrangère pour son mari. » C'était l'heure de la nuit où l'on s'en veut de tout, où l'on se voit jusqu'au fond, avec le regard même de Dieu. Simone était au-delà des larmes, plus seule qu'un prisonnier dans sa cellule, plus abandonnée qu'un mourant sur son lit de douleur. Quand le téléphone sonna, elle hésita. A quoi bon? Enfin, elle décrocha.

— Allô... Delbecque!

— Où vont-ils?

— Attendez que je vous explique... M. Gévin est ressorti seul, par prudence évidemment... Il remontait vers la place Clichy quand j'ai été accroché par un imbécile qui a brûlé un feu. Je l'ai perdu. Mais je peux vous dire qu'il était suivi par un homme d'une trentaine d'années, dans une 404 jaune.

— Alors?... Qu'est-ce que ça signifie?

— Eh bien... que Josiane est mariée.'

C'était le dernier coup. Simone s'effondra au creux d'un fauteuil. Cette fois, la pitié l'emportait sur la colère. Mon pauvre Jean-Claude! Toi, si net, si propre, rouler dans cette boue. Si tu avais eu le courage de me parler! Nous aurions fait le point, tous les deux. Maintenant, par ta faute, il est trop tard. Et demain... demain... Mon Dieu, qu'allons-nous devenir?

Il était plus de deux heures quand la porte s'ouvrit, sans bruit. Jean-Claude n'alluma pas. Il marchait en tâtonnant. « Il a bu, songea Simone. Non... Non. Ce

n'est pas vrai. Pas ça ! » Jean-Claude heurta une
chaise.

— Je suis là, dit Simone. Je t'attendais. Je sais tout ;
tu entends, tout !

Elle alluma. Jean-Claude était livide. Il y avait du
sang sur son imperméable. Il oscilla, essaya de se
raccrocher, tomba sur un genou, puis se renversa sur le
tapis. Simone se précipita :

— Jean-Claude... Jean-Claude... Je t'en supplie... Ne
meurs pas !

— Il en a vu d'autres ! dit une voix derrière elle.

Le président-directeur referma la porte, s'agenouilla
près de Jean-Claude. Simone, qui sentait sa raison
chavirer, vit cet homme si distingué se pencher sur
Jean-Claude, examiner la blessure, la palper avec des
gestes de professionnel.

— La balle a juste labouré l'épaule, fit-il. Quinze
jours de repos et il n'y paraîtra plus.

— C'est le mari de cette Josiane qui a voulu se
venger, balbutia Simone.

— Quoi ?

Le vieux monsieur se relevait en souriant. Il appuya
les mains sur les épaules de la jeune femme.

— Vous avez cru que... Excusez-moi, Simone. J'aurais dû vous mettre au courant. Mais, dans le service,
nous n'avons guère l'habitude de faire des confidences... Enfin, tout cela n'a plus d'importance, puisque c'est la dernière mission de Jean-Claude... Je suis
le Vieux !... Non ? Ce mot ne vous dit rien ? Curieux.
Cela prouve que vous ne lisez guère... Jean-Claude,
quand il vous a épousée, travaillait pour moi... Depuis,
je lui avais trouvé un autre emploi. Mais nous avons eu
besoin de lui, une dernière fois. C'est un agent d'une
compétence exceptionnelle... Il vous expliquera que
Josiane est un nom de code...

— Un agent ?... Vous voulez dire un agent secret ?...

— Ma foi, si vous voulez... Non pas OSS-117... Non, quand même ! Mais OSS-118, en quelque sorte.

Simone prit la main de son mari. Elle riait à travers ses larmes.

REMORDS

Des amants qui décident de se débarrasser d'un encombrant mari et qui, d'emblée, passent à l'action, on en rencontre tous les jours, dans les romans et dans les films. Enfin, dans certains romans, dans certains films. Mais, dans la réalité, n'importe qui ne se transforme pas aussi facilement en criminel. Thierry en faisait la douloureuse expérience. Et il était bien sûr qu'Yvonne, de son côté...

Mais non, justement, il n'en était pas aussi sûr. Les choses, autrement, eussent été toutes simples. Il lui aurait dit : « J'ai longuement réfléchi, ma chérie ; nous ne pouvons commettre un acte aussi abominable. Jamais plus nous n'oserions nous regarder en face, et le remords pourrirait notre amour. » Et Yvonne aurait répondu : « Tu as raison. Moi aussi, j'ai beaucoup réfléchi. Notre projet était insensé. Continuons comme par le passé... D'autant que Philippe n'est pas tellement gênant !... »

Non. Il n'était nullement certain qu'Yvonne ne s'écrierait pas, au contraire, avec ces lèvres dures, ce petit air buté qu'il connaissait si bien : « Je l'avais prévu. Quand il s'agit de dresser des plans, tu es toujours le premier. Les paroles ne te font pas peur. Mais dès que tu es au pied du mur... Tu ne te rends donc pas compte que si tu m'aimais vraiment... »

De telles paroles seraient injustes. Thierry aimait vraiment Yvonne. Mais, en pareil cas, « vraiment » a-t-il jamais signifié qu'un homme doit aller jusqu'au crime ?...

Alternative redoutable ! Ainsi, Thierry n'avait le choix qu'entre le geste horrible et un refus que ressentirait comme un outrage une maîtresse à jamais déçue.

Il avait, depuis un moment, ralenti sa marche ; ce fut d'un pas de convalescent qu'il atteignit la villa des Delaure. L'index sur la sonnette, il attendit longtemps avant d'appuyer. Yvonne s'effondra dans ses bras.

— Thierry !... si tu savais... Philippe... Philippe...

— Eh bien, quoi, Philippe ? Tu me fais peur.

L'émotion étranglait Yvonne.

— Mais réponds donc. Philippe n'est pas ?...

Non. Philippe Delaure n'était pas mort. Mais il n'en valait guère mieux. Une crise cardiaque, alors qu'il prenait son bain...

— J'ai appelé Rodilleau... Infarctus... Il lui a fait deux piqûres... Il repassera dans la journée... Mais il n'a aucun espoir... Selon lui, c'est une question d'heures... Philippe n'est même pas transportable...

Thierry dut s'appuyer au mur tant ses jambes tremblaient. Un infarctus... une question d'heures... La solution inespérée, miraculeuse ! Il cherchait quelque chose à exprimer, ne trouvait rien. Toute parole de compassion n'eût-elle pas paru d'une monstrueuse hypocrisie ? Toute parole de satisfaction, d'un écœurant cynisme ? Il s'enferma dans un silence que la jeune femme pouvait interpréter à sa guise. Elle reprit d'ailleurs aussitôt :

— Tu veux... le voir ?

— Bien sûr, fit-il.

La respiration rauque et syncopée de Philippe emplissait la chambre. Le moribond avait les yeux clos, les mains curieusement nouées sur la poitrine ; ses joues blêmes, creusées, étaient parcourues d'un frémissement incessant. Thierry s'avança, le front bas, comme un coupable, s'arrêta au pied du lit, posa les doigts sur le montant de bois ; il sentait ses paupières se gonfler. Pauvre Philippe, si confiant, si discret, si crédule !... Thierry devait se rendre à l'évidence. Jamais il n'aurait eu le courage... Et voici que Philippe allait disparaître, à l'instant le plus opportun. Thierry n'aurait à redouter ni le mépris d'Yvonne ni le remords déchirant de son crime.

Non, certes, pas le remords de son crime. Mais... celui de sa trahison ?

Thierry connaissait Philippe depuis trente ans, depuis la communale ; il avait été témoin à son mariage. Curieux ! Ce jour-là, Yvonne lui avait paru plutôt insignifiante. Jolie, sans doute, mais rien de plus. Si on lui avait alors prédit qu'elle deviendrait la femme de sa vie... Thierry se rappelait toutes les ruses qu'ils avaient dû imaginer, leurs précautions, leurs mensonges. Leurs angoisses, aussi, les rares fois où quelque inoffensive question de Philippe leur avait, un moment, fait redouter le pire. Il revoyait cet affreux matin où Yvonne s'était précipitée chez lui, affolée. « Il sait... Je suis certaine qu'il a découvert... » Comme ils riaient, ensuite, de leurs folles alarmes ! Brave Philippe ! Ne suffisait-il pas, pour se rassurer, de contempler son bon, son doux visage d'honnête homme, son regard candide et comme constamment étonné. « Mon gros chien », disait de lui Yvonne.

Thierry passa lentement la main sur son front. « Mon pauvre Philippe, je t'ai trahi ; j'ai abusé de ta confiance, de ta générosité, et, maintenant, je m'apprête à prendre définitivement ta place. » Il se sentait plein de honte, de dégoût. Des mots de repentir lui venaient aux lèvres, qu'il eût, peut-être, prononcés, s'il ne se fût tout à coup rappelé qu'Yvonne se trouvait, elle aussi, dans la chambre. Il se tourna à demi. Son regard rencontra celui de la jeune femme. Elle avait deux sillons luisants sur les joues, et il comprit que les pensées d'Yvonne avaient suivi exactement la même pente que les siennes. Ils eurent un sourire ému.

On sonna. Yvonne quitta la pièce. Ce fut peu après que Philippe ouvrit les yeux. Des yeux troubles, qui mirent longtemps à s'éclaircir, puis errèrent d'un meuble à l'autre, se fixèrent enfin sur Thierry. Quelque chose, qui était comme un peu de joie, passa alors sur le visage cireux.

— Oh! Thierry, tu es là!

Thierry se pencha, posa la main sur les mains toujours unies du moribond. Il n'arrivait plus à contenir ses larmes.

— Philippe, mon vieux Philippe.

Philippe eut une curieuse petite moue triste.

— Je crois... que je suis fichu... Non, ne m'interromps pas... J'ai déjà si peu de forces... Approche-toi... Là... Où est Yvonne ?

— Elle reçoit quelqu'un. Veux-tu que je ?...

— Non... Au contraire... écoute-moi... Vois-tu, Thierry, je n'ai pas toujours été le mari irréprochable... que je paraissais... Une aventure maintenant terminée... une bêtise... je n'ai pas le temps de te donner des détails... Bref, j'ai conservé des photos, des lettres... des fleurs séchées... tu sais combien je suis sensible... tout cela est enfermé dans un petit coffret noir...

Épuisé, Philippe dut se taire. Ses traits étaient si totalement immobiles, sa respiration si faible, que Thierry crut un instant que tout était fini. Il entendait, dans la cuisine, la voix d'Yvonne, et il reconnut la voix d'une voisine.

— Un coffret noir, reprit Philippe. Dans le dernier tiroir de mon bureau... Tu le prendras... Si, par miracle, je m'en tire... tu me le rapporteras... Mais s'il m'arrive malheur... tu le brûleras... Il ne faut pas qu'Yvonne le découvre, tu comprends ?... Il faut que jamais elle n'apprenne...

Thierry suffoquait de tendresse, de pitié, de gratitude. La stupéfiante, l'incroyable révélation ne levait-elle pas, d'un coup, ses derniers regrets, ses derniers scrupules ? Philippe avait trompé Yvonne, et sans doute avec une de ses plus proches amies. Autrement dit, la jeune femme n'avait fait que lui rendre la pareille. Peu importe lequel des deux époux avait commencé ; Thierry ne se sentait plus coupable. La trahison de Philippe l'absolvait.

L'angoisse affermit brusquement la voix du mourant.

— Promets-moi, Thierry... Où es-tu ?

Thierry pressa les mains glacées.

— Je suis là, Philippe. Je te promets... Tout ce que tu m'as demandé... Mais je suis sûr que je te rapporterai ce coffret... Tu verras.

Philippe remua légèrement la tête, l'air subitement apaisé, presque heureux.

— Merci, mon vieux... Maintenant, en ce qui concerne Yvonne, je voudrais que tu...

Thierry ne devait jamais connaître la suite. Le pas d'Yvonne résonnait dans le vestibule, et la jeune femme ne quitta plus la chambre. Philippe mourut durant l'heure qui suivit.

Thierry n'eut aucun mal à trouver le coffret, une boîte d'ébène, avec de discrètes ciselures et une serrure ouvragée. Il réussit à le glisser dans la poche de son pardessus. Yvonne téléphonait à ses sœurs. « J'ai une terrible nouvelle à vous annoncer... » La famille n'allait pas tarder. La prudence, la décence, exigeaient que Thierry se retirât. Il n'osa pas embrasser Yvonne dans la chambre. Il l'attira dans le vestibule, lui effleura les joues du bout des lèvres, comme un cousin timide.

Il gagna directement le modeste pavillon qu'il avait loué, dès le début de sa liaison, à moins d'un kilomètre de la villa des Delaure. Tout de suite, il descendit au sous-sol, retira non sans peine le coffret de sa poche. Oui, il respecterait les volontés dernières de son ami. Yvonne ignorerait toujours...

Il ouvrit la porte de la chaudière, regarda un instant le reflet roux des flammes danser sur l'ébène, lança la boîte. De sa vie, il ne s'était senti l'âme aussi légère. Avec les photos, les lettres, les fleurs séchées, s'évanouissait le souvenir de sa propre conduite, à lui, Thierry. Son geste effaçait le passé ; l'avenir s'ouvrait, lavé de toute souillure.

L'explosion s'entendit à une lieue à la ronde et des vitres tombèrent, un peu partout. Il fallut deux jours aux pompiers pour dégager le corps de Thierry, enseveli sous plusieurs mètres cubes de décombres. Bien entendu, les enquêteurs établirent facilement la nature de l'attentat. Par contre, nul n'en comprit jamais les mobiles. Yvonne pas plus que les autres.

UN GARÇON SUR LA ROUTE

Il y a des jours, comme ça, où rien ne marche. Le stop, c'est comme la pêche. On jette délicatement son pouce en avant, vers la route qui file comme un canal, et on attend la touche. Parfois, du premier coup, on ferre une voiture, la plupart du temps une petite pièce, une 2 CV ou une fourgonnette. Mais, le plus souvent, la prise s'échappe au dernier moment, après une seconde d'hésitation, un ralentissement prometteur. Quant aux gros, les voraces, ceux qui ont des museaux de brochets, des formes de carnassiers, ils tiennent le milieu et foncent, hors de portée, dans un énorme remous. Jean-Claude, découragé, le sac au bout du bras, s'en allait à petits pas le long de la berge. Pas la moindre attaque. Peut-être faisait-il trop beau ? Et puis, le samedi matin ne vaut pas le dimanche soir, c'est connu. Quand les gens partent, ils sont férocement égoïstes. Au contraire, quand ils rentrent, ils cultivent une mélancolie miséricordieuse. Ils se laissent prendre plus facilement. Et même, grâce aux encombrements, il y a des coins où on les attrape à la main. Jean-Claude s'assit sur une borne pour bourrer sa longue pipe d'étudiant. Il s'examinait, par un dernier scrupule. Quoi ! Il était propre, avec son short et son léger tricot. Bien rasé, correct, avenant. Dix-neuf ans. Une figure de fille, sous les cheveux blonds. Il aurait déjà dû amener sur l'herbe une 404 ou une D.S.

— Où allez-vous ?

La voix le fit sursauter. Il n'avait rien entendu. La voiture était là, comme venue d'un autre monde, basse, longue, étincelante, et la jeune femme qui la pilotait n'était pas moins irréelle.

— Dépêchez-vous, dit-elle.

Jean-Claude ouvrit la portière.

— Mon sac ?... Je le mets dans la malle ?

— Derrière, sur les coussins.

Déjà, la voiture démarrait, véloce et silencieuse. Jean-Claude n'osait plus bouger. De l'œil, il caressait les cuirs, le tableau de bord plein de cadrans, le long capot blanc qui divisait la route comme un taille-mer, rejetant à droite et à gauche, en images bousculées par la vitesse, les arbres, les maisons, l'univers immobile des rampants.

— Vous ne m'avez pas dit où vous alliez ? reprit la jeune femme.

Jean-Claude la regarda de biais. Elle portait une jupe blanche, qui lui découvrait les genoux, et un pull-over bariolé, comme on en voit aux sports d'hiver. Elle était brune, de ce brun italien plein de reflets, qui exprime toute la passion du monde.

— N'importe où, répondit Jean-Claude. Je m'échappe pour deux jours.

— Alors, venez chez moi, à Beaulieu.

Jean-Claude eut chaud, soudain, aux joues et aux mains. On l'enlevait. On voulait s'offrir, pour le week-end, un beau jeune homme tout neuf. Souvent, il avait espéré ce genre d'aventure, mais d'une manière distraite, rapide, comme on songe au tiercé. Et maintenant, elle était là, dans sa voiture de rêve. Vingt-cinq ans, trente ans ? Le profil droit, décidé, comme une figure de proue, et la vitesse étirait, sur ses tempes, ses cheveux fins, brillants, qui sentaient la montagne au matin.

— Je m'appelle Héléna, dit-elle. Héléna Gouvier. J'arrive de Lyon. Ma mère est tombée malade là-bas, et je dois faire la navette.

Jean-Claude, à son tour, parla, de sa vie, de ses études. Il préparait les travaux publics...

— Justement, mon mari dirige une entreprise de travaux publics. Il sera heureux de vous connaître...

Le coup était rude ! Jean-Claude, d'une petite voix, questionna :

— Il est à Beaulieu ?

— Oui. Il n'a pas le temps de m'accompagner. Il est tellement occupé. Même le dimanche !

Un mari occupé, c'est presque un mari absent. Il ne fallait peut-être pas désespérer. D'ailleurs, pourquoi se serait-elle arrêtée, si ?... Bien sûr, Héléna était une de ces femmes délaissées qui, elles aussi, songent au tiercé ! Ce n'était sans doute pas la première fois qu'elle accueillait un passant. Tant mieux ! L'aventure serait sans lendemain. Un beau souvenir !...

— Vous n'avez pas froid ? demanda Héléna. Je peux remonter la capote.

— Oh ! non ! Surtout pas. C'est merveilleux comme ça.

Elle eut un sourire furtif, un peu complice. La mer apparaissait, à droite, par échappées, d'un bleu dont l'œil ne se rassasiait pas. « Jamais je ne serai plus heureux », pensa Jean-Claude. Et, quand il aperçut les premières villas de Beaulieu, il eut envie de s'arrêter là, de s'en aller tout seul, parce que la suite de l'aventure lui faisait un peu peur. Il serait maladroit, ridicule. Et il n'était pas sûr de ne pas, déjà, aimer Héléna.

La voiture vira dans un chemin de terre, qui grimpait, parmi les cyprès, s'arrêta devant une grille harmonieuse. La maison apparaissait au bout d'une longue allée, avec des arcs, des voûtes, des colonnes, semblable à ces gravures qui illustrent les magazines d'art. Jean-Claude poussa la grille, remonta en marche et les ombres des cyprès passèrent doucement sur son visage. Héléna contourna la maison et stoppa devant le garage, après avoir lancé quelques coups d'avertisseur.

— Mon mari a dû descendre se baigner, dit-elle. Laissez votre sac. Nous allons nous rafraîchir d'abord.

Jean-Claude sortit son sac à dos, vaguement honteux de son équipement de chemineau. Il le dissimula derrière la voiture et suivit Héléna qui le conduisit dans une cuisine aussi blanche, aussi somptueuse que la Pontiac. Héléna lui montra un buffet.

— Les verres et le whisky sont là. Nous sommes en ce moment sans domestiques.

Elle ouvrit le réfrigérateur, emplit un seau de glace et traversa un immense living-room, luxueux comme le salon d'un paquebot. Jean-Claude, les bras encombrés, se sentait de plus en plus gêné. Jamais il n'oserait... Une spacieuse terrasse bordait le living. La mer emplissait le ciel.

— Installez-vous, dit Héléna, en désignant des fauteuils d'osier sous un parasol. Mon mari ne devrait pas tarder... Je ne comprends pas...

Elle dosa le whisky, tendit un verre à Jean-Claude, et s'assit. Jean-Claude ne savait plus où porter les yeux. Il ne se lassait pas de regarder Héléna, mais le spectacle de la mer ne le fascinait pas moins. Lui, il habitait, avec ses parents, un tout petit appartement, au second, dans le vieux Nice. Héléna paraissait soucieuse. Elle avait déjà bu son whisky, s'en préparait un autre. De face, elle n'était plus tout à fait la même, à cause de sa bouche mince et d'une imperceptible ride, entre les yeux. Jean-Claude aperçut un paquet de Craven, abandonné sur la balustrade. Il offrit une cigarette à Héléna et bourra sa pipe. La situation était si neuve, pour lui, qu'il ne trouvait rien à dire.

— Il devrait être là, fit Héléna.

— Il est certainement là, observa Jean-Claude, puisque les portes étaient ouvertes.

Héléna lui jeta un rapide regard.

— Oui, c'est vrai. Il a dû s'attarder à Beaulieu.

Elle s'approcha de la balustrade ; Jean-Claude s'accouda près d'elle.

— Vous vivez ici depuis longtemps ?

— Trois ans, répondit-elle.

— Il me semble que c'est le Paradis !

— Vous êtes jeune, mon petit Claude. Pour vous, la fortune, c'est cela, le Paradis ? Vous deviendrez plus exigeant, je l'espère.

Elle se retourna pour regarder la maison. Jean-Claude l'imita.

— C'est un peu grand pour nous, reprit Héléna. Le rez-de-chaussée aurait suffi. Au premier, il n'y a que des chambres d'amis et le bureau de René. Mais René est toujours dehors, et il n'a pas d'amis. Il n'a pas le temps... Son bureau fait l'angle.

— Là où je vois un carreau cassé ?

— Quoi ?... Un carreau ?

Il n'y avait aucun doute. Le soleil illuminait la façade et la cassure en étoile, toute noire, paraissait comme peinte sur la vitre.

— C'est curieux, murmura Hélène. Quand je suis partie, mercredi...

Elle s'élança dans le living, gravit un escalier, mais fut obligée de s'arrêter sur le palier.

— Claude, dit-elle, c'est là... Mais j'ai peur.

Jean-Claude ouvrit la porte du bureau et, lui aussi, eut peur. Un homme gisait sur le tapis, parmi des dossiers épars et des tiroirs ouverts. La pièce avait été mise au pillage. Jean-Claude avait assisté à des accidents, mais c'était la première fois qu'il découvrait un crime et il éprouvait, dans tous ses membres, une mollesse écœurante. Il fit quelques pas, pourtant. L'homme, couché sur le flanc, les jambes repliées, portait au front une blessure qui ne saignait plus. Sa cravate avait été arrachée. Il y avait des papiers, un peu partout, des « bleus » d'architecte, des lettres... Jean-Claude était incapable de réfléchir, mais il enregistrait, à la volée, pêle-mêle, tous les détails... les classeurs béants, la bibliothèque perdant ses livres, des œillets piétinés... Un craquement du parquet lui fit remonter le cœur dans la gorge. Il se retourna vivement. Héléna, sur le seuil, regardait le corps.

— N'entrez pas, dit Jean-Claude.

— Il est mort ?

— Oui.

Héléna, cependant, entra dans la pièce, lentement, et s'appuya au bras de Jean-Claude, elle tremblait.

— Il faudrait quand même appeler un médecin, balbutia-t-elle.

— Oui, dit Jean-Claude... Tout à l'heure... Je me demande comment ce carreau a été cassé... Sans doute au cours de la bagarre. Et pourtant...

Il parlait pour lutter contre le silence et sa propre panique. Héléna s'en remettait à lui... de tout... Ce n'était pas le moment de perdre la face. Voyons, un peu de sang-froid ! Jean-Claude fit à pas lents le tour du bureau, passa devant l'autre fenêtre, celle qui donnait sur le parc. Machinalement, il en écarta le rideau. Il vit le garage, la Pontiac, son sac à dos, sur le bord de l'allée, au pied du massif de lauriers-roses. Curieux ! Il était sûr de ne pas l'avoir posé là...

Agenouillée près de son mari, Héléna pleurait. Jean-Claude repéra le téléphone. Au centre du disque, sur une pastille blanche, étaient inscrits des numéros : le médecin, les pompiers, la police... Il décrocha, eut tout de suite, au bout du fil, un agent, ou peut-être un inspecteur... s'embrouilla un peu, au début, dans ses explications, recommença... C'était M. René Gouvier qui avait été tué... lui, il venait d'arriver à la villa, avec Mme Gouvier... Il s'appelait Jean-Claude Comminge... Si la villa avait été cambriolée? A vrai dire, ils n'en savaient rien... Le bureau, oui, avait été fouillé... Non, ils n'avaient touché à rien... D'accord, ils attendaient la police...

Il raccrocha, aida Héléna à se relever. Il réfléchissait, très vite. Le sac, bien sûr! Le sac expliquait tout!

— Je suis désolé, murmura-t-il. Pourquoi m'avez-vous invité... justement moi? Non, ne vous méprenez pas... Ce n'est pas que je regrette... Je veux dire qu'avec un autre, les choses se seraient peut-être passées mieux... Descendons.

Mais il revint sur ses pas pour toucher la main du mort, dure et froide comme de la pierre. Jean-Claude était calme, maintenant, tout ramassé en lui-même comme avant un oral, et ses pensées rangées en ordre, dans sa tête. Il conduisit Héléna sur la terrasse et lui versa du whisky, beaucoup de whisky.

— Vous vous rappelez mon sac à dos? dit-il. Je vous ai proposé de le mettre dans la malle, mais vous n'avez pas voulu, tellement vous étiez pressée... Et pourtant, malgré votre hâte, vous avez stoppé pour me prendre... En arrivant ici, je l'ai déposé juste derrière votre Pontiac. Or, il a été légèrement déplacé...

Très loin, vers la ville, retentit l'avertisseur à deux notes d'une voiture de police. Jean-Claude bourra sa pipe.

— Pendant que nous étions ici, quelqu'un a eu besoin d'ouvrir la malle... Quelqu'un qui n'avait pas un instant à perdre. Un homme... Un homme jeune, sans doute, et nécessairement costaud...

Héléna tourna la tête vers le living-room.

— Oh! Il n'est plus là, continua Jean-Claude. Il est reparti aussitôt... le temps de sortir le corps de la malle et de le porter là-haut... En tout quatre à cinq minutes...

— Je ne comprends pas, dit Héléna.

— Vraiment, je suis désolé, répéta Jean-Claude. Mais ce n'est pas ma faute si certains détails s'ajustent d'une manière... accablante. Je ne vous veux aucun mal, je vous assure... Votre mari doit être mort depuis un jour ou deux. Il a gardé la position légèrement recroquevillé qu'on a dû lui donner, quand on a enfermé son cadavre dans la malle de la voiture. Est-ce que vous commencez à comprendre?... Votre mari a été tué loin d'ici. A Lyon, sans doute. Et vous aviez besoin d'un témoin qui découvrirait son corps ici, en même temps que vous, et garantirait donc votre innocence.

— C'est odieux.

La sirène retentit encore, beaucoup plus proche.

— Héléna... Vous voulez que je vous raconte l'histoire?... Votre mère n'a jamais été malade. Vous aviez seulement besoin d'un prétexte pour aller à Lyon... souvent... et là, vous rencontriez l'homme que vous aimez. Votre mari vous a surpris... L'autre l'a tué. J'explique tout cela grossièrement, mais je comprends qu'on fasse n'importe quoi pour vous garder... Bien entendu, votre mari, qui voulait vous surprendre, n'avait parlé de son voyage à personne. C'était ça, votre chance. Le jour de sa mort, que le médecin déterminerait facilement, on vous aurait vus, vous et votre ami, à Lyon. Comme tout le monde croirait que votre mari n'avait pas quitté Beaulieu, vous aviez un alibi parfait... A condition de ramener le corps et de faire croire à un cambriolage... Je suppose que votre ami a pris le train de nuit, qui l'a déposé ici il y a une heure ou deux... Il a tout saccagé dans le bureau, cassé le carreau, et vous a attendue. Quand nous sommes arrivés, vous m'avez tout de suite conduit sur cette terrasse, pour lui laisser le champ libre derrière la maison...

La voiture de police s'arrêta devant la grille, puis s'engagea dans l'allée.

— Vous avez l'intention de leur répéter cela ? dit Héléna.

Jean-Claude baissa la tête. Il avait une minute pour choisir, pour devenir un homme.

L'AUTRE RIVAGE

Depuis une heure, Lambesc était complètement perdu. Tous les chemins, sur sa droite, menaient à des plages. Sur sa gauche, courait la Nationale, qui conduisait à Saint-Pierre et au château d'Oléron. La gendarmerie avait sûrement placé des barrages, bloqué le pont. Lambesc avait connu des moments plus difficiles. Mais il était un homme des villes et, dans la nature, avec ce clair de lune qui truquait les apparences, il commençait à se sentir en danger. Ce serait trop bête de se faire prendre là... peut-être de se faire descendre, car ils tireraient à vue, de peur de le laisser échapper.

De temps en temps, il repérait un poteau indicateur : *La Ménounière*... ou bien : *La Biroire*... Le bled !... Le fond du bled !... Quelque chose de pire que les Causses ou le plateau de Millevaches... Et pas un coin pour se cacher. Des dunes sans relief, le sable, les étoiles à poignées, et d'autres feux, plus mystérieux, des lueurs errant sur la mer, le bruit monotone des vagues ; le bout du monde ! Si cet imbécile de facteur ne s'était pas jeté sous ses roues, il serait à La Rochelle, bien planqué, attendant tranquillement l'accalmie. Tandis que maintenant...

Ils avaient fatalement trouvé le corps de Mariette

Un coup de fil à la Sûreté et le plus idiot était capable de reconstituer toute l'histoire. Dès l'aube, un hélicoptère patrouillerait au-dessus de l'île. Et puis, ils lâcheraient les chiens.

Allons ! Pas de cinéma ! Les jeux n'étaient pas encore faits. Si seulement il avait eu moins mal aux pieds ! Il n'avait pas l'habitude de marcher ; il était encore endolori par l'accident qui avait jeté la voiture au fossé ; mais surtout il souffrait dans sa dignité. Encore un panneau : *La Cotinière*... Cela lui rappelait quelque chose. Mariette, autrefois, parlait de La Cotinière... Il y avait un petit port, par là. Un port, des bateaux... peut-être un moyen de s'échapper. Il était minuit et demi. Tout le monde devait dormir, sauf les flics, bien entendu. Lambesc marcha plus vite. La route, maintenant, longeait la mer, mais on la devinait plus qu'on ne la voyait ; c'était bizarre et vaguement inquiétant ; le ciel était d'une pureté extraordinaire et puis, à mesure que les yeux cherchaient l'horizon, ils découvraient une sorte de matière impalpable, une lumière diffuse qui était là comme un paysage, masquant les lointains. Lambesc n'aurait su dire de quel côté était le continent. Des phares, il y en avait partout, comme des vers luisants, et des bruits de diesels venaient du large ; des chalutiers partaient pour la pêche. C'était l'heure où Pigalle brillait de tous ses feux, où claquaient les portières devant les boîtes de nuit. Là-bas était la vraie vie ; ici, le décor. Lambesc passa, presque sur la pointe des pieds, devant une station-service plongée dans l'obscurité. Puis il aperçut un petit bistrot endormi. Et, au bout d'une ruelle, il vit le port, minuscule, avec son môle terminé par une tour, et ses mâtures qui, de loin, semblaient emmêlées et oscillaient toutes ensemble.

Pas un chat. Il traversa le quai. L'odeur crue de l'eau l'emplissait de dégoût. Des bateaux, il y en avait trop, qui sentaient le poisson et le goudron. La marée devait être à son plein car les coques étaient presque au niveau du quai. Lambesc savait conduire des voitures de sport, il avait même piloté des avions. Mais des bateaux de pêche, il n'en avait vu que sur des cartes postales. Pas question de prendre un canot ; il serait tout de suite rattrapé. Il lui fallait une de ces barques, peut-être celle-là, là-bas, le long des marches, dont les feux de position étaient allumés. Silencieux, il se rapprocha, vit l'ombre qui s'agitait dans une sorte de guérite où brillait une roue. Il n'y avait plus une minute à perdre. L'ombre quitta la guérite et alla ranger, à l'avant, des caissettes. L'homme tournait le dos. Lambesc s'accroupit, lança un pied qu'il assura sur les planches de l'arrière, puis, en souplesse, passa sur le pont du chalutier. Machinalement, il s'essuya les mains. Tout était sale sur ces rafiots ! Il sortit son pistolet et s'avança vers le marin. Celui-ci se retourna. Il considéra le pistolet braqué, Lambesc dont les yeux luisaient durement sous le bord du feutre.

— Ah ! C'est vous ? dit-il.

— Tu me connais ?

— Dame ! J'écoute la radio, moi aussi... Vous avez fait du propre. Deux morts !

— Ça va !... Tu vas me conduire à La Rochelle.

— Rien que ça !... C'est pas à côté, vous savez.

— Ça m'est égal. On part tout de suite.

— Et ma pêche ?

— Qu'est-ce qu'elle vaudrait, ta pêche ?

— Dans les deux cents. Le vent est bon.

— Je te donne deux cent cinquante. Grouille ! Deux cent cinquante ou une balle dans la tête. Au point où j'en suis. Reste où tu es...

— C'est vous qui ferez partir le moulin ?... Sortez-vous de là que je mette en route... Vous m'avez l'air d'un drôle de terrien.

Il passa devant Lambesc en grommelant des choses

indistinctes et largua l'amarre qui retenait le bateau. Il était vieux et ne paraissait pas bien redoutable. Le moteur toussa. Il répandait une écœurante odeur de mazout. Il démarra enfin et le bateau recula lentement. Lambesc surveillait la manœuvre ; de temps en temps, il jetait un coup d'œil du côté du quai, du môle. Tout était désert.

— J'ai dit La Rochelle.

Le vieux cracha dans l'eau et haussa les épaules.

— Si vous voulez vous faire cueillir, y a qu'à aller à La Rochelle. Moi, je veux bien. Mais, à votre place, j'aimerais mieux Fouras. Quand on arrivera, ce sera marée basse... personne au port nord. Vous n'aurez qu'à prendre le car du matin.

— C'est loin de La Rochelle ?

— Une vingtaine de kilomètres... On gagnera au moins deux heures. Le temps de doubler Chassiron ; on revient au sud ; on pique sur l'île d'Aix et on y est.

Placide, il tournait sa roue, les yeux fixés vers ce brouillard lumineux qui s'étendait sur la mer.

— Bon, décida Lambesc. Marchons pour Fouras. Mais pas de blague !

Le moteur tourna plus vite ; la barque s'assit fermement sur son arrière et le youyou, dans le sillage, dressa le nez et se mit à courir comme un poulain derrière une charrette. Lambesc se laissa aller de l'épaule le long de la porte du poste. Sa main droite glissa le pistolet dans sa ceinture ; la gauche sortit un paquet de Craven. Le marin regardait loin devant lui. Sous sa casquette informe, son visage de vieux chef indien, cuit et craquelé comme une poterie, restait impassible. Ni content ni mécontent. Absent.

— Tu la connaissais, la Mariette ? demanda Lambesc.

L'autre chercha ses mots.

— Comme ça... On se connaît tous, ici... On est tous cousins. Je sais qu'elle faisait la vie, à Paris.

— La vie! répéta Lambesc, rageusement. Tu appelles ça la vie!... Elle m'a donné, si tu veux savoir... J'ai eu droit à vingt ans... Comme j'en ai quarante, calcule... Heureusement que j'ai des copains... Ils m'ont aidé à sortir du trou.

De temps en temps, le vieux faisait tourner la roue, comme s'il avait choisi, sur l'eau tranquille, un chemin plus facile.

— Tu comprends pourquoi je suis venu? Ces choses-là, il n'y a pas deux façons de les régler... Même si elle était allée se cacher au fond de l'Afrique, je l'aurais retrouvée.

Il guettait, sur les traits du vieux, il ne savait quoi, quelque chose comme un signe de compréhension, de sympathie peut-être. La justice reste la justice, même pour le plus borné! Mais le vieux ne devait penser qu'à sa pêche manquée. Lambesc alluma sa Craven, tendit le paquet.

— Tu en veux une?

— J'ai ma pipe, dit l'autre.

La mer se déchirait à l'avant et parfois des gouttes volaient, piquaient les joues de Lambesc comme des flocons. Le bateau se balançait très doucement. Il y avait autant d'étoiles dans l'eau que dans le ciel. Après l'affreuse tension des heures précédentes, Lambesc avait l'impression de rêver. Il flottait dans un espace infini, laiteux, où les formes ne portaient plus de noms. Il y avait, sur la droite, une sorte de nuage, qu'il montra du doigt.

— C'est de la brume?

— Non. C'est la côte.

— Du continent?

— Non. De l'île. Le continent, on l'apercevra tout à l'heure, de l'autre côté.

Lambesc raconterait cela aux amis, qui ne le croiraient pas. Une merveilleuse nuit de juin. Une vraie nuit de cinéma. Impossible à dire, tant c'était inhabituel... une espèce de cantique... Et partout, s'ouvrant, se fermant, des yeux de lumière. On sentait sur la peau le coup d'éventail de leurs feux. Le vieux manœuvra sa roue.

— Le rocher d'Antioche, dit-il.

On devinait le phare, surplombant la barque et fouillant les lointains de son rayon tournant. Le sillage s'arrondit.

— Là-bas, reprit le vieux, c'est La Rochelle. En face, c'est Fouras. Mais on ne peut rien voir encore.

Pour Lambesc, tout était comme avant. A peine si le bateau se balançait davantage. Il se pencha vers le feu de position pour voir l'heure à sa montre. Trois heures et demie... Il trouverait bien un café, d'où il téléphonerait à Mario, qui l'attendait à La Rochelle avec la DS 21. Mario viendrait le prendre à Fouras et ils fileraient vers Bordeaux. Il considéra le vieux avec une espèce d'amitié.

— L'autre, dit-il, le facteur, je ne l'ai pas fait exprès. C'est lui qui s'est jeté sur la voiture. Il était complètement saoul... Sans lui, je serais loin. Tu le connaissais ?

— Un peu, dit le vieux.

— J'ai essayé de l'éviter. C'est comme ça que je suis sorti de la route. La bagnole, pas d'importance ! Je l'avais piquée à La Rochelle. Mais moi, j'aurais pu y rester On n'a pas idée. Qu'est-ce que c'était, ce type-là ?

— Un fainéant, dit le vieux. Faut pas être courageux pour être facteur !

C'était une chance d'être tombé sur un gars pareil, qui comprenait tout, qui excusait tout. Ce serait

dommage de l'abîmer, tout à l'heure, quand on arriverait au port. Il faudrait frapper avec précaution. Juste
un petit coup de crosse sur la tête, pour l'endormir
pendant une heure. Le temps que Mario arrive.

— Je ne suis pas le mauvais bougre, dit Lambesc.
Seulement, il ne faut pas me chercher... Je crois que
tout le monde est comme moi, non ?

Le vieux allumait sa pipe, entre ses mains informes
comme des gants de boxe.

— Voilà la côte, fit-il.

Ce n'était qu'une ombre plus appuyée, au bas du ciel.
Lambesc fit le tour du poste et se plaça à gauche, pour
la voir venir plus vite. Maintenant, il avait hâte d'en
finir. La poésie, ça va bien un moment. On la sent tout
comme un autre, quand on n'est pas une brute. Mais
un homme a, malgré tout, d'autres préoccupations !
Heureusement, Mario connaissait bien la côte. Il avait
fait son service à Rochefort, dans l'aviation. De ce côté,
pas de problème.

— Tu es sûr que je trouverai un bistrot ouvert ?

— Le *Café des Pêcheurs*, au-dessus du port. Ils sont
matineux, d'habitude.

La mer semblait plus claire, mais Lambesc ignorait
que le matin monte d'abord de la mer. La côte courait
à contre-bord, de plus en plus sombre, à mesure que
pâlissait la nuit.

— Il y a une petite plage, avant le port nord, dit le
vieux. Personne ne vous verra. Je vous conduirai dans
le youyou... Attention aux douaniers. Il y en a quelquefois qui se promènent dans le coin.

Ils se turent. La marée, qui se retirait, laissait de
vastes grèves qui fumaient légèrement. L'air devenait
vif. Le vieux stoppa le moteur et le bateau continua sa
route dans un froissement d'eau bousculée. Les
manœuvres qui suivirent, Lambesc n'y fit guère attention. Il observait le rivage, maintenant tout proche. A

gauche, un bois de pins. A droite, des rochers sur lesquels la marée avait laissé sa trace noirâtre. Entre les deux, une plage étroite sur laquelle on n'apercevait aucune trace suspecte. L'ancre tomba avec un bruit sonore et le bateau pivota dans le sens du courant. Déjà, le vieux rangeait le youyou le long de la coque. C'était le moment. Lambesc passa derrière lui. « Pauvre vieux !, pensa-t-il. Je n'ai pas le choix ! » Le coup surprit le bonhomme au moment où il se relevait. Lambesc reçut le corps dans ses bras et l'allongea soigneusement au pied du mât. Puis il le recouvrit d'un prélart. Mais, comme il était régulier, il compta vingt-cinq billets, hésita, en ajouta encore dix.

— Pour la bosse, murmura-t-il.

Et il embarqua dans le youyou. Cinq minutes après, il était à terre. Le vieux n'avait pas menti. Derrière le bois se trouvait la route. Des toits, un clocher, signalaient le bourg. Lambesc était libre. Il faillit siffloter. Mains dans les poches, la jambe légère, il se dirigea vers le port. Bientôt il reconnut le *Café des Pêcheurs*. Le vieux continuait de veiller sur sa fuite. « J'aurais dû aller jusqu'à cinquante ! », pensa Lambesc.

Malheureusement, le café était fermé. Il était trop tôt. Lambesc eut froid, brusquement. Le temps pressait. Peut-être aurait-il plus de chance, dans le bourg. Il dirait, au besoin, que sa voiture avait eu une avarie. Cela justifierait son coup de téléphone à La Rochelle. Il se remit en marche, aperçut un panneau et lut : *La Cotinière*.

Il crut sentir, de nouveau, dans ses jambes, le balancement du bateau. Une nausée lui bloqua la gorge. La Cotinière ! Le vieux singe l'avait ramené à son point de départ. Il fallait fuir. Il fit demi-tour et aperçut les gendarmes.

... Deux jours plus tard, une foule se pressait derrière le cercueil du facteur. Le vieux marin menait le deuil, la tête bandée. Il regardait avec orgueil l'étonnante couronne. Jamais on n'avait vu dans l'île une couronne semblable ; toute en fleurs naturelles, les plus rares... Trois cent cinquante francs de fleurs ! Une folie ! Mais on ne garde pas l'argent d'un gangster.

Une inscription se détachait sur l'énorme ruban mauve : *A mon frère.*

LE VŒU

La première balle du Corse coupa en deux le cigare que Fernand s'apprêtait à allumer. Ensuite, des éclats de plâtre, de verre, de bois, ricochèrent de tous les côtés. Fernand s'était laissé tomber à genoux. Assourdi, le ventre serré, les yeux flagellés par les coups de feu, il se glissa derrière le piano. C'est là que, pour la première fois de sa vie, il eut une faiblesse. Sa bouche se mit à prier toute seule... Elle murmurait des mots de gosse :

« Notre Père... Ayez pitié de nous... Maintenant et à l'heure de notre mort, ainsi soit-il. »

Un projectile traversa le piano et Fernand se ressaisit. Il avait horreur des mômeries, mais un bon contrat, donnant-donnant, pourquoi pas ?... Il en trouva la formule sur-le-champ.

— Notre-Dame de la Garde, si je m'en sors, j'irai, pieds nus, vous offrir un cadeau. Parole.

Le silence lui apprit bientôt qu'il venait d'être exaucé. Cependant, habitué aux feintes, il attendit un peu ; rien ne bougeait...

Il se releva et les vit, tous les quatre, la haine figée sur le visage, du sang partout. Il les enjamba. Ses pieds broyaient des débris et la fumée lui piquait la gorge. Quand il referma la porte, il faillit tomber. Il tâta ses poches : les bijoux étaient toujours là, enveloppés dans du papier de soie. Un miracle !

Le lendemain, il fut rassuré en lisant les journaux : *Règlement de comptes à Montmartre... Quatre dangereux repris de justice s'entre-tuent.* La police ne le soupçonnait pas. Personne ne se doutait que M. Fernand, ce commerçant si respectable, possédait les diamants de la collection Robson. Seule, sa mère savait. Elle n'approuvait pas, certes. Les hold-up lui faisaient peur. Elle regrettait la belle époque de la cambriole et soupirait en regardant le portrait du père de Fernand, un artiste, un vrai, dont les mains étaient longues et douces comme celles d'un joueur de harpe. Il ne buvait jamais pendant le travail, tandis que Fernand...

— Oui, bien sûr, disait Fernand. On a eu tort. C'est le rosé qui a tout provoqué. On ne se méfie pas. Un verre en appelle un autre ; une parole en provoque une autre...

— Tu ne devrais plus boire, Fernand.

— J'essaierai.

— Et ton vœu ? Tu sais qu'il ne faut pas plaisanter avec ça !

Mais Fernand était de plus en plus réservé sur ce chapitre. Rien ne pressait. Il n'avait pas, Dieu merci, précisé le moment de son pèlerinage. Pourtant, quand il apprit que son bar le plus élégant avait été mitraillé, il se sentit pénétré d'une angoisse inconnue. Et, en même temps, il fut choqué. Quoi ! Il était régulier ! Tout le monde savait qu'il avait une mentalité irréprochable. Un vœu est un vœu, soit !... Seulement, de Paris à Marseille, par la Nationale 7, il y a 804 kilomètres... 804 !... Le chiffre l'accablait et, pour se donner du courage, sournoisement, il recommençait à boire. Du beaujolais, cette fois, parce que le beaujolais exalte et engourdit à la fois. Il rend même subtil, à partir d'un certain moment. On comprend mieux le fond des choses. Par exemple : « pieds nus », cela ne signifie pas forcément : « à pied ». On peut très bien voyager pieds nus dans une voiture. D'abord, c'est l'intention qui compte, tous les professionnels du cœur humain, sont d'accord là-dessus. Mais la mamma ne l'entendit pas de cette oreille.

— Bonne Mère ! s'écria-t-elle, si le petit commence à tricher, soyez ferme. Il n'a pas un mauvais fond, mais il a besoin d'être mené dur, et moi je n'ai plus d'autorité !

Fernand haussa les épaules. Huit jours plus tard, Morucci, son homme de confiance, fut trouvé mort sur le trottoir. C'était sûrement un coup des Gitans, qui avaient eu vent de l'affaire et cherchaient sans doute à négocier. La coïncidence était néanmoins troublante. Fernand s'enferma dans son bureau pour réfléchir. Il étala ses cartes routières, aligna des chiffres. Il n'avait jamais été un bon marcheur. Mais pieds nus ! Qu'est-ce qu'il ferait ? Dix kilomètres par jour ? Presque trois mois de route. C'était impossible. Avec la meilleure volonté...

Il vida une demi-bouteille, sans trouver la moindre solution. Et pourtant, il fallait prendre une décision ; sinon, les Gitans ou les policiers finiraient par mettre la main sur le magot. Il finit la bouteille... L'idée qui le visita lui parut lumineuse.

Il changea trois fois de taxi, traversa un Prisunic, s'engouffra dans le métro d'où il ressortit juste au moment où la rame s'ébranlait. Personne ne le suivait. Il serait mort de confusion si quelqu'un l'avait vu pénétrer dans l'église. Longtemps, il hésita devant les confessionnaux. Il se rappelait tous les coups durs qui avaient marqué son ascension : son combat contre Milou de Maubeuge, le fric-frac de l'avenue Henri-Martin, et tant d'autres entreprises ardues. Toujours

les mains sèches et le corps à l'aise... Bon Dieu, il
n'allait pas caner pour une histoire de pieds ! Il souleva
le rideau, s'agenouilla, et ce fut tout de suite la
bagarre.

— Pieds nus, expliquait le prêtre, cela veut dire
marcher les pieds nus. Sinon, où serait le mérite ? Je
vous accorde que la distance est grande, mais la grâce
que vous avez reçue est immense. Il ne faut pas hésiter,
mon fils.

— Est-ce que je ne pourrais pas marcher dans mon
appartement ? Que je fasse huit cents kilomètres sur
une route ou dans mon salon, au fond...

— Pardon ! Vous avez bien dit : « J'irai vous offrir
un cadeau » ? L'engagement est net. Vous avez promis
d'aller... donc de faire la route.

— Mais...

— Il n'y a pas de mais.

C'était un prêtre intégriste. Fernand comprit qu'il
valait mieux ne pas insister. La mort dans l'âme, il
s'enivra, pleura et s'endormit. A son réveil, il décida de
consulter un jésuite. Le Père l'accueillit fort aimable-
ment et convint volontiers que le vœu avait été formulé
d'une manière très imprudente. Fernand renaissait à
l'espoir.

— Pourtant, continua le Père, ce qui est promis est
promis. Vous marcherez donc pieds nus. Reste à
étudier de quelle façon vous marcherez, car, mon fils,
vous devez éviter le scandale. Or, vous ne manqueriez
pas d'attirer l'attention si vous déambuliez pieds nus
et vêtu comme je vous vois.

— Justement, dit Fernand, j'aimerais mieux passer
inaperçu.

— Prions, dit le jésuite, le Ciel éclaire toujours les
cœurs purs.

Mais ils durent convenir bientôt que le Ciel était
aussi embarrassé qu'eux-mêmes.

— Vous pourriez vous déguiser en chemineau, suggéra le jésuite.

— J'aurais tout de suite les gendarmes sur le dos.

— En auto-stoppeur, alors ?

— Si quelqu'un s'arrête, je serai obligé de monter.

— En beatnik, avec une guitare ?

— Je suis chauve, mon Père !

— La vérité, conclut tristement le jésuite, c'est que le pèlerin n'a plus place dans le monde d'aujourd'hui. Il passerait pour un provocateur. Je ne vois qu'un moyen : marchez la nuit.

« Et je finirai à l'asile », pensa Fernand avec amertume. Il rentra désespéré. Ce fut la mamma qui reçut l'inspiration.

— La caravane, s'écria-t-elle. Nous découperons une trappe dans le plancher de la caravane. Et tu pourras marcher à ton aise sans être vu. Je conduirai la voiture tout doucement, sois tranquille.

Fernand commença donc l'entraînement. Il se glissait dehors, au petit jour, et parcourait quelques centaines de mètres avec précaution. Le plus dur était de ne pas sautiller quand l'asphalte devenait grenu ou quand une flaque d'eau lui glaçait les pieds. Il revenait fourbu, et sa mère le massait, l'enduisait d'onguent, le poudrait de talc.

Fernand, qui n'avait jamais connu le remords, éprouvait maintenant d'étranges scrupules. Il se demandait si un pénitent a bien les dispositions morales requises lorsqu'il vide quotidiennement ses trois ou quatre bouteilles pour essayer de tuer en lui un tenace respect humain. « Tous les sportifs le font, disait la mamma. C'est le doping du bon Dieu. »

Fernand marchait et, peu à peu, son épiderme durcissait, prenait la couleur et la consistance du parchemin. Il reconnaissait au toucher, avec une sorte de trouble plaisir, les revêtements lisses des avenues voisines, le goudron un peu collant des carrefours, les bosses glissantes et froides des passages cloutés. Il se sentait prêt pour le grand voyage.

La caravane fut attelée à la Buick. Fernand se faufila par le trou. Ses pieds touchèrent le sol entre les roues. Ses coudes reposaient commodément sur le plancher de la remorque et la mamma, prévoyante, avait disposé, à bonne portée, quelques flacons et amuse-gueule pour parer aux premières fatigues. Le convoi se mit en route, de bon matin. Fernand trottait de tout cœur. Quand la caravane allait un peu trop vite, il se soulevait sur les coudes et faisait d'immenses enjambées d'astronaute en état d'apesanteur. De temps en temps, il empoignait au col une bouteille et buvait à la régalade, ou bien pelait un œuf dur. Mais bientôt une angoisse le saisit. Il ne voyait pas où il mettait les pieds et il éprouvait mille sensations insolites ; il écrasait du mou, il sursautait sur du piquant, il dérapait sur du gras... Un museau baveux vint lui renifler les mollets et il jura d'une manière qui l'emplit de honte. « Ah ! Bonne Mère, murmura-t-il, si j'avais su... » Mais le moyen de reculer ? On n'avait même pas le droit de s'arrêter sur l'autoroute. Il fallut poursuivre. A la fin, le malheureux avait l'impression de marcher sur des tisons. Quand la mamma le récupéra, il ne tenait plus debout. « J'abandonne », gémit-il. Pourtant, après un court repos, il repartit. Alors, un concert d'avertisseurs le jeta dans les transes. Les voitures s'accumulaient derrière la caravane. On voulait voir de plus près l'étrange véhicule à deux jambes et à deux roues. Un motard intervint. La mamma lui expliqua que son fils s'entraînait.

— Qu'il s'entraîne ailleurs, dit le motard.

Le convoi fit demi-tour. Fernand s'alita. C'était le

moral qui était atteint. Visiblement, la Bonne Mère ne voulait pas de son cadeau. Jamais personne n'avait osé contrecarrer Fernand. Il n'allait pas tolérer un tel affront.

— C'est la mère de Dieu, plaida la mamma.

— Possible! Mais quand j'offre quelque chose, je n'aime pas qu'on fasse la fine bouche... Je te jure qu'elle l'aura, son cadeau!

Et, pendant des jours et des jours, il tourna et retourna le problème : comment marcher pieds nus sans avoir l'air d'aller nu-pieds? Comment garder l'allure d'un honnête promeneur qui baguenaude pour son plaisir, sur le bas-côté de la route? Il en perdait l'appétit, mais buvait de plus en plus. Puisque le rosé avait inspiré ce vœu de malheur, c'était au rosé de suggérer les moyens de l'honorer. Il en fit venir cinquante bouteilles de Provence, accrocha un écriteau à sa porte : *Do not disturb*.

Les idées ne lui manquèrent pas. Il y en avait même un peu trop... Par exemple, on pouvait feindre de porter aux chevilles des pansements ou des plâtres... ou bien encore on pouvait marcher en boitillant, souliers à la main, comme quelqu'un qui étrenne des chaussures un peu justes... ou bien...

Il ferma les yeux, ébloui.

Ou bien, on enlevait la semelle des souliers ; on se contentait d'enfiler les empeignes... Ni vu ni connu. Le pied restait décemment couvert et pourtant reposait, nu, sur le sol... Enfin! La solution!

Fernand courut chez son chausseur, qui l'écouta avec une certaine répugnance. Fernand paya le prix fort et emporta une magnifique paire de souliers amputés de leurs semelles. Il les essaya, devant la glace. Le résultat n'était pas parfait car le cuir, au lieu de plier, se soulevait, remontant le long de la cheville. Mais qui remarquerait ce détail ? Fernand revêtit un costume de touriste, pas trop voyant, fit ses adieux à sa mère, et partit...

Ce que fut son calvaire, nul ne le sut jamais. La Nationale 7 est cruelle aux piétons. Fernand traversa des secteurs de route en réfection, pataugea dans le goudron chaud, se meurtrit aux gravillons, essuya des pluies d'orage qui transformaient les bas-côtés en torrents. Jamais il ne perdit sa dignité. De loin en loin, il s'asseyait sur une borne et, furtivement, se massait la plante des pieds, avec une grimace de douleur. Quand il souffrait trop, il pensait : « Elle a eu tort de me chercher... Quand on me cherche, on me trouve ! » Et la colère s'accumulait en lui. Il dépassa Lyon, atteignit Valence. Il maigrissait, jetait un regard mauvais aux vacanciers de septembre qui le frôlaient, traînant des bateaux blancs. Il dépassa Avignon, fut obligé de s'arrêter près d'Arles. Il lui venait des envies d'étrangler quelqu'un. « Ils m'ont bien eu », se disait-il parfois, et il essayait d'oublier, mais le vin faisait flamber ses rancunes.

... Enfin, il entra dans les faubourgs de Marseille, boitant bas. La statue de Notre-Dame de la Garde brillait, au-dessus de la ville. Un grain d'orage avait mouillé les trottoirs qui, maintenant, fumaient au soleil. Les pieds trempés de Fernand y dessinèrent de surprenantes empreintes qu'un agent, troublé, observa de près. Comment cet homme, qui semblait correctement habillé, pouvait-il laisser de telles traces, semblables à celles d'un naufragé ? Il suivit Fernand, se décida à l'interpeller. Fernand lui répondit avec vivacité. L'agent lui mit la main au collet. Au commissariat, Fernand, prié de s'expliquer, parla d'un vœu, d'un pèlerinage, de choses qui, dans tous les commissariats du monde, paraissent peu compatibles avec l'ordre public.

— Elle m'avait mis au défi, dit Fernand.

— Qui ?

Fernand préféra se taire. On perquisitionna chez lui. On découvrit les diamants. Il récolta quinze ans, bénéficia d'une mesure d'amnistie.

Maintenant, il tient un petit magasin de chaussures *Au pied sensible*, boulevard Notre-Dame, en face du sanctuaire. C'est un vieil homme, qui ne boit que de l'eau et ricane quand il voit passer des processions.

LE CORBEAU

La lettre fut mise dans la boîte au début de l'après-midi. Elle ne s'y trouvait pas à onze heures, quand Juliette avait pris son courrier. Elle ne s'y trouvait pas non plus à treize heures, quand Juliette était descendue pour acheter du pain. Mais elle y était, une heure plus tard, quand Juliette sortit pour aller chez son coiffeur. Juliette remarqua l'enveloppe, à travers le grillage de la boîte, pensa qu'il s'agissait d'un prospectus. Puis, voyant que l'enveloppe ne portait aucune adresse, elle pensa : « C'est la femme de ménage. Elle m'explique pourquoi elle n'est pas venue. » Arrêtée, elle déchira l'enveloppe, déplia un billet qui contenait deux lignes, écrites en majuscules :

Votre mari vous trompe. Contrôlez son emploi du temps, lorsqu'il vous dit qu'il est en voyage d'affaires.

Et Juliette resta un long moment, un poing sur le ventre, la bouche entrouverte, comme assassinée. Marcel ? Marcel qui, justement, était parti ce matin, très tôt, pour aller plaider à Chartres. Elle se traîna jusqu'à l'ascenseur, remonta à son troisième. Elle ne tenait plus debout et se laissa tomber sur le lit. Elle était sûre de Marcel, mais... Une lettre anonyme, c'est de l'ordure, mais... Il y avait maintenant ce *mais* dans sa vie, et rien ne serait plus comme avant...

Quand Marcel rentra, la nuit tombait. De l'anti-chambre, il cria :

— J'ai gagné, tu sais ! Ça n'a pas été facile... Où es-tu ?... Tu pourrais allumer !

Il fit de la lumière, s'arrêta net quand il vit Juliette, couchée.

— Qu'est-ce que tu as ?... Tu es malade ?

Elle lui tendit la lettre qu'il lut d'un coup d'œil.

— Voyons, Juliette ! Tu n'en as pas cru un mot, j'espère ?... Mais réponds.

Elle l'observait et s'étonnait de découvrir soudain un inconnu. Marcel en colère ! Marcel jouant l'indigna-tion ! Marcel serrant les poings !

— Je t'en prie, murmura-t-elle... Je suis déjà assez malade.

Et ce fut alors un autre Marcel qui se mit à genoux près du lit, qui entreprit de se justifier, qui parlait trop... Tant de paroles ! Qu'est-ce que cela prouvait ? Et un amour qui a besoin de preuve, est-ce encore un amour ?

— Tu ne me crois pas ? dit Marcel.

Ils étaient maintenant comme deux ennemis. C'était venu si vite ! Trois ans d'une union parfaite et, en quelques minutes, ce conflit inexpiable ! Marcel ouvrait sa serviette, en tirait des dossiers, des lettres.

— Puisque tu ne me crois pas... tu croiras peut-être ces documents... Lis !... Si !... J'y tiens. Ici, tu peux voir le jour et l'heure du procès. Tiens ! Voici d'autres pièces... J'ai même la note du restaurant.

Juliette était obligée de se rendre à l'évidence. Elle eut un sourire tremblant, mais Marcel ne désarmait pas encore.

— C'est quand même malheureux d'en arriver là. Enfin tu me connais, Juliette ! Tu sais bien que je suis incapable de...

Elle l'interrompit doucement.

— Mets-toi à ma place. Imagine que tu reçoives une lettre, à ton tour : « Votre femme vous trompe, dès que vous êtes en province. »

Marcel réfléchit.

— Bien sûr, admit-il. Je serais plus vulnérable qu'un autre... à cause de mon métier... Je vois trop de divorces... Tu sais ce que je pense ? Le corbeau s'est trompé de boîte... La boîte juste au-dessus de la nôtre... c'est bien celle des Vauchères ?... Un jeune couple... lui, est voyageur de commerce...

— Alors, tu crois qu'il trompe sa femme ?

Marcel se passa la main sur les yeux, haussa les épaules.

— Je suis odieux. Tu as raison. Il a suffi de cette lettre... Ah ! C'est terrible ! Ces gens, qui écrivent des lettres anonymes, ils savent d'instinct qu'il y a un coupable, en chacun de nous. En frappant à tort et à travers, on est assuré de frapper juste, un jour ou l'autre !

L'avocat s'assit, au bord du lit, prit la main de Juliette.

— Cela me rappelle un procès, dit-il. J'étais stagiaire, à l'époque. On jugeait une jeune femme qui écrivait des lettres abominables, comme celle-ci...

Il froissa la lettre anonyme et la jeta loin de lui.

— D'habitude, continua-t-il, les corbeaux sont des femmes refoulées, aigries. Quelquefois, elles sont partiellement irresponsables. Celle-là était parfaitement saine d'esprit. C'était uniquement parce qu'elle s'ennuyait qu'elle écrivait ces lettres. Et comme le Président lui faisait remarquer que ce n'était pas une raison suffisante, je me rappelle sa réponse : « J'ai besoin d'émotion. »

— Je ne comprends pas, dit Juliette.

— Si, dit Marcel, ça peut se comprendre... Je vois fort bien, pour ma part, une femme perdue dans un bloc comme celui-ci, où elle ne connaît personne. Elle pense à toutes ces vies mystérieuses, autour d'elle. Et puis, un jour, elle écrit sa première lettre. Elle s'empresse de la déchirer aussitôt. Mais elle a vibré ! Un peu comme un adolescent qui vient d'inventer son premier poème. Elle a vu le visage de la destinataire se décomposer. Elle a senti le coup, en plein cœur. Alors elle recommence. Elle s'enferme. Elle sort son papier, son porte-plume. Son sang court plus vite. La méchanceté a ses jouissances, comme l'amour. Elle compose des phrases, dans sa tête. Elle peut tout se permettre. Elle est toute-puissante.

— Comme c'est étrange ! murmura Juliette.

— Elle met soigneusement au point son écriture, poursuit l'avocat. Il lui faut obtenir des caractères nus, lisses, comme des lames. Quand on veut égorger le bonheur, on doit frapper une seule fois, jusqu'à la garde. Elle essaye ensuite des formules de plus en plus brèves. Elle tremble d'excitation. Son arme est prête... Oh ! tout cela s'enchaîne parfaitement. C'est du gâteau, pour un avocat... Elle jette sa première lettre dans une boîte, presque au hasard. C'est tellement sans défense, une boîte aux lettres. Sur la petite porte, il y a une carte de visite : *Monsieur et Madame Durand*. Une invitation, en somme !... Maintenant, commencent les plus hautes joies ! Il s'agit de surveiller discrètement la boîte. Ça y est ! La lettre a été prise. Le lendemain, on demande d'un air détaché au gardien de la résidence :

« Je n'ai pas vu Mme Durand. Elle est en voyage ? »

« Elle est souffrante, répond le gardien. *Le* médecin est venu, en pleine nuit. »

On est obligé de s'adosser au mur. La journée ass... comme un rêve. On pense aux Durand avec une sorte d'amitié. On se met à les surveiller. Il paraît soucieux ; elle a les yeux battus. Peut-être qu'une seconde lettre précipiterait les choses ?... Quelles choses ? On l'ignore.

L'important est d'imaginer et l'on imagine, exactement comme on se drogue. On pense, en faisant sa
toilette, son marché, sa cuisine, sa vaisselle, son
ménage... On n'est plus jamais seule. « Alors, il doit
sans doute lui dire... Et elle lui répond... » Les scènes se
succèdent, tantôt touchantes, tantôt dramatiques...

— Mais tu plaides ! l'interrompit Juliette.

— C'est vrai. Je me laisse entraîner. C'est un cas si
curieux.

— Tu n'obtiendrais quand même pas l'acquitte-
ment ?

— Qui sait ? J'aperçois tant de moyens d'intéresser
un tribunal ! Un corbeau, après tout, n'est peut-être
qu'un oiseau malheureux !

Marcel commença à se déshabiller.

— Tu ne veux pas manger ? demanda Juliette.

— Non, merci. Je suis un peu fatigué et demain je
dois être à Valenciennes avant midi. Allez, mon chéri,
ne pense plus à cette lettre. Et s'il en arrive d'autres,
brûle-les !

Le lendemain, Juliette s'éveilla tard. Encore une
longue journée à passer. Un peu de lavage à finir, si la
femme de ménage ne revenait pas. Et ensuite ?... Elle
bâilla, se leva, déjà fatiguée. Elle devrait bien écrire à
sa sœur, mais la correspondance l'ennuyait tellement !
Cependant, elle ouvrit un secrétaire, arracha une
feuille du bloc. Que lui dire ? Lui raconter l'épisode de
la lettre anonyme ?

Juliette rêva un peu. Puis elle prit son stylo bille et
traça machinalement des traits, des barres. Elle respirait plus vite. VOTRE... Comme c'était facile ! VOTRE
MARI...

Non. Je ne peux faire ça... Elle avait l'impression de
lutter contre quelqu'un. C'était comme un début de

viol. Mais un début délicieux. VOTRE MARI VOUS TROMPE...
Elle se reprit à temps, brûla soigneusement la feuille,
écrivit ensuite longuement à sa sœur, avec un entrain
qui la surprit. Et toute la matinée, elle sentit battre une
petite fièvre de joie, de honte, de désir. Après le
déjeuner, expédié sur un coin de table, elle fit malgré
elle les gestes qu'elle redoutait, mais une autre Juliette
s'était substituée à elle, une inconnue qu'elle n'aurait
pas aimé rencontrer dans un miroir. Le stylo bille... le
papier... l'enveloppe... bien disposés devant elle,
comme des instruments de chirurgie...

VOTRE MARI... Elle recommença et se servit d'une règle
pour tracer chaque jambage : VOTRE MARI VOUS
TROMPE... Il n'y avait qu'à reproduire le texte de la lettre
reçue la veille. C'était bref et terriblement efficace. Elle
faisait durer le plaisir, fignolait. Quand elle eut terminé,
elle se fit une tasse de café pour se remettre. Elle n'avait
même pas remarqué que la pluie cinglait les vitres. Elle
était hors du temps, hors de la vie.

Elle attendit quatre heures dans une sorte de recueil-
lement stupéfait. Quatre heures, c'était le meilleur
moment : il n'y avait presque plus d'allées et venues
dans le bloc. Sur la pointe des pieds, l'oreille tendue,
elle descendit au rez-de-chaussée et jeta la lettre dans la
boîte des Vauchères. Elle se sentait si faible qu'elle dut
s'appuyer aux parois de l'ascenseur. Elle s'allongea sur
le divan pour fumer une cigarette mais s'endormit,
comme après l'amour.

Ce fut le journal, le lendemain, qui la mit au courant.

La maladie des grands ensembles frappe encore.

*Une jeune femme, Mme Vauchères, s'est suicidée, la nuit
dernière, en absorbant une forte dose de barbiturique. La
police enquête. Aucune cause précise ne semble expliquer
le geste de la malheureuse...*

LES PANTHÈRES

Antoine Bièvre n'eut que le temps de se baisser : la potiche s'écrasa sur le mur, le manquant de peu.

— Je t'en prie, Jacqueline !

Mais Jacqueline empoignait déjà un bronze. Antoine courut à la porte. A peine l'avait-il refermée que le panneau craqua sous un coup de bélier. Il poussa le verrou. De l'autre côté, Jacqueline tambourinait à coups de poing.

— Ouvre, si tu n'es pas un lâche !

— Jacqueline, mon petit !

— Répète ça, et j'enfonce la porte...

Ils venaient de rompre, après deux ans d'une passion qui les avait conduits à deux doigts du mariage. Et puis au dernier moment, alors que tout était prêt pour la cérémonie, Antoine s'était dérobé, et maintenant, de part et d'autre de la porte close, ils échangeaient leurs dernières explications, ou plutôt Jacqueline exprimait, à sa manière tumultueuse, ses dernières menaces, tandis qu'Antoine s'épongeait le cou et le front.

Pour Jacqueline, il n'y avait aucun doute : Antoine lui devait tout ! Veuve et riche, Jacqueline avait fait d'Antoine, auteur non dénué de talent, mais paresseux et frivole, un écrivain qui promettait. Elle s'était dépensée à fond, se moquant, pour lui, de l'opinion,

organisant tout pour qu'il perce. Et voilà la récompense ! Monsieur se prétendait persécuté ! Monsieur
se croyait assez grand pour arriver tout seul ! La
vérité, c'était qu'il en aimait une autre, sans doute !

— Mais, dis-le, que tu me trompes !

Antoine se taisait. Elle finirait bien par s'en
aller !... Et elle s'en alla, après avoir juré, devant la
porte, qu'il ne l'emporterait pas en Paradis !

Dès lors, elle se mit à surveiller Antoine. Elle
engagea même un détective privé, Marcelin, un pauvre bougre prêt à tout pour gagner un peu d'argent.
Elle ne tarda pas à savoir qu'Antoine avait une maîtresse, une certaine Valérie, trente ans, moche, taillée comme un garde républicain, et qui était venue
lui faire des piqûres, après la rupture, car Antoine
s'était payé le luxe de tomber malade, comme si
c'était lui qui avait été plaqué ! Un comble !

Jacqueline se mit à ruminer de subtiles vengeances, mais elle n'eut pas le loisir de donner cours
à ses projets car elle apprit bientôt, par Marcelin,
qu'Antoine courtisait une jeune Anglaise, qui avait
les yeux de Petula Clark et l'accent de Laurel. Elle
suivait des cours de perfectionnement, à la Sor-
bonne. Je t'en foutrai, du perfectionnement ! Une
roulure, sans doute ! Monsieur faisait semblant
d'avoir une traductrice, pour snober ses amis ! On
allait lui faire savoir, à cette intrigante, en bon fran-
çais, ce que cela coûte de venir briser un ménage !
Car Jacqueline se considérait toujours comme la
femme d'Antoine, la seule légitime, celle qui a tous
les droits !...

Or, Émilia ne tarda pas à être congédiée et rem-
placée par Marie-Françoise, une grande blondasse
du XVIᵉ, qui roulait dans une Triumph décapotable
et faisait du cheval, le dimanche, au Bois !... Cette
fois, Jacqueline s'inquiéta. Antoine ne devait plus

tourner rond. Trois maîtresses en six mois ! Peut-être
était-il inconsolable ?... Pauvre Antoine !

Mais elle s'étrangla de fureur quand Solange remplaça Marie-Françoise. On lui aurait donné le bon Dieu
sans confession, à celle-là !... Distinguée, sérieuse, élégante et licenciée en droit, par-dessus le marché !
Jacqueline se sentit visée, narguée. Il fallait faire
quelque chose ! Un plan, très vague encore, se dessina
dans son esprit. Elle se fit faire des piqûres par Valérie
et prit quelques leçons d'anglais avec Émilia... Comme
par hasard, elle rencontra aussi la Marie-Françoise,
qu'elle aurait giflée avec tant de plaisir. Ces tendres
créatures pleuraient encore leur liaison d'un jour.
Envoûtées ! Elles étaient envoûtées ! « Ah ! le gredin !...
Vous verrez qu'il lâchera Solange aussi vite que les
autres !... » Cela ne tarda guère ! Michèle eut le dernier
mot, une petite manucure de rien du tout qui savait
seulement faire bâiller son corsage ! Non, Antoine
devenait un danger public ! Jacqueline décida d'agir.
Après quelques travaux d'approche qu'elle mena avec
une rouerie pleine de tact, elle réussit à séduire ses
rivales. N'étaient-elles pas, toutes ensemble, les victimes d'un même individu sans scrupule ? Toutes
désiraient se venger ! Toutes le détestaient, maintenant, du fond du cœur. « Soyons amies », dit d'abord
Jacqueline. Et bientôt elle ajouta : « Soyons complices.
Punissons-le ! »

— Mais comment ?

— Laissez-moi faire. J'ai une idée ! Vous pensez bien
qu'après Michèle, il y en aura une autre !...

Oui, il y en eut une autre mais, celle-là, Antoine
s'apprêtait à l'épouser ! Marcelin donna tous les
détails : grand mariage à Auteuil, bans publiés, etc.
Antoine venait même d'acheter une charmante villa, à
Montfort-l'Amaury ! Avec l'argent de la dot, forcément ! Le *club des veuves* se réunit (c'était le nom

imaginé par Jacqueline qui avait l'imagination prompte et pathétique). Après pas mal de doléances, de pleurs, de souvenirs évoqués, on tomba d'accord pour empêcher Antoine de commettre sa mauvaise action. Et Jacqueline exposa son projet : *que six femmes disparaissent, en laissant derrière elles des indices menant à Antoine, et ce serait une nouvelle affaire Landru !* D'ailleurs, Antoine n'était-il pas un Landru en puissance ?

Les maîtresses, un peu dépassées, réfléchissaient. Disparaître, oui, c'était faisable ! Aucune d'elles n'était retenue par des liens familiaux trop étroits. Mais disparaître *où* ? Jacqueline avait prévu l'objection ! Marcelin avait déjà loué, près de la forêt de Fontainebleau, une maison discrète, entourée d'un grand parc. On y serait à l'abri des curieux... L'aventure leur plut. On accepta d'enthousiasme. Seule, Valérie posa une question embarrassante, mais il fallait toujours qu'elle fasse étalage de ses beaux sentiments !

— A quoi sera-t-il condamné ?

On se tourna vers Solange.

— Au moins vingt ans, trancha Solange.

On se mit à compter. Il avait trente ans. Cela lui ferait cinquante ans à sa sortie de prison ; l'âge de raison pour un coureur ! C'était parfait ! A condition de ne pas perdre une minute, car le mariage serait célébré dans une dizaine de jours. Elles se mirent à l'œuvre.

Deux jours avant la cérémonie, la police fut alertée de six côtés à la fois. C'étaient des amis, des employeurs, des concierges qui signalaient la disparition de plusieurs femmes.

— Six ! s'écria le directeur de la P.J. ! Mais c'est impensable ! Je veux qu'on me les retrouve tout de suite. Sinon, je saute ! Et je ne serai pas le seul !...

Commissaires principaux, commissaires, inspecteurs, se lancèrent sur les traces des disparues. Heureusement, ces traces étaient assez faciles à suivre. Chez Solange, on trouva, sur le bloc où elle notait ses rendez-vous, un prénom : *Antoine*. Or, les familiers de Solange en étaient sûrs, il n'y avait eu qu'un Antoine dans sa vie... Un certain Bièvre.

Chez Émilia, on recueillit, dans la cheminée, au milieu d'un petit tas de cendres, une enveloppe en partie brûlée. Heureusement, le cachet de la poste était intact : *Montfort-l'Amaury, Seine-et-Oise*. La lettre avait été distribuée la veille du jour où Émilia avait cessé de donner signe de vie. Quant à l'écriture, plusieurs experts devaient, au cours du procès, l'identifier formellement. C'était l'écriture d'Antoine Bièvre. A mesure que l'enquête avançait, elle permettait de découvrir, chez les autres victimes, de nouveaux indices. Tous conduisaient à Bièvre. Le dernier ne laissait plus aucun doute ! L'employé qui ramassait les billets en gare de Montfort-l'Amaury se souvenait parfaitement d'une voyageuse qui, le 7 juin au soir, avait justement égaré son billet. Elle l'avait cherché pendant cinq minutes. Puis elle avait demandé le chemin de Montfort. Une belle blonde, qui n'avait pas l'air d'avoir froid aux yeux... celle dont les journaux venaient de reproduire la photographie, autrement dit : Jacqueline Meynard, une maîtresse d'Antoine Bièvre.

La police perquisitionna. La villa de Bièvre, *Le Gai Logis*, ne recelait aucun cadavre, mais, dans le sable d'une allée, près de la grille, on découvrit un porte-mine en or. Il avait appartenu à Marie-Françoise et celle-ci avait été également l'amie d'Antoine. Bièvre, affolé, niait l'évidence, disait qu'il ne comprenait pas. Ses fiançailles furent rompues. Il s'effondra et fut ramené à Paris, menottes aux mains. L'instruction fut activement poussée.

Dans la villa *Mon Repos* où sont cloîtrées les conju-
rées, Jacqueline triomphe. Marcelin assure le ravitail-
lement, apporte les journaux. La vie est belle ! Surtout
quand on s'installe au salon pour écouter Jacqueline
faire la lecture. Elles sont toutes ravies de savoir que le
pays tout entier s'occupe d'elles. Valérie découpe
même les articles qui la concernent et les classe dans
une chemise. Les hypothèses de la police sont folle-
ment amusantes. Surtout la dernière en date, la plus
sérieuse. Puisque Bièvre n'a pas escroqué ses maîtresses, s'il a été obligé de se débarrasser d'elles, à la
veille de son mariage, c'est donc qu'elles avaient
découvert sur lui quelque chose de redoutable, un
secret tel qu'il aurait fait obstacle à ses projets. Quel
secret ? La vie de Bièvre était passée au crible...
Mauvais élève, soldat médiocre, moyens d'existence
pas très clairs... Il y avait forcément un secret !

— Moi qui le connais bien, dit Marie-Françoise, je
sais qu'il n'avouera jamais.

— Moi aussi, je le connais, dit amèrement Jacqueline. Et sans doute mieux que vous... C'était moi qui
payais !...

Évidemment, quand on fait allusion, par étourderie,
à la vie privée d'Antoine, cela crée des moments de
tension pénibles ! Et malheureusement, de quoi par-
lent des femmes condamnées à l'inaction ? De leurs
amours ! Au début, on prend sur soi. Mais si Michèle,
par exemple, s'oublie jusqu'à murmurer :

— Il avait des côtés si gentils !...

on a envie de lui sauter à la figure ! Et puis on réalise,
peu à peu, qu'on est prisonnières pour un bon bout de
temps ! Et la vie quotidienne pose mille problèmes.
Notamment, celui du sixième lit. Car il n'y a que cinq
chambres ! Marcelin s'est installé au grenier, pas de

problème. Mais où coucher la sixième pensionnaire ? Aux voix, on a attribué le lit pliant à Michèle, la cadette, et on a décidé qu'elle le transporterait chaque soir dans une chambre différente.

— Sauf la mienne, a tranché Jacqueline.

— Pourquoi ?

— Parce que vous êtes ici chez moi !

Parole malheureuse, qui a été longuement ruminée. Solange estime qu'on a toutes les mêmes droits quand on est dans le même malheur.

Et puis il y a le problème des permanentes. Michèle va encore se dévouer, mais elle a ses idées à elle (des idées vulgaires, d'après Émilia) sur la manière de coiffer ses compagnes. Quand à la salle de bains, on fait la queue. On jette dehors, d'un air dégoûté, des lingeries oubliées. Valérie frappe du poing à la porte.

— Faut pas une heure pour se décrasser !...

Jacqueline essaye d'intervenir. Aussitôt, on insinue qu'elle a ses préférées. Des préférées, elle, qui les noierait toutes de si bon cœur ! On boude, autour du poste de télévision. Tout cela n'est rien encore ; il y a surtout les crises de vague à l'âme, les curiosités déchaînées.

— Comment était-il avec toi ? (Dans ces moments-là, on se tutoie.)

— Oh ! comme tous les hommes.

— Il te disait des mots doux... Quoi, par exemple ?...

— Mon trésor...

— Il ne se cassait pas... Moi, il m'appelait sa Minuchette...

— C'est pas vrai...

Et les voilà prêtes à se déchirer. Jacqueline commence à comprendre qu'elle va avoir de sérieux ennuis. Elle n'hésite plus. Elle donne de solides coups de gueule, comme une directrice de pensionnat, inflige des punitions. L'atmosphère, parfois, est empoisonnée.

On fait, un jour, la grève de la faim et Jacqueline se retrouve seule à la salle à manger, obligée de finir le soufflé pour qu'il ne soit pas perdu. Les petites garces ! Elles non plus ne l'emporteront pas en Paradis ! La plus dure à tenir, c'est Marie-Françoise qui crève d'ennui sans ses petits copains et ses petits bars. Impossible de lui faire entendre raison ! Il y a des soirs de cafard où elle veut s'en aller à tout prix. Les raisonnements, les prières, rien ne la fléchit. Elle s'enferme dans sa chambre, menace de se suicider. Enfin, à grand-peine et à force de lui envoyer des délégations, on la ramène à de meilleurs sentiments. Une autre aussi, qui donne du fil à retordre, c'est la brave, la bonne Valérie. Jacqueline découvre avec stupeur que Valérie picole. Et quand elle a un verre dans le nez, elle chante des chansons de corps de garde ou bien sanglote ou casse le mobilier, et comme elle est taillée en catcheur, pas moyen de s'y frotter !

... Et l'instruction qui piétine ! Antoine proteste toujours de son innocence ! L'immonde individu ! Toutes les colères réprimées se retournent contre lui. Jacqueline, tous les soirs, récite des prières pour qu'il soit condamné et tout son monde redit avec elle : « .. Pardonnez-nous nos offenses comme nous pardonnons à ceux qui nous ont offensés et punissez Antoine, ainsi soit-il. » Cela soulage et permet d'attendre. Et puis, il y a quand même des moments de détente. Jacqueline a le chic pour organiser des séances récréatives. On joue des pièces ; on fait des présentations de déguisements ; on se donne des bals. Bref, on tient le coup jusqu'au procès. La culpabilité d'Antoine paraît évidente. *Si l'une des six femmes vivait encore, ne se serait-elle pas manifestée ?* Cet argument massue de l'accusation impressionne tout le monde. Le procès s'ouvre dans une atmosphère de drame. Frédéric Potte-cher, le soir, à la télévision, raconte les incidents de la journée, insiste sur l'étrange personnalité d'Antoine. Celui-ci reconnaît qu'il allait de maîtresse en maîtresse, cherchant la femme idéale qui serait capable de le combler sans l'éteindre.

— C'est moi, dit Jacqueline.

— Sorry ! dit Émilia... C'est moi !

— Pour l'éteindre, peut-être ! dit la manucure. Mais pour le combler, pardon !...

— Taisez-vous donc ! crient les autres.

Elles sont suspendues aux lèvres du speaker ; le reste du temps, elles dévorent les journaux, discutent avec acidité les interventions de Maître Brancher (Suzanne), l'avocate de l'accusé. Il a choisi une avocate, évidemment. Et qui a du talent ! Et qui se démène ! Et qui marque des points !... Le découragement règne dans le camp des recluses ! Heureusement, le procureur de la République attaque sans trêve. Son réquisitoire est impitoyable... Une, deux, trois femmes auraient pu disparaître... Mais six, la coïncidence est inadmissible... Bièvre les a tuées. Il mérite la mort !

Groupées autour du poste de radio qui transmet, heure par heure, les nouvelles, on attend, dans l'angoisse. La plaidoirie est habile... l'accusé n'a pas de véritable mobile. Comment aurait-il pu, en outre, faire disparaître six femmes en une semaine ? On ne tue pas, on n'escamote pas une victime par jour, ou presque !...

— Pour moi, il est cuit, dit Michèle. Sa bonne femme a beau avoir la langue bien pendue, elle ne fera pas le poids...

Hélas, quelques heures plus tard, la nouvelle éclatait, incroyable, scandaleuse : Bièvre était acquitté !

A la villa, ce fut la consternation, puis la révolte. Jacqueline se vit reprocher tout... et d'abord son idée même, qui ne tenait pas debout, et puis ses façons de dictateur, bref, ce long abus de confiance dont elles avaient tellement souffert !... Mais Jacqueline est coriace ! Ah ! c'est comme ça ! La justice se moque d'elle ! Ses protégées se révoltent !... On va bien voir. Ce procès, on va le refaire ! Antoine, on va l'enlever et le juger pour de bon ! En un instant, elle reprend en main ses troupes. A l'idée d'avoir Antoine captif dans la villa, sous leur coupe, elles se sentent toutes délicieusement émoustillées. On discute, on combine, on prépare tout.

Marcelin va trouver Bièvre. Il se fait passer pour le représentant d'un grand éditeur américain et se dit prêt à acheter, pour une somme énorme, les droits du livre qu'Antoine se doit d'écrire sur son séjour à la Santé. Bièvre, flatté, accepte de suivre Marcelin qui se charge de le conduire auprès de l'éditeur ; celui-ci, souffrant, passe quelques jours dans la propriété d'un ami, non loin de Fontainebleau. Et Antoine débarque à *Mon Repos* ! On devine comment il est reçu !

Il se retrouve dans un cellier à la lucarne garnie de barreaux. Il a droit à la paillasse, à la cruche et au pain du prisonnier.

Dans la maison règne une excitation hystérique. La présence d'Antoine débride les passions. Et tout de suite apparaissent deux clans, celui des « dures » et celui des « molles ». Mais Jacqueline les rappelle à l'ordre. On jugera l'accusé « en son âme et conscience ». En attendant, seul Marcelin aura le droit d'approcher le détenu.

Bientôt s'ouvre le procès, le *vrai*, dans le grand salon transformé en cour d'assises. Président du tribunal : Jacqueline. Procureur de la République : Solange. Avocat : Marie-Françoise. Marcelin amène Antoine, les mains entravées, par prudence. Il y a un mouvement de pitié et d'intérêt. Au fond, c'est Antoine le plus fort et elles le sentent. C'est pourquoi Jacqueline fonce. Il ne s'agit pas de laisser l'émotion s'installer.

L'acte d'accusation : Antoine s'entend reprocher d'avoir littéralement détruit ces six femmes, d'avoir fait d'elles des « mortes vivantes ». Il les a moralement assassinées, en les mettant *dans l'obligation de se cacher, de vivre hors la loi ; enfin en les forçant de faire ce procès.* Même Jacqueline a de la peine à retenir ses larmes. Une à une, elles défilent à la barre. Chacune raconte sa liaison avec l'accusé, ce qui provoque des mouvements divers. Bièvre, lui, paraît plutôt amusé. Il n'arrive pas à prendre tout à fait au sérieux cet ahurissant tribunal. Interrogé, il répond de bonne grâce. Un écrivain a le droit d'étudier ses personnages *in vivo.* Ce n'est pas sa faute si les femmes qu'il étudiait se jetaient dans ses bras ! Si Marcelin n'était pas là, elles l'écharperaient. Jacqueline écume, tout en s'efforçant de mener les débats avec sang-froid. Elle doit rappeler à l'ordre Marie-Francoise qui cuisine méchamment chaque témoin et oublie à tout instant, par jalousie, son rôle d'avocate. Quand Valérie raconte, en sanglotant, les déclarations d'amour d'Antoine, Jacqueline suspend la séance. Elle n'en peut plus. A la reprise de l'audience, Antoine explique qu'il a toujours été mû par la pitié.

— Je ne peux pas voir pleurer une femme, dit-il. J'aime mieux lui laisser ses illusions et me dérober gentiment...

— Salaud ! dit Jacqueline. Mais elle se reprend aussitôt et pousse l'interrogatoire.

— Voyons, Bièvre, soyez franc, une bonne fois !... Qu'est-ce que vous leur trouviez que je n'avais pas ?...

Tumulte ! Marcelin fait sortir le prévenu. Le tribunal est en fureur. C'est à qui parlera le plus fort. Jacqueline comprend qu'il faut brusquer les choses, sinon elles vont se diviser et Dieu sait ce qu'il arrivera. Elle parvient à se faire entendre, explique que l'accusé cherche à manœuvrer le tribunal et qu'on a eu tort de croire qu'il s'agissait d'un procès ordinaire. En réalité, Bièvre est jugé pour haute trahison et il faut se considérer en cour martiale, donc siéger à huis clos et refuser d'entendre les explications de l'accusé. Cette fois, on tombe d'accord. Le réquisitoire est impitoyable. Bièvre, Antoine, écrivain et don Juan douteux, mérite la mort. Marie-Françoise plaide mollement, pour la forme. A l'unanimité, Antoine est condamné à mort. La sentence sera exécutée dans les vingt-quatre heures. Le garde reconduit le prisonnier, qui commence à être vraiment inquiet, dans sa cellule.

Maintenant que la décision est prise, on n'en mène pas large. Mais il n'y a plus moyen de revenir en arrière, sous peine de perdre la face. Le dîner est lugubre. Personne ne mange. Marcelin creuse la fosse au fond du parc. Au dessert, il faut bien aborder de front le problème. Comment exécuter Antoine ? La corde ? Le poison ?

— Le revolver, dit Jacqueline. J'ai ce qu'il faut.

— Et qui se chargera de...

— Moi ! Parce que c'est moi qu'il a le plus aimée...

Personne, cette fois, ne proteste. Elles montent, une à une, se coucher. Mais, comme la pauvre Michèle ne cesse de pleurer, personne ne veut l'accepter et elle erre, de chambre en chambre, avec son lit pliant. Elle échoue, pour finir, à la cuisine. Et c'est l'aube. Elles se retrouvent, la mine défaite, mortes d'angoisse. L'heure est arrivée.

— On pourrait peut-être l'embrasser ? suggère Valérie qui, manifestement, a bu.

— Jamais, tranche Jacqueline.

Marcelin va réveiller le condamné. Il est encore plus démoli que lui.

— Elles n'iront pas jusqu'au bout, dit Antoine.

— On voit bien que vous ne les connaissez pas! dit Marcelin. Ah! si seulement vous aviez été énergique avec elles!... Ces femelles, faut les dresser! Autrement, on se fait avoir à tous les coups.

Tandis que les deux hommes philosophent amèrement, en fumant de compagnie la dernière cigarette, qu'ils se repassent à tour de rôle, Jacqueline charge le revolver et quitte le salon dans un silence de tombeau. Elle va chercher Antoine, congédie Marcelin et pousse le prisonnier vers le parc.

— Tu ne peux pas, supplie Antoine. Voyons, ma petite Jacqueline. Je peux bien te le dire maintenant... les autres, ça ne comptait pas... C'était toi que j'essayais de retrouver partout...

— Marche!...

Dans le salon, les cinq malheureuses dévorent leur mouchoir. Et soudain, elles entendent le coup de feu. Valérie s'évanouit. Les autres éclatent en sanglots. Marie-Françoise fait une crise de nerfs, et Solange répète tout bas :

— Nous sommes des monstres... des monstres...

Dans l'auto qui les emmène, Jacqueline pose ses conditions :

— Tu vas filer à Genève...

— Oui, dit Antoine.

— Tu loueras une maison.

— Oui.

— Tu vas te remettre au travail, en m'attendant.

— Oui.

— Et n'oublie pas que tu es en survie! Au premier écart, je te jure que tu auras ton affaire.

— Oui.

— Embrasse-moi, maintenant.

Ils s'embrassent. L'auto fait une embardée parmi une troupe de poulets qui s'envolent en piaillant.

— Et dis-moi merci.

— Merci, Jacqueline !

LES CHATS

Albert Chèdeville ramena doucement un pan de la couverture sur les pattes de Zoulou, gratta le chat entre les oreilles.

— Là, mon beau. Dors !... Je vais revenir.

Il posa encore une fois son doigt sur le nez de la bête, pour être bien sûr et, soucieux, fit quelques pas dans la chambre, puis, à mi-voix, il appela :

— Juliette !... Juliette !...

— Oui, monsieur.

C'était une vieille femme d'allure paysanne. Elle achevait d'équilibrer sur sa tête un étrange chapeau piqué d'une épingle à boule de nacre.

— Juliette... Ce chat est en train de me couver quelque chose.

— Oh ! Monsieur m'étonne... Ce matin, il a mangé comme d'habitude.

— Ce chat est fiévreux, Juliette. Je sais ce que je dis. Il a le nez sec.

— Voyons ! Monsieur. On peut avoir le nez sec et pourtant...

— Bon, bon ! Dépêchez-vous. Il est neuf heures. Vous allez rater votre train.

Il revint près du lit, observa le chat, lui palpa les oreilles.

— Tu n'es pas malade, murmura-t-il. Un gros chat comme toi ! Un beau chat comme ça !

Il sourit comme pour dérider l'énorme chat noir qui somnolait, couché en rond au milieu du lit.

— Je suis prête, monsieur.

— Vous avez bien tout fermé ?

— Mais puique Monsieur va revenir !

— Fermez tout, Juliette. Vous êtes agaçante à toujours discuter.

Et, penché au-dessus du chat, il ajouta, d'une voix que personne ne connaissait :

— Elle te ferait prendre froid, mon pauvre gros. On va être bien tranquilles, tous les deux, tiens !

Il regarda autour de lui. Oui, la soucoupe de lait était posée devant la cheminée. Il embrassa le chat sur le flanc, sentit naître un court ronronnement enroué.

— A tout à l'heure, mon bonhomme. Dors bien.

— Je descends, monsieur, lança Juliette.

— C'est ça. Descendez !

Il décrocha son chapeau dans l'antichambre, puis ferma la porte de l'appartement. Ce chat mangeait trop de viande. Juliette n'arriverait jamais à se mettre dans la tête... Allons ! Voilà qu'il se trompait de clefs. Il compta les dents de ses clefs Yale. Cinq dents, celle du verrou supérieur. Quatre, celle du verrou inférieur. Juliette l'attendait sur le trottoir, devant l'auto. Avant de démarrer, il jeta un dernier coup d'œil aux fenêtres de l'appartement qui occupait tout le premier étage de l'immeuble.

— Monsieur a tort de se faire du mauvais sang, dit Juliette.

— Hé ! Je ne me fais pas de mauvais sang, grommela Chèdeville.

Mais il conduisit plus nerveusement que d'habitude et faillit accrocher un taxi, dans la cour de la gare Saint-Lazare. Un mauvais jour ! C'était un mauvais jour ! Un jour à déveine ! Il prit le billet de Juliette, pour gagner du temps, car elle n'en finissait pas de compter sa monnaie, d'ouvrir et de fermer son sac.

— Vous allumerez une flambée, Juliette, n'oubliez pas. Nous serons bien contents de trouver un peu de feu, en arrivant. Zoulou est habitué au chauffage central, et il suffirait d'une imprudence...

— Il n'a rien, ce chat.

— Si, trancha Chèdeville. Il a quelque chose.

Et il poussa Juliette devant le contrôleur qui poinçonna son billet. Tout de suite, elle se perdit dans la foule. Il rebroussa chemin, oubliant pour la première fois d'acheter son journal et son paquet de cigarettes dans la salle des pas perdus, comme il faisait chaque samedi. Il songeait qu'en cas d'urgence, il pourrait toujours téléphoner à Leriquet, ce jeune vétérinaire dont on disait grand bien. « Au fond, je suis ridicule, se dit Chèdeville en remontant dans son auto. Juliette a raison. Ce n'est qu'un chat ! »

Il était un peu triste quand il stoppa devant la maison. Il y avait, comme cela, des moments où il se voyait avec des yeux impitoyables. Un vieux petit homme maniaque, voilà ce qu'il était en train de devenir. Plus de femme ! Pas d'enfant ! Seul, un chat... S'il mourait, la vie n'aurait plus du tout de sens. Voilà !...

« Allons, je radote », pensa Chèdeville. Il fit du bruit avec ses clefs, exprès, et écouta. Souvent, Zoulou venait au-devant de lui, miaulait derrière la porte. Aujourd'hui rien. Aucun bruit. Chèdeville entra.

— Zoulou !... C'est moi. Je n'ai pas mis longtemps, tu vois !

Il s'arrêta sur le seuil de la chambre. Un chat buvait le lait, à petits coups de langue pressés. UN CHAT GRIS.

Chèdeville s'approcha lentement. C'était un chat gris, beaucoup plus petit que Zoulou, mal tenu, efflanqué, qui buvait gloutonnement, avec un bruit désagréable, un bruit « mal élevé ». Chèdeville n'avait pas peur. Pas encore !... Il était surtout profondément choqué. Le chat se releva, poussa obliquement sa tête le long de la cheminée, puis se frotta le flanc au marbre, et il miaula. Un miaulement aigre, cassé, qui faisait penser à une voix de vieux, à une voix de clochard. Chèdeville n'osait plus bouger. Le miaulement retentit bizarrement dans l'appartement vide. La bête regardait Chèdeville avec ses prunelles comme deux fentes, qui n'exprimaient rien. Alors Chèdeville se mit à reculer, pas à pas. Sa main tâtonna derrière lui, trouva la porte. Il se jeta dans le vestibule, poussa le battant. Il dut s'asseoir, dans son bureau, tant il était, soudain, bouleversé. Car enfin, ce chat, PAR OÙ ÉTAIT-IL ENTRÉ ? Et Zoulou, PAR OÙ ÉTAIT-IL SORTI ?

Le chat gris, maintenant, miaulait dans la chambre. Inquiet, il tirait de sa maigre carcasse des sons rauques, profonds, comme un chat en maraude. On devinait qu'il tournait autour de la pièce, lamentable, guettant une issue ! Chèdeville passa dans la salle à manger, dans la cuisine, puis jeta un coup d'œil dans la chambre de Juliette. A quoi bon, d'ailleurs ? Toutes les fenêtres étaient bien fermées. Et pas le moindre recoin. Pas une cachette ! Zoulou n'était plus dans l'appartement ! Et ce miaulement qui s'obstinait, indécent, infatigable ! Ce chat gris ! Un véritable chat de combat, haut sur pattes, étroit, anguleux, avec trois poils de moustache hérissés. Quelle émotion pour Zoulou ! Car ils s'étaient forcément rencontrés. Peut-être battus. Et Zoulou n'avait même pas pu se défendre, fatigué comme il l'était. Chèdeville en aurait pleuré. Indécis, il restait debout au milieu de son bureau. Questionner la concierge ? Elle l'enverrait promener.

Ou bien le plaindrait hypocritement : « Un si beau chat ! Dame ! S'il est sorti, mon pauvre monsieur, vous pouvez être sûr qu'il a déjà trouvé preneur. » Mais justement, il n'était pas sorti. Il n'avait pas pu partir. Alors ? L'autre ne l'avait pas dévoré, tout de même ! Mais l'autre ? D'où venait-il ? « Je vais téléphoner au commissariat ! » Pour un chat ! On lui rirait au nez. Surtout s'il expliquait que ce n'était pas un chat comme les autres, que c'était un compagnon de solitude, de détresse. Un ami, qui venait s'asseoir sur le coin de la table, le soir, quand son maître buvait une infusion en ruminant le passé.

Chèdeville secoua la porte de la chambre, et l'intrus cessa de miauler. Que faire, mon Dieu, que faire ? Impossible de garder cette bête, peut-être méchante. Impossible de la jeter dehors. Impossible d'ébruiter cette histoire de chats. Nul ne le croirait, et on prétendrait qu'il commençait à perdre la tête. Est-ce que Juliette ne disait pas que « Monsieur avait tort de se laisser aller comme ça. Qu'il se rendrait malade de chagrin ! ». Et pourtant Juliette lui était attachée. Alors, les autres !...

Non ! Pas le commissaire ! Un détective privé ! Tant pis ! Ça coûterait ce que ça coûterait ! Il fallait en finir. Et puis, un détective l'écouterait sans sourire. Un détective c'est fait pour écouter, et Chèdeville avait tellement besoin de parler...

Il feuilleta l'annuaire du téléphone. Comment choisir parmi tant de noms ? Il y en avait une vingtaine de détectives privés, tous anciens inspecteurs de la Sûreté, tous spécialisés dans les filatures. Chèdeville se décida pour un certain Grégoire, parce qu'il habitait tout près, rue Gardinet. C'était un voisin, en somme. Il comprendrait mieux. Il accepterait bien de se déplacer, de venir constater que le chat noir s'était métamorphosé en chat gris ! Les photographies de Zoulou

achèveraient de le convaincre. Chèdeville se recoiffa,
sortit sur le palier et, minutieusement, fit tourner ses
deux clefs Yale dans les serrures, les cinq dents en
haut, les quatre dents en bas. Des serrures incrochetables. Et pas d'autre porte d'entrée ! Il hocha la tête,
renonça à comprendre et descendit, en regardant de
tous les côtés, pour essayer de découvrir un chat « qui
ne pouvait pas être dehors », qui « n'était certainement » pas dehors, qui était « peut-être » l'affreux
chat gris, là-haut, prisonnier dans la chambre.

   — Monsieur Grégoire ?
   — Lui-même.
   Chèdeville entrait dans une antichambre obscure où
flottait une odeur de friture, passait dans un bureau
en désordre, encombré de livres. Il y avait des pipes
oubliées sur les meubles, des allumettes noircies sur
le parquet.
   — Vous désirez ?
   — Eh bien, voilà...
   — Asseyez-vous donc.
   — Oui... merci...
   Mais Chèdeville ne pouvait se résoudre à s'asseoir.
C'était tellement ahurissant, ce qu'il avait à dire !
L'autre s'enfonçait dans un fauteuil d'osier qui cra-
quait à chaque mouvement, attirait une pipe d'écume
échouée sur des dictionnaires.
   — C'est à cause de mon chat...
   Il n'avait pas l'air trop engageant, ce Grégoire !
Soixante ans, négligé, de gros yeux à fleur de tête et
une respiration bruyante d'asthmatique. Il soufflait
dans le tuyau de sa pipe qui gargouillait horrible-
ment.
   — Je ne sais si je dois... Vous allez vous moquer de
moi...

— A mon âge, dit Grégoire. J'en ai tant vu! Je ne m'étonne plus facilement.

— Imaginez un chat... dans un appartement fermé à clef... un chat littéralement muré et qui change de couleur, de forme...

— Vous avez gagné, dit Grégoire. Je n'ai jamais entendu parler d'une chose comme celle-là. Mais asseyez-vous donc...

Il gardait son air sérieux, un peu morne, tout en sortant des pincées de tabac d'un paquet à demi éventré.

— Je revenais de la gare Saint-Lazare, commença Chèdeville.

— Votre nom, d'abord, coupa Grégoire. Votre profession. Tous les détails qui peuvent vous situer... Je vous suivrai mieux.

— C'est juste. Je m'appelle Albert Chèdeville. Quarante-huit ans. J'habite rue de Chazelles, à deux pas du parc Monceau. Un tout petit appartement, quatre pièces, c'est vous dire que... Bref, je m'occupe de comptabilité. Vous savez ce que c'est : beaucoup de grosses maisons confient leurs livres, périodiquement, à des experts, et les chiffres, monsieur, les chiffres, ça empêche de penser, enfin, je me comprends !

— Vous êtes marié ?

— Oui... ou plutôt, je suis veuf... J'ai perdu ma femme il y a quatre mois.

Chèdeville s'arrêta. Fallait-il parler de Gisèle ?

— Longtemps marié ? demanda Grégoire.

— Six ans.

— Heureux ?

Grégoire posait distraitement la question, en homme qui a l'habitude de travailler pour des maris jaloux, pour des femmes délaissées. Comment lui expliquer ce que ces six années avaient été ? Comment lui avouer sans ridicule que Gisèle avait été la vie, la lumière, la douceur de chaque jour, la folie de chaque... Ah! oui, il avait été heureux! Il baissa la tête.

— Comment est-elle morte?

— D'une manière stupide. Une appendicite opérée trop tard... Je me demande comment j'ai pu lui survivre... Heureusement, il y a le travail. Mais c'est dur, je vous assure. Cet appartement où tout me rappelle...

— Vous n'avez pas songé à déménager?

— Oh! si! Vous pensez bien! Mais je viens seulement de trouver. Je quitte la maison à la fin du mois.

— Pas d'enfant?

— Non. J'ai un chat... C'est justement à cause de lui... Je sais bien, ça a l'air idiot de s'attacher à une bête comme à une personne... Un chat qui n'est même pas de race... Ce sont mes voisins de Meulan qui me l'ont donné, après mon deuil... Je possède là-bas une petite propriété où nous allions passer tous nos dimanches. Zoulou était toujours fourré chez nous; c'était sa seconde maison. Gisèle l'aimait beaucoup. Alors, vous comprenez...

Chèdeville se moucha.

— Précisément, je viens de conduire au train ma vieille bonne, Juliette. Elle part la première, le samedi, pour tout mettre en état et préparer le déjeuner... Car je continue à aller à Meulan. Qu'est-ce que vous voulez... l'habitude!

— Cette Juliette est quelqu'un en qui vous avez toute confiance?

— Oh! absolument. Je l'ai toujours eue à mon service. Désintéressée, dévouée, discrète, je la considère bien plus comme une vieille parente que comme une domestique. Donc, je venais de la conduire au train...

— Mais votre chat, vous ne l'emmeniez donc pas?

Chèdeville regarda Grégoire avec amitié. Il n'était

pas bête, ce gros homme qu'on ne voyait presque plus, à travers la fumée de sa pipe.

— Si, bien sûr que si. Seulement, je l'emmenais dans l'auto, avec moi. Ça lui évitait le panier. Il s'installait à mon côté sur la banquette... Je reviens donc de la gare. Mon absence a duré un quart d'heure au plus. De Saint-Lazare à la rue de Chazelles. J'ouvre la porte. Remarquez bien ce détail : la porte était fermée au verrou. Un double verrou Yale que j'avais fait poser, car ma femme était très peureuse. Qu'est-ce que je trouve ? Un chat gris à la place de Zoulou !

— De quelle couleur est votre chat ?

— Tout noir, avec une petite médaille blanche sur la gorge.

— Vous êtes sûr qu'il s'agit d'un autre chat ?

— Voyons ! Zoulou est beaucoup plus gros que ce chat gris. Et puis il avait l'air un peu malade quand je suis parti. L'autre, au contraire, est vif, leste ! Qu'allez-vous chercher là !

— Une simple hypothèse. On aurait pu teindre votre chat. Je ne sais pas, moi... Il doit y avoir une explication rationnelle.

— Vous faites fausse route, dit Chèdeville avec raideur.

Grégoire observait Chèdeville de ses yeux un peu myopes que la buée faisait larmoyer. Il n'avait pas l'air de s'amuser. Pas l'air, non plus, de s'ennuyer. Il devait regarder les prévenus de cette façon-là, pendant des heures, quand il appartenait à la P.J.

— Pourquoi Mme Chèdeville était-elle peureuse ? Était-ce dans son caractère, ou bien...

— Elle était nerveuse, instable. Avant de m'occuper de comptabilité, j'avais un gros portefeuille d'assurances et je voyageais beaucoup. Il y a deux ans, Juliette dut s'absenter en même temps que moi, pour aller près de son frère malade, à Poitiers. C'est alors que j'ai fait poser le verrou.

— Combien possédez-vous de clefs ?

— Deux paires. Et ces deux paires, je les ai. Ou plutôt j'en ai une et Juliette a l'autre.

— Ah ! Supposez que votre bonne ait perdu ses clefs.

— Impossible, elle me l'aurait avoué.

— Elle peut ne pas s'en être encore aperçue. Vous avez le téléphone, à Meulan ?

— Oui, c'est le 1.22.

Grégoire fouilla derrière une pile de revues, ramena un appareil téléphonique qu'il posa sur ses genoux.

— Autant vérifier tout de suite, dit-il, en faisant le numéro d'appel du Régional.

— Allô ! Je voudrais le 1.22 à Meulan, Seine-et-Oise.

Et chassant la fumée de la main, pour mieux voir Chèdeville, il ajouta :

— Si vraiment votre chat est parti, on est bien obligé de conclure que quelqu'un a ouvert la porte.

— Impossible ! répéta Chèdeville.

— Allô... Le 1.22 ? Qui est à l'appareil ?... Ah ! bien je vous appelle de la part de M. Chèdeville... Est-ce que vous avez les clefs de son appartement ?... Mais vous êtes bien sûre ?... J'attends, oui... Merci... Non, ne vous inquiétez pas... M. Chèdeville vous expliquera lui-même.

Il raccrocha.

— Elle les a. Je les ai même entendues tinter, quand elle a fouillé dans son sac.

— Qu'est-ce que je vous avais dit ?

Grégoire vida lentement sa pipe sur son talon.

— Évidemment, murmura-t-il, c'est une affaire pas banale. Nous pouvons écarter, n'est-ce pas, l'idée d'une plaisanterie... ou celle d'une vengeance ?

— Sans hésiter.

— Personne ne peut avoir intérêt à s'emparer de votre chat ?

— Personne. Et d'ailleurs, comment ?

— Allons voir !

Grégoire fouilla dans un tiroir, en tira un passe-partout, un attirail perfectionné de cambrioleur.

— Marchez !... J'arrive... Oui, c'est vraiment une affaire peu banale !

Quelques minutes plus tard, Chèdeville désignait à son compagnon la double serrure de sûreté. Le policier privé fit la grimace.

— Diable !

Il essaya pourtant, introduisit des tiges, des crochets, des instruments aux formes étranges.

— Rien à faire ! Passez-moi vos clefs.

Il ouvrit la porte.

— Vous voyez, dit Chèdeville, c'est un appartement moderne, tout simple. Pas de placards de débarras, de coins où un chat puisse se cacher. A gauche, mon bureau. En face, la porte de ma chambre. Je l'ai refermée en partant.

— Vous permettez ? dit Grégoire.

— Je vous en prie.

Grégoire poussa la porte et Chèdeville entra derrière lui. Sur la descente de lit était assis un magnifique chat blanc. Il miaula de joie en voyant les deux hommes.

— Eh là ! Vous n'allez pas tourner de l'œil.

Il soutenait Chèdeville qui, blafard, la bouche tremblante, essayait en vain de parler.

— C'est un chat blanc, poursuivait calmement Grégoire. Vous n'avez pas une notion exacte des couleurs.

— Mais... pardon. Ce n'est pas le même chat.

— Comment ?... Un troisième chat, alors ?

— Parfaitement... l'autre était gris, avec une bande un peu plus sombre sur l'échine.

Et perdant toute retenue, des larmes dans la voix, Chèdeville s'accrocha au bras du policier.

— Je vous en prie... Il faut me croire. C'est épouvantable ! Ce chat gris et, maintenant, ce chat blanc... Vous allez penser que je suis fou... Mais tenez !

Il poussa Grégoire dans son bureau, ouvrit son secrétaire.

— Heureusement que j'ai des preuves... Où ai-je fourré ces photos ?... Ah ! les voilà !... Eh bien, est-ce que j'ai rêvé ?

Du plat de la main, il frappait sur les photos étalées, quatre photos représentant Zoulou assis, couché, endormi.

— Hein ?... Qu'est-ce que vous en dites ?

A l'entrée de la chambre, le chat blanc, la queue ramenée sur ses pattes, les yeux mi-clos, observait les deux hommes.

— Je vous jure, continuait Chèdeville de plus en plus exalté, que ce chat blanc n'a aucun rapport avec l'autre. D'abord, il est un peu angora. Et puis, regardez comme il est gros, bien soigné. J'affirme, vous entendez, j'affirme que c'est un troisième chat...

— Mais je vous crois, dit Grégoire.

Et Chèdeville, comme assommé par cette parole qui confirmait l'inadmissible, s'assit en balbutiant :

— Mon Dieu, mon Dieu, qu'est-ce que cela signifie ?

— Voyons, reprit Grégoire... ne nous affolons pas... Avez-vous songé à regarder si l'on vous a dérobé quelque chose ?

— Comment ?... Si l'on m'a dérobé ?... Mais encore une fois, ces chats...

— Vérifiez toujours, coupa Grégoire. Qu'on sache si le problème se réduit bien à celui des chats, ou s'il y a un autre élément...

— Comme vous voudrez, murmura Chèdeville.
J'avoue que je ne vois pas bien où vous voulez en
venir.

Il montra le bureau d'un geste circulaire.

— Ici, tout est en ordre. Il n'y a rien à prendre,
d'ailleurs. Mobilier banal, acheté avant mon mariage...
Gisèle ne l'aimait pas. Elle prétendait que c'était un
mobilier de vieux garçon. J'avais l'intention de le
remplacer.

Du menton, Grégoire désigna une photo, sur le
secrétaire.

— Mme Chèdeville ?

— Oui.

Chèdeville faillit ajouter qu'elle était belle, mais si ce
gros homme rugueux n'était pas tout à fait un rustre, il
avait déjà dû s'en apercevoir.

— C'est bon, fit Grégoire. Faites le tour des autres
pièces !

— Mon argent est à la banque, objecta Chèdeville.
Mais puisque vous y tenez...

Il gagna la cuisine où il se mit à parler tout seul.
Grégoire, du pouce, bourra sa pipe, sans cesser de
regarder autour de lui. Pourquoi tous ces chats ?
« Personne n'aurait l'idée de me cambrioler », protes-
tait la voix lointaine de Chèdeville. Grégoire porta de
nouveau les yeux sur le portrait de Gisèle. Une photo
d'art, signée d'un nom connu. Le décolleté ne manquait pas d'audace.

« Pas de bijoux, monologuait Chèdeville, pas de
tableaux... Gisèle plaçait tout son argent en toilettes. »

Grégoire marchait de long en large, se caressait la
nuque, s'envoyant de petites tapes. Pourquoi tous ces
chats ? Il s'arrêta devant la cheminée.

— Stupide, grommela-t-il.

Chèdeville passait en revue la chambre de la bonne.
Grégoire s'agenouilla pesamment, souleva le tablier de

la cheminée. Les tôles, qui ne servaient jamais, coulis-
saient mal. Grégoire se pencha, tâta les briques.
Parbleu! Deux d'entre elles, descellées, jouaient dans
leur logement. Il les retira, plongea la main dans la
cavité. Un paquet de lettres noué d'un ruban. Touchant!... Vite, maintenant! Et ce bougre de tablier
grinçait, grinçait!...

Grégoire se releva, parcourut une lettre, glissa le
paquet dans sa poche.

— Rien! lançait de loin Chèdeville. Il ne manque
rien. Il ne peut rien manquer.

Il reparut, écartant les bras dans un geste d'impuissance.

— J'en étais bien sûr. Le seul problème est celui des
chats. Dites!... J'ose à peine vous demander... Cela
vous ennuierait d'emmener celui-là?

— Moi?

— Oui. C'est peut-être idiot, mais jamais je n'oserai
le toucher.

Grégoire eut une moue évasive.

— Hum! Provisoirement, il n'y a qu'à l'enfermer
dans la cuisine.

— De toute façon, j'irai coucher à l'hôtel, ajouta
précipitamment Chèdeville. Quand je pense qu'un
quatrième chat... Non, non... je ne suis pas peureux,
mais cette idée... Mettez-vous à ma place!

— Bien sûr!... Pourtant vous auriez tort de prendre
cette affaire trop au tragique. Ce qui compte, au fond,
pour vous, c'est de retrouver Zoulou. Eh bien, j'ai bon
espoir...

— Le bon Dieu vous entende! dit Chèdeville.

... Dans l'après-midi, Grégoire se présenta au bureau
des annonces des principaux quotidiens. Soigneusement, de son écriture empâtée, il ⁵crivit :

« Grégoire voudrait rencontrer Minet bleu. Écrire au journal qui fera suivre. »

Trois jours plus tard, Grégoire s'engage dans la rue de Chazelles. Il marche doucement et surveille les deux trottoirs. Parfois, il se retourne. Il ralentit le pas à mesure qu'il approche de la maison de Chèdeville. Dix heures. Il y a du monde dans les boutiques. Grégoire vide sa pipe sur son talon et la bourre aussitôt. Il observe le premier étage où habite son client. Les rideaux sont tirés. Grégoire dépasse l'immeuble puis, en quelques enjambées rapides, traverse la rue. Il sonne à un rez-de-chaussée.

— Monsieur Joseph Mugères ?

— Oui, monsieur.

— Grégoire, détective privé. Votre mot vient juste de me parvenir.

— Détective ?... Heu !... Entrez, monsieur.

Mugères semble déconcerté, vaguement inquiet. Il introduit son visiteur dans un studio très chic. Acajou et palissandre. Gaveau quart de queue. Toiles modernes. Grégoire, de son œil lourd, qui bouge à peine, a tout estimé, tout pesé, y compris Mugères, qui fait si jeune, dans sa robe de chambre violacée. Il tire le paquet de lettres.

— J'ai été obligé d'en lire quelques-unes, dit-il sans ironie.

Mugères rougit.

— Oh ! remarque Grégoire, vous racontez tous les mêmes choses. Vous permettez ?

Il allume posément sa pipe, met le feu à l'une des lettres et pose la petite torche qui se recroqueville sur un plateau de cuivre.

— A vous de continuer l'opération. Ça vaudra mieux pour tout le monde.

— Vous êtes un drôle d'homme, dit Mugères, mais je vous jure que vous me faites rudement plaisir. Ah ! Ces lettres !... Un drink, monsieur Grégoire ?...

— Un doigt de Cinzano.

— Mais, comment les avez-vous dénichées ?

— A cause des chats.

— C'est donc cela. Chèdeville s'est aperçu...

— Dame, il n'est peut-être pas très intelligent, mais enfin, il a des yeux, lui aussi ! Et même une cervelle dont il a essayé de se servir... Comme il ne comprenait pas, il est venu me trouver.

Le jeune homme lève son verre.

— A votre santé, Sherlock Holmes !

— A vos amours ! murmure Grégoire qui enchaîne :
« J'ai tout de suite pensé que la substitution d'un chat à un autre chat était la conséquence imprévisible d'un premier fait... Le résultat d'une entreprise absolument indépendante... Cela sautait à l'œil. Mais quelle sorte d'entreprise ? Et tentée par qui ? Heureusement, je vis la photo de Mme Chèdeville.

— Et la simple vue de...

— Dame ! D'un côté, la jeunesse et la beauté du diable ! De l'autre, quarante-huit ans, le cheveu rare, l'allure bon-papa. En outre, le mari s'absentait. Fatalement quelqu'un le remplaçait. Quelqu'un de plus séduisant...

— Vous vous moquez de moi !

— Même pas. Vous verrez quand vous aurez quarante-huit ans, monsieur Mugères... Je me disais donc : l'ami de Mme Chèdeville est revenu... Mais pourquoi ? puisqu'elle est morte ?... Je me rappelais alors que Chèdeville avait l'intention de déménager. Je tenais le fil. Mon inconnu redoutait ce départ parce qu'il y avait, dans l'appartement, quelque chose qui risquait alors d'être découvert. Quoi ?... Qu'est-ce qu'un amant peut laisser chez sa maîtresse ? Ah ! J'ai l'habitude, allez... Des lettres, pardi! Toujours des lettres! Cette manie que vous avez d'écrire!... Restait à trouver la cachette. Une cachette probablement vide à présent. Mais c'est mon métier d'aller jusqu'au bout... Un meuble? Un objet creux? Non. Trop imprudent. Chèdeville aurait pu, par hasard, découvrir le pot aux roses. Un endroit facilement accessible, mais auquel nul ne songe à porter intérêt. Les cheminées, bien sûr, puisqu'il y a le chauffage central.

Mugères éclate d'un rire nerveux.

— J'avoue que je n'avais pas songé à cette cachette. Vous êtes très fort, monsieur Grégoire. Et le mystère des chats, vous l'avez résolu?

Grégoire se renfrogna.

— Pas encore.

— Eh bien, je vais vous éclairer et, moi, je n'aurai aucun mérite. Tout ce que vous venez de dire est exact. J'ai connu Gisèle il y a deux ans. La beauté du diable, c'était cela et même pire que cela. J'ai plaint son pauvre bonhomme de mari plus d'une fois. Moimême... Bref, elle avait commandé une troisième paire de clefs et je venais la retrouver quand Chèdeville était en tournée.

— Mais... Juliette?

— Elle dormait à côté. Gisèle avait besoin de la sentir derrière le mur, peut-être éveillée... Nous avions alors des moments... C'est bien simple, elle finissait par me faire peur. Mais je ne pouvais plus me passer d'elle. Quand je passais un jour sans la voir, je lui écrivais, poste restante.

— Et vous signiez : « Minet bleu. »

— C'est elle qui m'appelait ainsi. Ce n'est pas risible.

— Je ne ris pas. Ensuite?

— Je lui avais recommandé cent fois de brûler ces lettres. Elle avait refusé. Jeu ou défi, c'était tout Gisèle, cela. Elle prétendait qu'elle avait trouvé une cachette idéale, dans le propre bureau de son mari... Et puis, vous connaissez le reste... J'appris, par hasard, que Chèdeville allait déménager. Je ne vivais plus. Samedi, j'ai pris mon courage à deux mains. De ma fenêtre, j'ai vu Chèdeville et sa bonne qui montaient dans l'auto. J'ai cru qu'ils partaient ensemble pour Meulan. C'était l'occasion ou jamais...

— Parlez-moi des chats...

— J'y arrive.

Mugères se lève, ouvre la porte et appelle :

— Mikado !... Mikado !...

Un chat gris entre dans la pièce et vient se frotter aux jambes de son maître. Un chat haut sur pattes, maigre, le regard hardi. Le fameux chat gris !

— Ce chat est impossible, dit Mugères. Il m'accompagne partout, à la pharmacie, au bureau de tabac.

— J'y suis, il vous a accompagné dans votre visite domiciliaire.

— Précisément ! Je n'avais pas tout à fait refermé la porte d'entrée pour me ménager une sortie plus rapide, en cas d'alerte. Tout à coup, j'entendis dans la chambre un vrai sabbat, des cris d'égorgés, une galopade. Je compris que Chèdeville possédait, lui aussi, un chat... Et voici que l'auto stoppe devant l'immeuble... Tant pis pour les chats ! Je filai, abandonnant Mikado. Déjà, Chèdeville était dans l'escalier. Je grimpai au second, pour l'éviter.

Mugères s'interrompt un instant, essuie ses lèvres sèches.

— J'attendis que la porte se fût refermée. Or, comme j'allais redescendre, j'entends miauler. Le chat, mon cher, le chat que Mikado avait mis en fuite, était là. Je repris espoir. Rien n'était peut-être perdu. Si Chèdeville ne s'apercevait pas de la disparition de son chat, s'il ne remarquait pas la présence du mien, si,

pour une raison quelconque, il était obligé de ressortir... Vous savez comme la réflexion va vite dans ces
moments-là... J'attrapai le chat, le dissimulai sous
ma veste et je rentrai chez moi. D'ici — tenez, de
cette fenêtre, derrière vous — on peut facilement
surveiller la maison d'en face. Quelques minutes plus
tard, Chèdeville remonta dans son auto. Je repris
alors le chat et j'allai le reporter chez lui. Bien
entendu, je récupérai Mikado et, ma foi ! j'en oubliai
de chercher les lettres. J'avais eu assez chaud !

— Pardon, mais ce chat, trouvé dans l'escalier,
c'était bien un chat blanc ?

— Oui, un chat blanc. Pourquoi ?

— Eh bien, mon cher ami, apprenez que Zoulou
est noir, entièrement noir. Ce que vous avez pris
pour le chat de Chèdeville n'était qu'un chat inconn-
nu, en promenade, un troisième chat. Ce qui fait que
j'ai eu deux énigmes à résoudre au lieu d'une : celle
du chat noir transformé en chat gris et celle du chat
gris transformé en chat blanc.

Mugères se plaque la main sur le front.

— Voilà donc pourquoi le boulanger du coin a
suspendu un écriteau dans sa vitrine : « Perdu beau
chat blanc. Le rapporter à la concierge du 42 *bis*. »

Grégoire sourit et vide son verre.

— Il est probable que la vieille Juliette verra cet
écriteau et rapportera le chat à sa propriétaire. Nous
voici rassurés de ce côté... Reste ce malheureux Zoulou... Embêtant ! J'avais laissé espérer à Chèdeville...

Machinalement, il tourne les yeux vers la maison
d'en face et sursaute.

— Par exemple !... Là-bas !... Je ne me trompe
pas...

Un chat noir rase les murs, les oreilles couchées, le
ventre touchant terre.

— Vite, Mugères, enfermez Mikado !

Grégoire ouvre la fenêtre, essaye de prendre une voix engageante :

— Zoulou !... mon petit Zoulou...

Zoulou s'arrête. Par bonheur, la chaussée est vide. Le chat, affamé, perdu, se précipite, saute sur l'appui.

— Viens, mon beau ! dit Grégoire.

Il referme la fenêtre et, présentant le chat à Mugères :

— Zoulou Chèdeville... Vous savez ce qui vous reste à faire... Dès que Chèdeville et sa bonne sortiront, hein ?

Mugères hésite.

— Bah ! murmure Grégoire, vous n'en êtes plus à une visite près !

LE CHIEN

Cécile en était à ce point où le chagrin est devenu une courbature. On a oublié pourquoi on souffre. On voudrait seulement s'asseoir, se coucher, dormir... dormir ! Elle ne se rappelait même plus où elle avait laissé la 2 CV et, pendant un instant, elle fut comme un dormeur qui s'éveille dans un monde inconnu et lutte pour retrouver son nom et ses souvenirs. Et puis elle s'orienta, revint sur ses pas, et décida brusquement que ce qui lui arrivait n'était peut-être pas très grave. Le moment vient vite, sans doute, dans la vie d'un jeune couple, où chacun voit l'autre tel qu'il est. Est-ce alors la fin de l'amour ? Ou le commencement d'un autre amour, l'apprentissage de la tristesse et de la résignation ? Maurice allait-il rester cet étranger qu'elle avait découvert, tout à l'heure ? Cela s'était fait en un clin d'œil, comme si un nouveau Maurice s'était substitué à l'ancien, qu'elle avait tant aimé. C'était, en apparence, le même homme et pourtant elle avait honte d'appartenir à celui-ci. D'abord, il était sale. Et cette manie, quand il peignait, de tenir un pinceau entre ses dents. Et de chantonner des airs idiots. Et ces dessins ! Des bonshommes comme en font les gosses, sur les murs : un rond pour la tête, quatre ou cinq traits verticaux pour les cheveux, un corps filiforme. Il appelait ces sottises des idéogrammes et disait qu'une bonne publicité, pour marquer, doit choquer. Car il n'était jamais à court d'explications ; il n'avait jamais tort ; et l'atelier était tapissé d'horribles choses qui voulaient vanter un savon, un crayon ou un apéritif. Sa dernière trouvaille : une sorte de distributeur, plein d'un liquide rouge. Un tuyau aboutissant au bras d'un gnome linéaire. Près de la pompe, un être bizarre portant une casquette avec l'inscription : *Banque du sang*. Sous le gnome, une légende : *Mettez-m'en dix litres*. Voilà ce qu'il avait la prétention de vendre ! Elle s'était fâchée, pour la première fois, et tous ses griefs, toutes ses rancunes étaient sortis d'un coup... Son héritage, dévoré en deux ans ; les dettes, chez tous les commerçants ; une existence absurde, sans avenir... Et le déclic s'était produit : elle avait vu Maurice, non plus avec les yeux d'une femme aimante, mais avec ceux d'un médecin, par exemple, ou d'un policier. Elle avait lu, sur son visage, la rage du raté qui se rebiffe, l'envie de frapper et la peur, la lâcheté... Et mainte- nant, elle n'osait plus rentrer, parce qu'elle savait qu'elle éclaterait en sanglots en retrouvant l'homme qui avait perdu son masque. Elle avait beau feindre : ce qui lui arrivait était terrible. Si Maurice avait été malade, elle aurait travaillé de bon cœur. Les diffi- cultés matérielles ne l'effrayaient pas. Mais elle n'avait même pas cette ressource. Maurice n'aurait pas permis qu'elle cherchât du travail. Dans sa famille, les femmes restaient chez elles. Il oubliait qu'elles étaient riches !

Cécile sortit de son sac les clefs de l'auto. Encore une cause de querelle. La voiture avait été achetée grâce à l'oncle Julien, qui avait bien voulu avancer quatre cent mille francs. Il avait admis que Maurice ne pouvait transporter ses toiles sous son bras. Elle avait épousé un tricheur ; c'était cela, la vérité. Le neveu de l'oncle Julien était un tricheur, installé dans une vie

truquée, et qui jouait à se duper et à duper les autres.
Non, cela ne pouvait plus durer. Cécile claqua sa
portière et se dégagea de la file. Jamais plus elle ne
prendrait cette voiture qui ne leur appartenait pas.
Elle irait à pied. Elle s'habituerait à se passer de tout.
Elle ne demanderait jamais grâce. Orpheline et divor-
cée, pourquoi pas ?

Cécile s'aperçut qu'elle avait oublié d'acheter le pain
et l'épicerie. Tant pis ! Maurice se débrouillerait. Elle
en avait assez d'être sa bonne. Elle vira dans la petite
rue qu'ils habitaient, en bordure du bois de Vincennes,
et, tout de suite, ralentit. Devant la maison, là-bas, une
grosse voiture verte était arrêtée, Buick ou Pontiac...
Elle devina, d'instinct, avant d'avoir lu le numéro du
département : 85. Le numéro de la Vendée. L'oncle ! Et
elle sauta à la conclusion : il vient demander son
argent. C'était fatal ! Maurice avait beau dire que
l'oncle Julien était le meilleur des hommes, elle avait
toujours su qu'un jour il réclamerait son dû. Il fallait
être Maurice pour refuser l'évidence. On revendrait la
2 CV. Mal ! Il resterait plus de cent mille francs à
trouver. Qu'est-ce que cet homme allait penser d'elle ?
Car Maurice lui dirait : « C'est ma femme ! Elle n'a
jamais su se débrouiller ! »

La voiture verte démarrait. Cécile faillit accélérer.
Elle devait rattraper l'oncle, se faire connaître, lui
expliquer... Mais déjà l'auto filait, l'oncle était loin, et
Cécile se rangea le long du trottoir. Elle n'était pas
pressée de monter, de balayer les mégots, de faire la
cuisine, d'entendre Maurice s'écrier, avec enthousiasme : « Cette fois, c'est dans la poche ! » Elle aurait
si bien vécu, seule ! Elle ferma la voiture à clef, parce
qu'elle avait l'habitude de l'ordre, et s'engagea dans
l'escalier. La maison aussi, elle la voyait pour la
première fois. Elle percevait des odeurs qu'elle n'avait
jamais remarquées. Elle était profondément dégoûtée,

et se sentait perdue comme quelqu'un qui, brusquement, a cessé de croire.

Maurice chantait. Il entendit la porte qui se refermait et cria :

— Cécile ? C'est toi ?

Il courut jusqu'au vestibule. Dans la main gauche, il tenait des cravates, et, dans la droite, une paire de bottes.

— On part, ma petite Cécile... On s'en va... Eh bien, qu'est-ce que tu as ?

— C'était ton oncle ?

— Oui.

— Il veut son argent ?

— Quel argent ?... Ah ! oui, le... Ça ne compte plus, tout ça... C'est de l'histoire ancienne... Viens, je vais te raconter.

Il la poussa dans la pièce qui lui servait d'atelier, parmi ses graffiti publicitaires. Sur un chevalet, séchait une esquisse, l'œuvre de la matinée. Cela ressemblait à une bouteille, mais c'était une église. *Du bo... Du bon... Du bon Dieu... Visitez Chartres...* Maurice éclata de rire.

— Il a trouvé ça fumant, Julien. Et il s'y connaît... Alors voilà !... Il est obligé de partir en voyage. Il ne m'a pas donné d'explications, ce n'est pas son genre. Il m'a simplement dit qu'il avait besoin de nous, pour garder son château... Attends, laisse-moi parler... oui, je sais, les Aguerez, ses vieux domestiques... Justement, ils l'ont lâché... Tu sais quel âge il a, lui ?... Soixante-quatorze... Et elle, dans ces prix-là. Il y a longtemps qu'ils voulaient retourner en Espagne. Eh bien, ça y est. Et comme Julien n'avait pas le temps de chercher quelqu'un, il a pensé à nous.

Jamais Cécile ne l'avait vu aussi excité. « C'est un enfant », pensa-t-elle.

— Il nous laisse bien un petit délai ?

Maurice déversa les cravates dans une valise déjà encombrée.

— Impossible ! Je t'ai raconté qu'il avait un chien, un chien auquel il tient beaucoup. Or, il ne peut pas l'emmener. Alors, il va crever de faim, le malheureux cabot, si nous n'allons pas le ravitailler ! Et il bouffe, paraît-il !... Tu penses, un berger allemand ! Mais tu les aimes, toi, les chiens-loups, non ?... Cécile, tu n'es pas contente ?

— Je ne sais pas, dit Cécile... Si nous ne lui devions pas tant d'argent, peut-être que...

Maurice s'agenouilla près d'elle, l'entoura de ses bras.

— Tout est réglé, mon petit, tout. Julien efface la dette, à condition que nous partions tout de suite. C'est très sérieux. On ne peut pas laisser ce château sans surveillance, avec toutes les choses qu'il y a dedans. Rends-toi compte. Ça va chercher des dizaines et des dizaines de millions, rien qu'en meubles. Et puis, enfin, c'est le château de sa femme. S'il était à lui, je crois qu'il s'en ficherait, mais la famille de la comtesse, c'est-à-dire de ma tante, lui en ferait voir de toutes les couleurs, si on fauchait seulement une fourchette !

Cécile regardait le visage levé vers elle, le front lisse qu'aucun souci, jamais, ne parviendrait à marquer, les yeux chauds, pailletés, où se reflétaient deux Cécile pensives. Elle les cacha dans ses deux mains et, malgré elle, se pencha et murmura tendrement :

— Oui... On part.

Maurice, alors, donna sa mesure. Les vêtements, les chaussures, le linge de sa femme... — « Laisse, laisse, c'est un boulot d'homme ! » — s'engouffraient dans des valises aussitôt fermées à force, tandis qu'il commentait :

— Cinq cents bornes. On y sera ce soir. Remarque que je ne connais pas l'endroit... C'est du côté de Légé, un bled perdu dans un pays de chouans... Des gars qui n'ont jamais pu encaisser Julien... Passe-moi les pull-overs... La comtesse n'a même pas osé se marier dans le pays. On leur aurait jeté des cailloux... Tu penses ! Une Forlange, remontant au feu de Dieu, peut-être aux Croisades... et puis mon Julien, tel que tu peux l'imaginer... Tu devrais préparer des sandwiches... Qu'est-ce que tu as à me regarder ?... Non, laisse tomber. Julien m'a donné dix mille francs pour le voyage... On dînera quelque part en route, si on a faim.

Ils partirent. Maurice parlait toujours, riait nerveusement, et Cécile se demandait si l'oncle Julien ne l'avait pas fait boire. Maurice n'avait pas l'habitude de ressasser des histoires qu'elle connaissait par cœur : la romanesque rencontre de Madeleine de Forlange et de Julien Médénac, la folle passion de la comtesse, la rupture avec sa famille, et, sept ans plus tard, la mort de Madeleine, aux Canaries, des suites d'une péritonite... Elle savait tout cela. L'oncle Julien était resté un Dieu, pour Maurice. Elle avait l'impression que son mari cherchait à l'imiter en tout. Pauvre Maurice ! Il n'avait pas l'étoffe de ce Julien pour qui une femme avait tout sacrifié.

— Il aimait beaucoup sa femme ? demanda-t-elle.

Maurice, ahuri, la regarda.

— Qui ?

— Ton oncle.

— Tu poses de ces questions ! Bien sûr qu'il l'aimait beaucoup. Pour qu'un homme comme lui vienne s'enterrer dans ce château vendéen, il faut qu'il soit sérieusement touché, tu ne crois pas ?

— Mais il continuait à voyager ?

— Évidemment. Quand la solitude lui pesait trop, il fichait le camp. C'est normal. Songe qu'il n'avait que la société de ses domestiques !

— A sa place, qu'est-ce que tu aurais fait ?

— Tu es idiote, ma petite Cécile. A sa place...

Maurice contempla la route, haussa les épaules.

— J'aurais bien voulu y être, à sa place.

Il se reprit aussitôt :

— Non, ce n'est pas vrai. Au fond, il n'a pas été heureux... Ce matin, il m'a paru drôle... comme un bonhomme qui en a plus qu'assez de cette vie sans but. C'est fou ce qu'il a vieilli ; maigri, surtout. C'est sans doute le départ des Aguerez qui lui a fichu un coup.

— Il n'a qu'à tout liquider et s'installer à Cannes ou en Italie. Là, au moins, il pourra bavarder avec les gens.

— Liquider quoi ?... Je t'ai déjà expliqué que rien ne lui appartient. Il touche le revenu, ce qui n'est déjà pas mal. Mais le château restera aux Forlange. Normal, non ?

— Oh ! si.

— Il ne peut même pas vendre un chandelier.

— S'il reste longtemps absent, nous serons obligés de nous installer là-bas ? demanda Cécile.

— Ça m'étonnerait. Il va sans doute faire une petite virée, quinze jours trois semaines, et puis il reviendra. Il a ses habitudes. Il n'est plus très jeune.

Maurice se tut un moment ; Cécile réfléchissait. Trois semaines ! Et après ?... Le balancement de la voiture l'engourdissait peu à peu. Elle essaya de renouer la conversation.

— S'il n'y avait pas eu le chien, il ne nous aurait pas invités.

— C'est moche, ce que tu dis, protesta Maurice. Il est brave type, Julien. Tu ne vas pas lui reprocher d'aimer cette bête.

Cécile ne l'écoutait pas. Elle cédait à cette grande fatigue qui ne la quitterait peut-être plus. Le non-amour, pensa-t-elle... Le non-amour... D'où venait ce mot bizarre ? Elle s'endormit.

Une sensation de fraîcheur l'éveilla. Maurice était descendu et, à la lumière des phares, étudiait une carte. Cécile cria quand elle voulut se redresser. Elle était plus nouée et tordue qu'un sarment et toute craquante d'ankylose. Elle mit pied à terre, faillit tomber.

— A la bonne heure, dit Maurice. Je me demandais si tu allais faire surface. Nous sommes arrivés, tu sais. Ou presque... Voilà vingt minutes que je patrouille autour de Légé sans trouver ma route. Ça doit être là...

Il replia sa carte. En ombre chinoise, un clocher se découpait, et le silence était tel que les pas résonnaient sur la route caillouteuse comme sous une voûte. Cécile avait froid et, si Maurice n'avait pas été là, elle aurait eu peur. Elle avait toujours vécu à la ville dont elle aimait les bruits nocturnes. Ici, c'était un autre monde dont elle avait franchi les frontières en dormant, et tous ses repères habituels étaient pris en défaut. Elle remonta précipitamment dans l'auto. Maurice s'engagea dans un chemin de terre où la 2 CV se mit à rouler bord sur bord. De temps en temps, un taillis frottait ses branches aux portières. Un animal sautilla, dans la coulée de lumière douce qui oscillait devant la voiture.

— Qu'est-ce que c'est ?

— Sans doute un lapin, répondit Maurice. Ça doit être plein de gibier, par ici... Tu as faim ?

— Non. Et toi ?

— Moi non plus.

Le chemin montait. Les phares découvrirent d'épaisses frondaisons, derrière un mur au sommet duquel brillèrent des morceaux de verre.

— Le parc, dit Maurice.

Le mur défilait, d'un noir huileux sous son revête-
ment de lierre. Le chemin disparaissait sous les feuilles
mortes.

De grosses étoiles tremblotaient, parmi des feuillages qui passaient comme des fumées. Cécile se
taisait, glacée jusqu'au fond d'elle-même. Et le mur se
prolongeait toujours, crêté d'étincelles et comme cein-
turé d'électricité. Maurice dut partager la même
impression que Cécile, car il murmura :

— Le pauvre Julien, il ne doit pas rigoler tous les
jours, là-dedans !

Le chemin fit un coude et la grille apparut, monu-
mentale, ornée, presque déplacée dans ce décor de bois
et de fourrés. Maurice freina et sortit du vide-poches le
trousseau de clefs, lourd comme un lingot.

— Ça risque d'être long ! plaisanta-t-il.

Mais il trouva tout de suite la bonne clef et ouvrit, en
tirant de toutes ses forces, les portes de fer. L'auto vira
dans l'allée et les phares éclairèrent, très loin, la façade
morte du château.

— Pas mal ! fit Maurice. Vraiment pas mal... Un peu
trop de symétrie... Ça ferait vite gendarmerie...
Réveille-toi, comtesse. Te voilà sur tes terres !

Il referma les grilles et reprit sa place au volant.
Cécile montra un bâtiment bas, à gauche.

— Qu'est-ce que c'est ?

— D'après le croquis de l'oncle, expliqua Maurice,
ce sont les anciennes écuries ; les Aguerez habitaient là,
tu vois, au bout... la partie aménagée en pavillon... Le
reste, je ne sais pas... Ce sont des dépendances, des
garages...

Soudain, ils entendirent le chien, et Cécile sursauta.
Il aboyait furieusement, quelque part, du côté du
château.

— Il est enfermé, dit Maurice. Julien m'a affirmé
qu'il n'était pas méchant.

Le chien grondait, lançait des aboiements rauques, puis jappait à petits cris pointus et misérables et, de nouveau, menaçait d'une voix féroce qui s'enrouait.

— Je ne suis pas tranquille, dit Cécile. Tu connais son nom ?

— Oui. Bulle d'Air... Comme une bulle d'air. Il paraît qu'il peut sauter un obstacle de plus de deux mètres... C'est amusant.

Ils laissèrent la voiture au pied du perron et se dirigèrent vers le chenil. C'était un appentis, à droite du château, où l'on rangeait les brouettes et les tuyaux d'arrosage. Le chien, debout derrière une fenêtre aux carreaux poussiéreux, les regardait venir. Son haleine embuait les vitres et ses yeux brillaient comme ceux d'un fauve. Cécile s'arrêta.

— J'ai peur, murmura-t-elle... On dirait quelqu'un.

— Tu es folle. C'est un brave chien-loup qui a plus peur que toi.

Le chien hurla, puis ils l'entendirent souffler, au ras de la porte, et il gratta le sol de ses ongles.

— Il faut pourtant lui ouvrir, dit Maurice. Il y a un moyen : on va lui donner à manger. Ça le calmera. Attends-moi ici... Parle-lui... Je vais essayer de trouver l'office.

Il courut vers le château. Le chien marchait en rond, derrière la porte, et il respirait très vite comme s'il avait soif. Il gémit doucement, quand Cécile posa la main sur la clenche. Puis, d'une voix de gorge étrangement humaine, il exprima des choses obscures mais si touchantes que Cécile n'hésita plus. Elle poussa le battant, de deux longueurs de doigt. Le chien faufila par l'ouverture son long museau mouillé et enveloppa d'un vaste coup de langue la main de Cécile. Profitant de sa surprise, il tortilla sa tête pour élargir la brèche et Cécile vit surgir dans la cour une grande ombre de loup qui tournait silencieusement autour d'elle.

— Bully !

La bête s'approcha et brusquement une patte, dure comme un bâton, s'abattit sur l'épaule de Cécile. Les yeux rouges du chien étaient à la hauteur des yeux de la jeune femme. Elle sentit sur son visage un souffle chaud et reçut un coup de langue, en travers du nez, comme une gifle molle.

— Bully... Grande brute... Assis.

Le chien obéit et Cécile s'accroupit près de lui pour lui caresser la tête.

— Bon chien, murmurait-elle... Tu m'as fait peur, je t'assure... Je ne tiens plus debout... Pourquoi as-tu l'air si méchant, Bully ?

Les yeux du chien roulaient sous les doigts de Cécile ; il y avait, entre ses oreilles, un sillon de poils duveteux qui remuait et la caresse lui était si agréable qu'il levait sa tête puissante en fermant à demi les paupières.

— Ton maître t'a abandonné, continuait Cécile. Tu n'es pas heureux, toi non plus... Mais tu vois, moi je t'aime bien.

Le chien s'allongea, confiant, calmé, une oreille dressée pour ne rien perdre du discours mystérieux de Cécile.

— Tu es un beau chien... un beau petit Bully... Tu viendras te promener avec moi, hein ?... Demain.

— J'arrive, cria Maurice, du perron.

Le chien fut instantanément debout, la gorge ronflante. Cécile s'accrocha des deux mains à son collier.

— Sage... Sage...

Elle pesa sur les reins de la bête pour la forcer à s'asseoir mais Bully était inébranlable.

— Avance doucement, cria-t-elle à son tour. Fais-lui voir la nourriture. Il ne te connaît pas.

— C'est un monde ! s'exclama Maurice. Et toi, il te connaît ?

— Nous, ce n'est pas pareil... Pose l'écuelle... Là, écarte-toi.

Elle sentait les muscles tendus, sous le pelage moite, un élan sauvage qui se contenait encore. Elle peigna doucement, doigts écartés, les flancs creux, le dos rêche, le poitrail vibrant de passion.

— Là... Là... Il va manger, le beau Bully... Il a faim.

— Ce qu'il faut entendre, dit Maurice. Allez ! Laisse-le bouffer et viens te coucher.

— Tais-toi.

— Je me tairai si je veux. En voilà des manières !

— Il ne t'aime pas.

— Et toi, il t'aime ! Complètement cinglée, ma pauvre fille. Eh bien, bonsoir, les amoureux... Moi, je vais au dodo. Je suis crevé.

Il alluma une cigarette, souffla la fumée vers le chien et s'éloigna.

— Tu vois comme il est, chuchota Cécile. Tout de suite en colère... Il va me faire la tête deux jours... Mange, Bully.

Assise sur ses talons, elle regardait le chien-loup qui dévorait. Elle n'avait plus sommeil. Auprès du chien, elle n'avait plus peur. La porte ouverte du château déroulait jusqu'au bas du perron un tapis de lumière. Les fenêtres s'éclairaient une à une, à mesure que Maurice explorait la demeure. Cécile n'avait pas envie de bouger. De temps en temps, le chien, d'un rapide coup d'œil, s'assurait qu'elle était toujours là, puis revenait à son écuelle. Quand il eut fini, il bâilla puis vint flairer les mains de Cécile.

— Non, je n'ai plus rien, dit Cécile. Demain, je te préparerai quelque chose de bon, tu verras, quelque chose de spécial.

Elle se releva et entra dans l'appentis où le chien la suivit.

— Dors bien, mon petit Bully.

Elle s'agenouilla, appuya sa joue sur le cou de l'animal. Sans raison, elle était émue. Elle avait le sentiment que le chien avait besoin d'elle.

— Tu vas rester bien tranquille. C'est compris. Je ne veux pas t'entendre.

Elle referma la porte, sans bruit. Mais elle l'aperçut aussitôt, derrière les vitres, debout, une patte en avant griffant le carreau. Elle lui fit un signe de la main, comme à une personne. Elle ne regrettait plus d'avoir accompagné Maurice.

Le château s'ouvrait devant Cécile, illuminé et silencieux, profond, secret, solennel. Intimidée, elle avançait à petits pas comme dans un musée et ses mains se serraient sur son cœur quand elle apercevait sa silhouette reflétée en quelque miroir perdu. Elle traversait des salons aux plafonds richement peints, aux lustres précieux. Les vieux parquets craquaient devant elle, comme si quelque hôte invisible l'avait précédée de pièce en pièce, l'avait attendue au-delà des portes à double battant pour lui révéler de nouveaux décors dont elle ne retenait, éblouie, que des images brouillées. Jamais elle ne pourrait habiter ici. Elle commençait à comprendre pourquoi l'oncle Julien s'absentait si fréquemment. Le passé triomphait partout de la vie. Trop de portraits, trop de meubles inestimables, trop d'histoire. Il n'était pas imaginable qu'on pût s'asseoir et causer. A peine si l'on osait passer sur la pointe des pieds. Un immense escalier, décoré de trophées, de têtes de cerfs aux yeux vivants, conduisait majestueusement aux étages. Maurice parut, sur le palier du premier.

— Alors, tu te décides ?

Il était en bras de chemise. Il avait allumé sa longue pipe de rapin. Cécile le détesta.

— Tu aurais pu éteindre derrière toi.

Cécile n'osa pas lui dire qu'elle n'en aurait pas eu le

courage. Maurice lui indiqua leur chambre, tout au bout d'un long corridor, et descendit fermer les portes. Quand il revint, Cécile, devant la fenêtre, contemplait le paysage nocturne.

— Ça te plaît ? demanda-t-il. Avoue que ça valait le déplacement. Demain, on visitera en détail.

— Qu'est-ce qu'on voit, là ? dit Cécile.

Maurice s'approcha.

— Non, ce n'est pas un étang, expliqua-t-il. C'est la Boulogne, une petite rivière qui coule au pied du château. Nous sommes ici côté parc. Il paraît que la vue est superbe. Ce sacré Julien, quand même, je n'arrive pas à le plaindre. Mais je l'engueulerai pour le lit. Autant coucher sur un banc de square.

Il se déshabilla en chantonnant.

— Tu peux éteindre, murmura Cécile.

Maurice s'endormit tout de suite. Alors, Cécile, avant de se coucher, ferma la porte à clef, écouta. Le château, livré à la nuit, commençait un étrange monologue de frôlements, de soupirs, de grincements, de glissements. Elle se coula près de son mari et demeura tendue, aux aguets. Heureusement, le chien était là. Il aboierait, si quelque chose d'anormal se produisait. Cécile avait un allié. Contre quoi ? Contre qui ? C'était absurde. Elle ferma les yeux, les rouvrit aussitôt. Elle se sentait plus en sécurité avec les yeux ouverts. Il y avait, dans la chambre, une odeur de fleurs fanées. Elle essaya de l'identifier, y renonça, revint par des cheminements mystérieux à son tourment. Après l'épisode du château, il faudrait rentrer, il faudrait affronter Maurice. Il était là, il respirait paisiblement, sans soucis, sans problèmes. Il était l'éternel absent, retranché dans son égoïsme. Il resterait à côté... toujours à côté. Avec la lucidité terrible de l'insomnie, Cécile allait au fond de leur désunion, voyait ses propres insuffisances ; avait-elle le droit de souhaiter que Maurice fût un simple

prolongement d'elle-même? l'aimât sans retour...
comme... comme Bully, par exemple? Est-ce que
c'était ça, le véritable amour? Sa jambe heurta celle
de son mari et elle la retira précipitamment. Des
larmes lui mouillèrent le visage. C'était bon de pleurer dans le noir, près de l'homme sombré dans
l'inconscience. Tant que les corps peuvent se toucher,
se joindre, rien n'est peut-être perdu. C'est la
réflexion qui gâte tout. Être une bête! Ne jamais se
poser de pourquoi!... Les mots se brouillaient lentement dans la tête de Cécile... Elle marchait dans une
prairie, au bord d'une rivière dont les eaux se préci-
pitaient en cascade sur des rochers. La cascade faisait comme un grand bruit de vent. Une secousse
nerveuse éveilla Cécile. Qu'est-ce qu'elle avait
entendu? Non, elle ne rêvait plus. C'était un ronflement de moteur.

— Maurice!

— Oui.

— Tu ne dors pas?

Le ronflement se rapprochait. Ce n'était pas une
voiture passant sur la route. C'était une voiture rou-
lant dans la cour d'honneur.

— N'aie pas peur, dit Maurice.

Il alluma, regarda sa montre, sur la table de chevet.

— Deux heures et demie... J'imagine que Julien a
oublié quelque chose.

— Ce n'est pas possible! fit Cécile.

— Oh! Tu sais, avec lui... Je vais aller voir.

— Maurice! Ne me laisse pas.

Elle se leva en même temps que lui, ouvrit la porte
la première. Ils coururent tous les deux au bout du
couloir, où une grande fenêtre donnait sur la cour.
Devant le pavillon des Aguerez, une auto manœu-
vrait.

— Si ce n'était pas lui, murmura Cécile.

— Tu aurais entendu le chien !

L'auto contourna le pavillon et ses phares s'éteignirent.

— Il a bien le droit de revenir chez lui quand ça lui plaît, reprit Maurice. Il a peut-être changé d'avis. De toute façon, nous serons fixés demain matin... On gèle, ici... Tu viens ?

Ils regagnèrent leur chambre, mais Cécile ne put se rendormir. Si l'oncle Julien avait oublié quelque chose, il serait entré dans le château, il aurait fait du bruit. Or, tout était silencieux. Et s'il était reparti, on aurait, de nouveau, entendu le moteur. S'était-il couché dans le pavillon ?... Pour ne pas les déranger ?... Cécile se reprochait, maintenant, d'avoir accepté cette invitation si facilement. Pour l'oncle Julien, qui ne la connaissait même pas, elle n'était jusqu'à présent qu'une étrangère. Demain, elle serait une intruse. Par la faute de Maurice, qui ne souffrait jamais des situations fausses. Elle lui dirait, à l'oncle Julien... elle lui dirait tout... Lui qui ne s'était jamais consolé de la mort de sa femme, il comprendrait.

Enfin, ce fut le jour. Maurice se réveilla avec une lenteur exaspérante. Comme il mourait de faim, il perdit une heure à préparer un énorme petit déjeuner. Cécile n'y tint plus.

— Je voudrais que tu ailles chercher ton oncle, dit-elle. Que tu me présentes. On ne peut tout de même pas se mettre à table sans lui.

Maurice se fâcha.

— Écoute, ma petite Cécile, voilà des années que Julien vit seul. Il a l'habitude qu'on lui fiche la paix et surtout qu'on ne lui pose pas de questions. Est-ce que tu peux te mettre cela dans la tête ?... Pas de questions !... Il va, il vient, il est libre. Personne ne l'embête. Alors, tu ne vas pas commencer.

Ils mangèrent sans se regarder. Puis Maurice alluma sa pipe et Cécile prépara la pâtée du chien. Ce fut Maurice qui rouvrit la discussion, et, depuis deux ans, c'était, sous des prétextes divers, la même discussion qui continuait.

— Moi, je jurerais qu'il est reparti. Il a changé de voiture. Il a toujours aimé les petites voitures de sport. Le temps qu'on revienne dans la chambre, il était loin.

— Une voiture de sport, ça s'entend.

— Bon. Alors, il est toujours là. D'accord !... Quand il voudra nous voir, il sait où nous sommes... Moi, je descends au bourg chercher du tabac et un journal quelconque.

— Et du pain, lança Cécile. Un gros pain. Il y a de tout sauf ça.

Elle alla délivrer le chien, tandis que Maurice grimpait dans sa 2 CV. Elle admira, au jour, le grand chienloup aux yeux d'or. Il était couleur de terre brûlée, haut sur pattes, puissant d'encolure, avec un ventre sec de lévrier. Il courait en rond, devant elle, un peu ramassé, inquiétant dans sa souplesse et sa rapidité.

— Ici, Bully !

Elle leva la main à hauteur d'épaule. Le chien prit le galop, sauta par-dessus le bras tendu, se reçut sans bruit et aboya de plaisir

— Mais tu es un monstre, dit Cécile. Viens ici et taistoi. Ne réveille pas ton maître !

Elle le conduisit à la cuisine. Le chien dévora sa pitance, mais il s'arrêtait de manger dès que Cécile faisait mine de s'éloigner. Elle dut rester près de lui. Il l'accompagna dans la chambre et se coucha sur le plancher pendant qu'elle refermait le lit.

— Alors, c'est le grand amour ? murmura Cécile, en le caressant.

Il lui mordillait le poignet, avec des précautions de louve, et ses crocs luisaient comme des couteaux,

Cécile le peigna, le brossa. Il poussait d'énormes soupirs d'aise, léchait au vol la main diligente. D'un bond, il fut debout quand Cécile s'écarta de lui et il marcha le long de sa jambe, bien décidé à ne plus la quitter. Elle descendit dans la cour.

— Sage, hein! Je ne veux pas t'entendre.

De loin, elle observa le pavillon. C'était une maisonnette à un étage, dont tous les volets étaient clos. Un long bâtiment bas la prolongeait. Cécile passa derrière des massifs de fusains et découvrit l'autre face du pavillon. Sous un hangar, elle reconnut la voiture de l'oncle. Elle s'y attendait un peu. Pourtant, elle s'arrêta, vaguement effrayée.

— Est-ce qu'il est là? demanda-t-elle au chien, à voix basse. Tu dois le savoir, toi!

Elle aurait voulu frapper à la porte, appeler. L'oncle Julien était peut-être souffrant? Maurice n'avait-il pas dit qu'il avait l'air très fatigué? Le pavillon semblait abandonné. Lentement, Cécile s'avança vers la voiture. Elle surveillait les volets clos, de plus en plus mal à l'aise. Mais qui l'aurait observée? Elle était seule avec le chien et celui-ci paraissait tout à fait tranquille. Par la vitre arrière de l'auto, elle jeta un rapide regard. Personne. Seulement un chapeau, sur le siège du chauffeur, un vieux chapeau de nylon, comme en portent les chasseurs. Cécile recula, sur la pointe des pieds, examina encore une fois la façade muette, puis sourit parce que le chien, la tête penchée, suivait tous ses mouvements avec application.

— Je suis bête, fit-elle. N'est-ce pas que je suis idiote? Je me figure toujours des choses!

Elle longea les anciennes écuries aux portes fermées. Cette partie du bâtiment était délabrée. Des traînées de rouille descendaient des gouttières et maculaient le mur. Après les écuries, venait une remise dont la porte cochère était vermoulue. Cécile souleva le loquet et entrouvrit l'un des vantaux. Il y avait, dans la remise, une antique calèche, aux cuirs verdis : la calèche qui, autrefois, devait conduire la douairière à Légé, le dimanche, pour la messe. La caisse penchait sur ses ressorts déformés. Une fine poussière recouvrait la capote. Mais les lanternes de cuivre étaient intactes et leur forme était belle. Cécile entra et s'aperçut alors qu'elle était seule. Elle chercha le chien. Il était resté en arrière et son manège intrigua Cécile. Tête basse, le poil de l'échine hérissé, il décrivait, à une vingtaine de mètres de la remise, un demi-cercle si parfait qu'il semblait tenu à distance par une invisible barrière.

— Eh bien, dit Cécile... Qu'est-ce que tu as ?... Viens !

Le chien gémit et recula. Prise d'un soupçon, Cécile pénétra dans la remise et regarda à l'intérieur de la calèche. Rien, naturellement. Le chien, soudain furieux, aboyait de sa voix la plus rauque, la plus sauvage. Cécile sortit précipitamment. Si l'oncle était là, qu'est-ce qu'il allait dire ? Le chien allait et venait, tout le long de la mystérieuse ligne qu'il ne pouvait franchir. La queue entre les pattes, les crocs découverts, il était l'image même de la terreur et Cécile se retourna peureusement, comme si elle avait été poursuivie.

— Bully !... Voyons... Tais-toi... Tu vois bien qu'il n'y a personne.

Mais la voix de Cécile tremblait. Elle jeta un coup d'œil vers les volets du pavillon.

— Chut !... Du calme.

Le chien s'apaisa dès que Cécile eut franchi une certaine frontière. C'était si curieux que la jeune femme, quand elle eut retrouvé son sang-froid, voulut en avoir le cœur net. Elle fit semblant d'aller vers la remise. Le chien essaya de la rattraper et s'arrêta net, les jarrets fléchis. Il leva la tête et poussa un long hurlement qui épouvanta Cécile. Elle rebroussa chemin précipitamment.

— Là... Là... Sage !

Qu'avait-il vu ? Qu'avait-il flairé ? Était-ce la calèche qui lui faisait peur ? C'était absurde. Cette calèche n'avait pas servi depuis des dizaines d'années. Et la remise, autour de la voiture, était rigoureusement vide. Cécile revint vers le château. Cette fois, le chien courait devant elle, délivré de toute crainte. « Il a peur à cause de la calèche, se répétait Cécile, ou bien à cause de quelque chose qui se rapporte à la calèche. » Mais elle ne réussissait même pas à formuler une hypothèse cohérente. Elle ne se sentait plus en sécurité sous la garde du chien, puisque celui-ci, malgré sa force, était dominé par quelque influence inexplicable. Ses frayeurs de la nuit renaissaient. Si l'oncle Julien avait quitté le château brusquement, n'était-ce pas parce que cette chose qui avait terrifié le chien rendait le château inhabitable ? Plus elle réfléchissait, plus elle se persuadait, maintenant, que l'oncle était bien parti, après avoir ramené son auto. Il avait pris la fuite. Les raisons qu'il avait données à Maurice n'étaient que des prétextes. La vraie, la seule raison, il l'avait gardée pour lui. Et Cécile s'avisa soudain que d'autres parties de la propriété étaient peut-être également suspectes ; elle allait peut-être rencontrer ailleurs « l'influence ». Elle était brave, bien qu'impressionnable. Elle se força, en premier lieu, à parcourir, avec le chien, toutes les pièces du château. Elle ouvrait, regardait rapidement les buffets, les crédences, les tapisseries anciennes... Le chien l'attendait, paisible. Elle découvrit la chambre de l'oncle Julien, une chambre de célibataire, pleine de désordre. Des pipes traînaient sur un petit bureau. A coup sûr, l'oncle était parti précipitamment. Le chien, assis dans le couloir, attendait Cécile et quand il rencontrait son regard, il remuait la queue. Cécile avait fureté partout. Restait le parc. Elle sortit par une porte de derrière et n'osa s'avancer plus loin. Les arbres étaient si gros, leur feuillage si touffu, la pénombre du sous-bois si dense, que sa résolution faiblit. Elle rebroussa chemin et s'assit, au soleil, sur une marche du perron. Le chien s'allongea près d'elle, le museau entre les pattes.

Quand Maurice rentra, il la trouva au même endroit, accroupie comme une mendiante et le visage fripé d'angoisse.

— Qu'est-ce que tu fabriques là ?

— Il faut partir, murmura-t-elle.

— Partir !... Alors qu'on est si bien, ici. Le patelin est charmant, tu verras... Les gens d'accord, je comprends que Julien les ait fuis comme la peste... Si tu avais vu le regard en dessous du boulanger !... Quant à la bonne femme du bureau de tabac, c'est bien simple, elle n'a même pas desserré les dents... Ils devaient soupçonner que j'étais un Médénac, un parent de l' « usurpateur »... Peut-être même que les Aguerez les avaient avertis... Mais pour ce qu'on en a à à faire !...

— Il faut partir, Maurice.

— Enfin, qu'est-ce que tu as ?

— Viens. Je veux te montrer quelque chose.

Elle le prit par la main et l'entraîna vers la remise. Le chien trottait derrière eux. A vingt mètres du bâtiment, Cécile lâcha la main de son mari.

— Regarde bien.

Elle s'avança toute seule vers la porte grande ouverte. Le chien, qui marchait près d'elle, s'arrêta net et retroussa ses babines, comme pour faire face à quelque menace. Puis il sauta en arrière et poussa un long aboiement. Ses mâchoires claquèrent dans le vide. Le poil de son cou se mouillait de sueur. Cécile revint près de Maurice.

— Tu as vu ? Il a peur. Je crois qu'il nous mettrait en pièces si nous voulions l'amener dans cette remise.

— Et qu'est-ce qu'il y a, dans la remise ?

— Une vieille calèche. C'est tout.

Maurice, à son tour, fit quelques pas vers la porte. Le chien se déchaîna. Il tournait sur lui-même, hurlait, bavait de rage.

— N'insiste pas, cria Cécile. Tu vas le rendre fou.

Maurice écarta les bras.

— Comprends pas... Il est cinglé, ce clébard.

— Oh ! non. Il sait des choses que nous ne savons pas... Et ton oncle aussi les savait... C'est pourquoi il est parti.

Maurice parut ahuri.

— Mon oncle savait... ?

Il éclata de rire.

— Décidément, ma pauvre Cécile, on ne peut pas te laisser seule une heure... Qu'est-ce que tu as encore été te fourrer dans la tête ? Je t'assure bien que Julien était tout ce qu'il y a de plus normal. Fatigué, ça oui. Maigre à faire peur. Il a pris un sacré coup de vieux. Mais à part ça...

— Alors, explique.

— Qu'est-ce que tu veux que je t'explique ? Quand tu as tes nerfs, toi, est-ce que ça s'explique ?

Cécile faillit répliquer que, justement, cela ne s'expliquait que trop bien. Elle préféra se taire et ramena le chien dans l'appentis qui lui servait de niche. Elle avait une idée qu'elle voulait vérifier le plus vite possible. Elle aurait préféré être seule mais il n'était pas facile d'éloigner Maurice.

— Je n'ai pas eu le temps d'examiner à fond la remise, dit-elle. Peut-être que si nous cherchions bien, nous trouverions pourquoi Bully a peur... Je me sentirais vraiment plus tranquille.

Ils cherchèrent, firent plusieurs fois le tour de la calèche dont les portes, gonflées par l'humidité, ne s'ouvraient plus.

— Les lanternes sont jolies, observa Maurice. Si

l'oncle était chic, il nous les donnerait. Je les vois très bien, dans l'atelier...

Cécile examinait le sol.

— Je m'attendais à trouver une trappe, avoua-t-elle.

— Qu'est-ce que ça changerait ?

— Je ne sais pas. Peut-être quelqu'un aurait-il pu se cacher ici.

— Le chien l'aurait découvert, tu peux en être sûre. Non, ce n'est pas cela. Crois-moi. Ne nous cassons pas la tête. Quand Julien sera revenu, il nous expliquera le mystère, à supposer qu'il y en ait un.

— Soit, dit Cécile. Pourtant, j'aimerais bien que nous visitions le parc, avec Bully.

Ils explorèrent chaque sentier, chaque taillis. Le chien, heureux, gambadait de tous côtés. Il avait complètement oublié ses frayeurs et Cécile, auprès d'un Maurice détendu et débordant de projets, commençait, secrètement, à se moquer d'elle-même. Pourtant, quand revint le soir, son malaise la reprit. Elle avait beau lutter, se dire qu'elle était victime de son imagination, elle sursautait au moindre bruit. Et elle en voulait à Maurice de sa placidité. Il ne sentait rien. Il ne se rendait pas compte qu'il y avait quelque chose... Un miasme... une émanation mauvaise... Elle en savait beaucoup moins long que le chien-loup, mais sa peur ne la trompait pas. Elle passa une nuit affreuse. Un pur clair de lune de septembre animait les ombres et tenait la nature en éveil. Elle ne se doutait pas que tant de bêtes fussent en alerte. Parfois, l'ombre d'une aile effleurait les rideaux et, dans le parc, des cris étranges se répondaient. La maison la plus proche était à deux kilomètres du château.

Maurice s'éveilla à huit heures. Il bâilla, s'étira.

— C'est fou ce qu'on peut roupiller, ici. J'avais besoin de ça. Et toi ?

— Partons, Maurice.

Elle avait murmuré ces mots à voix si basse qu'il crut avoir mal compris.

— J'ai dit : partons, reprit Cécile. Moi, je partirai, si tu veux rester...

— Ne commence pas, hein ! l'avertit Maurice. On est parfaitement bien. Je vais pouvoir travailler. Qu'est-ce que tu veux de mieux ?

— Moi, j'ai peur, ici.

— Peur ? A cause du cabot ?... Je vais le boucler, moi, ça ne va pas faire un pli.

— Tu oublies qu'on est venus à cause de lui.

Maurice grogna, se leva, exaspéré. Un nouveau jour commença. La pluie se mit à tomber vers la fin de la matinée, une longue pluie oblique dont le piétinement vivant peuplait la cour de présences. Maurice inventa un prétexte et alla au bourg en 2 CV. Cécile s'assit dans la cuisine, comme une vieille, écoutant la vie secrète du château sous l'averse. Des idées bizarres lui traversaient l'esprit et elle avait pitié de l'oncle Julien, le reclus. Un original, disait Maurice. Un peu fou, peut-être. Elle-même, déjà, ne savait plus très bien ce qui était réel et ce qui ne l'était pas. Si elle sortait de la cuisine, elle était comme guettée par le vide froid des salons, par les innombrables yeux sans regard des portraits. Bully, heureusement, était là, doucement respirant, attentif, adorant. Cécile comprenait pourquoi l'oncle n'avait pas voulu le laisser seul. Elle se mettait à aimer Julien parce qu'il aimait cette bête farouche et tendre. Mais alors, l'oncle Julien ne s'était pas enfui, comme elle le croyait encore, la veille. Non, bien sûr. Puisqu'il avait pris la précaution de venir à Paris, et même de donner de l'argent à Maurice. Pourquoi s'était-elle imaginé que ?... Y avait-il un rapport entre le départ de l'oncle et la terreur du chien ? Aucun rapport, évidemment... Elle ne savait plus. Elle regardait les jeux du vent et de la pluie.

Parfois, des tourbillons, noués par une brève rafale, prenaient des formes curieuses, ressemblaient à des silhouettes. C'était comme des fantômes de brume et d'embruns, qui traversaient la cour en dansant. Quand Maurice rentra, elle vit, au premier coup d'œil, qu'il avait bu. Le repas fut triste. L'après-midi se traîna. Maurice ne desserra pas les dents. Cécile était habituée à son humeur capricieuse. Dans la nuit, un grand vent d'ouest nettoya le ciel et, au matin, il faisait bon vivre, tout à coup. Maurice eut envie de travailler. Il s'installa dans le grand salon, entouré de marquises et de généraux. Cécile, précédée du chien, se risqua hors de la propriété, cueillit des mûres et, au retour, suivit le sentier qui courait derrière le pavillon. La Buick était toujours là. Les volets étaient toujours fermés. Bully fit un détour, devant la remise, d'un trot rasé qui exprimait toujours la même panique. Cécile hâta le pas. Sa joie timide s'en était allée mais elle n'osa pas déranger Maurice qui chantonnait, un fusain sur l'oreille et une bouteille de vin blanc à portée de la main. Pourtant, elle ne pouvait chasser de sa pensée le pavillon aux volets clos. Après tout, elle n'avait rien à dire. C'était une affaire entre l'oncle et le neveu. Elle n'était, au château, qu'une invitée. Elle essayait de se désintéresser de tout, pour écarter d'elle cette inquiétude sourde qui la minait, comme une petite fièvre. « Je suis en vacances », se répétait-elle. Ou bien elle confiait au chien : « On n'a besoin de personne, tous les deux. N'est-ce pas, qu'on est heureux, ensemble ? » Une petite vapeur sortait de la gueule du chien-loup qui respirait plus vite. Elle l'embrassait, puis détournait la tête, quand elle avait des larmes dans les yeux. Bientôt, elle s'embrouilla dans le compte des jours. Elle ne se rappelait plus quand ils étaient arrivés, tellement chaque journée était semblable à la précédente. Elle vivait au ralenti, d'une manière animale.

Elle avait faim, elle avait peur, elle avait sommeil. Et puis, brusquement, l'envie de partir la reprit au ventre. Elle attaqua Maurice, à l'improviste.

— Ça ne peut plus durer, dit-elle. Si encore on savait quand ton oncle reviendra ! Mais rien. Pas même une carte postale. Toi, tu t'en fiches. Moi, ce silence me démolit. Est-il parti, seulement ?

— Quoi ?

— Suppose qu'il soit tombé malade... ici... le soir où il est revenu. Il a pu avoir une crise cardiaque... Il est peut-être mort. C'est une idée qui me poursuit... Mais toi, je ne te comprends pas... Pourvu que tu ne sois pas dérangé... le reste !...

Maurice alluma sa pipe. Pour la première fois, il paraissait soucieux.

— Tu crois ? dit-il. Je n'avais pas pensé à ça... J'ai presque envie d'aller voir.

— Tu devrais.

Maurice hésita encore un peu. Ce n'était jamais l'homme des décisions rapides, quand il n'avait pas en vue son plaisir. Enfin, il se leva.

— Tu m'accompagnes ?

— Bien sûr.

— Alors, boucle le chien. Il m'assomme, avec sa comédie.

Bully dormait, sous la table. Cécile ferma doucement la porte. Ils firent le tour du pavillon.

— Impossible d'entrer, constata Maurice. Tout est verrouillé. Il faut forcer un volet.

Il ouvrit le coffre de la Buick, s'empara d'un démonte-pneu. Le cœur serré, Cécile observait tous ses mouvements. Il y avait des hirondelles, sur les fils électriques. Elles pépiaient, voletaient, préparant le grand départ, et leurs cris, le soleil sans chaleur de ce jour d'automne, donnaient à la scène un caractère insoutenable. Maurice choisit un volet qui joignait mal, pesa violemment. Le bois se fendit avec une détonation sèche. Tous les oiseaux s'envolèrent. Maurice arracha la planche fracturée, fit sauter le crochet intérieur, découvrit la fenêtre. Du bout des doigts, il essuya la vitre et recula aussitôt.

— N'approche pas, murmura-t-il.

Le spectacle de la mort n'effrayait pas Cécile. Elle colla son front au carreau et découvrit le pendu. Il y avait des jours qu'il était là, comme une défroque accrochée à un clou, infiniment pitoyable. Maurice écarta Cécile et brisa la vitre. Il ouvrit la fenêtre et sauta dans la pièce.

— Ne reste pas ici, fit-il, les yeux levés vers le visage convulsé. Tu ne peux pas m'aider.

— Il y a un papier sur la table, dit Cécile d'une voix tremblante.

Maurice le prit et lut lentement :

Je suis condamné. Je le sais depuis avant-hier. Cancer du sang. Quelques mois de souffrances et de déchéance. J'aime mieux en finir tout de suite, proprement.

19 septembre. Trois heures du matin.

Julien Médenac.

Cécile regardait la forme noire, la chaise renversée, les mains crispées aux doigts étrangement jaunes.

— Je le plains de tout mon cœur, chuchota-t-elle.

— Oui, pauvre vieux Julien, dit Maurice. Je ne le voyais guère, mais ça me bouleverse. Je comprends pourquoi il a renvoyé ses domestiques, pourquoi il a tellement insisté pour que nous partions le plus tôt possible. Il a voulu mourir chez lui. Et je n'ai rien deviné... Je le croyais quelque part, en Italie ou en Espagne.

Il replaça le billet sur la table, près du stylo de l'oncle, ouvrit la porte et entraîna Cécile.

— Je vais descendre au bourg prévenir la police... Il faut aussi que je télégraphie à Francis de Forlange... C'est lui qui hérite de tous les biens... Je crois me rappeler qu'il habite Nice... Les autres Forlange ne sont pas en France et d'ailleurs ils étaient tous fâchés avec Julien... Je regrette de t'avoir amenée... Mais je ne pouvais pas me douter...

Ils revinrent vers le château, et Cécile monta dans la 2 CV tandis que Maurice gravissait en courant le perron. Il la rejoignit bientôt.

— Le carnet d'adresses était dans le bureau, dit-il. C'est bien Nice : 24 *bis*, boulevard Victor-Hugo. Julien m'a parlé, autrefois, de ce Francis... Il avait de la sympathie pour lui. Encore un drôle de bonhomme. Un peu bohème, grand amateur de chevaux, célibataire, vivant à l'hôtel, tantôt ici, tantôt là... Je crois même que je l'ai rencontré, il y a bien longtemps.

Il mit en route, et le chien, enfermé dans la cuisine, hurla.

— Il s'imagine que je l'abandonne, dit Cécile.

— Tu n'as pas l'intention de le garder !

— Mais... si. C'est ce que ton oncle souhaitait, certainement.

— Oui... eh bien on en reparlera.

Ils se turent, sentant la querelle inévitable. A la manière dont Maurice claqua la portière, quand il stoppa devant la gendarmerie, Cécile se rendit compte qu'il ne désarmerait pas. Mais elle était décidée à tenir bon, cette fois. Ils passèrent ensuite à a poste, où Maurice expédia son télégramme, puis chez le notaire. Et toujours la même idée obsédait Cécile : le chien savait... Mais savait quoi ?... Même s'il avait vu son maître prendre une corde, dans la remise, il n'aurait pas compris à quoi cette corde allait servir... Non, Bully avait vu autre chose. Il avait assisté, peut-être, à la scène ? L'oncle s'était peut-être suicidé dans la

remise ?... Mais qui aurait ensuite déplacé le corps ? Et
pourquoi l'aurait-on caché dans le pavillon ?... Et si on
avait tué l'oncle ? Si Bully avait vu l'assassin ?... Mais
ce n'était pas possible. Pour une bonne raison : Bully
était enfermé dans son chenil, la nuit où l'oncle était
mort.

L'enquête, très brève, acheva de convaincre Cécile
qu'elle se trompait. La lettre était bien de la main de
l'oncle Julien. L'écriture, très caractéristique, était
identique à celle des papiers trouvés dans le bureau ou
déposés à l'étude. L'autopsie confirma que le malheureux était atteint d'un cancer qui avait fait des progrès
effrayants. Par conséquent, le suicide était évident,
indiscutable. Cécile n'en fut pas rassurée.

Pendant deux jours, elle erra, désœuvrée, dans le
parc et autour de la remise. Il y avait un mystère... et
un mystère qui concernait plus spécialement la
calèche, car, après avoir bien observé le manège du
chien, elle se rendit compte que Bully entrait en transe
dès qu'elle tendait la main vers l'antique voiture. Bully
devenait furieux non pas parce qu'on entrait dans la
remise, mais parce qu'on se dirigeait vers la calèche.
C'était tellement absurde qu'elle en éprouvait comme
un frisson de terreur. Car enfin, entre la calèche et le
chien, il n'y avait pas le moindre lien, le moindre
rapport. Et pourtant, dès qu'elle prenait entre ses
mains la tête soucieuse de Bully, dès qu'elle regardait
les yeux dorés, perspicaces et plus secrètement déses-
pérés que des yeux d'homme, elle avait l'intuition que
ces yeux voulaient lui confier quelque chose et que ce
qu'ils avaient vu, elle pouvait, elle aussi, le voir. Mais
elle ne voyait qu'une calèche abandonnée depuis des
lustres aux araignées, à la poussière.

Le notaire se présenta au château, accompagné de
son clerc. Il venait vérifier l'inventaire des biens, et
Maurice pria Cécile de l'accompagner.

— C'est odieux, dit Cécile. L'oncle Julien n'était pas un voleur.

— C'est légal, rectifia sèchement Maître Pecqueux. M. Julien Médenac n'était qu'usufruitier. Maître Faget, mon prédécesseur, en aurait peut-être décidé autrement. Moi, je suis installé ici depuis trop peu de temps. Je dois faire les choses en règle. On jase vite, dans nos campagnes.

Et la lente promenade commença, de pièce en pièce.

— Un bahut Renaissance... oui... Deux fauteuils Louis XVI... oui...

C'était sinistre et épuisant. Cécile se coucha sans dîner, se leva avec la migraine. A neuf heures, une Dauphine se rangea près du perron. C'était le notaire et son clerc, qui revenaient.

— Tu t'occupes d'eux, dit Maurice. Je fais un saut jusqu'au bout et après je te remplacerai.

Il ouvrait la portière de sa 2 CV quand une voiture grise remonta l'allée à toute allure.

— Francis ! s'écria Maurice.

L'auto, une MG poussiéreuse, stoppa devant les marches. Un homme d'une cinquantaine d'années, très élégant, très jeune d'allure, en sortit et s'avança vers Maurice, la main tendue.

— Merci de m'avoir télégraphié... Pauvre Julien !... Je suis navré. J'avais beaucoup d'estime pour lui.

— Venez... Maître Pecqueux et son clerc...

Francis s'inclina. Il avait un beau visage au profil aigu, aux yeux très bleus, et des manières parfaites.

— Il est dans sa chambre ? demanda-t-il.

— Non, dit Maurice. On l'a emporté au bourg. Il s'est suicidé.

— Ah ! par exemple... Julien... Un si bon vivant !

— Il avait un cancer, précisa Maurice. Ça explique son geste.

— Je crains, madame, reprit Francis, que vous

n'emportiez un bien mauvais souvenir de cette
demeure... Mais vous êtes mes hôtes, maintenant. Vous
allez vous reposer et me laisser les occupations pénibles.

— Oh ! tout est terminé, dit Maurice. Les obsèques
auront lieu demain.

Comme Francis mettait le pied sur la première
marche du perron, un grondement s'éleva, qui fit se
retourner Maître Pecqueux et son clerc. Cécile se
précipita.

— C'est Bully... Il n'est pas méchant.

Le chien se tenait en haut de l'escalier. Il recula
soudain, comme s'il cherchait à prendre son élan, et un
grognement sourd, continu, semblable à un râle, sortait de sa poitrine.

— Il a ses têtes, dit Maurice. Il adore ma femme.
Moi, il ne me gobe pas... Tu le tiens bien ?

— Oui, dit Cécile. Je vais l'emmener. Ce sera plus
prudent.

Elle entraîna le chien vers l'autre extrémité du perron.

— Une belle bête, observa Francis, sans s'émouvoir.
Dans quelques jours, j'espère que nous serons bons
amis.

En quoi il se trompait.

Une semaine s'écoula. L'inhumation avait eu lieu ;
un bien triste enterrement, sans prêtre, car le clergé
était demeuré inflexible ; sans cortège, car les habitants du bourg n'avaient pas désarmé. Cécile, écœurée,
aurait voulu rentrer sur-le-champ à Paris. Francis
l'avait retenue, à force de gentillesse. Elle n'avait
jamais rencontré un homme plus séduisant, plus aima-
ble, plus délicat. C'était un maître de maison parfait,
plein d'attentions, simple comme un grand seigneur.
Cécile était éblouie. Elle faisait l'impossible pour adou-
cir l'humeur intraitable du chien. Le meilleur moyen
était encore la promenade en commun. Quand elle

sortait avec Francis, le chien consentait à les accompagner. Mais il se tenait à bonne distance de Francis... Il se tenait à la même distance de Francis que de la calèche. Comme si Francis lui inspirait les mêmes sentiments. Francis ne s'apercevait de rien. Il bavardait gentiment, parlait de son enfance, des merveilleuses vacances qu'il passait au château. Parfois, il riait comme un gosse, prenait le bras de Cécile. A dix mètres, le chien les surveillait, se tenant toujours du côté de celle qui était devenue sa maîtresse.

— Mais vous sortiez bien quelquefois de la propriété ? demandait Cécile.

— Non. Je vivais comme un sauvage. Je grimpais dans les arbres pour lire des romans d'aventures... Je me construisais des huttes, au fond du parc.

— Et le dimanche, vous alliez tous à Légé, en calèche ?

— En calèche ?... Quelle drôle d'idée !

— Vous n'utilisiez pas la calèche ?

— Mais c'est une pièce de musée, la calèche. Elle a servi, il y a bien longtemps, à la duchesse de Berry et, depuis, elle est toujours restée là.

Nouveau sujet de méditation. La duchesse de Berry ! « Ce chien me rendra folle », pensait Cécile. Et, pour oublier ses tourments, elle se laissait faire la cour par Francis. Maurice, lui, se trouvait bien au château, et le montrait.

Un soir, au dessert, Francis leur dit :

— Si je trouve acquéreur, je vais vendre cette propriété. Je suis habitué à vivre en nomade et ce château m'encombre plutôt. Voulez-vous me faire plaisir ?... Prenez ce qui vous plaît... Meuble... tapisserie... Je vous dois bien cela.

Cécile comprit que son mari allait céder à la tentation et les humilier tous les deux. Elle le devança :

— Merci, dit-elle. Maurice a envie des lanternes de la vieille calèche... Donnez-les-lui.

Francis ne cacha pas sa surprise, mais il se contenta de porter la main de Cécile à ses lèvres.

— Vous êtes charmante, Cécile... Je resterai donc votre obligé... Rien ne pouvait m'être plus agréable.

Ce fut ce soir-là, que Maurice décida de quitter le château.

— J'en ai assez, dit-il à sa femme, dès qu'ils furent dans leur chambre. Il te fait du plat, ma parole. Et toi, tu l'admires, tu es sous le charme. On voit bien que tu ne le connais pas ! Mais regarde-le. C'est un homme à femmes. Ça saute aux yeux.

— Tu ne vas pas me reprocher de...

— Je ne te fais pas de reproches. Pas encore !... Je dis qu'on part, c'est tout. On part demain.

— On aura l'air de malappris.

— Eh bien, après-demain. Je trouverai une raison quelconque.

— J'emmène le chien.

— Le chien restera ici.

— Le chien viendra avec moi.

— Alors, je rentrerai seul.

Et Maurice alla dormir dans une chambre d'amis. Le lendemain, Cécile se leva tôt, épuisée par une mauvaise nuit. Elle partit, avec le chien, pour une longue promenade. Que faire ? Jamais elle n'abandonnerait Bully. Mais, quand Maurice se butait, il était assez mesquin pour aller jusqu'au bout d'une décision absurde. Si du moins elle avait été sûre, absolument sûre de ne plus l'aimer ! Certes, elle détestait de plus en plus ses manières, son manque de tact, sa vanité. Mais au fond d'elle-même ?... Qu'est-ce que ça signifie, le fond de soi-même ? N'est-ce pas là que se terre la lâcheté ?

Le chien furetait dans les buissons, d'un coup d'œil

s'assurait que Cécile suivait. Cécile marchait lentement. Dans quelques heures, elle aurait choisi et elle
ignorait encore ce que cette Cécile future, cette Cécile
inconnue aurait décidé. Elle croisa le facteur qui la
salua puis revint sur ses pas.

— J'ai quelque chose pour M. Médénac, dit-il.

— Donnez.

C'était une dépêche. Une grande écriture avait tracé,
en travers du papier bleu : *Parti sans laisser d'adresse.*
La suscription dansait devant les yeux de Cécile :

Francis de Forlange, 24 bis, *boulevard Victor-Hugo,*
Nice.

Elle ne comprenait pas. Elle ne voulait pas comprendre encore. Et pourtant, elle entendait, en elle, une
voix qui murmurait : « C'est clair ! Francis n'a jamais
reçu ce télégramme... Quand il a remercié Maurice, il
mentait... Il mentait... Il est venu sans avoir été
prévenu... Il savait déjà... »

Cécile s'appuya au tronc d'un hêtre. La tête lui
tournait. Elle avait oublié ce qu'elle venait de pressen-
tir. Qu'est-ce que Francis savait déjà ?... Qu'est-ce qu'il
avait arrangé d'avance, avec Maurice ?... Non ! Pas
Francis !... Il était incapable d'une vilenie. Maurice,
oui. Pas Francis !

Elle rentra dans le parc. A coup sûr, elle allait
tomber malade. Maurice et Francis discutaient, au bas
du perron.

— Non, n'insistez pas, dit Maurice, qui s'éloigna
vers le pavillon.

— Cécile ! s'écria Francis. Vous voulez vraiment
partir ?... Vous ne vous plaisez pas ici ?

Il souriait ; il sous-entendait mille choses douces, et
Cécile, au fond de sa poche, froissait lentement la
dépêche, toute sa volonté tendue pour retenir ses
larmes. C'était donc vrai ? Tout doucement, elle s'était
mise à l'aimer... parce qu'il paraissait attentif, sincère,

parce qu'il était si différent de Maurice ; et maintenant...

— Regardez-moi, Cécile.

Elle baissa la tête et courut rejoindre son mari. Le
chien gambadait devant elle, croyant qu'elle voulait
jouer.

— Cécile !

Elle pressentait quelque chose de terrible. La voix de
Francis lui faisait horreur. Elle s'arrêta, hors d'haleine.
Maurice, près des écuries, lavait la 2 CV. Il se redressa,
une éponge ruisselante à la main.

— Je suis désolé, dit-il. J'ai été un peu brusque, hier
soir... Si tu y tiens tellement, à ce chien...

Cécile lui tendit la dépêche.

— Qu'est-ce que c'est ?

— Lis.

Il avait déjà lu. Il lança l'éponge dans le seau, essuya
ses mains à son mouchoir.

— Tant pis, dit-il enfin. Je n'avais pas pensé à ça.

— Veux-tu m'expliquer ?

— D'abord, je te prie de ne pas me parler sur ce ton.
Au fond, tu sais, ce n'est pas bien méchant... Si je t'ai
caché la vérité, c'est sur la demande de Julien. Moi,
j'étais d'avis de te mettre au courant. C'est lui qui n'a
rien voulu savoir.

Le chien-loup, assis à côté de l'auto, egardait
Maurice. Celui-ci entraîna Cécile du côté de a emise,
comme s'il avait craint d'être entendu de la bête.

— Mets-toi à la place de Julien, poursuivit-il. Voilà
un homme qui vit, comme un paria, dans un château
qui représente des millions et des millions, et qui ne
peut pas s'établir ailleurs, parce qu'il n'a pas d'argent.

— Pas d'argent !

— Dame ! L'usufruit n'est pas énorme. Juste de quoi
lui permettre de s'offrir un petit voyage de temps en
temps... Alors, tu comprends, il finit par devenir

enragé... Il n'a plus qu'une idée : partir... Aller s'installer à l'étranger, très loin, pour de bon...

— Mais. . Francis ?

— Quoi, Francis ?

— Pourquoi est-il arrivé si vite ?

Maurice bourra sa pipe pour se donner une contenance.

— J'aurais peut-être mieux fait de me taire, continua-t-il. Je vois que tu n'as rien compris. Francis de Forlange est mort... Oui, le vrai Francis, c'est celui qui s'est pendu. Il aurait aussi bien pu se tuer à Nice, car il y avait déjà pas mal de temps qu'il se savait condamné. Mais non, il a voulu mourir ici. Ne me demande pas pourquoi. D'après Julien, c'était un pauvre type qui avait traîné toute sa vie le regret de son enfance. Il avait passé au château ses premières années, les seules heureuses, paraît-il. Moi, je te résume tout ça grosso modo... Bref, Julien vit tout le parti qu'il pouvait tirer de cette mort, à condition de faire vite. Au bourg, on ne les connaissait pratiquement ni l'un ni l'autre ; et le vieux notaire de la comtesse avait cédé sa charge. Les Aguerez, depuis longtemps, désiraient repartir chez eux, en Espagne. Julien n'avait qu'à les congédier... Quant aux papiers d'identité, il en avait maquillé plus d'une fois, durant les années d'Occupation. Pas de problème... Que lui fallait-il encore ?

— Un complice, dit Cécile, toi.

— Non. Un témoin de bonne foi, toi.

— Vous me dégoûtez, fit Cécile.

— Je t'en prie. Tâche de comprendre. Au fond, Julien n'a fait que récupérer un héritage qui lui revenait de droit. C'était lui le mari, non ?

— Ensuite ?

— Ensuite, Julien a recopié la petite lettre laissée par Francis, dont il n'a changé que la date. Puis il est

venu me mettre au courant. Je lui devais de l'argen . Il
m'était difficile de refuser. Mon rôle se bornait à si peu
de chose ! Reconnaître un mort... Reconnaître un
vivant... Et même moins : me taire, tout simplement.
Et toi, par ta seule présence, tu apportais la suprême
garantie. Qui aurait pu penser que tu ne connaissais ni
Julien ni Francis ?... Enfin, tu avais été témoin du
retour de notre oncle, en auto, la nuit même de notre
arrivée... Je sais. Nous avons eu tort de te tromper de
cette façon. Je reconnais que c'est assez moche... Mais
nous n'avions pas le choix.

— Et si j'avais dormi ?... Si je n'avais pas entendu
l'auto rentrer ?

— Je ne dormais pas, moi. Je t'aurais réveillée.

— Mais ton oncle, une fois revenu ici ?...

— Eh bien, il a poussé jusqu'à la route la petite MG
dans laquelle son cousin était venu, et il est reparti
avec.

— Vous aviez vraiment tout prévu.

— Je crois, dit Maurice avec conviction.

— Ça t'amusait ?

— Un peu, oui. Nous avions calculé le délai nécessaire, avant que je découvre le corps, dans le pavillon.
Il y a un moment où la date d'un décès ne peut plus
être fixée avec certitude. Ensuite, j'ai télégraphié, pour
achever de te donner le change, car la date de l'arrivée
du « cousin Francis » était également fixée.

Chaque parole de Maurice révélait un nouveau
mensonge, une nouvelle tricherie. Cécile n'était même
plus révoltée. Elle avait, au contraire, l'impression de
marcher vers une délivrance. Maurice n'était plus que
cela, que ce petit homme infantile.

— Tu sais tout, dit-il.

Elle lui tourna le dos, vit le chien, regarda de
nouveau son mari.

— Comment se fait-il, dit-elle, qu'il n'ait pas

reconnu son maître ? Moi, vous m'avez facilement trompée. Mais lui ?

Maurice hésitait.

— Maintenant, fit Cécile, je peux tout entendre.

— Cela aussi, murmura Maurice, c'était nécessaire. D'un côté, Julien avait besoin de notre témoignage. Mais, de l'autre, il avait également besoin du témoignage du chien pour que tout le monde puisse bien constater que l'homme qui arrivait de Nice était, pour le chien, un étranger... C'était même capital pour lui... Alors...

— Je devine, dit Cécile, glacée.

— Oui... Il a dû le battre... dans la remise... avec le fouet de la calèche... jusqu'à ce que Bully ne puisse plus le voir sans être terrorisé.

— La calèche... le fouet... oui, je comprends maintenant... je comprends tout... C'est affreux !... J'aurais préféré... qu'il tue son cousin.

— Remarque que...

— Tais-toi... Vous êtes ignobles, tous les deux... Et lui encore plus que toi...

Un pas s'approchait. C'était Julien.

— Je viens de penser, dit-il, que vous alliez oublier l'essentiel.

Ses yeux bleus souriaient en cherchant le regard de Cécile. Jamais il n'avait paru plus bienveillant, plus soucieux de plaire. Et Maurice, avec humeur, se détournait, fourrageait dans sa blague à tabac.

— Vous m'aviez demandé les lanternes. Emportez-les. J'y tiens !

Il poussa la porte de la remise, s'approcha à pas rapides de la vieille calèche, tendit la main vers le siège, effleurant le fouet.

— Bully ! ordonna Cécile.

Maurice, qui rallumait sa pipe, leva les yeux, en entendant le bruit de la chute. Tout fut terminé avant que l'allumette ne lui brûlât les doigts. Bully avait sauté à la gorge de son maître. Julien gisait sur le dos. Avec des grognements de fauve, le chien s'acharnait, et la tête du mort ballottait comme une boule de chiffon. Enfin, Bully releva un mufle barbouillé de sang. Cécile s'éloignait. Il la rejoignit en quelques bonds, trotta sagement auprès d'elle. Cécile atteignit la grille, la franchit.

Maintenant, Bully courait autour d'elle, en aboyant de joie.

LES DINGUES

LES DURS

LES AFFREUX

... ET LES AUTRES

DES MÊMES AUTEURS

Aux Éditions Gallimard

Dans la collection Folio Junior

SANS-ATOUT CONTRE L'HOMME À LA DAGUE. *Illustrations de Daniel Ceppi, n° 488*

SANS-ATOUT ET LE CHEVAL FANTÔME. *Illustrations de Daniel Ceppi, Paul Hogarth et Gilles Scheid, n° 476 (édition spéciale)*

LES PISTOLETS DE SANS-ATOUT. *Illustrations de Daniel Ceppi, n° 523*

Aux Éditions Denoël

CELLE QUI N'ÉTAIT PLUS..., *dont H. G. Clouzot a tiré son film* Les Diaboliques

LES LOUVES, *porté à l'écran par Luis Saslavsky et remake par la S.F.P.*

D'ENTRE LES MORTS, *dont A. Hitchcock a tiré son film* Sueurs froides

LE MAUVAIS ŒIL

LES VISAGES DE L'OMBRE, *porté à l'écran par David Easy*

À CŒUR PERDU, *dont Étienne Périer a tiré son film* Meurtre en 45 tours

LES MAGICIENNES, *porté à l'écran par Serge Friedman*

L'INGÉNIEUR AIMAIT TROP LES CHIFFRES

MALÉFICES, *porté à l'écran par Henri Decoin*

MALDONNE, *porté à l'écran par Sergio Gobbi*

LES VICTIMES

LE TRAIN BLEU S'ARRÊTE TREIZE FOIS *(Nouvelles)*

... ET MON TOUT EST UN HOMME *(Prix de l'Humour Noir 1965)*

LA MORT A DIT PEUT-ÊTRE

LA PORTE DU LARGE *(Téléfilm)*

DELIRIUM

LES VEUFS

LA VIE EN MIETTES

MANIGANCES *(Nouvelles)*

OPÉRATION PRIMEVÈRE *(Téléfilm)*

FRÈRE JUDAS

LA TENAILLE

LA LÈPRE

L'ÂGE BÊTE *(Téléfilm)*

CARTE VERMEIL *(Téléfilm)*

LES INTOUCHABLES

TERMINUS

BOX-OFFICE

MAMIE

LES EAUX DORMANTES

A la Librairie des Champs-Élysées

LE SECRET D'EUNERVILLE

LA POUDRIÈRE

LE SECOND VISAGE D'ARSÈNE LUPIN
LA JUSTICE D'ARSÈNE LUPIN
LE SERMENT D'ARSÈNE LUPIN

Aux Presses Universitaires de France

LE ROMAN POLICIER *(Coll. Que sais-je ?)*

Aux Éditions Payot

LE ROMAN POLICIER *(épuisé)*

Aux Éditions Hatier — G.-T. Rageot

SANS-ATOUT ET LE CHEVAL FANTÔME
SANS-ATOUT CONTRE L'HOMME À LA DAGUE
LES PISTOLETS DE SANS-ATOUT *(romans policiers pour la jeunesse)*
DANS LA GUEULE DU LOUP
L'INVISIBLE AGRESSEUR

Impression Bussière à Saint-Amand (Cher),
le 2 avril 1990.
Dépôt légal : avril 1990.
1er dépôt légal dans la collection : mai 1986.
Numéro d'imprimeur : 1131.

ISBN 2-07-037743-1./Imprimé en France
Précédemment publié par les éditions Denoël
ISBN 2-207-21642-X